차범석의 전원일기 1

차범석의
전원일기 1
제1~14화 대본집

초판 1쇄 발행 | 2022년 11월 28일

지은이 | 차범석
엮은이 | 전성희

펴낸곳 | (주)태학사
등록 | 제406-2020-000008호
주소 | 경기도 파주시 광인사길 217
전화 | 031-955-7580
전송 | 031-955-0910
전자우편 | thspub@daum.net
홈페이지 | www.thaehaksa.com
편집 | 조윤형 여미숙
디자인 | 이영아
마케팅 | 김일신
경영지원 | 김영지

값 22,000원

ISBN 979-11-6810-112-8 (03810)

책임편집 | 조윤형
표지디자인 | 이영아
본문디자인 | 김성인

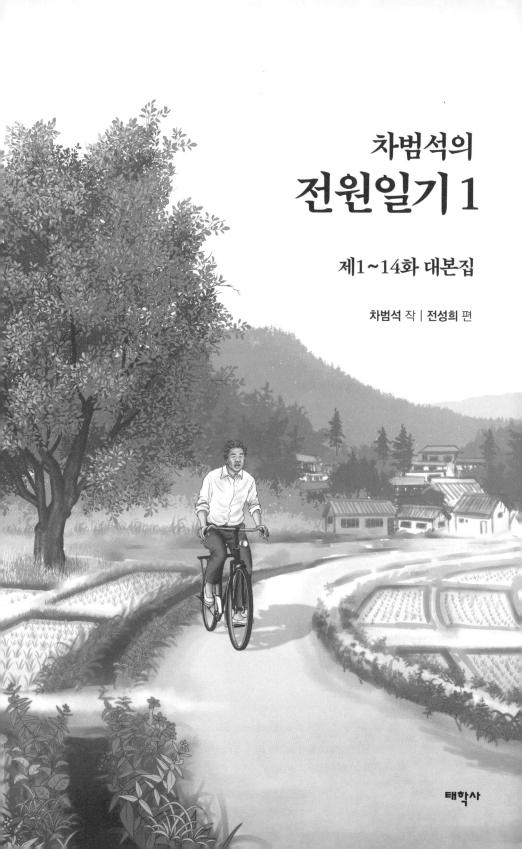

차범석의
전원일기 1

제1~14화 대본집

차범석 작 | 전성희 편

태학사

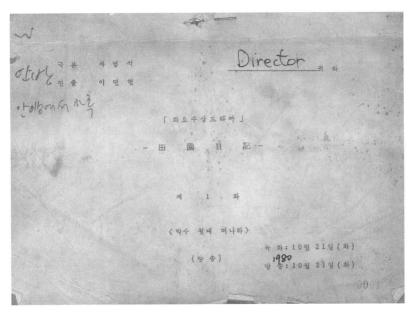

〈전원일기〉 제1화 「박수 칠 때 떠나라」 방송용 대본 표지. 목포문학관 소장.

〈전원일기〉 제5화 「자존심으로」 방송용 대본 표지. 목포문학관 소장.

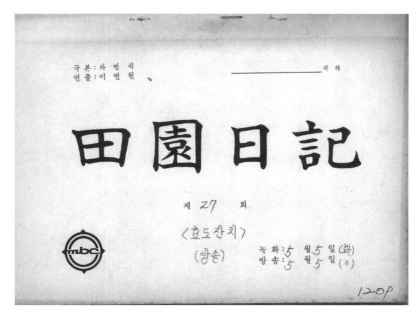

〈전원일기〉 제27화 「효도 잔치」 방송용 대본 표지. 목포문학관 소장.
1981년 9월 3일 제8회 방송의 날, 한국방송대상 우수작품상 수상작으로, 연기자 최불암은 이 작품으로 TV연기상을 수상했다.

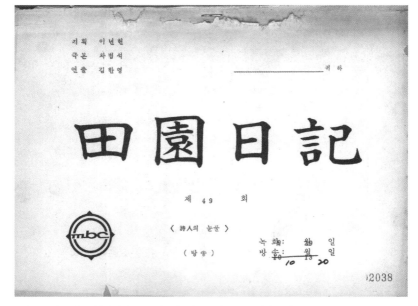

〈전원일기〉 제49화 「시인의 눈물」 방송용 대본 표지. 목포문학관 소장.
이 작품을 끝으로, 차범석은 〈전원일기〉 집필을 후배인 김정수에게 넘겨주었다.

V	C	A
S# 마루와 뜰 (밤)		
달빛이 흐르는 뜰		노래 기러기 울어예는 하늘 귀만리
막내의 방에서 흘러나오		바람이 싸늘불어 가을은 깊었네
는 노래소리 어머니가		아아 아아 너도 가고 나도 가야지
부엌에서 나오다가 달을		
쳐다본다	①FS	
설겆이을 끝낸 물 젖은		
손이다 물레소리가 들려		
온다 귀뚜라미 소리도		
역역하다		
		어머 (혼자소리) 밝기도 하다… 추석 한가위
		가 엊그제 같더니만…

- 3 -

)2040

- 4 -

벌써 날이 되었구나

	C	A
며느리 / 부엌에서 나오	②달	
다가 어머니 등뒤에 서	③혜 IS	
서 역시 달을 쳐다본다	frin 고	
앞치마에 손을 닦고 있	2 S	
다		
		며느 어제가 보름이었잖아요
		어 그런가? 그냥 저달은 기울어 가는 달이
		구나… (보다가)
		그러구 보니 니 시아버님 생신이 가까워
		구나…
		며 정말 스무아흐날이시죠?

〈전원일기〉 제49화「시인의 눈물」방송용 대본 본문의 첫 두 페이지. 목포문학관 소장.

田園日記에 폭넓은 反應

MBC 새프로…과감한 企劃 높이 評價

脫都市…牧歌的 자연에 共感帶 형성

터부視 농촌을 背景 "가장리얼한 캠페인"

葛藤요인補强 신경써야

박수할때 떠나간다

卓凡錫 〈극작가〉

드라머도 「終의 타이밍」놓지면 拙作돼

좀더 먹고싶다 할때 숟갈놓는게 健康의 秘法

미련을 짓깨물줄아는 용기…실천이 문제

〈전원일기〉 제1화 방영 후 보도된 기사.「전원일기에 폭넓은 반응: MBC 새 프로 … 과감한 기획 높이 평가」,『경향신문』, 1980. 10. 29. (왼쪽)
차범석이 〈전원일기〉 제49화를 끝으로 극본 작업을 후배에게 넘겨주고, 그간의 소회를 밝힌 기고문.「박수할 때 떠나간다」,『경향신문』, 1981. 12. 2. (오른쪽)

차범석의 〈전원일기〉

차범석은 한국을 대표하는 사실주의 희곡작가이다. 특히 〈산불〉과 〈옥단어〉는 차범석의 대표작으로, 한국 연극사의 한 획을 그은 작품으로 평가된다.

이처럼 차범석은 희곡작가로 연극계에 데뷔해 연출가, 극단 대표, 한국연극협회 이사장, 대한민국예술원 회장 등 한국 연극계와 문화계에 크나큰 족적을 남겼다. 연극인으로서 차범석은 한마디로 정의할 수 없을 만큼 다양한 활동을 했으며, 방송계와의 인연 또한 꽤나 뿌리 깊게 긴 세월 동안 이어져 왔다.

차범석 자신은 방송 쪽 일은 연극과 달리 자신의 주된 영역으로 인정하지 않고 교사로 퇴직한 이후 생계를 잇기 위한 수단으로 선택한 것일 뿐이라고 생각하면서도 "방송과 연극이 모두 민중을 위한 정신문화"이며 "이 두 매체가 상부상조하게 되면 언젠가는 하나의 길로 귀결될 수도 있다."고 믿었다. 그리고 「TV 극작론」과 같은 방송드라마 작법이나 방송극의 소재 분석과 같은 글도 발표하면서 방송작가로서의 책임감을 갖고 있었기 때문에, 1978년 3월 한국방송작가협회와 한국방송극작가협회가 하나로 합쳐져 방송문인협회가 발족했을 때 차범석은 이 협회에 이사로 참여했다.

그리고 MBC가 개국할 때 개국 특집 드라마 〈태양의 연인들〉을 집필했으며, 1983년 제4회 방송대상 라디오 극본상도 수상했다. MBC의 〈물레방아〉는 총 155회가 방영되었는데, 이것은 일일드라마 최초로 100회를 넘는 기록이다. 이처럼 차범석의 연극인으로서의 업적도 중요하지만 방송작가로서의 그것도 무시할 수는 없다.

요사이 TV에서 케이블 채널을 중심으로 2002년 종영한 〈전원일기〉가 재방송되고 OTT에서는 인기 드라마 순위 톱 10에 오르기도 했다. 이런 인기에 힘입어 MBC 다큐플렉스는 창사 60주년 특집으로 〈전원일기 2021〉 4부작을 제작했다. 〈전원일기〉는 1980년부터 2002년까지 22년 동안 방영되었던 농촌 드라마로, 무려 1088편이 제작되어 세계 방송사상 유례가 없는 최장수 드라마로 알려져 있다. 〈전원일기〉에서 김 회장의 둘째 아들로 출연했던 배우 유인촌은 문화체육관광부 장관 시절 〈전원일기〉를 기네스북에 등재하려 했지만 초기 〈전원일기〉 영상이 남아 있지 않아 무산되었다고 한다.[*]

2021년 MBC는 창사 60주년 특집으로 〈전원일기〉를 선택하였는데 이것은 〈전원일기〉에 대한 관심이 당시 시청자층이었던 현재 50대 이상의 기성세대뿐만 아니라 OTT와 같은 플랫폼을 통해 원하는 시간대에 취향에 따라 드라마를 선택하는 젊은 시청자들을 중심으로 높아졌기 때문이다. 〈전원일기〉가 지금 다시 주목을 받을 수 있었던 것은 이와 같은 미디어 환경의 변화, 그리고 예전에 이 드라마를 부모와 함께 보던 젊은 세대들이 뉴트로(newtro)적 매력에 빠졌기 때문이라고 할 수 있다.

> 〈전원일기〉가 지금 대중의 마음속으로 들어오게 된 건, 농촌 드라마에 대한 갈증은 커졌지만 이를 채워 줄 농촌 드라마가 부재한 현실 때문이기도 하다. 물론 그렇다고 지금 농촌을 배경으로 하는 드라마를 만든다고 해서 그 갈증이 채워질

---

[*] "드라마 〈전원일기〉를 최장수 드라마로 기네스북에 등재하려고 한 적이 있습니다. 전원일기는 1980년 10월부터 22년 동안 전파를 탔거든요. 그런데 그쪽에서 물적 증거인 방송 테이프를 갖고 오라고 하더군요. 찾아보니 1회부터 10회까지 방송 테이프가 없었습니다. 당시만 하더라도 못살던 시절이라, 한 번 쓴 비디오테이프에 다시 녹화했던 겁니다. 그래서 아쉽게도 〈전원일기〉를 기네스북에 올리는 데 실패했습니다." 2010년 1월 20일 국립민속박물관 대강당에서 유인촌 문화체육관광부 장관은 대한민국 정책 포털 공감 코리아의 제3기 정책기자단과 가진 기자회견에서 이같은 비화를 공개했다. 「전원일기, 기네스북 못 올라간 이유」, 대한민국 정책브리핑(www.korea.kr), 2010. 1. 21.

것 같지는 않다. 그것은 이미 달라진 농촌의 현실이 더 이상 저 〈전원일기〉 속 농촌 풍경이 주던 편안함을 제공하기 어려울 것이기 때문이다. 결국 〈전원일기〉는 그렇게 더 이상 우리가 볼 수 없는 '사라진 농촌'을 담은 작품으로서 더더욱 아우라를 드러낼 수밖에 없게 됐다.*

〈전원일기〉는, 1980년 10월 21일 방영된 제1화 「박수 칠 때 떠나라」가 차범석이 작가로 참여, 시추에이션 드라마의 문을 열었으며, 2002년 제1088화 「박수할 때 떠나려 해도」로 막을 내렸다.

현재, 차범석이 창작하여 방영되었던 초기 〈전원일기〉 드라마 영상은 MBC ON AIR에 제2화와 제27화, 두 편이 남아 있을 뿐이다. (MBC 아카이브에 1088화 중 약 800회분 정도가 남아 있고, 네이버 시리즈 온에서는 제1화~제116화를 제외한 제117화~제1088화 892편을 유료 서비스하고 있다.)

〈전원일기〉 초창기 영상이 제2화와 제27화를 제외하고는 남아 있지 않지만, 목포문학관에 차범석의 원고가 대본의 형태로 대부분 보관되어 있기 때문에 이 책 『차범석의 전원일기』 출간이 가능했다. 차범석이 창작한 제1~49화의 대본집 출간 작업은, 초창기 〈전원일기〉의 전모를 파악할 수 있고 차범석의 방송작가로서의 위상을 정립할 수 있다는 점에서 의미 있는 일이다. 또한 출간 작업을 하다 보니 자연스럽게 대본의 목록 정리뿐 아니라 기존 자료의 오류도 바로잡을 수 있었다.

현재 목포문학관에 소장되어 있는 차범석이 쓴 〈전원일기〉는 총 42편이다. 〈전원일기〉의 제1화부터 제49화까지 가운데 34화 「떠도는 사람들」, 37화 「촌여자」, 48화 「못된 사람들」은 김정수가, 43화 「가위소리」는 노경식이 썼다. 그리고 28화 「늙기도 서러워라」, 39화 「고향유정」 등 두 편은 없고, 29화 「철새」와 30화 「풋사과」는 같은 작품이기 때문에 29화 「철새」를 제외하고 모두 42편 대본을 이 책에 수록했다.

---

* 정덕현, 「왜 지금 다시 〈전원일기〉인가」, 『시사저널』 1655호, 2021. 7. 4. (http://www.sisajournal.com)

차범석이 MBC 이연헌 PD로부터 새로운 콘셉트의 드라마 집필 제의를 받아 집필하게 된 것이 수상드라마 〈전원일기〉다. 당시 제5공화국 정부는 퇴폐적이고 저속한 사회 분위기를 정화한다는 명분 아래 국민 정서순화 드라마 제작을 강요하자 방송사들이 적극적으로 정서순화 드라마 제작에 나서게 되는데, MBC는 그에 대한 대안으로 농촌 드라마 〈전원일기〉를 제작한 것이었다.

〈전원일기〉의 첫 화에서 차범석은 형식상의 포맷을 정립, 그 진행 방식은 〈전원일기〉의 특성이 되었다. 드라마에서 잘 사용하지 않는 내레이션을 극의 시작과 끝에 배치해 안정감을 주고, 농촌에서 일어나는 일들을 소재로 이농, 가족 간의 갈등, 하곡 수매가, 수입 소고기, 농약의 과다 사용, 농촌 청년의 결혼, 입양, 결혼에서의 혼수 문제 등을 다루었다. 그러나 농촌의 실상을 적나라하게 보여 주면서 농촌 문제에 대해서는 나이브하게 접근했다는 지적과, 농민을 위한 드라마가 아니라 도시인을 위한 농촌 드라마라는 이야기를 듣기도 했다.

하지만 본래 〈전원일기〉가 잔잔한 한 편의 수필 같은 드라마를 지향했기 때문에 갈등의 극대화 대신 "갈등의 잔해"를 남기지 않는 드라마라는 자신의 정체성을 확고히 가질 수 있었으며, 장수 드라마로서 한국 TV 드라마 역사에서 자신의 위치를 확고히 할 수 있었다. 그 기반이 〈전원일기〉 초기 차범석의 대본을 통해 마련되었으며, 이후 22년간 긴 여정의 원동력이 되었던 것이다.

시추에이션 드라마는 장편 연속 드라마와 달리 캐릭터의 구현이 중요한데, 〈전원일기〉는 특성상 농촌의 아버지, 즉 김 회장의 캐릭터에 많은 사람들이 공감했다.

김 회장은 농부이면서 가끔 글을 쓰고 기고도 하는 사람(제2화 「주례」)이기도 하고 시를 읽기도 하는(제49화 「시인의 눈물」), 어쩌면 현실의 농부와 거리가 있을지도 모르는, 문학을 아는 농부이다. 그리고 마음은 누구보다도 포근하고 인정이 많으며 "능청스럽고 유들유들한" 성격으로 어머니에게 지청구를 듣기도 하지만, 어려운 사람을 보면 그냥 지나치지 못하고 국민 아버지로서 넉넉한 마음으로 살아가는 인물이다.

이 시대에 〈전원일기〉가 소환되는 데는 인간미 넘치는 인품의 김 회장과 그의 일가 때문이기도 하다. 그리고 지금은 보기 어려운 3대 혹은 4대에 걸친 대가족의 풍경은 이제 낯설고 색다르지만 잃어버린 고향과 그리움의 아이콘이 되기도 한다. 차범석은 〈전원일기〉의 특성이라고 할 수 있는 캐릭터를 구축하고 포맷을 설정하는 등 〈전원일기〉의 정체성을 확립했다. 그리고 갈등에 초점을 맞추기보다는 인간 화해의 '수상(隨想)' 드라마로서의 특징을 세웠다. 그렇기 때문에 〈전원일기〉는 단순한 농촌 드라마가 아닌 휴먼 드라마가 될 수 있었으며, 이것이 최장수 드라마로 가는 힘이 될 수 있었다.

차범석은 〈전원일기〉 집필을 시작한 지 1년 만에 제49화를 끝으로 집필을 그만두었다. 연속극이 아니어서 매회 새로운 이야기를 만들어 내는 것이 너무 힘들었기 때문이다. "막말로 연속극 형식이라면 전회에 나갔던 얘기나 인물을 다시 우려먹을 수도 있고, 바꾸어 치기도 하고, 늘려 먹을 수도 있으련만, 한 번으로 끝장을 내야 하는 주간극의 경우는 그런 사정이 허용되지 않으니 나름대로의 애로사항이 이만저만이 아니"었기 때문이었다.

〈전원일기〉의 제27화 「효도 잔치」가 1981년 제8회 방송의 날 한국방송대상에서 우수작품상도 받고 시청률과 평단의 호평 등 모든 것이 안정적인 상황이었는데, 차범석의 집필 중단 선언은 제작진에게 청천벽력이었다. 그를 설득하려 했지만 1화의 제목 「박수 칠 때 떠나라」를 언급하면서 완강하게 거부했다.

지금 방영되고 있는 〈전원일기〉에 대해서는 전문 비평가들이건 일반 시청자들이건 입을 모아 바람직스럽다고들 칭찬해 주기도 하고 큼직한 방송상도 타도록 해 주었으니 이렇게 박수를 할 때 나는 떠나겠다는 것뿐이오. … 인생이란 게 다 그런 거지 뭐… 박수할 때 떠나면서 사는 거지. 좀 더 먹고 싶다 했을 때 숟가락을 놓는 게 건강법의 비방이지. 미련을 짓깨물 줄 아는 용기. 나는 그것을 실천했을 뿐이지.*

이렇게 49화로 〈전원일기〉 집필을 마쳤다. 〈전원일기〉가 양촌리에서 살아가는 이웃들의 소박한 이야기로 1088화까지 긴 시간을 이어 올 수 있었던 데에 차범석의 공은 부인할 수 없을 것이다.

〈전원일기〉는 인간의 삶에 근접한 드라마로서 이제 지나간 시대의 드라마가 아니며, 종영 이후 20년 가까이 지난 지금까지도 현재성을 갖고 소환되는 드라마로서 충분한 의미가 있다. 따라서 차범석의 〈전원일기〉는 한국 방송사에서 중요한 의미를 지닌 작품이며, 차범석의 방송작가로서 진면목이 드러난 드라마라고 할 수 있다.

이 대본집의 출간은 〈전원일기〉를 좋아하는 사람들에게도, 연구자들에게도 큰 의미로 남을 것이다. 대본의 상태가 부서지거나 인쇄 상태가 좋지 않아 입력작업이 힘들기도 했지만 수차례 확인을 통해 내용을 충실하게 전달하려 했다.

〈전원일기〉의 출간을 결심하고 물심양면으로 지원해 주신 차범석연극재단 차혜영 이사장님, 목포문학관 홍미희 팀장님과 윤은미 선생님, 그리고 태학사 김연우 대표님과 조윤형 주간님께 감사드린다. 그리고 이 책의 작업 동안 원고 촬영을 도와준 아람후배 신영섭과 복사하느라 애쓴 제자 이혜지, 표지 그림을 멋지게 그려 준 제자 박영준, 나의 버팀목인 가족 경형, 혜선, 혜준에게도 고마움을 전한다.

2022년 11월
엮은이 전성희

---

* 차범석, 「박수할 때 떠나간다」, 『경향신문』, 1981. 12. 2.

차례 — 차범석의 전원일기 1

엮은이의 머리말

〈전원일기〉 제1~49화 방영 기록

차례 — 차범석의 전원일기 3

엮은이의 머리말

〈전원일기〉 제1~49화 방영 기록

일러두기

- 이 책은 목포문학관에 보관되어 있는 차범석 작 〈전원일기〉의 초기 대본 42편을 3권의 책으로 나누어 출판한 것이다.
- 목포문학관에 보관되어 있는 대본들의 표지에는 '방송' 혹은 '연습'이라 기록되어 있는데, 이 책에서는 '방송용 대본', '연습용 대본'으로 옮겨 기록해 놓았다.
- '방송용 대본' 수록을 원칙으로 하였으나 '방송용 대본'이 없는 경우에는 '연습용 대본'을 수록하였다.
- 방송 연월일은 엮은이가 여러 자료를 검토하여 실제 방송일을 찾아 넣었다.
- 원문을 존중하되, 지문은 현재의 표기법대로 고치고, 대사는 구어나 사투리 등을 그대로 살렸다.
- 각주는 모두 엮은이가 단 것이다.

박수 칠 때 떠나라

제1화 박수 칠 때 떠나라

방송용 대본 | 1980년 10월 21일 방송

· 등장 인물 ·

할머니(78)	정애란
아버지(61)	최불암
어머니(57)	김혜자
첫째(30)	김용건
며느리(26)	고두심
둘째(24)	유인촌
셋째(20)	김영란
막내(17)	홍성애
일용(30)	박은수
일용네(60)	김수미
마을 사람 갑	신국
마을 사람 을	정대홍
심판	백인철
주모	
구경꾼 등등	

S#1

아침 해 솟는다. 과수밭과 채전밭을 내려다보는 자리에 선 집의 원경.
아침 안개 기운이 서서히 걷혀가는 숲속 풍경.

S#2 축사 안

소 몰아낸다. 밖으로 나와 소 쓰다듬는다.

내레이션   나의 일과는 소장* 일부터 시작된다. 살아 움직이는 가축들의 눈망울에는 억척스런 삶이 있고 욕망이 있고 그런 애정이 있다. 나의 손을 기다리고 있고 나의 사랑을 갈망하는 가축들의 콧김이 손등에 와 닿을 때 나는 비로소 나의 삶을 의식한다. 그래서 또 하루가 시작된다. 영원으로 이어지는 순간이 시작되는 것이다.

S#3 마당(낮)

어머니와 일용네가 산더미처럼 쌓인 고구마 더미에서 크고 작은 것을 가려 각기 다른 가마에 넣고 있다.
똥개 한 마리가 놀고 있다. 저만치서 까치가 두어 번 운다. 까치 소리.

어머니   반가운 손님 오실려나 부다.
일용네   누구 기다리는 사람 있수?
어머니   하는 말이 그렇지요.

암탉 소리.
잠시 침묵. 부지런히 손만 움직인다.

---

* '닭장'처럼 '축사'를 부르는 말.

며느리가 마루 끝에 나온다. 임신 중인 새댁 차림이다. 동작 느리다.

며느리   (나른한 목소리로) 어머님….

어머니가 돌아본다.

며느리   점심 찬거리는 어떻게….
어머니   (일을 계속하며) 호박 따다가 며루치 넣고 볶아. 요즘은 새우젓도
            하두나 비싸니깐.
일용네   며루치는요 영석이네가 인천 나갔다가 사 왔는데 한 푸대에 만
            원 줬답데다. 그것도 중질로….
어머니   대장간에 뭐 없다는 격으로 해변가에 살아도 생선 맛 보기 힘
            들게 된 지가….

두 사람의 대화가 또 끊긴다. 며느리의 씨무룩한 표정.

며느리   그럼 호박나물만 할까요?
어머니   그래. 네 아버진 농협회에 나가셨다가 면 체육대회에 들리신다
            더라…. 거기서 점심 드시고 오실 테지….
며느리   예….

며느리가 부엌으로 들어간다.

일용네   씨름판이 벌어진다면서요?
어머니   그렇다나 봐요.
일용네   송아지가 걸린 시합이래요. 해마다 가을이면 하는…. 참, 둘째
            가 선수로 나간다면서요. 우리 일용이가 그러던데요.

어머니   제깐 녀석이 무슨 기운을 쓴다구…….

어머니는 싫지 않은 듯 빙그레 웃으며 손등으로 콧등에 송골거리는 땀을 쓱 문지른다.
멀리서 농악 소리가 들려온다.

일용네   (어깨를 펴며) 씨름판 벌어졌나 봐요.
어머니   오늘 들일은 다 되었구먼….

농악 소리 점점 드높아간다. 일 계속한다.

S#4 씨름판
선수들이 편을 짜고 있다. 둘째의 얼굴도 보인다. 아이들이 둘러싸고 있다.

S#5
아버지, 자전거 타고 휘파람 불며 신나게 달린다. 차로, 오르막길, 개천길, 굴다리길. 휘파람 소리. 장난스럽게 손 놓고 달려보고 두 발 들고 달리기도 한다.

S#6 주막집 앞
술청에서 막걸리를 마시는 마을 사람들.
마을 사람 갑, 을은 취기가 돌았다.

갑   크…, 추곡 수매가 고시 나왔나?
을   아직. 금년은 냉해까지 겹쳤으니 수매가나 잘 쳐줬으면 좋겠는
            데.
갑   두말하면 잔소리지! 이제 새 세상이 시작된다니까 또 한 번 기
            다려봐야지.
을   기다리는 게야 어렵지 않지. 기다렸다 뒤통수 맞을까 봐 겁이

나네….

갑이 갑자기 부르며 일어서서 손을 들며 인사한다.

갑   (크게) 김 회장님! 김 회장님 아니세요?
아버지   어이구, 시절 좋구만!

아버지, 자전거를 끌고 휘파람 불며 나타난다.

갑   어디 다녀오는 길이세요? 막걸리 한잔하시고 가시죠?
아버지   대낮부터?
을   한잔만 하시고 가세요.
갑   술국이 아주 잘 끓었는데요!
아버지   (꿀꺽) 그럴까?

아버지, 구미가 당기는 듯 자전거를 세우고 주막 안으로 들어선다.
주모가 반긴다.

주모   회장님 나오셨어요?
갑   여봐! 술잔하고 젓가락!
주모   예…….

아버지가 앉는다.

갑   어디 가시는 길이세요?
아버지   응……. 농협에 회의가 있어서……. 오는 길에 씨름판에 잠깐 얼
      굴 좀 내밀고 가려고…….

갑	참, 둘째 자제분이 출전한다더니…… 응원하시게요?
아버지	응원은… 무슨…….

주모가 술 주전자, 잔, 술국 등을 쟁반에 받쳐 들고 온다.

갑	한잔 올리겠습니다요, 회장님!
아버지	응……. 고마우이.

술을 따른다.

을	회장님께서도 소싯적엔 장사셨다면서요? 씨름판에서는…….
아버지	나? 무신 장사는 장사……. 흐흐……. 자 함께 들지!
갑·을	예…….

세 사람이 쭉 들이킨다. 갑의 턱에서 술 방울이 뚝뚝 떨어진다.

아버지	그 막걸리 맛 한번 시원하다!
을	요즘은 또 이 막걸리로 돌았어요.
아버지	응?
을	한때는 싱거워서 맹물 맛이라고 소주만 마셨는데……. 역시 우리 입에는 이거라야만……. 헛허…….
아버지	그래……. 송충이 입에는 솔잎이라야지.
갑	솔잎도 흙파리 등살에 못 자랄 걸요. 헛허…….

모두들 웃어젖힌다.

S#7 씨름판

둘째와 청년이 한판 붙었다. 열띤 응원 소리.

안간힘 쓰는 두 사람의 표정들. 꽹과리 소리, 징 소리. 개 짖는 소리.

S#8 씨름판

필사적으로 상대방 가랑이 사이에 한 다리를 끼고 힘을 쓰는 둘째의 경직된 표정. 비 오듯 흘러내리는 땀방울.

S#9 씨름판

보기 좋게 넘어지는 두 개의 육체. 둘째가 위를 덮친다.

터지는 환호성과 난타하는 북과 꽹과리와 징 소리. 개 짖는 소리.

S#10 씨름판

심판   두 사람을 쓰러뜨렸습니다! 다음 세 번째 나오시오! 세 번째 나
          와요!

둘째는 수건으로 땀을 씻으며 자신만만하게 씨름판을 한 바퀴 돈다.

심판   세 번째 도전자 없어요? 송아지 한 마리가 걸려 있는 상씨름판
          이오! 없습니까? 송아지를 타실 선수 나오시오!

저만치 메어둔 송아지가 운다. 여린 뿔에 빨강, 노랑의 색동 헝겊이 매여 있다.
군중들이 서로 뒤돌아본다.

심판   (소리) 송아지를 타 갈 선수 나와요! 송아지 한 마리……. 빈집
          에 금송아지 들어갑니다! 자…… 어서 나오십시오! 안 계십니

까? 안 계세요?

아버지   여기 있소!

모두들 소리 나는 쪽을 돌아본다. 군중을 헤집고 아버지가 나온다. 모두들 놀라움과 반가움에 술렁인다.

소리 1   아니 저게 누구여?
소리 2   농회 김 회장 아니오?
소리 3   부자지간 맞붙었군!
소리 4   이거 볼만하게 되었는걸!

둘째가 확 돌아본다. 아버지가 씩 웃는다.

둘째   아니…….
아버지   잘 부탁한다……. 흠…….
둘째   아버지……?

청년이 샅바를 들고 나와 아버지한테 채워준다.

둘째   아버지! 정말 이러시기예요?
아버지   내가 어째서?
둘째   (한심한 표정)
아버지   너만 씨름판에 나가라는 법이 어디 있어?
둘째   그렇지만…….
아버지   걱정 말어! 씨름판에 나온 이상은 부자간이 아니라 적수니까!
          홋흐…….

샅바를 만진다.

군중 속에 갑, 을의 얼굴이 보인다.

갑   김 회장 이겨라!

을   송아지 타시면 올가을에 아드님 장가보내시죠!

군중들이 까르르 웃는다.

둘째   아버지 약주 드셨군요?

아버지 점심때 반주했다. 왜…… 반칙이라던? 훗흐…….

둘째   글쎄 이러시면 안 돼요!

아버지 뭐가 안 돼? 이 씨름판에는 누구나 나설 자격이 있는 거야. 우
        리 마을 사람이라면……. (군중을 향해) 그렇죠?

아이들이 일제히 소리친다.

아이들 예!

아버지 저것 봐! 들었지? 훗흐….

아버지, 달려드는데 연신 피하며 말하는 둘째. 두 사람 뱅글뱅글 돌며,

둘째   그럼요, 제가 기권하겠어요.

아버지 기권? 왜 이러니?

둘째   기권이 아니라 양보해드리죠!

아버지 아니, 여기가 뻐스칸이냐? 노인한테 양보하는 건 뻐스칸에서나
        통한다…. 자… 덤벼! 실력으로 대결하자….

둘째   (어이가 없어) 실력 대결요?

28

| 아버지 | 왜, 벌써부터 가슴이 떨리냐? 인마, 옛날부터 장사야! |

S#11 (회상)

젊은 날에 아버지가 웃통 벗어젖힌 채 씨름을 하고 있다. 보기 좋게 적수를 넘어뜨리고는 양손을 번쩍 들어 보인다. 환호성을 올리는 군중들.

S#12 집 앞마당

일용이가 고구마를 가려내고 있는 어머니한테 전갈을 한다.

어머니	뭣이? 일용이, 그게 정말인가?
일용	예, 사모님. 제가 이 두 눈으로 똑똑히 보고 왔다니까요!
어머니	아버지와 아들이 씨름판에? 아이그 이게 무슨 조화냐 글쎄…. 망령도 유분수지. 이이 당신 나이가 지금 몇 살인데?

어머니가 머리에 쓴 수건을 풀어 옷에 먼지를 털며 부엌 쪽을 향해 소리친다.

어머니	아가, (화난 듯) 새 아가!
며느리	(소리) 예.
어머니	일용이 경운기 있지?
일용	예예.
어머니	나 좀 태워다 줘야겠어.
일용	씨름판에 가시게요?

며느리가 부엌에서 나온다.

| 며느리 | 어머님 부르셨어요? |
| 어머니 | 치마하고 저고리! |

며느리	예?
어머니	나갔다 와야겠다.
며느리	어딜 가시게요? 점심상 다 차렸는데….
어머니	씨름판에 가야 해.
며느리	어머니께서 씨름하시게요?
어머니	씨름은 무슨? 아이고… 못 산다니까! 그러니 나이 먹으면 어서…. (화가 나서) 어서 가지고 오라니깐!
며느리	예? 예….

며느리가 허겁지겁 마루로 올라간다.

S#13
경운기를 타고 가는 어머니와 일용.

S#14 씨름판
아버지와 둘째가 맞붙었다. 열광하는 군중들의 얼굴… 얼굴. 귀청이 떨어지게 들리는 징 소리.

S#15
소의 표정.

S#16
경운기에 흔들리며 가는 어머니의 초조한 얼굴.

S#17 씨름판
힘을 쓰고 있는 아버지와 둘째.

S#18

소의 다리들.

S#19 씨름판

이윽고 넘어지는 아버지. 환호성이 일어난다.

멍하니 허공을 쳐다보고 있는 아버지. 외면하며 손을 터는 둘째.

심판이 선언을 한다. 아버지가 벌떡 일어나서 다시 둘째와 잡는다.

둘째	아버지, 그만하시죠?
아버지	승부는 삼세번으로 난다.
둘째	삼세번 아니라 사네번이라두 매한가지예요….
아버지	입 닥쳐! 첫 번은 져준 거야!
둘째	져줘요?
아버지	그래… 자 덤벼!

아버지가 둘째의 샅바를 휘어 준다.

둘째가 딱하다는 듯 아버지 샅바를 더듬어서 쥔다.

S#20

어머니가 타고 가는 경운기의 그림자.

낙엽이 떨어지자 물그림자가 산산이 부서진다.

S#21 씨름판

밀리고 밀치는 아버지와 둘째. 열광하는 관중들.

아들이 번쩍 아버지를 든다. 허공에서 바둥대는 아버지의 두 다리. 다음 순간 둘째의 표정에 어떤 충격이 온다. 관중들이 열광한다.

둘째가 아버지를 내려놓는다. 그 순간 아버지가 둘째의 아랫도리를 걸어찬다. 둘째가 넘어진다. 아버지도 함께 쓰러진다. 관중이 환호성을 올린다.

관중 속에서 불쑥 내미는 어머니의 얼굴. 크게 놀란다.

아버지가 허리를 다친 듯 일어나지 못한다.

둘째   아버지!

아버지   아이구, 앗… 아….

둘째   어디 다치셨어요?

어머니가 비집고 나온다.

어머니   여보! 여보!

아버지   응?

어머니   어떻게 된 일예요?

내려다보는 어머니의 매서운 시선.

쳐다보는 아버지의 멍청한 시선.

아버지   아이고… 허리야….

S#22

소의 표정.

S#23 부엌

화덕 위에 달구는 기와. 어머니가 불에 달구어낸 기와를 헌 수건으로 싸 들고 급히 나간다.

S#24 뜰과 마루

어머니가 부엌에서 나온다.

첫째가 들어온다. 퇴근길이다.

첫째   어머니, 어떻게 된 거예요?

어머니   어떻게 되긴… 망령나셨지!

첫째   많이 다치셨어요?

어머니   누가 아니?

어머니가 마루로 올라간다. 첫째가 뒤를 따른다.

S#25 안방

아버지가 요 위에 엎드려 있다. 셋째가 허리를 조심조심 누르고 있다.

어머니, 들어온다.

아버지   아… 아퍼, 아퍼….

셋째   여기가 아프세요?

아버지   응… 응… 살살… 살살….

셋째가 서서히 문지른다.

어머니   천벌이에요. 그게 다….

아버지   약 올리지 말어…. 남의 속두 모르구시리….

어머니   그래 남의 속도 잘 아셔서 씨름 선수가 되셨구려? 쯧쯧쯧….

어머니가 앉으며 손에 들고 있는 기와를 불쑥 내민다.

어머니   이거 없으세요.

아버지   그게 뭐야, 그게?

어머니	불독 찜질이 좋대요! 허리 다친 데는요….
아버지	불독?
어머니	기와예요! 불에다 달군 거예요!

어머니가 아버지 옷을 치켜올리고 기와를 허리에 올려놓는다.

아버지	앗…! 앗… 뜨거.
어머니	엄살 그만 떨어요!
셋째	히히히….
어머니	너는 뭐가 우습니?
셋째	힛히히….
어머니	세상에 망령두 유분수지 글쎄…. 어느 때라구 젊은 애들 틈에 껴서 씨름판에….
아버지	그 망령 소리 좀 쑥 뺄 수 없어?
어머니	그럼 그게 망령이잖구 뭐유?
아버지	인생은 육십부터라는 말두 몰라?
어머니	섣달에는 손자를 보게 될 할아버지예요.
셋째	손자인지 손녀인지 낳아봐야 알죠. 호호호….
아버지	그래, 그래! 네 말이 맞다. 우리 셋째가 맞어… 헛허… 앗….

크게 웃으려다가 아픔이 허리에 느껴지자 질겁을 한다.

어머니	아프세요? 이거 야단났네… 응?
아버지	어구구….

첫째가 와이셔츠 차림으로 들어온다. 며느리도 뒤따라 들어온다.

첫째	괜찮으세요?
아버지	아니… 웬 퇴근 시간이 그렇게 일르냐, 오늘은….
첫째	(아내를 돌아보며) 회사로 전화가 왔잖아요. 그래서….
아버지	(며느리에게 못마땅하게) 너는 무슨 큰일 났다고 알리니 알리 긴……. 쯧쯧쯧!
며느리	그렇지만…….
아버지	아무렇지도 않아! 약간 허리를 삐었을 뿐이야!

첫째가 기와가 얹힌 허리를 손으로 눌러본다. 살이 물렁거린다.

첫째	무리예요, 아버지껜….
아버지	뭐가….
첫째	씨름을 아무나 하나요? 저만 해도 이젠 근육이 당기고 해서 힘 주는 일은 어려운데요.
아버지	늙었다고 무시하지 마, 인마! 그 담배나 다오!
첫째	예….

첫째가 담배를 뽑아 입에 물려주고 불을 붙여준다.
아버지가 엎드린 채로 담배를 피운다.

어머니	으이구, 네 아버지 인생은 60부터란다 글쎄…. 망령이야 망령!
아버지	그 망령 소리 좀 빼라니깐! 나는 아직 젊어요…. 40년 동안 흙 에서 자라 흙과 함께 살아온 나란 말이야! 요즘 젊은 애들처럼 그렇게 비실비실진 않아!
셋째	저도요?
아버지	응? 응… 우리 셋째는 빼고지! 그… 자식….
셋째	헤헤.

어머니	나이는 못 속여!
아버지	누가 속인댔어?
어머니	그게 속이는 거죠…. 늙었는데도 안 늙은 척해 보이려는 심뽀가 아니고 뭐겠어요?
아버지	척이 아니야. 내 실력이지.
어머니	젊은 사람들한테 지기 싫다는 생각 누군들 없나요? 허지만 그게 마음대로 안 되는 게 나이라구요…. 언덕 넘어 정미소 집 정 씨 보세요. 안 늙어 보이려고 한 달에 한 번씩 이발소에 가 드러눠서 머리 염색을 하고 파란 양복에 빨간 넥타이 매고 색안경 쓰고… 온갖 수선 다 피우지만 목 주름살은 어쩔 수 없습디다.
아버지	남의 남자 목은 언제 또 들여다봤어?
어머니	들여다보긴요…. 서울 가는 전철 안에서 한사코 나한테 자리를 양보하길래 나는 앉고 자기는 섰는데 턱 아래서 쳐다보니까 환히 올려다보입디다.
아버지	잘도 보았군! 그런 시간 있으면 흰머리나 뽑을 일이지!
어머니	목살이 축 늘어진 데다가 주름이 잡힌 게 꼭 다 빨린 암돼지 젖꼭지 같습디다.
아버지	얼씨구….
어머니	그러니 허세를 부려서는 안 된다고요. 나이 먹으면 늙는 거지. 뭐가 두렵수?
첫째	그래요…. 아버진 옛날 젊었을 때 생각만 하시고 환상 속에 사로잡히신 거예요.
아버지	이젠 너까지 쌍지팽이 짚고 나서는구나!
셋째	염려 마세요…. 저는 아버지 편이니까, 흐흐….

모두들 웃는다.

셋째	그건 그렇고 작은오빠도 너무했어.
첫째	왜?
셋째	작은오빠가 양보했던들 아버지가 이렇게 되시진 않았을 거 아니에요?
첫째	아, 그럼! 아버지하고 둘째하고 씨름을 했단 말이냐?
어머니	너는 자다가 봉창 두들기는 소리 하는구나…. 지금까지 그것도 모르고 있었어?
첫째	(아내에게) 여보! 왜 진작 그 얘기 안 했지?
며느리	아까 전화로 얘기했잖아요.
첫째	언제 했어? 아버지가 씨름판에서 다치셨다고만 했었지!
며느리	어머머… 기가 막혀! 얘기했단 말이에요! 당신이 잘못 알아듣고서!
첫째	그런 중요한 얘기를 빼놓구서….
어머니	그만들 해둬! 이제 와서 그게 무슨 소용이니?
첫째	둘째는 어디 갔어요?
어머니	글쎄다!
아버지	아마 미안해서 못 나타난 거겠지! 자식두 원….
어머니	당신 탓이죠…. 멀쩡한 아이 기 죽여놓구서….
아버지	그게 왜 내 탓이야! 제 놈이 힘이 딸린 탓이지! 그래도 내가 이겼어, 두 번째는….
셋째	비겼지요! 한 번 지고 한 번 이기고. 호호….
첫째	아버지께서 한 번은 이기셨어요?
아버지	암! 내가 젊었을 땐 씨름판에 나갔다 하면 황소를 탔었지!
셋째	작은오빠가 부러 져준 거 아니에요?
아버지	뭐라구?
어머니	셋째 말이 맞을 거야.
아버지	아니, 이 사람이.

벌떡 일어나는 아버지. 서슬에 놀라는 엄마.

모두 웃는다.

S#26 마당(어둠)

방마다 불 켜진 방문들. 어슴푸레한 초저녁이다.

S#27 대문 앞(어둠)

둘째가 풀이 죽은 채 쭈그리고 앉아 있다.

돼지들이 꿀꿀거리고 있다. 초저녁의 짙은 잿빛 어둠이 깔리고 있다.

일용이가 돼지 밥통을 들고 온다.

일용　　　　먹으라는데.

일용이가 돼지 사료 통에다 돼지 밥을 부어준다. 돼지들이 다투어 머리를 내민다.

둘째가 불쑥 일어난다.

S#28 집 앞뜰(어둠)

어머니가 방에서 나온다. 불빛이 마루로 흘러나오고 있다.

둘째가 뜨락에 들어선다.

어머니　　　어서 올라가 저녁 먹자.

둘째　　　　아버지는요?

어머니　　　괜찮으신가 봐.

방에서 웃음소리가 터져 나온다.

둘째　　　　어머니!

부엌으로 어머니가 들어가려다 말고 돌아본다.

둘째	(가서) 어떻게 하죠?
어머니	뭐가?
둘째	아버지한테 정식으루 용서를 빌어야 할까요?
어머니	얜, 너한테 무슨 잘못이 있니? 괜찮아…. (바싹) 이 기회에 네 아버지 콧대 좀 꺾어드려라. 홋홋…….

어머니가 부엌으로 들어간다.

둘째가 빙긋이 웃는다.

S#29 방(밤)

식구들이 식탁에 둘러앉았다. 아버지, 첫째, 셋째, 막내 모두 모였다.

며느리가 냄비에서 국을 떠서 막내에게 건네면 막내는 차례로 놓는다. 국그릇에서 피어오르는 김.

아버지	국 냄새가 구수하구나. 무슨 국이냐?
며느리	마른 새우 넣고 아욱국 끓였어요.
아버지	아욱국? 좋지! 말이 있잖니? 가을 아욱국은 막동이 사위만 준다구. 헛허….
셋째	그럼 막내 신랑이 있어야겠네요.
막내	피이다….
일동	헛허…….
아버지	(상을 두리번거리며) 왜 없냐? 너희 어머니가 내오지 말랬어?
며느리	예?
셋째	언니, 이거 말이에요.

술 마시는 시늉을 한다.

아버지   없어?

어머니 E   (밖에서) 가져가요.

아버지   응? 역시 네 엄마가 최고야. 흐흐……

미닫이가 열린다. 둘째가 소주병을 들고 있다.

아버지의 입이 짝 벌어지며 군침을 삼킨다.

어머니   둘째가 술잔을 올리겠대요. 그리 알고 받으세요.

첫째   앉어라.

셋째   우리 여자들 마실 건 없나?

막내   그러게 말이야.

둘째가 아버지 곁으로 가서 잔을 권한다.

둘째   아버지…….

아버지가 난처해진다.

어머니   아, 어서 받으세요. 우리 집 감나무에 까치 안 우는 날은 있어
           도 당신 반주 걸르는 날 있었수?

모두들 웃는다.

아버지가 손을 내민다. 둘째가 술을 따른다.

둘째   아버지… 낮에는 죄송했어요.

어머니   에그, 그게 뭐가 죄송하니? 씨름이야 힘으로 하는 게지, 뭐 정
          으로 하는 거니?

모두들 까르르 웃는다.

막내   프로레슬링은 돈 받고 부러 져준다던데 둘째 오빠도 혹시 그거
          아니었수?
아버지   뭐, 뭐, 져줘? 예끼 놈!
막내   난 믿어지지 않아요. 아버지가 작은오빠를 이겨냈다니…….
아버지   너는 믿거나 말거나야. 심판이 알면 되는 일이니까! 자, 들자.

모두들 식사를 시작한다.
아버지가 술잔을 기울인다. 그러면서 곁눈질로 둘째를 본다.
둘째, 잽싸게 시선을 돌리며 침을 꼴깍 삼킨다. 아버지가 잠시 생각하다 잔을 내민다.

둘째   예?
아버지   받어, 인마!

둘째가 망설인다.

어머니   주시는 건 받어라.
셋째   뇌물만은 빼놓고. 호호호…….

둘째가 잔을 받는다. 아버지가 술을 따른다.

아버지   마셔….

둘째가 약간 돌아앉아 술을 마시고는 다시 잔을 내밀고 술을 따른다.

둘째   아버지.

아버지   응….

둘째   낮에… 저 혼자서… 울었어요.

아버지   응?

어머니   씨름에 졌대서 말이니?

둘째   아뇨.

아버지   그럼, 미안해서?

둘째   아뇨.

아버지   그럼, 뭐냐?

둘째   (사이) 아버지께서… 그렇게 가벼워지신 줄 몰랐어요.

아버지가 입에 대려던 잔을 놓는다.

어머니도 숟가락을 놓는다.

둘째   제가 아버지를 치켜올렸을 때 그렇게 가벼울 수가 없었어요. 어
           렸을 때…… 아니죠, 그게 고등학교 나오고 군대에 입대하기 전
           날이었죠? 복숭아밭 아래서 씨름을 하신 게.

S#30

아버지와 둘째가 씨름을 하고 있다. 아버지는 버티고 서서 반석처럼 움직이지 않는다.

둘째가 몇 차례 넘어뜨리려고 안달을 하다가 쿵 나가떨어진다.

아버지   으라차차!

둘째   어이쿠!

아버지가 깔깔대고 웃는다.

아버지   하하하.
어머니   <u>호.호.호.</u>

저만치서 복숭아를 따고 있던 어머니가 웃는다.
화가 나 다시 일어서서 달라붙는 둘째. 그러나 다시 한번 용쓰자마자 나가떨어지는 둘째.

S#31 방

둘째   그러시던 우리 아버지가 어느새 이렇게 늙고 쇠약해지셨나 싶
           어 맘이 아팠어요.
아버지   (대견스레 보는 눈이 젖어온다)

분위기가 숙연해진다.
막내가 젓가락 끝을 물고 이 사람 저 사람 눈치를 본다.

아버지   인마. (사이) 실은… 나도 울었어.
둘째   예?
아버지   마음은 아직도 봄인데 육신은 벌써 가을 낙엽이 되었구나 싶어
           서 말야. 내가 아무리 바둥거리고 안간힘을 쓴다 해도 제때가
           지나면 어쩔 수 없구나! 하지만 그게 순리지. 조물주의 조화야.
           내가 나이를 먹는 만큼 너희들은 자라고, 그래서 너희들이 세
           상 주인이 되어야 하는 판국에 내가 아무리 뽐내봤자 누가 알
           아줘야지.
어머니   그래요. 이제 열매도 안 열릴 고목 과수예요. 열린다 해도 새알
           만 하게 열릴 늙은 나무예요. 그러니 너무 무리 마세요.

아버지   인제 나보고 양로원에 가라는 건가?

어머니   아니죠. 이 참대쪽 같은 아들딸 있는데 뭐가 두려워요, 안 그러니?

'그럼요' 등등 맞장구치며 웃는다. 아버지는 흐뭇한 표정이다.

셋째   그런 뜻에서 제가 한잔 올리겠습니다, 자요!

셋째가 술병을 들고 옆으로 온다.

아버지   자식! 그래, 좋다!

술잔을 내민다.
이때 막내가 큰 소리로 말한다.

막내   언닌 꼭 마지막에 공로를 차지하려 든단 말야. (와서) 아빠! 제
         가 먼저 따르려고 그랬단 말예요.

셋째   내가 먼저 따르고!

막내   싫어! 내가 먼저 따를래!

병을 쥐고 서로 따르겠다고 실랑이한다. 모두 웃는다.
아버지가 입이 찢어지게 좋아한다.

아버지   그래, 그래. 느희 둘이 맞잡고 따르면 되잖니… 흐흐흐.

둘이 따라준 잔을 맛있게 마신다.

아버지   크, 맛 좋다.

밖에서 개가 짖는다.

며느리   누가 왔나?
일용   (밖에서) 회장님, 회장님!
며느리   제가 나가볼게요.

며느리가 나간다.

S#32 마루와 뜰(밤)
할머니가 일용의 부축을 받으며 들어온다. 일용의 손에 소형 트렁크가 들렸다.

며느리   어머나! 할머니 아니세요?

S#33 방

아버지   응, 어머님이?
어머니   아니 이 시간에 웬일이실까?

모두들 마루로 나간다.

S#34 마루와 뜰(밤)
할머니가 마루 끝에 앉으며 길게 한숨을 몰아쉰다.

할머니   어유… 다리야!
아버지   어머니! 어떻게 오셨어요?
할머니   어떻게는 뭐가 어떻게… 서울서 뻐스 타고 정류소에서 내려서
          올라오는데 (일용을 보며) 거름통을 지고 오는 걸 만났지! 아이

구, 다리야…. 얘, 나 시원한 물 좀 다오.

어머니   예…. (며느리에게) 어서 떠와.

며느리   예.

며느리가 내려간다.

일용   그럼 쉬세요…. 전 이만 가보겠어요.

할머니   응, 수고했어.

일용이가 나간다.

할머니   시원한 우물 맛 생각이 나서… 쯧쯧… 난 서울 가면 미지근한 수돗물이 싫어서… 못 살겠더라.

어머니   어머님 왜 벌써 오셨어요? 한 보름쯤 계신다더니….

할머니   오고 싶어 왔지.

아버지   이 시간에 가시라고 하던가요? 매제랑 누이가?

할머니   아니야… 내가 왔어 그냥….

며느리가 물그릇을 들고 온다.

며느리   할머니, 여기 있어요.

할머니   오냐.

할머니가 물그릇을 받아 꿀꺽꿀꺽 마신다.

어머니   (낮게) 서울서 무슨 언짢은 일이라도….

아버지   (낮게) 글쎄….

| 할머니 | 후우… 물맛 한번 좋다… 꿀맛이야…. 팔도 천지 어디 가도 우리 집 물맛만큼 좋은 물은 없을 거야. |

물그릇을 내밀자 며느리가 받는다.

어머니	저녁은 그럼… 아직….
할머니	생각 없어…. 오다가 홍시를 하나 사 먹었지.
아버지	좌우간 올라오세요.
할머니	응응, 그래! 뭐니 뭐니 해도 내 집이 제일이니까….

첫째와 둘째가 부축해서 방으로 모신다. 아버지와 어머니만 남는다.

어머니	무슨 일이 있었던 게 분명해요. 이렇게 불쑥 돌아오실 리가 없어요.
아버지	혹시 매부나 정애가 눈치한 거 아닐까?
어머니	그러게 말이에요. 아무튼 넌즈시 좀 여쭤보세요.
아버지	알았어!

S#35 할머니 방(밤)
첫째, 둘째가 나가고, 막내가 할머니 어깨를 주무르고, 셋째가 할머니 무릎을 두들기고 있다.

할머니	아이구… 아이구… 시원해라… 훗….
셋째	시원하죠?
할머니	응… 서울 가면 이렇게 다리 주물러줄 사람도 없고…….

아버지와 어머니가 들어선다.

할머니	내가 가겠다니까 느희 고모랑 고모부랑 붙잡고 말리더라
	만…… .
아버지	그럼 편안히 지내시지 왜 벌써 오셨어요?
어머니	아파트에는 없는 것 없고 여기보다 몇 갑절 편안하셨을 텐데….
할머니	편해? 아니다! 사람은 가지 말라고 붙잡을 때 떠날 줄 알아야 해.
아버지	예?
할머니	아이들이 할머니한테 효도하겠다는 마음 그걸 알았으면 되었
	지. 편안하다고 그대로 눌어붙어 있다간 저도 모르게 눈치 보
	게 되는 거야. 사람이란 손뼉을 치고 떠나지 말라고 아우성칠
	때 떠날 줄 알아야 해.

아버지와 어머니는 어떤 마음의 충격을 받은 듯 감동 어린 시선으로 바라본다. 아버지
는 나간다.
할머니가 손자, 손녀들에게 재미나게 얘기를 하며 손짓을 해 보인다.

S#36 마루(밤)
아버지가 나와 선다.

내레이션	그래, 만사는 때가 있다. 그때를 잃으면 명연설도 허공의 메아리
	다. 어떤 사람이건 자기가 애써서 성취한 성을 떠나려 하지 않
	는다. 내가 아니면 이 성을 지키고 갈 사람이 없다고 독단한다.
	이런 사람에겐 박수갈채가 없다. 박수갈채를 받으며 떠날 줄
	알아야 한다.

이때 어머니가 나와서 뭐라 잔소리하며 등을 밀며 안방으로 들어간다.

(F.O.)

제2화

주례

제2화 주례

방송용 대본 | 1980년 10월 28일 방송

· 등장 인물 ·

아버지	최불암
어머니	김혜자
첫째	김용건
며느리	고두심
둘째	유인촌
셋째	김영란
막내	홍성애
일용	박은수
일용네	김수미
사나이(38)	임문수
아낙(35)	이숙
신랑(30)	사상기
신부(26)	김동주
사회	박경순
목사	이운우
마을 사람들	

S#1 과수원 전경

아버지와 둘째가 약간의 거리를 두고 가지치기를 하고 있다.

내레이션   나무를 대하노라면 사람을 알게 된다. 이를테면 나무는 성장만을 목적으로 하는 것이 아니다. 보다 많은 열매를 맺게 하려면 식물의 성장점인 순을 잘라야 한다. 그게 결과지*를 기르는 거다. 그런데 어떤 때는 성장점의 순을 자르지 않아도 난데없는 곳에서 곁눈이 나와 제법 탐스럽게 곁가지를 형성한다. 이것은 도장지**라고 해서 꽃도 열매도 맺지 않을뿐더러 다른 나뭇가지의 성장까지도 망치는 경우가 있다. 그러나 이상하게도 이 도장지는 거름도 많고 수분도 풍족한 좋은 환경에서 많이 나온다는 점이다. 사람도 마찬가지다. 환경이 좋아서만이 성공하는 건 아니다.

둘째   아버지!

아버지   왜?

둘째   그럼 어느 쪽일까요?

아버지   뭐?

아버지가 일손을 놓고 둘째를 돌아본다.

둘째   도장지인지 결과지인지 모르겠어요, 저는.

둘째는 여전히 가지를 친다. 아버지가 씩 웃는다.

---

* 결과지(結果枝). 열매가 열리는 가지.

** 도장지(徒長枝). 웃자란 가지로, 잘라버린다.

| 아버지 | 둘 다 아니야, 인마! |
| 둘째 | 예? |

아버지가 다시 일을 계속한다.

| 아버지 | 나무의 도장지는 톱이나 전정가위로 싹뚝 잘라버릴 수도 있 고… 쓸데없이 하늘로만 치솟는 생장점의 순을 암팡지게 잘라 낼 수가 있지만 말이야…. 흐흐, 사람은 그게 안 되거든…. 그게 자식이라는 거다. |

둘째가 뭔가 가슴에 와닿는 것을 느낀 듯 아버지를 쳐다본다.

둘째	힘들 게 뭐가 있어요? 쓸모없는 도장지와 열매를 맺을 결과지 를 정확히만 알 수 있다면…….
아버지	그게 어려워, 인마! 도장지를 자른다는 것이 그만 결과지를 잘 라버리는 경우가 많거든!
둘째	그러니까 저는 도장지와 결과지 가운데 어느 쪽이냐구요?
아버지	둘 다 아니라니까!
둘째	아버지! 제가 도장지라고 생각하고 계시죠?
아버지	뭐?
둘째	아버지 말씀대로 그때 농과대학에나 갈 것을 농고만 나오고는 비실대다가 군대에 갔다 왔으니…. 형처럼 법과대학 나와 번듯 하게 회사원이라도 되었던들… 아버지 체면도 섰을 텐데 말씀 이에요…. 역시 나도 도장지일 거야! 그렇죠? 훗흐….
아버지	아니, 저 녀석이….
어머니	(멀리서) 여보, 여보!
아버지	(크게) 왜 그래?

어머니   (멀리서) 어디 계세요?

아버지, 나간다.

S#2 과수원
어머니가 치맛말을 추슬러 올리며 급히 오고 있다.

어머니   나와보세요. 손님 오셨어요.
아버지   (소리만) 손님? 누군데?
어머니   모르겠어요. 모르는 사람이에요.

과수밭에서 아버지가 나온다.

아버지   어디 있어?
어머니   집에요.
아버지   뭘 하는 사람인데…?
어머니   그게 좀… 이상해요.
아버지   왜?
어머니   이 고장 사람은 아닌가 봐요.
아버지   노자 떨어졌으니 하룻밤 묵고 가겠다는 거 아니야?
어머니   그런 것 같지는 않고요… 긴히 말씀드릴 일이 있다면서….
아버지   그래? 가봐.

아버지가 앞장서고 어머니가 뒤를 따른다.

S#3 집 앞뜰
허름한 차림의 30대 후반 청년이 서성거리고 있다. 머리엔 찌그러진 모자가 얹혀 있다.

개가 낯선 길손이라 짖어대고 있다. 사나이는 손을 내밀며 슬슬 피하고 있다. (안 짖으면 달래며 놀 것)*

사나이　　　워리… 워리….

아버지가 나온다.

아버지　　　삼월아, 저리 가! 저기 가 있어!

개를 제지시키며 몰아낸다. 개가 슬슬 물러간다.
사나이가 모자를 벗어 절을 꾸벅 한다.

사나이　　　김 회장이세요?
아버지　　　뉘시오?
사나이　　　예… 저….
아버지　　　좌우간 올라가시죠.
사나이　　　아, 아니올습니다. 여, 여기서….
아버지　　　올라가세요. 어찌 되었건 나를 찾아온 손님이신데…. 자… 올라
　　　　　　갑시다.
사나이　　　예… 예….

어머니가 저만치서 개운치 않은 표정으로 서 있다.

어머니　　　(마음의 소리) 에그… 저 양반은 그저 날라가는 까마귀라도 붙
　　　　　　들고 올라가라지….

----

* 개가 안 짖으면 사나이가 달래며 놀라는 지시.

54

아버지 E	여보… 뭘 하고 있어?
어머니	예?
아버지	술상 차려 와요!
어머니	술상이라뇨?
아버지	손님 오셨는데 그대로 있을 수 있어?

아버지가 윙크를 하듯 한쪽 눈을 살짝 감아 보인다.

어머니	아니… 정말 저 양반은…. 어디서 온 누군지도 모르면서 무슨 술상은….

S#4 마루

아버지	편히 앉으시오. 자… 자….
사나이	예… 예….

사나이는 무릎을 꿇고는 안절부절이다.

사나이	인사 올리겠습니다.
아버지	예. (고쳐 앉는)
사나이	저… 저 아랫마을 사는 김종국이라고 합니다.
아버지	아, 그러세요? 어쩐지 낯선 분이라 했더니만….
사나이	저는 진작부터 김 회장님 존함은 익히 알고 있습니다.
아버지	아랫마을에서 무얼 하시오?
사나이	그저 이것저것… 헤헤.

뒤통수를 긁적거린다.

아버지	그래, 무슨 일로 나를⋯.
사나이	(대뜸) 주례 좀 서주세요.
아버지	예?

S#5 부엌

술상을 차리고 있는 어머니의 귀가 쫑긋해진다.

어머니	주례?

S#6 마루

아버지	아니, 김종국 씨가 장가드시오?
사나이	아니요. 제가 아니라 제 동생 놈이 하나 있는데 나이 30에 겨우 늦장가를 들게 되었습죠. 그런데 막상 장가를 들자니 주례 서 주실 어른이 계셔야죠.
아버지	마을의 어른들 계시잖아요?
사나이	그, 그게⋯ 저⋯ 헤헤.
아버지	?
사나이	누가 서주시려고 해얍죠, 헤헤.
아버지	아니, 왜요?
사나이	(한숨) 그것도 다 제 것 제대로 지니고 살아가는 처지라야 주례 도 서주려고 하지, 우리처럼 이렇게⋯, 헤헤⋯.

자신의 초라한 차림을 부끄럽게 여기는지 아버지와 자기를 번갈아 본다.

사나이	그게 잘 안 되더군요. 부탁 말씀 올리기도 쑥스럽구요⋯. 그래 서⋯.

아버지	그래, 나는 어떻게 알고서?
사나이	어제 장터에 나갔다가 옹진식당에서 막걸리를 마시던 끝에 주례 걱정을 했더니 그 주인댁이 김 회장님을 찾아가보라고 해서… 이렇게….
아버지	아… 옹진식당… 잘 알죠.
사나이	김 회장님께선 이 고을 터줏대감인 데다가 지금까지도 수십 쌍을 더 주례를 스셨다면서….
아버지	(과히 싫지 않은 듯) 수십 쌍이 뭐요? 수백 쌍은 족히…. (사나이를 본다)

어머니가 술상을 가지고 올라온다.

아버지	(아내에게) 내가 주례 선 것 수백 쌍은 될 거야, 그렇지?
어머니	글쎄요. 그렇지만 주례도 서줄 때뿐이지 식만 끝나고 나면 언제 봤더냐 식이니 그것도 별로 달갑지 않은 일이죠.

사나이가 아연해진다.

어머니	어서 약주나 드세요. 안주가 신통치 않군요.

서로 따르려고 약간 실랑이를 벌인다.

사나이	아이, 별말씀을 다 하십니다. 이렇게 폐를 끼쳐서…. (주전자)
아버지	옛날에는 주례는 이를테면 천주교에서 말하는 대부나 다름없었지.
사나이	대부요?
아버지	암, 아버지 대신이라 이거 아니오? 죽을 때까지 아버지처럼 공

대하고 어려울 때는 찾아가 의논드리구, 즐거울 때는 그 기쁨을 나누고… 이게 주렌데… 요즘은 그저 빌려다 쓴 헌 빗자루 격이야! 쓰고 나면 팩 내던져버린다구. 헛허.

사나이가 난처해진다.

아버지   그렇다고 김 형보고 하는 소리는 아니고, 이를테면 요즘 세대 인심이 모두 그런 식이다 이거지! 허허…. 자… 한잔합시다.
사나이   예.

아버지, 시원하게 마신다.

사나이   그럼 주례는… 어떻게…?
아버지   염려 마시오!
사나이   감사합니다, 감사합니다!

사나이가 술잔을 내려놓고 코가 마룻바닥에 닿게 연거푸 절을 한다.
아버지, 맞절하면서 눈시울이 금방 젖어온다.

사나이   그 불쌍한 놈이…… 나이 30에 겨우 색시는 나섰는데 주례 서 줄 사람이 없어서…… 장가 못 들 줄 알았는데…… 감사합니다! 정말 고맙습니다! 이 은혜 안 잊을 겁니다. 대부님!

사나이 또 한 차례 절을 한다. 할 수 없이 마주 앉는 아버지, 코믹하다.
어머니, 부엌에서 나오다 보고 혀를 찬다.
아침 해 뜬다.

S#7 마루(낮)

아버지가 거울 앞에서 면도를 하고 있다.

어머니가 저만치서 양복바지에 다리미질을 하고 있다.

어머니   식이 열 시라죠?

아버지   응!

어머니   무슨 결혼식을 그렇게 일찍 해요? 열두 시쯤 해서 식 끝나면 가
          까운 사람들 모아 점심도 하고 그럴 일이지……. 그저 요즘 사
          람들은 약아빠지고 닳아빠져서 참기름 장수 기름통이라니까.

아버지가 거울 속을 들여다보며 씩 웃는다.

아버지   참기름 장수 기름통을 본 것처럼 말하는군……. 흠……!

어머니   안 봐두 본 거나 다름없죠. 열 시에 후딱딱 식 끝내고 갈 사람
          가버려라 이거 아니에요? 점심때 피해서 할려구…….

아버지   그럼 요즘 결혼식 때 누가 점심 내고 술상 내고 해…… 가정의
          례준칙두 몰라?

어머니   알기에 하는 소리죠.

아버지   뭐라구?

어머니   결혼식 끝나면 밥, 죽이면 죽, 아니 우유 한 잔이면 어때서요?
          정성만 깃들어 있고 진실성만 있다면 그렇게 모아 앉아 축하해
          주고 축하받고 하는 게 결혼식이지……. 에그, 세상에…… 요즘
          결혼식 그게 결혼식입디까? 더구나 그 예식장은 북새통! 이건
          돈 내구 쫓겨나온 격이니 원.

아버지가 면도를 하다 말고 허공을 쳐다본다.

아버지	그래…… 맞았어! 우유 한 잔! 여보, 그때 생각나?
어머니	뭘요?
아버지	우리 약혼식 때 일……. 그때 우리는 진짜 우유 한 잔씩 앞에 놓고 했었잖소! 그것두 외국 구호물자로 들어온 가루우유를 타서…….

어머니도 어느덧 다리미질을 하다 말고 회상에 잠긴다.

어머니	그래요. 그게 30년 전이던가요?
아버지	33년 전이지. 해방 다음 해니까……. 12월 9일……. 나는 스물여덟, 당신은 네 살 아래. (빙긋 웃는다)

S#8 목사의 방(회상)

말쑥하게 차린 젊은 날의 아버지와 어머니. 모여 앉은 사람들. 그들 앞에는 우유 컵 하나씩 놓여 있다. 이 목사가 기도를 하고 있다. 어머니 머리에 꽂힌 연분홍빛 카네이션 한 송이가 잔물결치듯 흔들리고 있다.

이윽고 기도가 끝나고 이 목사가 먼저 우유 잔을 든다. 모두들 우유 잔을 들어 보인다. 어머니의 손에 들린 우유 잔이 몹시 흔들린다. 아버지의 우유 잔에 들린 우유 잔은 끄떡없다. 아버지는 한숨에 반쯤 마신다. 어머니는 입을 대다 말고 우유 잔을 놓는다. 그녀의 저고리 소매 끝에 끼워둔 하얀 손수건을 입술에 대는 척하면서 어느새 눈시울을 누르고 있다. 그것을 어김없이 보고 있는 아버지의 눈초리.

아버지	(소리) 나는 당신이 왜 우는지 그 이유를 알 수 없었지.
어머니	(소리) 모르실 거예요.
아버지	(소리) 가난뱅이한테 시집간다는 게 슬펐겠지?
어머니	(소리) 그게 아니에요.
아버지	(소리) 그럼 왜 울었어?

| 어머니 | (소리) 그건 말로는 설명 못 해요. 여자의 눈물은 복잡해요. 더구나 결혼 때 흘린 눈물은 불가사의하거든요. |
| 아버지 | (소리) 불가사의? |

S#9 마루
회상에 잠겨 미소 짓는 부부.

| 어머니 | (소리) 다만 한 가지만은 말할 수 있어요. 나는 이제부터 저 남자에게 모든 것을 맡길 수 있다는 감동 때문에 울었다는 사실. |

S#10
가을 햇살을 맞으면서 신나게 자전거를 몰고 가는 아버지. 모퉁이를 돌아 나오는 아버지. 언덕길 올라오는 아버지. 개천가를 달리는 아버지. 굴다리 밑을 지나는 아버지.
마치 아버지 자신이 장가가는 착각이 든다.

S#11 새마을회관 앞
사나이가 서성거리고 있다. 시계를 본다. 말쑥하게 이발을 했고, 옷은 갈아입었으나 촌티는 여전하다. 담배를 꺼내 피운다.
그의 아내가 나온다. 역시 한복 차림의 촌티가 구정물처럼 절었다.

아낙네	아직 안 오셨어요?
사나이	….
아낙네	웬일일까요? 식이 시작될 텐데….
사나이	….
아낙네	혹시… 안 오시는 거 아니에요?
사나이	미쳤어? 주례가 안 오시면 어떻게 되는데.
아낙네	누가 아니래요! 모두들 왜 식을 시작 안 하느냐고 재촉인데….

사나이	곧 오실 거야.
아낙네	분명히 오신다고 했죠?
사나이	병신 같은 소리만 골라서 하는군! (신경질 내며) 오신다고 약속했으니까 결혼식 올리는 거 아니야, 젠장.
아낙네	그 어른 입장이 난처하니까 주례해주겠다 해놓구서 어디로 숨어버린 것 아니에요, 혹시?
사나이	아니… 이 사람은 어디서 맨날 사기꾼만 보고 살았나? 왜 이렇게 의심이 많지?
아낙네	생각해보세요. 말이야 바른말이지 우리 집두 뭣을 보고… 뭣을 내놓을 게 있어서… 더구나 대련님의 그 꼴로 서 계시는 걸 보신다면.
사나이	듣기 싫어… 좋은 날에 질질 짜긴 또…. 재수 없는 소리 작작 하라구!

저만치서 자전거 소리가 찌르릉 울린다.

사나이	아… 저기 오신다.

아버지가 자전거를 타고 와서 내린다.

아버지	기다렸지?
사나이	아, 아니에요.
아버지	글쎄, 오다가 다이야*가 펑크가 나서…… 헛허… 부인이신가?
사나이	예… 예… 인사드려… 주례 선생님이셔!
아낙네	아이고… 회장님 고맙습니다.

---

* 타이어.

아낙이 90도 경례를 한다. 그 바람에 치마 뒷문이 열리며 땟국이 낀 속바지가 훤히 드러난다.

사나이가 잽싸게 치마를 덮어준다.

아낙네   아이고.

사나이   헤헤, 주례 선생님 그럼 들어가실까요? 모두들 기다리고 있어서… 예….

아버지   그럭허죠.

사나이가 아버지를 인도한다.

S#12 새마을회관 안

조촐한 결혼식장. 그다지 많지 않은 하객들이 웅성거린다.

사회   그럼, 지금으로부터 신랑 김종만 군과 신부 신은님 양의 결혼식을 농회 이사이시며 이 고장의 농촌지도자이신 김윤배 선생님을 주례로 모시고 거행하겠습니다.

사회가 아버지에게 등단하라고 손짓을 한다.

다음 순간 바로 단 아래 신랑이 이미 와 서 있다. 아버지의 표정이 의아해진다.

아버지   (마음의 소리) 아니…… 신랑이 먼저 들어와서 기다리는 법도 있나?

사회   신부 입장!

모두들 신부가 들어올 쪽을 본다.

아버지, 신랑을 본다. 그러나 신랑은 움직이지 않는다.

아버지   (낮게) 신랑! 신랑, 뒤를 돌아다봐요.

그러나 신랑은 못 들은 척.

아버지   (당황한 표정)

신부가 한복 차림의 촌로 손을 잡고 입장한다. 신부는 유달리 얼굴을 깊게 수그리고 있
어서 얼굴을 알아볼 수가 없다.
신부가 서슴없이 신랑 옆에 와서 선다.

아버지   (마음의 소리) 보기보다는 활달한 처녀군.
사회   주례 선생님께서 혼인 서약에 이어 주례사를 해주시겠습니다.

아버지가 안경을 꺼내 쓴다. 혼인 서약문을 대충 훑어본다.

아버지   혼인 서약이란 사실은 하나님 앞에 나가 두 사람이 마음과 마
              음으로 하는 것입니다. 따라서 나는 격식을 떠나서 두 사람에
              게 한꺼번에 묻겠으니 대답하시면 됩니다.

신랑 신부가 고개를 약간 숙인다.

아버지   신랑 김종만 군과 신부 신은님 양은 이제부터 서로 믿고 사랑
              하고 후회하지 않으면서 일생을 함께할 각오와 자신이 서 있습
              니까?
신랑   (낮게) 네….
신부   (크게) 예!

하객석에서 웃음이 터진다.

하객 소리 A	신랑이 지겠어!
하객 소리 B	내 주장하면 안 되지!
일동	핫하…….
아버지	좋습니다! 신부가 씩씩한 목소리로, 그리고 신랑은 겸손한 목소리로 언약을 했으니까요. 이 성경 위에다 손을 포개놓고 이 사람 얘기를 들어주시기 바랍니다.

아버지가 성경을 꺼내 탁자 끝에 놓는다. 두 사람이 손을 포개 놓는다. 신부 손이 더 크다.

아버지	두 분은 이제 성경에 걸고 맹세했고, 또 그 영광을 차지하셨습니다.

S#13 마당

일용네가 바구니를 들고 와 앉으면서 어머니와 며느리는 마당 평상 위에서 고추를 썰고 있다.

며느리	아버님 주례하시는 걸 저는 한 번도 못 봤어요 어머님!
어머니	네 아버지? 주례 하나는 잘하신다. 호호호….
며느리	어떻게요?
어머니	주례 말씀 잘하신다고 이 근처에서 소문난걸!
일용네	우리 일용이 장가갈 때는 회장 어른께서 꼭 주례 서주셔야 해요.
어머니	그럼요. 아마 일용이가 싫다고 해도 나서서 하시겠다고 우기실 거예요! 호호호….
일용네	호호호…. 에그 우리 일용이두 이제 서른 살인데….

어머니	오늘 장가가는 신랑두 서른이래요.
일용네	그래요? 에그, 나는 우리 일용이 장가만 보내놓으면 내일 죽어도 한이 없겠어요. 에그….
며느리	손주두 안 보시구요?
일용네	손주? (돌변하며) 암… 그건 봐야지!
며느리	그런데 왜 돌아가신다고 하세요?
일용네	한번 그래 본 거지! 호호….

두 사람이 따라 웃는다.

일용네	사람치구 죽겠다 죽겠다 하면서 막상 죽을 때 되면 더 살고 싶어지는 법이에요…. 그게 사람 욕심이구…. 그러니 돈을 벌수록 더 벌구 싶구 자식두 낳을수록….
어머니 E	그게 잘못이랍니다.
일용네	네?
어머니	옛날 사람들은 생각이 모자라서 자식만 많이 낳으려고 했어요. (며느리에게) 얘, 너희들은 아들 하나 딸 하나 둘만 낳아야 한다.
며느리	어머님도 호호….
어머니	웃을 일 아니다. 너희들 5남매 키워낸 일 생각하면 난 어떤 때는 토끼 용궁에 갔다 온 것도 같고… 어떤 때는 심 봉사 개천에 빠진 것두 같고…. 에그… 자식 자식 하지만 자식 많이 키워본 사람 아니고는 몰라요.

S#14 새마을회관 안

아버지	빚 없는 인생이라야 합니다. 물질적으로나 정신적으로나 남에게 빚 없는 사람, 그 사람이 가장 행복한 거예요! 빚 있는 사람

66

은 떳떳지 못해요. 하고 싶은 얘기두, 해야 할 행동두 제 소신껏 못 하거든…. 왜? 상대편의 눈치 보고 비위 맞추려니까. 그러나 빚 없는 사람은 눈치 보고 비위 맞출 필요가 없으니까 떳떳할 수 있지…. 소신대로 행동하고 용감하게 살 수가 있어요. 그러니 내가 땀 흘려 번 돈 가지구 그 테두리 안에서 살아가면 되는 거예요! 농사란 바로 그 땀 흘린 만큼 곡식도 거둘 수가 있다! 더도 덜도 안 들어오는 게 근본이지요. 그래서 나는 결혼 생활을 흙에서부터 배우라고 늘 우깁니다.

신부가 운다.

아버지   왜냐하면 그 세계는 거짓이 없으니까…. 자연에는 거짓이 없어요! 가식도 허피*도 없는 그저 있는 그대로의 상태가 있을 뿐이지요.

아버지의 말에 열기가 더해간다.

아버지   나는 두 사람이 어떤 연유로 알게 되었으며 어떻게 살아가려는지 모르겠지만 흙을 상대하면서 살아간다면 절대로 빚은 안 질 거라고 자신합니다.

신랑이 손수건 꺼내 준다.
신부가 받아 닦는다. 역력해지는 곰보 얼굴 화장이 엉망이 된다.

아버지   남편이 아내에게, 아내가 남편에게, 부모가 자식에게, 자식이 부

---

* 빈 껍질.

모에게 빚 없는 세상! 그게 바로 행복이에요. 그러니 어찌 보면 손에 가진 게 없다는 게 행복일 수도 있는 거예요. 있으면 뭘 해요? 어차피 인생은 벌거벗고 나왔다가 빈손 쥐고 흙으로 돌아가는 게 인생인 겁니다.

아버지의 표정이 절실해진다.

아버지   두 사람 가난하다고 실망 말고, 길이 멀다고 낙담 말고, 팔다리가 아프다고 투정 말고, 둘이서 꼭 붙어서 열심히 살아가보시오!

여기저기 박수가 터진다. 아버지가 손수건을 꺼내서 이마의 땀을 닦는다.

사회   이상으로 주례사를 마치고 다음은 신랑 신부가 인생 첫걸음을 내걷는 행진이 있겠습니다! 신랑, 신부 퇴장!

이 말이 떨어지기가 바쁘게 신부는 손에 들었던 꽃다발을 신랑에게 건네주더니 신랑을 등에 업는다. 아버지가 깜짝 놀란다.
신부가 신랑을 업고 가는데 그의 두 다리인 의족이 덜렁거린다. 아버지는 자기도 모르게 눈을 감는다.

S#15
코스모스

S#16 안방(밤)
외상을 받고 있는 아버지. 식구들이 둘러앉아 있다. 어머니가 술잔에 술을 따르고 있다.

아버지	나는 그 순간에 눈앞이 캄캄해지는 것 같더니만, 다음 순간 그 신랑을 업고 나가는 신부가, 면류관을 쓴 예수 그리스도가 한 줄기 빛을 받고 서 있는 광경이 떠올랐지 뭐겠니… 흠….
어머니	예수요?
아버지	암… 예수님이지. 두 다리가 없는 남편을 업고 일생을 함께 살아나가야 할 그 여자는 예수지.
막내	여자 예수라! 흠….
아버지	그리고 내가 감동했던 게 또 한 가지 있었다.
첫째	뭔데요?
아버지	내 윗저고리 속에 물건이 들어 있을 거야.
셋째	제가 꺼내 올게요.

셋째가 자리에서 일어나 벽에 걸린 저고리 안주머니를 뒤지더니 조그마하고 기다란 상자를 꺼낸다.

셋째	이거예요?
아버지	오냐, 일루 가져와.
막내	그게 뭐죠?
첫째	은수저는 아닐 거고….

아버지가 그 상자를 들어 보인다.

아버지	내가 돌아오려는데 그 신부가 이걸 내게 주더구나.
어머니	뭔데요, 여보?
아버지	셋째, 네가 펴보아라.
셋째	아니, 왜요?
아버지	그 신부는 너와 동갑이더구나…. 너는 환경이 좋아서 대학생이

고, 그 신부는 환경이 나빠서 농촌에서 흙을 파는 평범한 여자가 되었지만, 그 생각이 너무 다르다는 데 나는 감동했다….

셋째가 포장을 뜯은 다음 알맹이를 꺼낸다. 만년필이다.

아버지가 만년필을 받아 본다.

아버지	뭔가 답례품을 해야겠다고 생각, 생각했는데, 수중에 돈은 없고… 그러다가 문득 내가 여기저기 잡지며 신문에다 글을 쓴다는 생각이 떠올라서 이걸로 결정지었다는 거야…. 어때, 네 생각은?
막내	비싼 게 아닌데요?
아버지	그래 몇천 원도 안 되는 싸구려지. 그렇지만 나는 이제 몇만 원짜리 외제 만년필보다 더 마음에 든다.
어머니	고마운 마음씨네!
아버지	너희들 듣거라! 특히 큰애도, 그리고 앞으로 시집가게 될 셋째, 막내도.

모두들 약간 긴장한다.

아버지	얼마 전에 신문을 보니까 호화판 결혼식에서는 혼숫감도 억대로 장만한다는 기사가 나왔지?
막내	저도 읽었어요.
어머니	세상에… 돈이 썩어 흘러내리는 집안이겠지… 억대가 뭐니? 쯧쯧….
첫째	부모가 잘못이죠. 허영심 탓이에요….
며느리	자식 결혼시키는 부모 마음은 그렇지 않다고요…. 뭔가 해주고 싶어진다는데….

둘째	나는 해줄 것도 없고… 받을 것도 없으니까… 속 편하지. 허허….
셋째	해줄 수 있으면야 그게 뭐가 잘못이에요? 자기 능력껏 하는 건데…. 누구에게 피해를 입히면서 했다면 얘기는 다르지만…. 저는 그렇게 생각해요.
아버지	그렇게 생각하니?
셋째	아버지도 그러실걸요? 호호호….

아버지가 한잔 마시고 나서,

아버지	물론 그건 부모의 책임도 있겠지만…. 이건 결국은 젊은이들에게도 책임이 있다고 본다.

자식들이 의외라는 듯 쳐다본다.

둘째	부모가 해주니까 가지고 가는 거 아닐까요?
아버지	그렇다면 자식이 싫다고 거절을 할 수도 있잖아?
셋째	그걸 싫어하고 거절할 쑥맥이가 어디 있어요? 지금 세상에….
아버지	그게 바로 문제점이다!
어머니	여보, 국 식어요…. 어서 진지나 드시고 나서….
아버지	여자는 이래서 탈이라니까…. 꼭 결정적인 순간에 와서 찬물을 끼얹거든! 내 참!
어머니	(무안해지며) 그걸 가지고 그렇게 화를 내실 건 또 뭐예요?
아버지	화 안 나게 되었어?
어머니	국 식는데 어서 진지 드시라는 게 불쾌하세요?
아버지	이 답답아! 지금 이 순간에 국 식는 게 문제인가?
어머니	그럼 억대 혼숫감이 문제예요? 우리 집엔 그런 돈두 없거니와

	그렇게 해달라는 철딱서니도 없으니 염려 마세요.
아버지	그걸 당신이 어떻게 알아? 어떻게 애들 마음을 아는가 말이야?
어머니	알고말고요!
아버지	어떻게?
첫째 E	이러시다가 싸움 나겠어요, 허허…….
어머니	글쎄, 남의 집에서 자꾸들 혼숫감에 1억이 들건 10억이 들었건 무슨 상관이어, 글쎄.
아버지	왜 상관없어? 그게 바로 둘째 셋째 막내한테 모두 해당되는 일인데. 아니지, 이 나라 모든 젊은이한테 해당된다구. 이것 봐, 너희들 잘 들어. 둘째야!
둘째	예?
아버지	접때 내 얘기했지? 도장지와 결과지 얘기…….
둘째	예예…!
막내	그건 어디다 쓰는 종이예요?
둘째	종이? 헛허…….
막내	도장지는…… 도장 찍을 때 쓰고, 결과지는 결과를 쓸 때 쓰는 종인가?
아버지	아니다! 도장지는 거름도 많고 수분도 넉넉한 환경에서 제멋대로 자라난 곁가지이고, 결과지는 그 환경이 좋지 않은 가운데서도 키워낸 가지란 말이다.

모두들 납득이 간다는 듯 관심을 모은다.

아버지	오늘날 젊은이들은 얼마나 환경이 좋으니? 그러다 보니까 제멋대로 쭉쭉 뻗어가는 게 얼핏 보기엔 좋은 것 같지만 그게 반드시 좋은 것은 아니다! 박토에서 자라난 과목의 가지를 잘해서 연구하고 노력 끝에 열매를 많이 맺게 하는 게 값진 일이야. 알

	겠어?
막내	그럼, 결국 도장지가 이건가요? 쓸모없이 자라난…….
아버지	그게 아니지!
셋째	그럼 잘라버리면 되겠네요.
둘째 E	그게 아니야.
셋째 E	그게 아니라뇨, 작은오빠?
둘째	잘 들어! (아버지의 말투를 그대로 흉내 내며) 나무의 도장지는 톱 이나 전정가위로 싹둑 잘라버릴 수도 있고…… 쓸데없이 하늘 로만 길러낼 수도 있지만 말이야… …자식놈은, 그게 안 되거 든! 그렇죠? 아버지.
아버지	그래 네 말이 맞다. 헛허…….
어머니	어디서 듣던 얘기 같구나…….
셋째	아버지, 이 만년필 저 주세요.
아버지	응!
막내	싫어. 내 거야!
셋째	내가 가져야겠어!
아버지	그래! 셋째 네가 가져! 그리구 그 신부의 생각이 무엇일까도 생 각해봐!
셋째	예…… 고맙습니다!

셋째가 자리에서 일어나 나간다.
아버지와 어머니는 흐뭇한 표정이다.

S#17 마당(밤)
불 꺼진 방들.

S#18 안방(어둠)

나란히 자리에 누워 있는 아버지와 어머니.

벌레 우는 소리. 달빛이 흘러들고 있다. 가끔 개 짖는 소리.

어머니	여보.
아버지	….
어머니	아직 안 주무세요?
아버지	왜?
어머니	걱정이네….
아버지	뭐가….
어머니	셋째 시집갈 때 혼숫감 말이에요.
아버지	혼숫감?
어머니	그래도 부모의 마음이 어디 그래요? 이치로는 당신 말이 맞지만요…. 그렇다고 씻은 듯이 가난한 처지도 아닌데 어떻게….
아버지	누가 하지 말랬어… 정도에 맞게 해주면 되는 게지….
어머니	그 정도가 문제죠.
아버지	그게 문제가 아니라, 부모가 해줘도 그건 자신의 분수에 안 맞는다고 거절할 줄 아는 젊은이들이 나와야 해. 젊은이들은 모든 사회의 잘못을 기성세대에게만 책임을 돌리고 자기들은 아무런 책임이 없는 것처럼 발뺌을 하는데, 그게 틀렸다구! 거절할 줄 아는 용기, 거절하는 미덕, 그게 있어야 해….
어머니	그런 세상이 올까요?
아버지	오잖구….
어머니	언제쯤… 당신이나 나나 죽기 전에 올까요? 우리 막내가 시집가고 애기 낳을 때쯤이면…… 10년, 20년? 아이고… 앞으로 10년이면 당신은 칠십객이고 저는 육십 고개 넘고… 이가 빠지고 허리가 굽어서 아들네 집에서 딸네 집으로 이틀씩 번갈아가

면서….

코 고는 소리가 크다. 어머니가 돌아본다.
아버지가 어느덧 잠이 들었다.

어머니   에그… 잘 줄 알았지…. 내 얘기는 꿈나라로 건너가는 징검다리
             로나 알고서….

다음 순간 어머니의 얼굴에 빙그레 웃음이 떠오른다.
그녀는 조용히 아버지의 두터운 가슴에 손을 얹는다.
벌레가 더 신나게 울어젖힌다.

어머니   (마음의 소리) 당신 말씀 옳아요. 거절할 줄 알아야 해요. 당신의
             이 가슴처럼 세상 끝까지 버틸 줄 알아야 해요….

어머니 바로 누우며 잠을 청한다.
편안히 잠든 연륜 짙어 보이는 아버지의 얼굴. 코 고는 소리.

(F.O.)

작은 게 아름답다

제3화 작은 게 아름답다

방송용 대본 | 1980년 11월 4일 방송

· 등장 인물 ·

할머니	정애란
아버지	최불암
어머니	김혜자
첫째	김용건
며느리	고두심
둘째	유인촌
셋째	김영란
막내	홍성애
일용	박은수
일용네	김수미
여학생 A	김영임
여학생 B	최명희
남학생 A	전희룡
남학생 B	김용승
남학생 C	송일권

S#1 과수밭

라디오 소리. 둘째와 일용이가 갈쿠리로 낙엽을 긁어모으고 있다.

나뭇가지에 대롱대롱 매달린 소형 트랜지스터 라디오에서 경쾌한 유행가가 흘러나오고 있다.

S#2 채소밭

어머니가 무를 뽑고 있다. 일용네는 그 자리에서 흙을 덮고 마른 무청을 따버린다.

일용네가 무를 뚝 분질러 대충 껍질을 손톱으로 벗기고는 아삭아삭 깨물어 먹는다.

어머니와 시선이 마주치자 일용네는 재빨리 입을 다문다. 어머니가 주책없다고 눈을 한 번 흘긴다.

S#3 과수밭 B

아버지가 수북이 쌓인 낙엽 더미에다 불을 놓고 있다.

불꽃과 함께 하얀 연기가 땅거미 지는 들녘으로 피어오르고 있다.

매캐한 연기가 눈가를 스치자 아버지는 저만치 비켜준다.

해가 산등성이로 넘어가고 있다.

내레이션   낙엽 타는 냄새처럼 구수한 것도 없다. 이런 때 나는 무슨 철학 자나 된 것처럼 생각이 깊어진다. 스산한 가을바람 속에 새삼 세월 가는 것을 느낀다. 어째서 가을은 유난히도 빨리 오는 걸 까? 문득 내 생명도 언젠가는 이 낙엽처럼 땅 위에 떨어지고, 그래서 저 연기처럼 사라지겠지 생각을 해본다. 그러나 죽음이 두렵다는 생각은 안 든다. 낙엽은 그 나름대로 제 역할을 다하 고 나서 때를 거역지 않고 가기 때문이다.

S#4 마루와 뜰

마당에 개 한 마리.

할머니 (노래) 화무는 십일홍이요 다알도 차이면 기우나니……, 얼씨구
      절씨구 차차차.

할머니가 석양이 비껴가는 마루 끝에 앉아서 다발 콩을 까고 있다.
방에서 비명 소리가 찢어지게 들려온다.

할머니 만화방창 호시절에 아니 노지는 못하리라 차차차….
며느리 (소리) 으악!
할머니 무슨 소리냐, 저게….

며느리가 셋째 방 미닫이를 획 열어젖히며 황급히 뛰어나온다. 손에 비가 들렸다.
미닫이를 손으로 붙든 채 발을 동동 구른다.

며느리 할머니! 할머니!
할머니 웬 수선이냐? 배 안의 애기 경풍 일으키겠다 원….
며느리 그게 아니라요 할머니….
할머니 방 치다 말고 왜 그래?
며느리 나왔어요! 나와!

꼬꼬댁 소리.
할머니, 손에 든 콩 가지를 든 채 내려선다.

할머니 나와? 그럼 어서 병원에 가야지 어서!
며느리 병원이라뇨?
할머니 애기가 나온다며?
며느리 애기가 아니라 쥐예요 쥐!
할머니 쥐?

며느리	네! 책상 밑을 쓸려는데 글쎄 이만한 게.

손으로 크기를 나타내 보인다.

할머니	그럼 어서 잡지 않구서!
며느리	징그러워서 어떻게 잡아요? 아이 무서워!
할머니	쥐가 무섭긴⋯. 에그⋯ 내가 잡아야지.
며느리	안 돼요, 대련님 불러올게요.

며느리가 내려서는데 어머니가 광주리에 무와 배추를 담아 이고 들어선다.
일용네가 무를 먹으며 따라 들어온다.

어머니	웬일이냐? (계속 가며)
며느리	어머님, 큰일 났어요!

어머니와 일용네가 돌아본다.

할머니	셋째 방에 쥐가 나왔다는구나.
어머니	쥐가요?

펌프 있는 데로 가서 어머니가 광주리를 내려놓는다.
어머니와 일용네가 무, 배추를 하나씩 꺼내놓으면서,

일용네	부엌이며 곳간에도 쥐가 드나들더니만⋯. 하긴 쥐가 드나들어
	야 집안이 흥한대요!
어머니	무슨 소리요? 일용네는⋯.
일용네	안 그래요? 곡식이건 뭐건 먹을 게 있으니까 쥐가 드나들지 집

안이 맑아봐요. 와달라고 떡 해놓고 고사 지내도 안 올 거예
요….

어머니   흰소리는…… 쯧쯧……. (며느리에게) 그래 쥐 한 마리 못 잡아
서 그렇게 동동질하고 야단법석이냐?

할머니   글쎄, 무섭다기에 내가 잡으려니까 대구* 말려서 그만뒀지 뭐
니?

어머니가 올라간다.

며느리   괜찮으시겠어요, 어머님?

어머니   어이구, 쥐한테 물려서 죽은 사람 봤니?

어머니가 셋째 방으로 들어간다.
며느리가 겁먹으며 문틈으로 들여다본다.

S#5 셋째 방
셋째와 막내가 거처하는 공부방. 여학생다운 분위기가 깔끔하게 풍긴다.

어머니   어디냐?

며느리   (문틈으로) 저…… 저기…… 막내 아가씨 책상 밑인데요.

어머니가 엎드려 책상 밑을 들여다본다.

어머니   없잖아?

며느리   이걸로 뒤져보세요.

---

* '자꾸'의 강원도 사투리.

82

비를 들이민다.

어머니가 비를 집어 두어 번 휘젓는다. 아무런 변화가 없다.

어머니   그새 나가버린 게 아니냐?

치마 감싸 안으며 며느리 들어선다.

며느리   아니에요. 제가 방문을 꼭 닫아버린걸요.

어머니   그럼 어느 구석에 쥐구멍이라도 뚫려 있는 게지?

며느리   글쎄요?

어머니   (책상 뒤쪽을 살펴본다) 너 나가서 둘째보고 들어오라고 해! 책상 좀 올리게!

며느리   제가 하죠, 뭐?

어머니   안 돼! 그 몸으로 무거운 것 들면 돼?

며느리가 방문을 닫고 나간다.

어머니가 책상 서랍을 차례로 뽑아놓는다.

세 번째 서랍을 빼서 내려놓는 순간 손이 미끄러져 떨어뜨린다.

그 순간 서랍 안에 들어 있던 잡동사니가 방바닥에 흩어진다.

어머니   에그머니… 이 일을 어째… 쯧쯧.

어머니가 흐트러진 물건들(그림엽서, 색실, 수예품, 작은 인형, 노트, 거울, 손수건…)을 줍는다.

다음 순간 눈에 들어오는 예쁜 보자기에 싼 물건!

어머니   (무심코) 이게 뭘까?

어머니가 예쁜 보자기를 펴 본다. 대여섯 통의 편지 봉투가 나온다.

한 통을 들어 본다. 주소도 없이 '김용숙 씨'라고만 써 있다.

뒷면을 본다. '영'이라고 쓰여 있다. 어머니의 표정이 굳어진다.

남은 편지 봉투를 차례로, 그러나 조급하게 살핀다. 모두가 같은 필적의 같은 방식이다.

어머니의 표정이 결정적으로 경직된다.

| 어머니 | (마음의 소리) 이게 혹시 남학생한테서 온 편지 아니야? 우리 막 |

어머니   (마음의 소리) 이게 혹시 남학생한테서 온 편지 아니야? 우리 막
        내가 남학생하고? (사이) 그 그럴 리가 없지! 그럴 리가…….

S#6 밭이랑

둘째가 손수건으로 땀을 씻으며 오고 있다.

그 뒤에 며느리가 따라온다.

둘째   쥐구멍은 천천히 막으시잖구서… 바쁜 사람보고 왜 오라 가라
        하시죠?

며느리   아니에요… 쥐는 잡아야 해요! 무엇보다요 제가 그 방에 못 들
        어가겠어요!

둘째   세상에 쥐가 무서워 방엘 못 들어가요? 하하하….

S#7 셋째 방

어머니가 편지를 읽고 있다. 손이 떨린다.

편지   (소리) 하늘이 높고 파아랄수록, 물이 맑고 깊을수록, 내 마음
        은 고독의 날개를 타고 무한히, 무한히 빠져들어간답니다. 고독
        이라는 것, 절망이라는 것, 이 모든 고통은 어디서 무엇 때문에
        오는 것일까요?
        사랑이야말로 인간에게는 마지막 구원이라고 생각지 않으십니

까? 나는 책을 펼 때, 등교할 때, 쉬는 시간, 집에서 공부하는 시간, 그리고 변소, 실내에 있는 시간까지는 그 누군가를 향한 사무치는 고독과 명상에 시달리곤 한답니다.

어머니   (마음의 소리) 아니… 이럴 수가….

괘씸한 생각에 어머니는 눈물이 날 듯한 표정 된다.

S#8 펌프 가
아버지가 대야에 물을 퍼서 세수를 하고 있다.
일용이가 돼지 밥통을 들고 나온다.

일용   회장님!
아버지   웅?
일용   돼지가 오늘쯤은 새끼를 낳을 것 같은데요?
아버지   그래? 짚단 좀 수북이 깔아줘!
일용   예.

일용이가 뒤뜰로 간다.
아버지가 물을 좍 뿌려버리고 수건으로 닦는다.
며느리가 땔감을 한 아름 들고 뒤쪽에서 나온다.

아버지   네 어머닌 어디 가셨니?
며느리   방에 계실 거예요.
아버지   방에?
며느리   네.
아버지   네가 아궁이에 불 지펴도 되겠어? 몸이 무거울 텐데…. (며느리

몸을 슬쩍 훔쳐본다)

며느리   (부끄러워하면서) 아직은 할 만해요.

아버지   조심해…. 하긴 산달이 가까워졌다고 무작정 먹고 자고 하며 놀아서도 해롭다더라. 적당한 운동을 해야지.

며느리   네.

며느리가 반사적으로 배를 가린다.

아버지   어서 가봐.

며느리   예.

E 장우*

며느리가 부엌으로 들어간다. 대견스레 봐준다.

아버지가 빨랫줄에 걸린 점퍼를 집어 들고 두어 번 털고 나서 마루로 올라간다.

까치가 울고 간다. 소장에서 소 우는 소리.

아버지가 안방으로 들어간다.

S#9 방 안

아버지가 들어선다. 어머니가 우울한 표정으로 앉아 있다.

아버지가 농을 건다.

아버지   청승맞게두 앉아 있군!

아버지가 무겁게 주저앉으며 담배를 피운다.

---

* 소가 길게 우는 소리.

아버지	왜… 가을바람이 부니까 마음이 싱숭생숭해졌소? 흣흐.
어머니	….
아버지	아직도 이팔청춘인가? 헛허….
어머니	….

어머니는 여전히 돌처럼 움직이지 않는다.

아버지가 맛있게 그리고 길게 담배 연기를 허공으로 날려 보낸다.

아버지	(혼잣소리로) 추위가 일찍 들이닥치려나 봐…. 세상 돌아가는 게 어째서 이렇게 모두 바쁘고 빠르고 그러는지 원…. 일기예보에 주말께 가서는 기온이 영하로 떨어지겠다는구먼….

어머니는 자기도 모르게 길게 어깨로 숨을 몰아쉰다.

아버지가 미간에 고랑이 파인다.

아버지	어디 아퍼?
어머니	…….
아버지	몸살기가 있으면 요 아랫목에 뜨뜻이 지져봐!
어머니	(한숨)
아버지	무슨 일 있었어?
어머니	…….
아버지	둘째 얘기로는 쥐구멍 막자고 했다면서?
어머니	(불쑥 내뱉듯) 쥐구멍이 아니라 자식 구멍이에요.
아버지	뭐라구?
어머니	(한숨 토한다)
아버지	자식 구멍? 무슨 소리야 그게?
어머니	세상에… 벌써부터… 에그… 쯧쯔….

아버지   아니, 지금 무슨 얘길 하고 있는 거요? 난데없이 자식 구멍이라
         니? (문득) 둘째가 무슨 일이라도 저질렀소?

어머니가 아버지를 돌아본다. 눈물이 글썽한 표정이다.

아버지   아니 당신… 울고 있었소?

어머니가 반사적으로 손등으로 눈물을 쓱 문지른다.
아버지가 심상치 않은 듯 묘한 표정이 된다.

S#10 시골길

코스모스가 물결치는 시골길.
막내를 포함한 세 여학생들이 조잘거리며 가고 있다. 손에 무거운 책가방이 들렸다. 길
가에서 들국화를 꺾기도 한다.
저만치 뒤쪽에서 자전거를 몰고 오는 서너 명의 남학생들. 요란스럽게 방울을 울려대며
덤비자 막내들이 길가로 피한다.
남학생들이 쫓는다. 다른 길로 피한다. 남학생들이 또 쫓는다. 막내들이 뛰기 시작한다.
뒤쫓던 남학생이 넘어진다. 흙먼지가 피어오른다.
여학생들이 손뼉을 치며 놀린다.

S#11 방 안

아버지   아니, 그게 정말이오?
어머니   (화를 내며) 그럼 제가 없는 얘길 지어냈단 말이에요? 아까부터
         몇 번 얘기했는데 고작해서 그게 정말이오?

어머니가 홱 돌아앉는다.

아버지   (지푸라기 발견)

어머니의 뒤통수에 지푸라기가 두어 가닥 붙어 있다.
아버지가 지푸라기를 떼어주고 나서,

아버지   아니 이 사람이… 누구한테 화풀이하는 거야? 젠장….
어머니   따지고 보면 다 당신 탓이라구요!
아버지   뭣?
어머니   딸자식한테 너무 물러요 당신은…. 그저 셋째보고도 우리 셋째
         우리 셋째. 막내보고도 고금에 없는 내 딸… 내 딸. 그렇게 딸자
         식을 놓아먹이는 망아지처럼 키우니까 그것들이 제 손에 걸리
         는 것 없이 제멋대로 처신한 거지 뭐겠어요!

아버지는 다시 한번 날벼락을 맞은 꼴이 된다.

어머니   당신은 나보고 자식들 너무 기죽이게 한다지만, 보세요 이 꼴
         을…. 기 안 죽이고 오뉴월 은어 새끼처럼 제멋대로 키웠으니
         보람 있으시겠구려!
아버지   아니, 이 사람이 지금 누구한테 무슨 얘길 하려는 거지, 응?
어머니   누군 자식 귀한 줄 모르나요? 그걸 아니까 잔소리도 하고 참견
         도 하는데. 당신은 그저….
아버지   (따지듯) 그래서?
어머니   난 셋째 대학 들어가는 것도 겁부터 났지만 막내가 버릇없이
         자라는 것도 겁났다구요. 딸자식을 밖에 내놓으면…. (울먹인다)
         결국은 이 지경이….

울음이 북받치자 한 손으로 입을 틀어막는다.

아버지	아니, 막내가 사춘기라는 것 몰라? 그만한 일 가지고….
어머니	그만한 일이라뇨?
아버지	좌우간 그 편지부터 봅시다. 어디 있소?
어머니	(딴청) 보시나 마나예요.
아버지	(다그침) 그 연애편지인지 뭔지 보고 나서 얘기 좀 하자구요.
어머니	(야단) 아무리 딸자식이라고 남의 편지 함부로 보는 거 아녜요!
아버지	뭐?
어머니	(시비) 제가 똑똑히 읽었으면 되었지, 당신까지 보실 필요는 없잖아요, 안 그래요?
아버지	(어처구니없다) 그렇지만 그 애들 사이가 어느 정도인지 알아야 손을 쓰지 않겠나 말이야!

어머니가 방어하듯 쳐다본다.

어머니	손을 써요?
아버지	(손짓) 오늘 저녁에라도 막내를 불러다 놓고 당장 손을 들지 않으면 학교고 뭐고 안 보내겠다. 그러니….
어머니	(강하게) 안 돼요!
아버지	어라?
어머니	그건 절대 안 돼요…. 그러다간 큰일 나고 말아요!
아버지	무슨 소리야? 그럼 당신은 이대로 내버려두자는 얘기요?
어머니	막내, 그래 봬도 보통 성깔 아니에요.
아버지	그래서?
어머니	자기도 없는 방에 들어와서 편지를 꺼내 봤다는 걸 알기라도 해봐요. 무슨 일을 저지르고야 말 테니! 절대로 안 돼요! 막내가 눈치채는 건 안 돼요.
아버지	(어처구니없어) 허허….

어머니	그만한 나이 때는요 물불을 가리지 못하는 법이에요. 여자아이는 사내아이와는 또 다르다구요……. 딸자식 마음을 엄마가 더 잘 알지요. 당신은 남자니까 쑥! 빠지세요.
아버지	(어리둥절) 아니 지금 당신은 어느 편에서 하는 얘기요?
어머니	편은 무슨 편이에요?
아버지	편이 아니면 두둔하자는 거요, 타이르자는 거요? 막내가 남학생들과 편지질을 한 게 잘한 짓이란 말이오, 그럼?
어머니	그게 문제가 아니라구요.
아버지	그럼?
어머니	편지는 과거지사고 앞으로가 문제 아니겠어요?
아버지	그러니까 내가 편지 내용을 먼저 보고 또 막내한테 사실 여부도 밝혀내야 할 게 아니오?
어머니	밝히긴 뭘 밝힌다구 야단이시우?
아버지	(화가 나서) 뒤통수에 피도 안 마른 것들이 벌써부터 그따위 짓을 하다니…. (아내에게) 그런데도 당신은 내버려두자는 거야?
어머니	(불안)
아버지	(단호하게) 이건 무슨 손을 써야 된다구! 연애편지가 뭐야?
어머니	(큰일났다)

아버지가 담배 개비를 물고 불을 붙인다. 잘 안 탄다.

어머니	거꾸로 무셨어요!
아버지	응?

담배 개비를 들어본다. 필터에 불이 붙었다. 아버지가 바로 문다.

| 아버지 | 세상이 죄다 이 지경이라니까… 에잇…. |

S#12 뜰과 마루

막내가 껑충거리며 들어선다.

막내   (크게) 학교 다녀왔습니다! 엄마, 배고파 죽겠어!

부엌으로 간다.

S#13 방 안

깜짝 놀라는 아버지와 어머니, 서로 쳐다본다.

S#14 부엌

냄비에서 끓는 청국장. 며느리가 국물을 떠서 맛을 보고 있다.

막내	(코를 씰룩대며) 아이, 무슨 냄새야 이게?
며느리	청국장이에요.
막내	청국장은 맛은 좋은데 냄새가 싫더라, 흠….
며느리	둘 다 좋으면 콩이 바닥날까 봐 그렇죠, 호호….
막내	새언니, 엄마 어디 가셨어요?
며느리	안방에 계실 거예요. 아버님하고 아까부터 무슨 얘기 하시던데.
막내	어머, 그럼 잘됐다!

S#15 마루와 뜰

막내가 춤추듯 마루로 올라간다.

방문을 열고 들여다본다.

S#16 안방

막내　　　엄마! 엄마, 있잖아….

아버지와 어머니가 어정쩡한 상태에서 쳐다본다. 세 사람의 시선이 미묘하게 교차된다.
막내가 약간 질린 듯 눈치를 살핀다.

막내　　　(찡긋 웃으며) 들어가도 괜찮아요?

아버지가 자리에서 일어난다.

막내　　　아버지, 저 있잖아요?
아버지　　난 바쁘다. 네 엄마한테 얘길 해!
막내　　　그렇지만 저….
아버지　　돼지가 새끼를 낳아!

아버지가 밖으로 나가버린다.
막내의 뾰로통한 표정.

막내　　　엄마… 저 있잖아요.

어머니 역시 자리에서 일어난다.

어머니　　김칫거리 뽑아놓고 이대로 들어왔지 뭐니? 어서 씻어서 절여야
　　　　　지.

어머니가 휑하니 나가버린다.
닭 쫓던 개의 꼴이 된 막내의 표정.

S#17 달(밤)

S#18 마당(밤)

돼지 소리. 일용이가 짚단을 한 묶음 지고 급히 간다.

S#19 돼지우리

아버지와 둘째가 바닥에다 짚을 깔아주고 있다. 만삭이 된 돼지가 무겁게 누워 있다.

아버지가 돼지 아랫배를 슬슬 긁어주고 있다.

S#20 첫째의 방(밤)

첫째가 방바닥에 엎드려 책을 읽고 있다.

며느리가 뜨개질을 하고 있다.

며느리	여보.
첫째	응?
며느리	돼지 새끼 낳는다는데 나가보세요.
첫째	나가봤자지 내가 나가서 뭘 해? 알아야 면장 노릇 하지!
며느리	그래두요. 아버님이랑 둘째 도련님이랑 초저녁부터 애쓰시던데….
첫째	나는 도리어 방해가 된다구. 여보, 여기 재떨이 좀.

며느리가 재떨이를 밀어댄다.

첫째가 담뱃불을 붙인다.

며느리	당신이 매사에 그런 식이니까 저한테도 영향이 있다구요.
첫째	영향이라니?
며느리	장남이 집안일은 아예 무관심하게 대하니까…….

| 첫째 | (신경질적으로) 각자 자기 할 일 따로 있잖아…. 장남이 꼭 농사 |
| | 지어야 한다는 법도 있나? 젠장! |

첫째가 홱 몸을 돌려 눕는다.

며느리	어머머….
첫째	나도 하루 종일 사무실에서 시달리다 온 사람이라구!
며느리	누가 놀고 왔다고나 했어요?

첫째의 돌아누운 어깨 너머로 담배 연기만 피어오른다.

며느리	매사가 이런 식이니 무슨 의논도 못 한다니까! 홍, 나만 틈바구
	니에 끼어서 이러지도 저러지도 못하게 되었으니 원…. 애당초
	이 집안으로 시집온 내가 잘못이지!

S#21 셋째 방(밤)

셋째가 아랫목에 이불 덮고 앉아서 콘사이스 찾으며 영어책을 보고 있다.
막내는 책상에 앉아 뭔가 쓰고 있다. 막내는 뭔가 쓰다 말고 좋은 생각이 나는 듯 고개
푹 숙인다.

막내	으유, 안돼.
셋째	왜 그래?
막내	언니, 영어로 편지 쓸 줄 알아?
셋째	(여전히 콘사이스를 뒤지며) 영어 편지?

어머니가 김이 나는 찐 고구마를 들고 들어선다.
그러나 표정은 무언가를 탐색해내려는 듯 날카롭다.

어머니	이거 먹고들 해라.

셋째가 하나를 든다.

셋째	역시 우리 어머니께옵선 공주님들의 배 속을 훤히 들여다보시옵고…. (집는다) 아잇, 뜨거!
어머니	(눈치를 살피듯) 막내는 안 먹니?
셋째 E	편지 쓴대요.
어머니	(섬찟해지며) 뭐, 편지?
셋째 E	그것두 영어루다! 흐흐….

셋째가 고구마 껍질을 벗기고는 한볼테기* 깨문다.
어머니, 멍하니 막내를 올려다본다.

셋째	밤고구마군요! 어머니도 같이 드세요.

어머니는 여전히 막내를 쳐다보고 있다.

셋째	엄마! 뭘 그렇게 멍하니 쳐다보고 계세요?
어머니	(고개 돌린다)
셋째	영어로 편지 쓴다니까 대견해서 그러세요?
어머니	막내야!
막내	(글을 쓰는 자세에서) 네, 엄마.
어머니	나 좀 보자.

---

* 볼이 볼록해지도록 입에 음식물이 가득한 상태(전라도 사투리).

막내가 고개를 돌려 내려다본다. 예쁘게 웃고 있다.

막내   왜? 엄마!
어머니   나 좀 봐.

막내가 의자에서 내려와 바싹 다가앉는다.
어머니가 딸의 얼굴, 어깨, 젖가슴을 서서히 쓰다듬는다. 어린 티가 가셨다.
막내가 어리둥절해한다.

셋째   엄마는 막내가 그렇게 귀여우세요? 아이 질투 난다! 역시 자식
            은 내리사랑인가 봐! 그렇죠? 엄마!
막내   흠… 이제 알았어?
어머니   (조용히) 무슨 일 없지?
막내   ?
어머니   셋째 너도 함께 들어, 너희들…. (눈치 보다가) 부모 속이는 일이
            없어야 한다. 알았지?
셋째   부모를 속이다뇨?
막내   전 그런 일 없어요, 엄마!
어머니   저… 저 말이다…. 너한테 할 얘기는 뭔고 하니, 저….

막내와 셋째가 의아한 표정으로 시선을 마주 본다.

어머니   사실은 내가.

막 말을 하려는 참에 밖에서 황급히 일용이가 부른다.

일용   (소리) 사모님! 사모님 계세요?

어머니   왜? 여기 있어요.

S#22 마루와 뜰(밤)

일용이가 서 있다. 바께쓰를 들고 있다.

일용   회장님께서 누더기 보 가져오래요!
어머니 E   응, 지금 낳는대?
일용   네, 그런데 난산일 것 같아요.
어머니 E   응?

어머니가 마루로 나온다.

일용   진통이 너무 오래가는데요. 벌써 여섯 시간 이상을…. 기진맥진
             이래요.
어머니   어쩐다지?
일용   더운물 퍼 가셨어요.

일용이가 부엌으로 들어간다.

S#23 셋째 방(밤)

셋째가 "용용 죽겠지" 놀린다.
같이 받던 막내. 은근히 불안한 표정이 된다.

S#24 돈사 안

기력이 달리는 듯 숨소리가 가쁘기만 한 어미 돼지. 걱정스러운 듯 내려다보는 아버지
와 둘째.
아버지는 연민의 손길로 돼지의 입부리를 슬슬 긁어준다.

둘째	아버지, 수의사를 데려와야 할까 봐요.
아버지	…….
둘째	아무래두 뭔가 잘못되었는가 봐요.
아버지	기다려보자.

S#25 대문 밖(밤)

대문 안쪽에서 걱정스러운 듯 건너다보고 있는 어머니.

일용이가 바께쓰를 들고 나온다.

어머니 E	말 못 하는 짐승이라지만 얼마나 괴로울까?
일용	들어가세요, 사모님!
어머니	응? 응!

아버지가 돈사에서 나온다. 일용이가 돈사 안으로 들어간다.

아버지가 어머니를 보자 투박스럽게 말을 건다.

아버지	왜 나와, 나오긴!
어머니	…….
아버지	여자가 이런 데 나오는 게 아니야, 부정 타!
어머니	당신두, 걱정이 돼서 나왔어요.

아버지가 어머니를 안뜰로 밀고 들어간다.

아버지가 담배를 피워 문다.

| 어머니 | 난산하다 죽기라두 하면 어쩌지요? |
| 아버지 | 걱정 없어! 그것두 하나의 생명인데…… 죽게 할 수는 없지! 생명은 짐승이고 사람이고 매한가지야. |

어머니가 어딘지 믿음직스럽게만 보이는 아버지의 옆얼굴을 미소 지으며 쳐다본다.

어머니 E   그래요! 돼지두 우리 식구예요.

돼지가 크지 않게 우는 소리.

둘째 E   아버지, 아버지! 빨리요!
아버지   응? 응…….

아버지가 장화 밑바닥에 비벼 끈 담배꽁초를 주머니에 쑤셔 넣으며 급히 다가간다.
돼지가 심히 앓는 소리. 어머니가 침을 꿀꺽 삼킨다.

어머니   (마음의 소리) 제발 순산하도록……. 수컷이건 암컷이건…… 제
              발 순산하도록 돌봐주세요!

S#26 달
보름달이다.

S#27 들녘
아침 안개가 걷혀가는 들판. 아침 해가 떠오르고 있다.

S#28 울 안
돼지 새끼가 어미 돼지 젖꼭지에 주렁주렁 열려 있다.

S#29 대문 안(낮)
셋째와 막내가 돈사 안을 들여다보고 있다.

막내	암퇘지가 더 많았으면은 좋았을 것을⋯.
셋째	반반이면 됐지, 뭐!
둘째	남녀동등이구나.

S#30 대문 안(낮)

안쪽에서 아버지가 닭장 앞으로 나오며 소리 지른다.

아버지	얘! 그 앞에서 너무 떠들지들 말어. 산후엔 신경 건드려선 안 돼! 가축도 사람하구 마찬가지야.

두 딸이 돌아본다. 다가온다.

아버지	너희들 학교 안 가니?
막내	오늘은 일요일이에요!
아버지	아⋯⋯ 그렇던가?
셋째	어머! 내 정신 좀 봐!
아버지	응?
셋째	나는 나가봐야지. (아버지에게) 오늘 친구들하구 만나기루 했거든요.
막내	그 미팅인지 세팅인지 하게? 쯧쯧쯧⋯⋯.
셋째	까불지 말어!
막내	대학생들 정신 차려야지.
셋째	뒤통수 피두 안 마른 게 까불지 마!

아버지의 귀가 번쩍 트인다.

막내	피두 안 마르긴! 나두 이제 어엿한 여성이라구, 성숙한 여성! 호

호호……. 그렇지요, 아빠?

막내가 아버지 팔을 붙든다.

셋째   아양 그만 떨어라, 애!
막내   사람 팔자 시간문제라는 것두 몰라? 나두 내년이면 대학생이
                다, 호호…….

셋째가 뛰어간다. 아버지, 빙그레 웃는다.

아버지   이놈아!
막내   예?
아버지   농장 한 바퀴 돌아볼까?
막내   예!
아버지   가자!

막내가 앞장을 서 뛰어간다.

S#31 과수원 길
아버지와 막내가 가고 있다.

S#32 연못가
아버지와 막내가 나란히 앉아 있다. 흰 구름이 연못 위에 떠 있다.
막내의 표정이 심각해졌다. 입에 꽃잎을 물고 있다.

아버지   막내야!
막내   무슨 말씀 하시려는지 다 알아요. 제 편지 보셨죠?

아버지	그래서 하는 얘긴데……, 막내야.

막내가 처다본다.

아버지	그 편지 말이다…… 없애버릴 수 없어?
막내	그게 왜 나쁜 짓인가요?
아버지	……?
막내	영식이는 그런 학생이 아니란 말이에요. 몇몇 고등학교 문예반 동인지를 만들자던 자리에서 알게 되었는데, 집안도 좋고 성적도 좋고…….
아버지	막내야…… 이 애비는 말이다, 내 귀여운 딸이 못된 짓을 하는 그런 남학생들과 사귀는 그런 철딱서니가 없는 아이라고는 생각하고 싶지 않아.
막내	그런데, 왜 그렇게까지…… 신경 쓰세요? 정말 저희들은 그저 깨끗한 우정으로….
아버지	우정?
막내	예, 부끄러운 짓 안 했어요! 우린 값진 생각이 나면 그것을 글로 적어서 같이 나누어보자는 것뿐이었어요!
아버지	그럼, 너도 편지 썼어?
막내	예, 그게 잘못인가요?

아버지의 표정이 굳어버린다.

막내	네, 서로의 의사 표시는 분명히 하자는 거였으니까요.
아버지	의사 표시?
막내	예! 저희들… 겉으로 보기엔 명랑하죠? 그렇지만, 아빠 엄마 그렇지만도 않아요. 아버지나 어머니한테 찾아* 말씀드릴 수 없을

땐… 정말 답답해요. 그럴 땐 우리끼리 편지 썼어요! 만나서 얘기할 수도 있었지만……. 어른들 눈이 두렵구요. 왜 아무 잘못도 없는데 죄인처럼 두려워해야 하는지 모르겠어요. 우리를 언제까지나 품에 안고 있어야만 하시겠다는 부모의 마음이 저희들은 도리어 거북해요.

아버지   거북해?

막내   예, 저희들을 믿어주셨으면 해요. 그런데 무조건 어리다고만 생각하시는 게 우리를 더 괴롭게 만들어요. 어린 게 뭐가 나쁜가 말이에요!

막내가 불쑥 일어나 뛰어간다.

아버지가 돌멩이를 집어 연못에다 던진다.

내레이션   그래, 막내 말이 옳다. 어린 게 나쁠 건 없지. 그렇지만 어리다는 건 작다는 거다. 작은 건 귀여운 거다. 아름다운 거란, 나무에서 작은 순이 돋아날 때는 날마다 아침저녁으로 물을 주고 싶어진다. 그러나 다 자란 나무에는 물을 안 줘도 저절로 자라날 수 있으니까 모르는 척한다. 막내, 너는 아직도 작으니까 그만큼 아름답고, 그래서 더 수중에 가지고 싶은 거다. 밤하늘 별이 주먹만큼이나 크면 어떻게 보일까. 다이아몬드가 아름다운 건 작기 때문이다. 너희들도 그걸 알게 될 거다. 작을수록 아름답고 순결하기 때문에 행여 다칠세라 보호하고 싶은 게 부모의 마음인 거야, 인마.

---

* '차마'의 오기인 듯함.

S#33 달

보름달.

S#34 방 안(밤)

아버지가 누워서 책을 읽고 있다. 어머니가 밖에서 부른다.

어머니   (낮으나 조급하게) 여보, 나와보세요!
아버지   응?

황급히 일어나 나간다.

S#35 마루와 뜰(밤)

어머니가 손짓을 하고 있다.

아버지   왜 그래, 응? 또 쥐가 나왔어?
어머니   쉬잇!

손으로 입을 가리고 어서 따라오라고 한다.

아버지   아니, 저 사람이 난데없이!

아버지가 뜰로 내려온다.
어머니가 둘째 방 앞으로 간다.

S#36 둘째 방 앞 툇마루(밤)

막내가 툇마루 끝에 앉아서 편지를 불사르고 있다. 한 귀퉁이부터 파란 불빛이 난다.

| 막내 | 영식아! 미안하다. 그렇지만 나는 어쩔 수 없어, 아직 어리니까. 우리 부모님이 이 편지 때문에 걱정하시는데 어떻게 해? 이 편지 없어도 나는 다 외울 수 있어. 다 새겨 있거든. 우리 부모님은, 아니 이 세상 어른들은 그저 눈앞에 안 보이면 좋아하시거든! 흠, 잘 자! |

아버지와 어머니가 어떤 흐뭇한 감동에서 뉘우치는 표정으로 변한다.

불길이 점점 크게 번진다.

어머니가 아버지 등을 민다. 아버지, 돌아보며 밀려서 간다.

(F.O.)

가을 나그네

제4화 가을 나그네

방송용 대본 | 1980년 11월 11일 방송

· 등장 인물 ·

할머니	정애란
아버지	최불암
어머니	김혜자
첫째	김용건
며느리	고두심
둘째	유인촌
셋째	김영란
막내	홍성애
일용	박은수
일용네	김수미
노인(스페셜 게스트)	김길호
청년	남영진

S#1 관상수 밭

은행, 옥향 등 제법 예술적으로 형태를 갖춘 관상수가 울창하다.

아버지가 사다리에 올라앉아 전정가위를 부지런히 놀리다 말고 탐스러운 옥향나무를 어루만진다.

마치 자식의 볼을 어루만지는 기분이다.

내레이션   나무를 대하고 있으면 무한한 생명력을 느낀다. 잘 자라는 나무는 젖살이 오른 아기의 뺨 같고, 어쩌다가 노리끼리한 잎을 보면 병든 자식을 대하는 느낌이다. 그래서 한 그루의 나무를 뜻에 맞게 키우기란 마치 자식 교육시키는 일과 흡사하다. 아니, 말이 없는 나무를 대하기는 자식을 키울 때보다 더 어려울 때가 있다. 그래서 나는 그 나무 잎사귀들이 보여주는 표정에서 그들의 소원을 찾아내기도 한다. 그것이 어찌 나무뿐이랴……! 콩잎, 고구마 잎사귀, 마늘 순에 이르기까지 나는 샅샅이 그들의 말을 들으며 살아간다.

S#2 뚝길

석양을 받으며 둘째와 일용이가 경운기에다 비료를 싣고 들어선다.

S#3 비탈길

농장 입구. 경운기가 들어간다.

일용   아니, 저 사람이….

둘째   응?

일용   저기 봐. 아침에도 저 자리에 앉아 있더니만…….

일용이가 손으로 가리킨다. 둘째가 그쪽을 본다.

길가 풀밭에 한 노인이 쭈그리고 앉아 담배를 피워 물고 있다. 낡은 모자를 둘러쓰고 양복에 넥타이까지 매고 있다. 얼핏 보기엔 신사 같으나 삐죽 마르고 구부정한 주름살이 인생에 지친 노인이다.

경운기가 그 앞을 지나간다. 노인은 여전히 멀리 시선을 내던지고 있을 뿐이다.

둘째가 의아한 표정으로 돌아본다.

S#4 관상수 밭

멀리서 둘째가 부른다.

둘째   (소리) 아버지!

아버지가 사다리에서 내려다본다.

아버지   오냐……

멀리 경운기에서 둘째가 손을 흔든다.

둘째   다녀왔습니다!

아버지   그래, 내려간다.

아버지가 사다리에서 내려온다. 손을 털고 전정을 끝낸 나무들을 새삼 돌아본다.

잘생긴 자식 얼굴을 바라보는 아버지의 얼굴이다.

S#5 토방

일용이가 헛간 쪽에 비료 가마를 정리하고 나와 펌프 가로 간다.

둘째가 세수를 한다. 어머니가 수건을 내민다.

어머니	애들 썼다, 비료 싣고 오느라고….
일용	애쓰긴요…. 시간에 대서 갔더니 금방 내주더군요. 전 같지 않아서 사무직원들도 친절하구요.

둘째가 물을 버린다.

둘째	(일용에게) 씻어! 일용이 형도….
일용	응.

둘째가 수건으로 얼굴을 닦으며 토방으로 올라선다.
어머니도 마루로 가 걸터앉아 하던 일을 계속한다.

S#6 마루

할머니가 방에서 나온다. 낮잠에서 깨어난 듯 부스스하다.

할머니	에그, 왜 이렇게 머리가 가려우니.

할머니가 머리를 긁적거리며 마루 끝에 쭈그려 앉는다.

어머니	어머님, 일어나셨어요? 더 주무시잖고….
할머니	너희들이 떠들썩하는 소리에 잠을 설쳤어!
둘째	허허……, 죄송합니다.
할머니	뭘 싣고 왔다구?
어머니	둘째가 조합에서 비료 싣고 왔대요.
할머니	그럼 오는 길에 인절미나 좀 사오지 않구서….
둘째	인절미요?
할머니	(처량히) 응, 요즘은 웬일인지 인절미떡 생각이 나서….

어머니와 둘째가 킬킬댄다.

둘째　　　그럼, 아침에 제가 나갈 때 말씀하시잖구요?
할머니　　(눈치 보듯) 글쎄, 늙어가면 입이 심심해서….

아버지가 들어온다.

아버지　　무슨 일이냐?
어머니　　(웃으며) 글쎄 어머님께서 인절미 잡숫고 싶으시대요.
아버지　　인절미? 어머니, 사 올까요?
할머니　　아니다! 둘째가 나갔다 오는 길에 사 왔으면 했지. 괜찮아!
아버지　　여보, 일용네더러 찹쌀 담구라구 해서 인절미 해요!
어머니　　예?
아버지　　잡숫고 싶을 때 잡수시게 해. 찹쌀 있지?
어머니　　쌀이야 있지만 언제 그걸…… 또…….
아버지　　왜 못 해? 마음만 먹으면 되는 게야. 정성이 있는데 안 될 게 뭐
　　　　　야, 어서 해요!
어머니　　에그… 성질도 급하시긴….
둘째　　　허허… 할머니 덕분에 인절미떡 먹게 되었네요. 허허….
아버지　　그 대신 떡은 네가 쳐! 놀고 먹여주는 세상은 벌써 지났어, 인
　　　　　마!
어머니　　(부엌을 향해) 일용네! 일용네, 있어요?
일용네　　(소리만) 예…….

일용네가 부엌에서 토방으로 나온다. 손에 젓국과 고춧가루가 범벅이 되어 마치 부상당
한 사람처럼 한 손을 쳐들었다.

일용네	왜요?
어머니 E	뒷광에 가서 찹쌀 한 되만 내다가 담궈요.
일용네	찹쌀을요? 지금 김치 버무리고 있는데….
어머니	어머님께서 인절미 잡숫고 싶대요.
일용네	에그… 어쩌면 할머니 입맛하고 저하고 이렇게도 꼭 같을까요… 헷헤….
어머니 E	네?
일용네	나도 어쩐지 인절미가 먹고 싶어서요. (군침을 삼키며) 콩고물에 버무린 뜨끈뜨끈한 인절미를 입에 턱 넣고 새콤한 무짠지며 시원한 김칫국물 마시는 그 맛이란….
아버지	그만, 그만! 내 목구멍에 벌써 군침이 가득 찼어요 허허….

모두들 웃는다.

| 일용네 | 헤헤헤…. |

일용네가 신이 나서 부엌으로 들어간다.
둘째가 주머니에서 영수증을 꺼낸다.
할머니는 기분 좋아 뜰로 내려간다.

둘째	영수증 여기 있어요.
아버지	수고했다.

영수증을 받아 주머니에 넣는다.

둘째	비료는 비 안 맞게 비닐로 덮어뒀어요.
아버지	잘했다.

둘째	참, 아버지.
아버지	응?
둘째	이상한 사람이 농원 입구에 앉아 있던데요?
어머니 E	이상한 사람?
둘째	아침에 나갈 때는 무심히 봤었는데 아까 오면서 보니까….
아버지	아니, 그럼 아침부터 있었단 말이냐?
둘째	예…, 그것두 한자리에서 꼼짝두 않구요.
어머니	(아버지에게) 무슨 일일까요?
아버지	한자리에서 꼼짝두 않구 온종일 앉아 있어?
둘째	예… 차림으로 봐서는 이 부근 사람은 아닌 것 같은데….

아버지가 자리에서 일어난다.

어머니	여보, 가지 말아요!
아버지	누군지, 뭘 하러 왔는지 알아봐야지.
어머니	(둘째에게) 미심쩍지 않든? 혹시….
둘째	간첩이냐 이거예요?
아버지	(나가다 말구) 간첩?
둘째	허허허… 아니에요. 노인이세요.
아버지	갔다 올게.
어머니	어이구, 또….

S#7 비탈길

노인이 멀리 들판을 내려다보고 있다. 담배를 꺼내 입에 물고 성냥을 찾느라고 손을 더듬는다.

아버지가 불쑥 라이터를 켜댄다. 노인이 꿈에서 깨어나듯 섬찟 놀라며 쳐다본다. 아버지가 웃고 있다.

아버지   태우세요.

노인   예? 예… 고맙소….

노인이 담뱃불을 붙인다. 아버지가 새삼 노인의 몰골 하나하나를 뜯어본다.

멀리 소 우는 소리.

노인이 길게 담배 연기를 들이마셨다가 길게 내뿜는다.

노인   (혼잣소리로) 좋다, 좋아!

아버지   예?

노인   명당이 따로 없지….

아버지   …?

노인   햇빛 잘 들구… 전망 좋구… 들길 좋으면 명당이지 뭐겠소?

아버지가 옆에 앉는다.

아버지   어디서 오셨어요?

노인   주인이시오? 이 농장의….

아버지   엥? 예….

노인   참, 자리 잘 잡으셨소이다!

아버지   …?

노인   이래야 농장 경영하는 재미도 나겠지.

아버지   그저 그럭저럭 해나갑니다.

노인이 비로소 아버지를 돌아본다.

노인   혹시 이 부근에… 땅 내놓은 곳 없을까요?

아버지   땅이라니… 농장 차리시게요?

| 노인 | 농장이라고까지 할 건 없구…. 그저 3, 4천 평가량 채전밭도 있고 과수두 심구 가축도 기르면서…. 여생을 조용히 보내고 싶어서 말씀이에요. |

그제야 아버지는 안도의 숨을 몰아쉬며 어떤 친근감을 느낀다.

아버지	아, 그럽니까? 땅을 보러 나오셨군요?
노인	예? 예… 그저 소일거리로….
아버지	좋지요! 노년기를 농장에서 보내실 수만 있으시다면….
노인	이 농장은 몇 평이나 돼요?
아버지	예, 한 2만 평 됩니다.
노인	2만 평? 대단하십니다.
아버지	10년 전에 여기다 자리 잡고 이럭저럭 지내다 보니 이제야 겨우 농장 같아 보이게 되었죠. 처음엔 박토에다 바람이 세서요.
노인	그래요! 매사는 정성을 들여야지….
아버지	그럼 노인장께서 직접 농장을 하시겠어요?
노인	예!
아버지	가족은….
노인	없어요. 나 혼자예요.
아버지	…?
노인	혼자서 살자니 사람 상대하고 살 수는 없고 해서… 자연을 상대하면 속두 안 썩일 테니까 말씀이야…. 안 그렇소? 주인장? 호호….

노인이 힘없는 웃음을 내뱉는다.

| 아버지 | 적절하신 말씀입니다, 예! |

노인	늙은이가 주책없다 마시오. 호호….
아버지	(간절하게) 아닙니다! 자연을 상대하고 싶다는 말씀, 아주 동감입니다! 저… 뭣하시면 올라가셔서 막걸리라두 한잔하시고 가시겠어요?
노인	막걸리?
아버지	바쁘시잖으면 올라가세요. 이렇게 찾아와주셨는데 그대로 가실 수 있겠어요? 자, 가시죠! 영감님.
노인	정말 고마운 분이구랴, 나 같은 늙은이를….
아버지	아닙니다! 저는 사람 찾아와주는 게 그렇게 고마울 수가 없어요. 자, 가시죠!
노인	그… 그럼, 염치 불구하구….

노인이 자리에서 일어난다.

아버지, 지팡이를 쥐여준다. 노인이 웃으면서 지팡이를 받는다.

S#8 방 안(밤)

술잔을 받고 있는 노인. 신나게 허풍을 치고 있는 노인.

아버지는 처음 듣는 얘기인 양 장단을 맞춰주고 있다.

노인	자식이 있으면 뭘 합니까? 나 이렇게 늙었어도 자식한테 기대어 살고픈 생각 없어요.
아버지	옳은 말씀입니다. 저도 그런 생각입니다.
노인	그래서 나는 그동안에 가족 몰래 정기적금에 들어두었고, 정년퇴직할 때 받은 퇴직금에다 이것저것 합쳤더니… 돈 천만 원은 되더군요.
아버지	대단하십니다.
노인	그래, 마누라하고 둘이서 의논을 했어요. 이 돈을 어떻게 할까

	하고….
아버지	어떻게 하다뇨? 노후 대책을 세우셔야죠. 늙어서 자식들한테 기대어 살거나 용채돈* 얻어 산다는 건 그렇게 쉬운 일이 아니죠….
노인	그래서 나는 아까 얘기하다시피 조그마한 농장 겸 목장 겸…… 선생이 하시는 이런 규모의 농장이 아니라는 말씀이야! 그저 조용하게…, 그리고 편안하게 여생을 보낼 수 있는 곳이면 좋겠다 했는데, 우리 마누라는 또 생각이 다르단 말씀야!
아버지	어떻게요?
노인	글쎄 그 돈을 몽땅 하나님한테 바치자는 거예요.
아버지	하나님? 아니 그럼, 그 뭡니까…… 교회 말씀인가요?
노인	예, 마누라는 얼마 전부터 그 무슨 교회인지 잘 알 수도 없는 종교에 미쳐서, 이건 모든 걸 교회에 갖다 바쳐야 죽어서도 편안히 천당으로 간다면서…… 흐흐…….
아버지	그래, 어떡하셨어요?
노인	난 반대였지……. 살아서두 못 가는 곳을 죽어서 간다면 누가 믿겠느냐구 말씀이에요. 나는 양지바른 언덕에 하얀 집 짓고… 채소밭, 과수밭, 꽃밭 가꾸며 사는 게 소원이라구 우겼더니… 글쎄 마누라는 뿔이 나가지고 집을 나가버렸지 뭐겠소. 흐흐…… 늘그막에 마누라한테 버림까지 받고 보니 허전하기보다는 내가 허공에 떠가는 구름처럼 여겨지더라니까. 허허허…….

노인이 불쌍해서 대신 울어주고 싶은 아버지의 얼굴.

---

* '용돈'의 함북 방언.

S#9 부엌(밤)

며느리와 어머니가 안주를 만들고 있다.

며느리는 고춧잎 나물을 무치고 어머니는 파를 숭숭 썰어서 끓는 냄비 속에다 넣고는
돌아선다. 매우 못마땅해하는 표정으로 투덜댄다.

어머니   그저 지나가는 사람이면 누구든지 불러들여서 술 한잔씩이

              니…. 원 무슨 양반이 그래 생겨났는지, 전생에 사람 구경 못 한

              첩첩산중의 스님을 지내셨는지, 원…….

며느리   …… 간 좀 보세요, 어머니!

며느리가 손끝에 나물 두어 가락 집어서 어머니 입에 내민다.

어머니가 날름 혀를 내밀며 받아먹는다.

어머니   너 왜간장에다 무쳤니?

며느리   예, 안 되나요?

어머니   아니, 고춧잎 나물을 누가 왜간장에다가 무치니?

며느리   ……? 저는 나물을 무치라시기에…….

어머니   나물두 나물 나름이지……. 늦가을 고춧잎은 새파랗게 데쳐서

              물에 담갔다가 뽀드득 물기를 짠 다음 멸치국에다 무쳐야 제맛

              이 나. 어서 간장 짜내구 멸치젓국을 쳐라.

무쳐놓은 나물 양푼을 들여다보고는 다시 국 솥 있는 데로 오는 어머니.

며느리   예.

며느리는 입이 뾰로통해지지만 시키는 대로 한다.

어머니	요즘 젊은 애들 음식 솜씨 모자란 걸 어떻게 고쳐주지? 에 그…… 쯧쯧…….
며느리	(변명하듯) 요리학원에 나갈래야 나갈 수가 없잖아요?
어머니	요리학원에 가야만 대수라든? 음식 맛은 정성 맛이란다. 그리구, 그 집에 가면 그 집 음식 맛이 따로 있으니 그걸 배워야 해! 나는 그 테레비 요리 시간에 나와서 하는 그 음식들! 거저 줘두 못 먹겠더라.
아버지	(소리) 아가, 술 가져와!
며느리	예…….
어머니	아니 무슨 술은? 벌써 두 주전자째나 내갔는데…… 그렇지?
며느리	예…….
어머니	그리구 저녁이 다 되었는데…… 그만 보내실 일이지……. 혹시 느 아버지 그 노인네를 재울 작정 아니니?
며느리	방두 없는데 어떻게…….

아버지와 노인의 웃음소리가 들린다.
며느리가 술 주전자에다 술을 붓는다.

어머니	얼씨구! 갈수록 태산이라더니……. 안 되겠다! 아가, 그 술 주전 자 이리 다오!
며느리	어머님께서 가지구 가시게요?
어머니	응!

어머니가 술 주전자를 들고 나간다. 며느리가 입을 삐죽거린다.

S#10 안방(밤)
아버지와 노인이 술을 죽 들이키고 있다. 두 사람, 아까와는 달리 술에 취해 해롱거린다.

노인	헛허⋯⋯ 옳은 말씀이야. 인생은 벌거벗고 왔다가 벌거벗고 가
	는 거야. 그래서 흙으로 돌아가는 게야⋯⋯. 헛허.
아버지	예, 그래서 저두 평상시에 자식 놈들에게 그 점을 강조해왔죠.
	(아내 보고 머쓱)

어머니가 들어선다. 아버지와 시선이 마주치자 못마땅해하는 표정이다.

어머니	술 그만들 하세요.
아버지	응?
어머니	할아버지⋯⋯, 그렇게 취하셔서 어떻게 하시죠?
노인	예?
어머니	날이 어두운데 가실 수 있으시겠어요?
노인	예? 예⋯⋯ 그, 그거야 뭐!
아버지	뭣하면 주무시고 가세요.

어머니의 눈길이 사나워진다.

아버지	어차피 인생은 나그네 아닙니까? 왜 이런 노래 있죠? (흥얼거
	리며) 인생은 나그네길⋯⋯ 어디서 왔다가⋯⋯ 어디로 가는
	가⋯⋯ 구름이 흘러가듯⋯⋯.
노인	떠어돌다 가아는 길에⋯⋯.
어머니	(낮으나 가시 돋친 어조로) 여보!
아버지	응?
어머니	저 좀 봐요.

어머니가 일어나 밖으로 나온다.

노인은 노래 계속.

아버지가 따라 나온다.

S#11 마루와 뜰(밤)

두 사람 나와서 한쪽 끝으로 가서 바짝 붙어 선다.

노인네 노래 계속 들린다. 그친다.

어머니	어쩔 셈이세요?
아버지	어쩌긴 뭘?
어머니	그만큼 술대접했으면 가시게 내버려두실 일이지……. 주무시고 가시라니, 그게…….
아버지	그, 그거야…….
어머니	방이 어디 있어요?
아버지	방?
어머니	안방에서 함께 주무실래요? 저를 내쫓구…….
아버지	방이야 둘째 방이 있지 뭐!
어머니	어디 사는 누군지두 모르는 영감님하구 함께 자려구 하겠수? 에그…… 정말 당신두…… 인심 후한 거 정도가 있어야지. 이러시면 돼요, 예?

어머니가 대들자 아버지가 행여 방에 말이 들릴세라 어머니 입을 막으려고 한다.

아버지	좀 조용조용히 말해!
어머니	내 집인데 왜 할 얘기도 못 하나요? 당신이 얘기하기가 거북스러우시면 제가 할래요!
아버지	알았어, 알았어!
어머니	믿어도 되죠?
아버지	글쎄 알았다니까!

어머니	믿을 만한 사람이면 또 몰라요.
아버지	외로운 노인이셔.
어머니	외롭긴 다 마찬가지예요. 나는 뭐 안 외로운 사람인가요?
아버지	뭐?

어머니가 마루에서 내려와 부엌으로 들어간다.

아버지가 혀를 두어 번 차더니 바지를 추슬러 올리며 방으로 들어간다.

S#12 방 안(밤)

술에 곯아떨어진 노인이 코를 골고 있다.

아버지	(당황해서) 영감님! 영감님!
노인	음… 음….

숨을 길게 내뱉고는 뭐라고 잠꼬대로 중얼거린다.

아버지	아니… 이거 난처하게 되었군!

S#13 첫째 방(밤)

며느리가 경대 앞에서 얼굴을 닦아내고 있다.

첫째	그래, 어떻게 했어?
며느리	어떻게 하긴요? 일용 씨와 도련님이 떠메다시피 해서 도련님 방으로 옮겼죠.
첫째	그래서?
며느리	그랬더니, 노인네가 일어나서는 가시겠다는 거예요… 여덟 시가 넘었는데.

첫째	노인 혼자서?
며느리	예, 그러니 이번에는 아버님 어머님께서 걱정이 태산 같으셔서 가시지 말라고 애원하셨지 뭐예요? 흠…. 정말 재미있었어요.
첫째	그게 뭐가 재미있어?
며느리	재미있잖아요? 요즘 세상에 손님보고 가지 말라고 붙잡으니….
첫째	노인네가 가다가 무슨 사고라도 나면 곤란해서 그렇지!
며느리	그래 봬도 정신은 멀쩡하더라고요.
첫째	그래?

S#14 안방(밤)

잠자리에 들어 있는 아버지와 어머니.

어머니	(문득 낮에 있었던 일이 생각난다) 흠… 정말 당신도 우스운 분이세요, 흠….
아버지	길 가는 나그네에게 하룻밤 잠자리 내줬는데 뭐가 우스운 일이야?
어머니	당신은 그렇게 사람하고 대화하기가 즐거우세요?
아버지	즐겁지 않구!
어머니	자기 마누라한테는 무관심하면서…?
아버지	내가 언제 무관심했어? 생사람 잡는 소리 하지 말어.
어머니	(아버지를 돌아보며) 그럼… 저 사랑하세요?
아버지	얼씨구!
어머니	어디 들어봅시다.
아버지	뭘?
어머니	저더러 "당신 사랑합니다" 해보세요, 예?
아버지	아니, 이 사람이 갑자기… 왜 이러지, 응? 뭘 잘못 먹어서…. (돌아눕는다)

어머니가 부러 응석을 부리듯 아버지의 겨드랑이를 집적거리며 더 재촉한다.

어머니 예? 말씀해보세요, 예?

아버지가 몸을 비틀며 피한다.

아버지 이러지 말어! 간지러워! 이 사람아! 흠….
어머니 나… 당신한테 그 한마디 들어봤으면 좋겠더라, 예?

어머니, 아버지 가슴팍을 때린다.

아버지, 킬킬대고 돌아눕는다.

어머니 지나가는 나그네는 붙들어 매고 좋아하면서 30년을 함께 살아
         온 자기 여편네한테는 좋아한다는 말도 못 하는 양반! 에그…
         내가 미쳤지!
아버지 어이구… 몇 살만 젊었더라도 내가….
어머니 어쩔 셈이세요?
아버지 뽀뽀하지… 흣흐…. (쑥스럽게 웃고 돌아눕는다)

밖에 인기척이 난다.

둘째   (소리) 아버지, 아버지!
아버지 응, 저게 누구야?
어머니 둘째 아니에요?

어머니, 일어나 앉는다.

어머니   누구니? 둘째야?

S#15 마루와 뜰(밤)

둘째, 서 있다.

둘째   예, 저예요.

방문이 열린다. 아버지가 고개를 내민다. 셔츠 바람이다.

아버지   웬일이야? 이 시간에…
둘째   그 영감님이 안 보이는데요.
아버지   안 보이다니?

어머니가 고개를 내민다.

둘째   글쎄, 제가 소장을 한 바퀴 돌고 닭장을 둘러보고 와 보니까 안
           계시잖아요.
아버지   안 계셔?

아버지가 속셔츠 바람으로 마루로 나온다.

둘째   그래 처음엔 뒷간에 나가셨겠지 하고 기다렸는데도 아직…

어머니가 속치마 바람으로 나온다.

어머니   아니, 그럼 이 밤중에 어딜…?
둘째   벗어둔 옷도 안 보이고 단장도 없는 게… 아마 가셨나 봐요.

아버지	글쎄…. (마루 쪽에 쭈그려 앉는다)
어머니	집이 어디시래요? (따라 앉는다)
아버지	응? 응…. 그래 분명치 않았어.
어머니	예?
아버지	서울 변두리라고 했다가 부천이라고 했다가….
어머니	그런 사람을 어떻게 믿고 재웠어요? 그럼….
아버지	믿고 안 믿고가 문제야?
어머니	그럼 뭐가 문제죠? 당신도 오래 살려거든 그 마음뽀부터 고쳐요. 아니 이 양반이 그걸 가지고 그렇게 역정까지 내실 건 또 뭐예요?
아버지	역정 안 나게 되었어? 그럼, 그 의지가지없는 노인한테 하룻밤 잠자리를 제공한 걸 그저 씹고 또 씹고 하더니만 잘되었군….
어머니	아니, 씹긴 누가 씹어요? 나는 다만 정체가 분명치 않은 사람이니까 좀 께름칙한 데다가….
아버지	그만둬!
어머니	예?
아버지	(둘째에게) 그러니까, 그게 열 시쯤 되었겠구나? 영감님이 나가신 게!
둘째	예, 그쯤 되었을 거예요.
아버지	음… 어딜 가셨을까? 이거 또 한시름 벌었구먼….
어머니	(비아냥거리며) 그렇게 걱정되시거든 이제부터 나가서 논두렁 밭두렁 이 잡듯이 찾아봅시다!
아버지	아니, 이 사람이 말끝마다…. (식구들 발견)

화가 치밀어 눈을 부릅뜨는데 언제 나왔는지 첫째, 며느리, 셋째, 막내가 마루에 나오기도 하고, 제 방에서 고개를 내밀고 있다. 다가온다.
아버지가 순간 노여움이 꺾인다.

아버지	아니, 너희들은 왜 또 안 자고 나왔니?
셋째	분위기가 심상치 않아서 나와봤어요. (막내에게) 그렇지?
막내	그래요. 아버지와 어머니는 정말 어떤 관계인가 의심이 갈 때가 있거든요.
어머니	의심이 가다니? 아니 저 애가 무슨 말을 그렇게 하니?
막내	아니에요. 납득하기 어렵다고 해야겠죠…. (셋째에게) 그렇지?
아버지	뭐가 납득이 안 가?
셋째	아버지하고 어머니는 노상 입씨름을 하시고 티격태격 언쟁을 하시는 걸로 봐서는 진작 헤어졌어야 했을 텐데. 어떻게 30년간을 용케도 참고 견디셨구나 하고요, 흠!
아버지·어머니	(동시에) 알아줘서 고맙다!

다음 순간 두 사람의 눈길이 마주치자 피식 실소를 한다.
모두들 웃는다.

| 아버지 | 너희들 잘 들어둬! 부부가 서로 부부싸움을 하지 않게 되었을 때는 이미 사랑이 식었을 때다! (아내에게) 여보, 잡시다! |

아버지가 먼저 방으로 들어간다.

| 어머니 | 너희들 들어가 자! 감기 든다! |

어머니가 방으로 들어간다. 의아한 셋째, 막내. 개 짖는 소리.
셋째와 막내가 방으로 들어간다. 첫째와 며느리가 방문을 닫는다. 이윽고 불이 꺼진다.
뜰 한가운데 혼자 서 있는 둘째. 한숨을 길게 몰아쉰다. 멀리서 개가 짖는다.

| 둘째 | (마음의 소리) 나도 빨리 장가를 들어야 부부간 사랑이 뭔지 알 |

텐데 말야!

S#16 소장
아버지와 일용이가 바닥을 쓸고 여물을 주고 있다.

S#17 과수원
둘째가 퇴비를 지고 있다.

S#18 마루와 뜰(낮)
첫째가 출근하려고 방에서 나온다.
며느리가 도시락을 서류 봉투에다 넣어가지고 부엌에서 나온다.

며느리	도시락이에요.
첫째	응!

받는다.

첫째	참, 오늘 병원에 가는 날 아니야?
며느리	예.

며느리가 안방 쪽 눈치를 살피며 장독대 쪽으로 따라 나온다.

며느리	여보! 오늘 맛있는 거 사줘요.
첫째	응?
며느리	불갈비 먹고 싶어 죽겠어! 응?
첫째	(안쪽 살피며) 그렇지만!
며느리	내가 점심때쯤 당신 회사 가까운 곳에 갈 테니까… 응? 그럼 점

	심 먹고 당신은 회사에, 나는 병원에 들르면 되잖아요, 예?
첫째	글쎄… 시간이 그렇게 딱 들어맞을까?
며느리	시간 약속만 해요, 예? 예? 열두 시 십 분에 만나요. 예?
첫째	그래… 알았어!
며느리	여보! 나 한복 입고 나갈까? 배가 불러서 양장은 곤란하니까, 응?
첫째	좋도록 해, 그럼. (크게) 다녀오겠습니다

첫째가 뜰을 벗어난다. 며느리가 손을 흔든다. 행복한 표정이다.

들어서자 섬뜩 놀란다. 어머니가 마루 끝에 서서 머리에 두건을 쓰며 일터로 나갈 채비를 하고 있다.

어머니	(시침을 떼고) 한복 입으면 더 거북하다. 가슴을 조여야 하니까….
며느리	예? 예!
어머니	거, 펑퍼짐한 홈웨어 입고 그 위에 코트라도 걸치는 게 나을 텐데….

어머니가 부엌으로 들어간다.

며느리가 놀라움과 무안함에 눈이 휘둥그레진다.

S#19 과수원

둘째가 나무 밑을 파고 퇴비를 주고 있다.

다음 순간 섬찟 놀란다.

둘째	아니…?

둘째가 저만치 쓰러져 있는 사람을 발견하고 다가간다. 어젯밤의 노인이다.

둘째가 겁이 나서 몸에 손을 못 댄다.

두 다리를 뻗고 반듯하게 죽어 있는 노인. 그 옆에 모자와 단장.

둘째가 두어 걸음 겁에 질려 물러서다가 돌아서서 쏜살같이 뛰어간다.

둘째   아버지, 아버지!

과수밭을 빠져나가는 둘째.

S#20 우사 앞

아버지   뭣이?

둘째   빨리요, 빨리!

아버지가 쇠스랑을 내던지고 뛰어간다.

우사에서 일용이가 나오다가 그 양을 보고 뛰어간다.

S#21 채전밭

무를 뽑고 있던 어머니와 일용네가 벌떡 일어난다.

어머니   죽어?

일용   예, 과수원 밭에 쓰러져 있었나 봐요.

어머니   아니, 이 이게 무슨 날벼락일까, 응?

일용네   약을 먹었어?

일용   예, 약병도 그 모자 옆에 있었어요.

어머니가 일어난다. 일용네와 일용이가 뒤따른다. 시간 경과.

S#22 구름

S#23 마루와 뜰(낮)

어머니가 걱정스럽게 마루에 앉아 있다.

일용네가 고추가 달린 고춧잎 대를 놓고 풋고추를 따고 있다.

일용네	아니 글쎄, 왜 하필이면 하고많은 곳 다 두고 우리 밭머리에서 그런 끔찍한 짓을 했을까요?
어머니	오죽했으면 그랬겠어요? 무슨 사정이 있겠지요.
일용네	세상에, 객사치고도… 이건 진짜 객사구먼….
어머니	경찰에서 나온 사람들은 갔어요?
일용네	예, 아까 병원 차에다 시체 싣고 가던데요.
어머니	또 한걱정이구먼!
일용네	예?
어머니	우리 집에서 그런 일이 일어났으니 오라 가라 할 텐데. 그러기에 내가 뭐라고 했기에… 인심 후한 것도 좋지만….

어머니가 말을 맺지 못하고 눈을 크게 뜬다.

어머니	아니… 저이가 또 누굴 데리고….

아버지가 청년 한 사람을 데리고 들어선다.

청년은 말쑥하고 선량해 보인다. 토방으로 올라선다.

일용네가 어머니와 한구석으로 비켜선다.

아버지	자, 들어오세요, 들어오세요.
청년	예… 이거 뭐라 죄송한 말씀을 드려야 할지……. (어머니를 보고)

	사모님이신가요?
어머니	예? 예.
아버지	안사람이오. 여보, 이분이… 그 노인장의 아드님이시라는구 먼…….
어머니	(놀라며) 예?
청년	죄송합니다. 이런 누를 끼쳐드려서…….

청년이 절을 몇 번이고 한다. 어머니는 괘씸한 생각이 든다.

어머니	세상에… 이렇게 멀쩡한 아드님이 있으시면서 왜 그런?
청년	죄송합니다….
어머니	댁의 집안 사정을 잘 모르겠지만…… 어쩜 그럴 수가 있어요, 그래? 한 분뿐인 아버지를 그렇게 모르는 척할 수가 있습니까? 글쎄… 댁도 나이 먹으면 늙고, 늙게 되면 아시겠지만, 자식들 이… 그래서는 안 돼요…….
아버지	여보, 그게 아니야!
어머니	예?
아버지	얘길 들어보니까 그 노인장 얘기가 좀…… 지나쳤더구먼!
어머니	지나쳐요?
아버지	응……, 아드님 얘기로는 그 노인장은 할머니가 돌아가셨는데 그 뒤로부터 정신이 좀 흐려진 데가 있어 그렇게 떠돌아다녔다 는군!
청년	예, 1년이면 서너 번 이렇게 집을 나가시곤 하셨어요.
어머니	농장을 경영하시겠다는 얘기는…….
아버지	그것도 말짱 꾸며낸 얘기래!
어머니	예? 꾸며낸 얘기?
청년	아버님께 돈이 어디 있으셨나요? 제가 한 달에 5만 원씩 용채

	돈을 드리고 있지요. 퇴직금이니 적금이니 모두가…….
어머니	지어낸 얘기란 말이죠?
청년	면목 없습니다.
어머니	세상에… 그럼 왜?
일용네	그러니깐두루… 그 정신이상자였나 보군요?
청년	부끄럽습니다. 아버진 늘 그러셨죠. 조용한 곳에서 살고 싶다고 요…. 그렇지만 제 형편에 그런 곳으로 이사할 처지도 못 되고… 그러다가 아마 선생님께서 너무나 따뜻하게 대해주시니까 그 만… 이곳에서…….
어머니	그건 어떻게 아셨어요?
아버지	유서를 남기셨어. 이 과수원이 그렇게 마음에 드셨대. 그러니 이 뒷산 양지바른 곳에다 묻어달라는….
어머니	여보, 그게 사실이에요?
아버지	응!
어머니	그럼 그렇게 하실 셈이세요?
아버지	…?
청년	그게 될 뻔이나 한 얘깁니까? 저희 아버님은 제가 모시기로 했 으니까 염려 마세요. 다만 아버님이 마지막으로 인간의 훈훈한 정을 느끼면서 세상을 뜨셨으니, 이거 저로서는 큰 은혜라고 생 각합니다. 정말 감사합니다. 장례식 올리고 나서 정식으로 집사 람과 인사 오겠습니다. 감사합니다.
아버지	무슨 그런…?
청년	아마 아버지께서는 어디에 묻히건 이곳 흙내음을 못 잊으실 거 예요. 그럼 안녕히 계십시오.

청년이 절을 하고 나간다.
아버지와 어머니가 어떤 감동에 눈시울이 뜨거워진다.

134

아버지가 하늘을 쳐다본다. 새가 날아가는 슬로모션.

내레이션   사람은 흙으로 돌아가기 마련이다. 가진 자도 안 가진 자도, 얻은 자도 잃은 자도 결국은 흙으로 돌아가는 것이다. 그 노인이 정신이상이었다지만 나는 믿어지지가 않는다. 양지바른 곳에 밭을 일구고 과수를 가꾸며 살고 싶어 하는 심정이야 도시에서 사는 사람이라면 한 번쯤은 느끼는 꿈이 아니겠는가? 아니지, 인생의 석양 길에 선 늙은이들의 소원이지! 흙에서 태어나 흙 속으로 돌아가는 너무도 당연한 자연법칙을 사람들은 몸과 마음이 늙고서야 깨닫는다. 꿈을 안고 떠돌아다니다가 간 그 노인은 또한 영원한 나그네였을 게다.

낙엽 떨어지는 슬로모션.

(F.O.)

자존심으로

제5화 자존심으로

방송용 대본 | 1980년 11월 18일 방송

·등장 인물·

할머니	정애란
아버지	최불암
어머니	김혜자
첫째	김용건
며느리	고두심
둘째	유인촌
막내	홍성애
일용	박은수
일용네	김수미
맏딸	엄유신
사위	박광남
시어머니(맏딸의)	김석옥
인수	박경현
마담	유명옥
순경	윤창우
등등	

S#1

아버지와 어머니가 종자 보리를 뿌리고 있다.

둘째가 저만치서 흙덩어리를 깨나가면서 밭고랑을 고르고 있다.

내레이션   사람은 기다림을 짜증스럽게 여긴다. 사람을 기다리고 약속 시
        간을 기다리고 행복을 기다리느라고 지쳐버린 사람들에게는
        진정 기다린다는 게 지겨운 일일 게다. 그러나 농사짓는 사람은
        그 지겨움을 잘도 견뎌낸다. 씨앗을 뿌리면서 이미 내년의 수확
        을 기다리는 게 몸에 밴 탓이겠지만, 반드시 그렇지만도 않다.
        자연 속에 파묻혀 살아가노라면 사람은 자기도 모르게 기다릴
        줄 알게 된다. 매사에는 때가 있다는 것을 배우게 된다.

S#2 주점

인수와 일용이 홍어회에다 소주를 마신다.

인수   말이야 바른말이지만 너 같은 놈, 시골에서 썩히기는 아까운
        청춘이야, 안 그래?

술잔을 비우고 쭉 내린다.

인수   젊어서 한때 바깥바람 쐬는 거 나쁘지 않다! 우리 선배님 말로
        는 사우디 가면 5백 불은 벌 수 있다더라.

인수가 다섯 손가락을 펴 보인다.

일용   5백 불?
인수   왜 적니? 흐흐… 자식! 5백 불이면 우리 돈으로 대충 잡아서

30만 원이다! 30만 원! 너처럼 시골에서 허리가 굽도록 일해주고 한 달에 10만 원 받는 얘기하고는 하늘과 땅 아니냐?

일용   그렇지만 난… 사정이 있잖니?

인수   사정? 무슨 사정?

일용   어머니가 계셔. 그것도 홀어머니가….

일용이가 술잔을 비우고 권한다.

인수가 빙그레 웃으며 비아냥거린다.

인수   그럼, 어머니 업고 가겠다는 거니?

일용   뭐?

인수   말이야 바른말이지, 아들이 돈 벌러 나가는 게 어머닐 위해서지 누가 혼자 잘 먹고 잘살겠대? 야, 그런 걱정 하다간 이것저것 다 놓치고 만다.

일용   …?

인수   굴러야 콩고물 묻잖아? 가만히 두 손 벌리고 서 있으면 백날 가야 그게 그거다! 인생은 찬스야! 일은 저질러놓고 보는 거야, 인마! 모든 조건이 다 갖추어지기를 기다리다간 내일이면 늦으리다, 인마! 허허….

인수가 단숨에 술을 마시고는 홍어회 한 점을 먹음직스럽게 입에다 넣고는 오물오물 깨문다.

일용은 기가 죽은 듯 인수의 거동을 바라본다.

일용   정말 나 같은 놈도 갈 수 있니?

인수   네가 어때서? 병역의무 마쳤겠다, 신체 건강하겠다, 올해 만 29세지? 30 넘으면 안 된다.

일용	응, 우리 나이로는 30이지만….

인수	자식! 그러니 이제 돈 벌어서 장가가야지! 시골에서 백날 썩어
	봐야 그 팔자 알 팔자다! 흐흐….

일용	그럼…, 얼마나 준비하면 될까?

인수의 얼굴이 묘하게 이지러진다.

인수	결심 섰어?
일용	웅! 일단은….
인수	일단이라니?
일용	우리 어머니 때문에 뭐라고 말할 수는 없지만…. (단호하게) 나
	는 내일이라도 가고 싶은 심정이야!
인수	정말?
일용	나도 날마다… 가끔 내 자신을 생각해보지만, 언제까지나 이렇
	게 남의집살이하고만 있을 것인가 하고 말이야.
인수	맞았어, 바로 그거야! 그런 자존심을 살려야 돼! 굼벵이도 자존
	심 하나 가지고 산다구. 잘 생각했어! 너는 군대에서 추럭 운전
	도 했으니까! 잘될 거다! 내게 맡겨! 허허….

인수가 자신의 가슴팍을 탁탁 친다.

일용, 결심의 표정.

S#3 밭

아버지와 어머니가 나란히 보리 파종을 하고 있고 둘째가 골을 파고 나간다.

어머니	일손 달리는 줄 빤히 알면서도, 에그 남 부리기가 상전 모시는
	격이니 원….

아버지	새삼스럽게 또….
어머니	들은 얘기가 있어서 그래요.
아버지	뭘?
어머니	일용이가 월급이 적다고 투덜대더래요.
아버지	그래?
어머니	한 달에 10만 원 벌이로는 택도 안 닿는 소리라고….

아버지가 비로소 일손을 놓고 어머니를 돌아본다.

아버지	그게 정말이오?

어머니는 마지막 한 줌을 밭이랑에 뿌리고는 망태기를 턴다.

어머니	제가 들여다보고 오겠어요. 모자간에 안 보이는 게 무슨 일이 있나 봐요.

S#4 마루

할머니와 며느리가 마루에서 이불을 뜯고 있다. 햇빛이 밝다.

한쪽에 이불솜이 수북이 쌓였다.

할머니가 이빨로 실 매듭을 물어뜯는다.

며느리	할머니, 놔두세요. 이 다치세요!
할머니	어서 홑이불 뜯어서 물에 담그라며?
며느리	예, 어머님께서 이불 빨래하고 나면 메주 쑤어야 한다면서…. 그리고 제 해산 날도….
할머니	그래! 네 몸 풀기 전에 집안 큰 빨래는 다 해두는 게 좋지! 다 그렇게 하는 법이란다.

142

며느리가 솜을 걷어 끌고 내려온다.

문득 저만치서 맏딸이 오는 걸 발견한다.

며느리   아니…, (놀라움) 큰아씨 아니세요?

맏딸이 손에 작은 가방과 과실 보따리를 들고 들어온다.

며느리가 받아 들며 반긴다.

며느리   어서 오세요. 오랜만에 오시네요?

맏딸   네, 별일 없으셨어요?

며느리   네!

맏딸   아버지랑 어머니는… 어디?

며느리   지금 보리 파종하세요. 제가 가서 모시고 올게요.

맏딸   아, 아니에요 언니! 괜찮아요. 할머니, 저 왔어요.

할머니   누가 왔어?

며느리   서울 큰아씨예요.

맏딸   할머니, 안녕하셨어요?

맏딸과 며느리가 마루 쪽으로 온다. 마루로 올라가서 큰절을 드린다.

할머니가 가까이서 얼굴을 알아보자 새삼 반긴다.

할머니   오냐, 그래 소식도 없이 웬일이냐, 네가?

맏딸   (겸연쩍게) 그저… 오고 싶어서요.

할머니   오고 싶어서? 후흐… 그래 그래, 하긴 제집 제가 찾아오는데 뭐

                    가 나쁠까. 그래 장 서방은 같이 안 오구?

맏딸   네, 바쁜 일이 있어서요.

며느리   차에서 시달렸나 보죠? 안색이 안 좋아 보이는데!

맏딸	아, 아니에요. (얼굴을 만진다)
할머니	애기 잘 크지?
맏딸	예!
며느리	이제 걸어요?
맏딸	아뇨!
며느리	돌이 지났는데도 못 걸어요?
맏딸	제 아빠만 닮아서 그런지 모든 게 서툴러요.
며느리	어머! 호호….
할머니	애길 데리고 오잖구서… 장미* 떨어져도 괜찮니?
맏딸	(시원찮게) 할머니가 계신데요. (딴청을 부리듯) 아…… 오랜만에 시골에 오니까 기분 좋다…….
며느리	서울은 복잡하죠?

까치 소리. 까치가 운다.

| 할머니 | 망할 놈의 까치 같으니! 손님이 오기 전에 울지 않구! 사또 뜨고 나팔 불었다! |

맏딸과 며느리가 따라 웃는다.

S#5 일용의 집 앞
어머니가 마당에 들어선다. 뜨락에서 병아리들이 모이를 쪼아먹고 있다.

| 어머니 | 일용네… 일용네, 있어요? |

---

* '장시(長時)'의 오기인 듯함.

아무런 대답이 없다.

부엌을 먼저 들여다보고는 방문을 연다.

S#6 방 안

일용네가 아랫목에서 부스스 일어난다.

일용네   들어오세요.

울고 있었는지 치맛자락을 뒤집어 눈물을 닦는다. 머리가 엉성하다. 두 손으로 헝클어
진 머리를 쓸어올린다.

어머니   어디 아파요?

일용네   아프긴요.

일용네가 손바닥으로 방을 대충 쓸어 치운다. 되도록 어머니 시선을 피하려는 눈치다.

어머니   일용인 어디 갔어요? 안 보이는데…….

일용네   우라질 녀석!

어머니   …?

일용네   한바탕 퍼부어댔더니 나가버렸지 뭐예요?

어머니   나가다뇨?

일용네   낸들 알겠어요? 에그… 자식 하나 둔 게 이러니 여럿 키웠으면
              어쩔 뻔했어요?

어머니, 귀가 쏠리는지 다가앉는다.

어머니   무슨 일이 있었구려?

일용네	(한숨) 제 녀석이 어떻게 키웠는데… 에그 망할 녀석! 1·4 후퇴 때 홀몸으로 핏덩어리를 안고 옹진에서 고깃배 타고 내려오던 일 생각하면……. (운다) 비바람 눈바람 행여 다칠세라, 피해가면서 키워놓으니까… 이젠 늙은 애미 밑은 그저 염소 똥만큼도 못하니 원….
어머니	(웃으며) 넋두리 작작 하고 어서 나가요. 자식 키우다 보면 다 그런 거예요! 난 2남 3녀 다섯을 키웠어요, 다섯을! 그런데 아들 하나 가지고서 뭘 엄살떨어요, 떨긴…. 그게 다 자식 키우는 사람의 낙이요 재미거니 생각하면 되는 거예요.
일용네	그렇지만 이건 얘기가 다르죠.
어머니	예?
일용네	글쎄 날 두고 제 놈만 쏙 빠져나가자는 심뽀지 뭐예요?
어머니	빠져나가다뇨?
일용네	제 놈이 뭐 어디 간다더라…… 사다라비라던가… 싸리애비라던가… 가겠대요!
어머니	사우디아라비아요?
일용네	네 맞아요, 사디라비아!
어머니	(웃으며) 사우디아라비아! 흠….
일용네	이름이야 아무러면 어떻수?
어머니	거기 가겠대요? 일용이가?
일용네	글쎄, 그렇다니까요.
어머니	어떻게 뭘로…?
일용네	누가 아니래요? 인천 나갔다가 우연히 친구를 만났었다나요. 군대에서 함께 지낸……. 글쎄, 제간 녀석이 가면 어딜 간다고 그러는지 원……. 남이 장에 간다니까 저도 덩달아 따라나서는 격이지 글쎄….

S#7 언덕

일용이가 지게를 높여놓고 마른 풀 포기를 뜯어 잘근잘근 씹고 있다.

흰 구름 뜬 하늘.

내레이션(일용) 나도 자존심 있는 놈인데 이까짓 시골서 묻혀 지낼 수만은
없지! 하지만 무슨 일을 저질러볼래도 꼭 어머니 때문에
걸린단 말이야! 제길….

S#8 밭

어머니와 아버지가 밭둑에 앉아 쉬고 있다.

아버지 제 길인지 아닌지도 모르고 젊은 애들 생각이 그 모양이니
원….

어머니 젊은 애들 마음이야 그럴 수밖에 없지요.

아버지 (신경질 내며) 뭐가 그럴 수밖에 없어?

어머니 같은 값이면 다홍치마가 아니우?

아버지 뭐가 다홍치마야?

어머니 한 달에 30만 원 벌이가 낫지, 그럼 누가….

아버지 돈이면 다야?

어머니 세상 인심이 그렇게 돌아가는데 어떻게 해요?

아버지 그걸 바로잡아야지!

어머니 대바구니로 물 긷기예요.

아버지 뭐라고?

어머니 요새 젊은 사람들 다 그렇지 뭐! 너나 할 거 없이 대처로만 빠져
나가 사는 게 소원 아니우! 그래도 늙은 부모들은 땅마지기 지
키면서 철철이 양식 올려보내…… 고추, 깨 농사지어 보내… 마
늘에 미숫가루에… 겨울이 오면 메주까지 띄워서 보내줘도 부

모 고마워라 하는 젊은이 어디 있습니까? 없다구요! 다 남남이
죠. 자식도 품에 안겼을 때 자식이지…… 머리통 굵어지면 다
남이에요.

아버지는 어이가 없다는 듯 어머니의 옆얼굴을 돌아본다.
바람에 아내의 머리칼이 흩날린 게 어쩐지 측은해 보인다.

아버지	늙었군.
어머니	누가요?
아버지	그런 생각하는 당신이지 누군 누구?
어머니	당신 젊어서 좋겠구려! 흥!
아버지	그렇게 돈 벌려고 허겁지겁 서두는 녀석들의 생각을 꽉 붙들어 매주는 건 어른들 책임이지!
어머니	엿장수 마음대루요? 흥!
아버지	이 사람은 아까부터 콧방귀만 콩콩 뀌고서 (소리를 꽥 지르며) 그게 틀렸다구!

아버지가 벌떡 자리에서 일어난다. 어머니가 깜짝 놀라서 쳐다본다.

어머니	에그, 귀청 떨어지겠네!
아버지	그런 속 좁은 귀청이면 차라리 떨어지는 게 낫지, 헹!

아버지가 엉덩이의 흙과 잡풀을 턴다. 어머니가 그걸 피한다.

S#9 언덕
일용이가 풀밭에 벌렁 누워 있다. 구름이 떠가는 드높은 하늘.
일용이가 답답함을 못 이긴 듯 벌떡 일어나 앉는다.

호주머니를 뒤져 꽁초를 꺼내 문다. 불을 붙인다. 바람에 담배 연기가 어지럽게 흩어진다.

일용   (마음의 소리) 5백 불…… 1년이면 6천 불…… 우리 돈으로…
                3백5십만 원이다…….

저만치서 염소가 온다. 일용이 바라본다.
둘째가 염소를 몰고 오고 있다.

둘째   일용이 형… 여기서 뭐 해?

둘째가 다가와서 나란히 앉는다.

일용   피워?

담뱃갑을 꺼낸다.

둘째   아니…….

염소가 운다.
둘째가 염탐하듯 훑어본다.

둘째   그게 사실요?
일용   응?
둘째   사우디 간다면서?
일용   글쎄… 누가 그러던?
둘째   어머니한테서….
일용   어떻게 생각하니?

일용이가 담배 연기를 길게 내뱉는다.

둘째가 돌멩이를 주워 들고 앉은 채로 내던진다.

둘째   형은 좋겠다!

일용   …? 좋아?

일용이가 돌아다본다.

둘째가 기다랗게 풀밭에 눕는다.

둘째   남아 대장부로서 외국 바람 쐬는 게 얼마나 좋아요! 돈 버는 것도 좋지만 비행기 타고 구름 위를 날아 외국 땅 구경한다는 것 한 가지만으로도 신나는 일 아니오?

일용   그런데 그게 쉽지 않다. (한숨)

둘째   밀고 나가봐요, 내친걸음인데. 나 같으면 누가 뭐라건 가겠다!

일용   회장님께서 허락하실 것 같아?

둘째   부딪쳐봐요! 문제는 형 자신의 결심 여하에 매여 있으니까! 굴레를 벗어나겠다는데 누가 말리죠?

둘째가 일어나 앉는다. 길게 심호흡을 한다.

저만치 염소가 뛰어가면서 운다.

둘째   저것 봐요! 염소도 굴레를 벗어나려고 하는데….

둘째, 벌떡 일어선다.

둘째   형, 잘해봐….

둘째가 염소를 잡으려고 뛰어간다.

S#10 초원
이리저리 도망치는 염소. 뒤쫓는 둘째의 모습.

S#11 안방
어머니와 맏딸이 마주 앉아 있다. 맏딸이 돌아앉아 있다.

어머니	그런다고 집을 나오면 어떻게 하니?
맏딸	어떻게 하긴요…….
어머니	이것아… 그런 젖먹이를 그대로 떼어놓고 오는 바보가 어디 있어?
맏딸	자기 아들이니까 자기들이 키우겠죠, 뭐…….
어머니	자기 아들? 그게 어째서 자기 아들이니!
맏딸	어째서는 뭐가 어째서예요! 정말 신경질 나 죽겠어…

맏딸은 금방 울음이라도 터뜨릴 것처럼 울상이 된다.

어머니	에에게… 방귀 뀐 놈이 지레 구려한다더니 정말…
맏딸	엄마는 이 심정 모르셔요! 나도 참을 대로 참았다고요.
어머니	그럼 참아야지, 어떻게 하니?
맏딸	참는 것도 한도가 있어요.
어머니	없어!
맏딸	예?
어머니	참는 데 무슨 한도가 있니? 아니 남편이 술 많이 마신다고 집을 뛰쳐나오는 바보가 어디 있니?
맏딸	그것도 정도에서 벗어나니까 하는 것이죠. 엄마 같으면 음독자

살하실 거야… 흥!

어머니가 말문이 막힌다.

맏딸   적당히 마시면 누가 뭐래요? 이건 일주일이면 여드레 마시는 꼴
              이죠..

어머니   일주일이 이레지, 뭐 여드레냐?

맏딸   그것 봐요, 벌써 엄마와 저와는 그 계산법부터 달라요. 술만 먹
              으면 또 몰라. 사람을 들들 볶아대지… 거기다가 자기 어머니
              앞에서 날 그냥……

어머니   어떻게 했길래 그래?

S#12 맏딸의 집 안방
사위가 요 위에서 끙끙 참고 있다.
맏딸이 등 돌아앉아서 모르는 척한다.

사위   아이구…… 속이야…….

맏딸   ….

사위   나… 속 씨려 죽겠어… 뭐 뜨끈하게 마실 것 좀…….

맏딸   그렇게 못 견디겠으면 당신이 나가서 해장국 끓여 잡수구려…
              이제 나는 그 이상은 못 해요….

사위   여보… 오늘부터는 절대로… 술 안 마실게… 정말이야… 믿어
              줘…!

맏딸   언제는 믿지 말라고 하셨어요, 예? 지난 수요일 밤에도 꼭 같은
              약속이었잖아요?

사위   글쎄 일단 지나가버린 얘길 자꾸 꺼내면 뭘 해? 문제는 현재라
              구. 아이구 속 쓰려… 아이구….

맏딸	당신은 천벌 받아야 해요. 허기야 결혼식 당일에도 곤드레가 되어 해장술 마시고 식장에 나온 경력의 소유자니까… 할 말 다 했지만.
사위	글쎄 과거지사를 들출 게 아니라니까!
맏딸	들춰야겠어요… 당신의 생활 태도가 달라지지 않는 이상은….
사위	아이고… 속 쓰려…… 아니, 어머니….

방문이 열리며 시어머니가 개다리소반에 해장국을 냄비째 들고 들어온다.

시어머니	이거 마셔라. 속이 그렇게 쓰려서야 되겠니?

맏딸이 벌떡 일어난다. 어리둥절하다.

사위 E	아이구, 고맙습니다. 어머니!
시어머니	남편 사정 하나 못 들어주는 너도 너구나…….
맏딸	예?

S#13 안방

맏딸 E	그러니 제 체면이며 위신이 뭐가 되냐구요? 정말 못 참겠어요.
어머니	하이구, 그깟 일 가지고 대뜸 집을 나도는 딸을 둔 내 체면은 뭐가 되니?
맏딸	엄마 체면이 무슨 상관이우? 어디까지나 내 자존심 문제지….
어머니	쯧쯧, 중정머리 없기는….* 좋다구 시집가겠다구 할 때는 언제구? 너도 그 개 줘도 안 먹을 콧대 좀 꺾어야 행복하게 산다, 알

---

* 중정머리 없다: 일정한 줏대가 없이 이랬다저랬다 하여 몹시 싫었다.

	겠니? 오늘 바로 올라가!
맏딸	싫어요. 영원히 안 갈 거예요!
어머니	영원히? 허이구.

S#14 뚝길

아버지가 자전거를 타고 간다. 저만치 혼자서 걸어가는 일용의 뒷모습이 보인다.

가까이 가며 벨을 울린다. 일용이가 돌아본다. 놀라는 표정.

자전거를 세운다.

아버지	어딜 가니?
일용	예… 저 인천에 좀….
아버지	인천?
일용	예… 치, 친구들 만나기로……
아버지	그래? 나도 농촌지도자 간담회가 있어서 가는 길이다. 함께 가
	자. 뒤에 올라타!
일용	괜찮아요, 저는….
아버지	어서 타! 태워다 줄 테니까.

일용이가 눈치를 보며 올라탄다. 자전거가 움직인다.

긴 뚝길을 석양을 역광으로 받으며 가는 자전거의 원경.

아버지	사우디 간다면서?
일용	….
아버지	확실해?
일용	예?
아버지	근거가 확실한 얘기냐구?
일용	예, 군대에서 알게 된 친구의 선배가 취직시켜준다고 해서….

아버지	뭘로?
일용	중장비공으로….
아버지	면허 있어?
일용	예?
아버지	그것도 면허가 있어야 대우 받지, 그저 추력 운전할 줄 안다는 것만으로는 어려울 거야. 잘 알아봐!
일용	예.
아버지	자네가 농촌 떠나고 싶은 마음 잘 알아! 알지만 섭해.
일용	예?
아버지	세상은 그게 아닐 텐데…. 그렇다고 무작정 월급을 올려줄 수도 없는 노릇이니까 나는 섭한 마음을 삭히면서 자네를 보낼 수밖에 없지. (한숨) 세상일이 그렇게 쉽지 않을 걸세!

S#15 다방

시골 다방. 꾸밈도, 손님 차림도 촌티가 난다.
짙게 화장한 마담이 역시 촌티나게 껌을 깨물고 있다.
그 앞에 인수가 위스키를 마시며 해롱거리고 있다. 마담이 따라 웃으며 아양을 떤다.
일용이가 들어선다. 마담이 자리에서 일어난다.

| 마담 | 어서 오세요. |
| 인수 | 여기야! |

일용이가 다가온다.

| 인수 | 시간관념 정확해서 좋아. |
| 일용 | 음… 앉아도 괜찮아? |

일용이가 마담과 인수를 번갈아 본다.

마담   (콧소리로) 무슨 말씀을…. 앉으셔요, 흠….

일용이가 앉는다.

마담   뭘 드시겠어요?
일용   아무거나.
마담   어머… 그런 법이 어디 있어요? 쌍화차, 위티, 계란 반숙….
인수   계란 반숙 따블로 해라, 따블! 난 위티 하나 더!
마담   예….

마담이 카운터 쪽으로 간다.
인수가 담뱃갑을 내민다. 일용이가 한 개비를 문다. 인수가 날쌔게 라이터를 켜댄다.

인수   그래 잘 돼가?
일용   응….
인수   좋았어! 그것 준비 되고?
일용   응…, 여기서 꺼내도 되겠어?

주위를 돌아본다.

인수   어때? 우리가 무슨 부정거래 하고 있니? 괜찮아….

일용이가 안주머니에서 신문지에 싼 돈다발을 꺼낸다. 20만 원쯤 되어 보인다.

인수   다 됐어?

일용   아니… 우선… 이거.

조심스럽게 손가락 두 개를 펴 보인다.

인수   그럼 남은 하나는?

일용   조금만 기다려. 이것도 그동안 저금한 거 꺼내 오느라고 땀 뺐어. 어머니가 한사코 말리시는데 정말 미치겠더군….

인수   (고개를 갸웃거리며) 곤란한데…. 우리 선배님한테는 다 된다고 했는데….

일용   인수! 자네가 사정 얘기 잘 좀 해줘. 내가 그것 떼먹을 사람은 아니잖아? 일만 되면….

인수   그래! 내게 맡겨!

인수가 돈다발을 집어 주머니에 구겨 넣는다.

일용   세어봐! 맞는지….

인수   정떨어질 소리 하지 마, 인마! 우리 사이에 못 믿는 거라면 이 세상에 누가 누굴 믿어? 허허….

마담이 위티 석 잔을 가져온다.

마담   저도 한잔 마실래요, 괜찮죠?

인수   응? 응… 그래… 그래… 허허허….

마담이 잔을 놓고 인수 옆에 바싹 앉는다. 일용이 낯이 뜨거워진다.

인수   우리 이 친구 어때?

하며 일용을 턱으로 가리킨다. 마담이 잔을 들고 고개를 이리저리 갸웃거린다.

마담   미남이시다!

일용   예?

마담   꼭 어디서 본 분 같으신데….

인수   호호호….

마담   TV 탤렌트는 아니실 게고.

일용이가 더욱 쑥스러워진다.

인수   마담! 사람 좀 작작 웃겨라!

마담   아이, 왜요?

인수   탤렌트가 이런 시골 찻집에 왜 나오겠어? 호호호….

마담   호호….

일용   그런데 인수, 면허 없이 되니?

인수   면허?

일용   중장비 운전 기술 면허!

인수   아, 그거? 문제없어! 선배님이 다 해주기로 되어 있거든. 네가 할
         줄 안다는 건 사실인데 뭐가 걱정이니? 염려 마! 사우디 현장에
         가기 전에 테스트하면 알 게 아냐?

마담   어머… 사우디 가세요? 좋으시겠다….

일용, 멋쩍어 웃는다.

마담   그런데 그곳에서는 술도 여자도 없다면서요?

인수   어떻게 알았어? 호호.

마담   그럼 외로워서 어떻게 하죠?

인수	그러니까 이 친구처럼 숫총각들이 가는 게 아니야? 허허허….
마담	호호호….

일용도 따라 웃는다. 어색하다.

S#16 마당(밤)
멀리서 개가 짖는다.

S#17 첫째 방(밤)
며느리가 갓난아기 입힐 옷을 만들고 있다.

첫째	그만하고 자지!
며느리	다 됐어요!
첫째	그런 걸 꼭 만들어야 하나? 백화점에 가서 사면 안 돼?
며느리	그렇게 했으면 좋겠는데…… 어머님께서….
첫째	만들라고 하셔?
며느리	값이 문제가 아니라 정성이 문제라면서…. 나두 처음엔 약간 마음에 걸렸는데… 이렇게 만들어보니까 흠….
첫째	재미있어?
며느리	예.
첫째	크기는 어떻게 알지?
며느리	대충.
첫째	아들딸 같은 거야?
며느리	갓난애긴데 뭐….
첫째	난 첫딸이었으면 좋겠는데….
며느리	난 아들!
첫째	첫딸 낳아야 일 부리기가 편하다며?

며느리	어머머! 이이가….
첫째	허허….

S#18 마당(밤)

막내 방문을 비춘다.

S#19 막내 방(밤)

막내가 책상에서 공부하고 있다가 내려앉는다.

막내	큰언니… 싸우구 나왔어? 형부하구.
맏딸	왜?
막내	육감으로 알 수 있어, 흐흐….
맏딸	싸운 건 아니지만 싸운 거나 다름이 없어….
막내	그럼…? 장기전, 아니면 단기전?
맏딸	글쎄, 생각 중이다.
막내	심각해?
맏딸	나는 심각한데 남들은 우습고 시답잖게 보이나 봐!
막내	왜 그럴까?
맏딸	왜긴 왜겠니? 내가 못났기 때문이지!
막내	설마…?
맏딸	너는… 될 수 있으면 시집을 늦게 가! 아니 가능하면은 독신주의를 지키든지….
막내	…? (막내가 심각해진다)
맏딸	나는 결혼한 것이 얼마나 후회되는지 모르겠다! 여자가 결혼한다는 건 스스로를 구속하는 것이야. 생활이 없더라. 살림이 어디 생활이니? 생존이지.
막내	언니두 제법 철학적이셔!

| 맏딸 | 철학이 따로 있니? 살아가면은 다 철학가가 되게 마련이다! |

밖에서 개 짖는 소리가 요란하다.
아버지가 얼큰하게 취해서 노래를 흥얼거리는 소리. 아버지 노랫소리.

| 막내 | 아버지 오시나 봐! |

맏딸은 약간 당황하고 있다.

| 맏딸 | 나 찾으시면 잔다고 해! |

이불을 뒤집어쓴다.
막내가 나간다.

S#20 뜰과 마루(밤)

아버지가 자전거를 끌고 들어선다.
어머니가 방문을 열고서 나온다. 첫째와 며느리가 나온다.

어머니	늦으셨군요?
아버지	응….
막내	아버지, 한잔하셨나 봐! 흠….
아버지	그래… 허허허허….

둘째가 방에서 나온다.

| 둘째 | 이제 오세요? |
| 아버지 | 응, 별일 없었니? |

둘째	예… 고구마 절간*할 것 모두 골라놨어요!
아버지	잘했다!
어머니	저녁 안 드셨죠?
아버지	먹었어두 당신이 지어준 밥을 먹어야지, 허허허….
어머니	옷 갈아입으세요.
아버지	응….
어머니	(며느리에게) 찌개 덥혀라.
며느리	네.

아버지가 방으로 들어간다. 어머니도 뒤따른다.

S#21 안방(밤)

아버지가 벗는 옷을 어머니가 받아서 옷걸이에 건다.

아버지	(문득) 일용이 만났지.
어머니	예….
아버지	인천까지 같이 갔었지.
어머니	뭐라고 하던가요?
아버지	응? 갈 모양이야.
어머니	누가 돌봐준대요?
아버지	응…, 그런데 그게 신통할 것 같지가 않아서….

양말을 벗고 바지를 갈아입는다.

어머니	그걸 말리셔야죠.

---

* 절간(切干). 얇게 썰어서 볕에 말리는 것.

아버지	농사꾼 될 생각은 없고 돈만 보고 떠나겠다는데 왜 말려?

아버지, 담배를 피운다.

아버지	참 서울 얘기는 어떻게 됐어? 낮에는 급해서 자세한 얘기도 못 들었는데….

어머니가 한숨을 몰아쉰다.

어머니	여보, 당신은 모르는 척하세요.
아버지	모르는 척? 뭘…?
어머니	그 애… 집에 안 돌아가겠대요.
아버지	안 돌아가? 아니 그럼 집을 나왔단 말이야? (화를 벌컥 내며) 아니 그게 말이야, 막걸리야!

S#22 막내의 방(밤)
귀를 쫑긋거리고 있는 막내.
불안해서 일어나 앉는 맏딸.

S#23 일용네 부엌(밤)
일용네가 상을 차려놓고 있다.

S#24 일용의 방(밤)
일용이가 책을 읽고 있다.

일용네	밥 먹자!
일용	네.

일용이가 책을 방바닥에 내려놓는다. '아랍어 회화'라는 표지가 보인다.

일용네	회장님께 말씀드렸어?
일용	예!
일용네	뭐라시던?
일용	잘 알아서 해보래요.
일용네	…….
일용	어머니도 같이 드세요.

일용이가 국물을 떠먹다 말고 어머니를 바라본다.(표정 재미있게)
일용네 눈에 눈물이 글썽거린다.

일용	어머니!
일용네	꼭 가야만 되겠어?
일용	…….
일용네	에미 혼자 어떻게 살지?
일용	원 어머니두…. 지금부터 수속한다 하드래도 두어 달은 걸릴 텐데요. 누가 내일모레 떠난댔어요? 흠….
일용네	난 네가 아주 내 곁에서 영 떠나가버리는 것 같아서….
일용	염려 마세요. 길어 봤자 2년이에요.
일용네	2년씩이나?
일용	눈 깜빡하는 사이죠, 허허….
일용네	아니다! 나는 30년 동안 네가 군대 간 동안 말고는 한시도 떨어져 살아본 적이라고는 없었는데…. 그런데, 어떻게 2년씩이나… 윽!

말끝이 흐려진다.

일용이가 숟갈을 놓고 일용네 손을 쥔다.

일용   어머니, 염려 마세요…. 저… 돈 벌어 오면요, 김 회장님께 말씀
         드려서 이 근처에다 조그마한 농장 차릴래요.
         규모는 작을지라도 김 회장님한테서 배운 기술로 멋지게 해나
         갈래요. 어머니! 그러기 위해서는 돈이 필요하고, 그 돈을 벌기
         위해서 사우디로 가겠다는 거지… 누가 어머니 외롭게 해드리
         려고 간댔어요? (부러 맑게) 하하….

일용네   그, 그건 나도 알아…. 알지만… 너와 떨어져 살 수는 없다! 돌
         아가신 네 아버지한테도 체면이 안 서고.

일용   원, 어머니도! 두고 보세요. 저도 어엿한 농장 주인이 될 거예요.
         그래서 어머님을 편히 모실게요, 예? 그러면 되었죠?

일용네   (억지로 웃어 보이며) 응… 응….

S#25 배추밭
아버지, 어머니, 둘째, 일용네가 배추를 뽑고 있다.
어머니와 일용네는 배추를 묶는다. 산새가 울고 간다.

둘째   금년 여름엔 기온이 내려가서 벼농사는 안되었지만 비는 제대
         로 내려서 김장거리는 풍작이라던데요.

어머니   에그, 언제나 날씨 걱정 안 하고 농사지을 때가 오려는지….

일용네   우리 일용이가 그러는데… 그 사우디에서는….

어머니   사우디아라비아, 호호….

일용네   에그, 나는 혀가 잘 안 돌아요.

둘째   일용이 형한테 배우세요. 요즘 아랍말 배운다고 어디 가나 책을
         넣고 다니는데….

아버지   그래, 사내대장부가 한번 작심했으면 철저하게 해야지…. 그만

한 자신이나 자존심이 없어서는 하나 마나야.

어머니   세상사가 어디 자존심만으로 되던가요?

아버지   그건 자존심을 잘못 써먹어서지….

어머니   잘못 써요?

아버지   그렇지! 자존심을 독선이나 유아독존으로 생각하는 사람이 많거든! 우리 주변에는…….

둘째가 일손을 놓고 아버지를 돌아본다.

아버지   특히 남의 우두머리에 설 사람은 그걸 잘 구별해야 해. 내가 아는 어떤 회사 사장은 부하 직원을 모조리 도둑놈 취급하면서 자기가 사장이라는 자존심이나 권위를 내세우는데 말야, 그건 자존심이 아니라 독선이야! 세상에 독불장군이 어디 있어? 자기가 설사 잘못을 저질렀거나 잘못했을 때… 그걸 곧 인정하고 고개 숙이는 게 자존심이지, 자기 부족을 모르면서 독기 오른 뱀처럼 목에 힘주는 사람, 그건 자존심을 잘못 깨달은 사람이다! 알았어?

둘째   (군대식) 넷, 알겠습니다!

모두 웃는다.

S#26 다방

일용이가 을씨년스럽게 앉아 있다. 담배를 초조하게 피우고 있다.

마담이 다가와 앉는다. 탁자 위에 회화 책이 놓여 있다.

마담   오늘도 안 오시나 보죠?

일용   그럴 리가 없는데……. 혹시 그 친구 오거든 내가 꼭 좀 만나야 되겠다고 전해주세요.

마담   그렇게 하께요.

일용   그리고 혹시 연락 장소가 있으면 적어두라고요.

마담   예…….

일용이가 일어나 나가려는데 인수가 들어선다. 몹시 당황한다.

인수   아니?

일용   어떻게 된 거야, 인수?

인수   응? 응… 저 집안일이 있어서…….

일용   그럼 그렇다고… 미리 얘길 해줘야지…… 내 사정도 알아줘야
지, 이럴 수가 있어? 벌써 며칠씩이나 허탕을 치게 하고…….

인수   미안… 미안… 나가자. 어디 가서 얘기 좀 하자.

일용   여기서 해!

인수   아니야, 나가자. 오늘은 내가 살 테니까!

마담   차 안 드시고 가시게요?

두 사람, 나간다.

S#27 할머니 방

할머니가 맏딸을 앉혀놓고 준열히 나무라고 있다.

할머니   니 에미나 이 할미는 시집가서 아무리 고까운 일이 있어도 친
정 가겠다고 보따리 싼 적이 없어!

맏딸   그거야 옛날 분들이니까 그렇지 뭐…….

할머니   머, 옛날? 지금이나 옛날이나 사람 도리가 달라지는 법 있니?
출가외인이여! 여자란 어려선 아버지를 따르고 커서는 남편을

따르고 늙어서는 아들을 따르는 법이여.

맏딸   어떻게 무조건 바보같이 따르기만 해요? 보세요, 제가 이렇게 와
      있는데 데리러 오지도 않는 거 보세요. 저도 자존심이 있지…….

할머니   데리러 와? 별일도 아닌 걸 가지고 삐쳐 나간 여편네를 데리러
      다녀? 그런 못난 놈 오기만 해봐! 내, 다리 몽둥일 분질러놓을
      테여…….

맏딸   할머니도 참…….

S#28 주점

인수와 흥분한 일용이 술상을 치며 소리친다. 그럴수록 침착한 인수.

인수   글쎄, 내 얘기 끝까지 들어.

일용   필요 없어! 내 돈 내놔!

인수   뭐라구?

일용   나 그만두겠으니 돈 내놔!

인수   그 돈이 어디 있기에?

일용   네가 가져갔잖아? 교제비로 쓰겠다고 20만 원이나.

인수   교제비로 다 썼지.

일용   썼는데 안 되겠대? 인마, 그따위 말이 어디 있어, 응? 돈을 먹었
      으면 약속을 지켜야지!

인수   그게 어디 내 마음대로 돼야지.

일용   뭐라구?

인수   야, 시시하게 그 따위 돈 20만 원 가지고 이게 뭐야, 응?

손으로 무릎에 떨어진 술을 턴다.

일용, 눈이 뒤집힌다.

일용	뭣이? 그 따위 돈 20만 원? 그 따위 돈? 그게 어떻게 해서 번 돈인데….
인수	자식… 쩨쩨하게 노네. 내가 갚으면 될 게 아니야?
일용	이 자식!

일용이가 덤벼들며 인수의 목을 조여 비튼다.

일용	너 같은 놈은… 너 같은 놈은.
인수	음…… 캑…… 윽…… 캑…….

일용의 손이 조여지자 인수는 눈이 거의 흰자위만 남게 된다.

일용은 힘껏 뿌리친다. 인수가 방바닥에 쓰러진다.

S#29 마루와 뜰
맏딸이 방에서 나온다. 손에 가방이 들렸다.

가방을 놓고 할머니 방 앞에 선다.

맏딸	할머니 계세요?

S#30 할머니 방
조심스럽게 방문을 연다. 할머니가 낮잠을 자고 있다.

맏딸이 조용히 문을 닫고 돌아선다.

부엌에서 며느리가 나온다.

며느리	아니… 어디 가시게요?

맏딸이 어색하게 웃으며 신을 신는다.

그 옆에 놓인 가방을 보자 며느리가 긴장한다.

며느리   서울 가시려구요?

맏딸   예.

며느리   안 가시겠다더니…….

맏딸   말이 그렇지……. (한숨) 역시 여자는 운명적인가 봐요.

며느리   예?

맏딸   애기가 보고 싶어 못 견디겠어요.

며느리   아빠는 미워요?

맏딸   술 마실 때만요!

며느리   호호…….

맏딸   그런데 그 미움이 이상해요. 미우면서 떨어져 있으면 더 생각이
나니 웬일일까요…… 언니도 그래요?

며느리   오빠는 술을 잘 못 하니까 모르겠네요, 호호…….

까치가 운다.
어머니와 아버지가 들어선다.

며느리   서울 가시겠대요.

아버지와 어머니가 동시에 말을 뱉는다.

아버지·어머니   가?

맏딸   죄송해요!

어머니   아니, 밤새 무슨 바람이 불었길래…….

아버지가 마루에 걸터앉는다.

아버지	잘 생각했다! 아무 소리 말고 들어가! 내 며칠 사이에 네 남편 불러내서 코가 비뚤어지게 마셔놓고 각서를 받을 테니까.
어머니	술을 마셔요?
아버지	아, 이열치열 격으로 그런 자식은 술로 고쳐야지.

모두 웃는다.

맏딸이 인사를 하고 돌아선다.

어머니	시어머님께 고분고분해야 한다.
며느리	조심히 가세요.

맏딸이 떠나간다.

어머니가 길게 한숨을 뱉는다.

이때 일용네 숨이 막혀 뛰어든다.

일용네	사람 살려주세요, 회장님! 아이고, 우리 일용이가 지서에 붙잡혀 갔대요.
어머니	아니, 왜요?
일용네	글쎄, 그 싸디라비아 사기꾼을 두들겨 팼대지 뭡니까요? 어쩌면 좋아요, 아이구…!
어머니	여보, 당신이 가보시구려.
아버지	알았어.

아버지, 뛰어나간다.

일용네	아, 글쎄 싸디라비에 다 갔는데 못 갔다잖아요?
어머니	그게 무슨 말요?

일용네	어이고, 무슨 일용이가 10년 징역 살면 내 생전에는 못 보게 되
	잖아요? 아이고…!
어머니	징역은 무슨 징역 산다고 그래요? 알지도 못하면서.
일용네	하여튼요! 아이고, 아이고…!

S#31 길

아버지, 급하게 자전거를 타고 지서로 간다.

S#32 지서

윤 순경이 조서를 쓰고 있다. 그 앞에 나란히 선 일용과 인수.

순경	지금까지 말한 것 틀림없지?
둘	네!
순경	자, 지장 찍어!

각각 지문을 찍게 한다.

순경	가도 좋아.
일용	수고하십시오.
인수	고맙습니다.
순경	아냐, 자넨 남아 있어!

멀쑥 돌아서는 인수.

이때 아버지가 들어온다.

| 아버지 | 아이구, 어찌 된 일이야? |
| 순경 | 김 회장님, 안녕하십니까? |

아버지	수고하십니다.
순경	일용인 가도 되니까 가시면서 들어보십쇼.
아버지	아, 그래요? 고맙습니다. 가자!

두 사람, 나간다.

S#33 과수원 길

아버지가 앞장서고 저만치 일용이가 죄인처럼 따라가고 있다.

아버지	걱정할 것 없어! 네가 잘못했다는 생각이 들었으면 그것으로 돼!
일용	면목 없습니다.
아버지	다시 시작하는 거야. 진실한 농사꾼이 되는 일이 얼마나 훌륭한 것인 줄 알아?
일용	제 자존심이 농사꾼으로 그치기에는….
아버지	그런 건 자존심이 아니야!
일용	예?
아버지	올라타!

다시 태우고 달리는 자전거의 두 사람.

내레이션	사람들은 저마다 자존심을 내세운다. 지위가 높을수록 그것도 높아진다. 그러나 사실 따지고 보면 자존심이란 사람에게만 있는 게 아니다. 말 못 하는 가축에게도 자존심은 있다. 아무리 먹이를 줘도 먹을 만큼 먹으면 천만금을 줘도 돌아다보지 않는 게 짐승이다. 그러나 인간은 가질수록 더 가지고 싶어 하면서 분수에 없는 자존심을 내세우다가 스스로를 망친다. 저마다 자기 분수에 맞는 자존심을 가질 수 있을 때 그 인생은 알차고 보

람 있는 것이 아니겠는가.

(F.O.)

지하 농사꾼

제6화 지하 농사꾼*

방송용 대본 | 1980년 11월 25일 방송

· 등장 인물 ·

할머니	정애란
아버지	최불암
어머니	김혜자
첫째	김용건
며느리	고두심
둘째	유인촌
막내	홍성애
일용	박은수
일용네	김수미
여인	오미연
면장	박규채
남자 A	임문수
남자 B	정재홍
남자 C	홍승기

* 목포문학관에 보관되어 있는 대본에는 '지하 농사꾼'으로, 당시 일간지 편성표에는 '어둠 속의 나그네'로 기록되어 있다.

S#1 마당(비)

헛간 처마 또는 화분에 내리는 비.

S#2 안방

어머니가 넥타이를 들고 있다.

아버지는 옷장 체경 앞에서 셔츠를 입고 있다.

어머니   청승맞게 무슨 비는 또 오는지! 첫눈이라도 내릴 일이지….

아버지   (거울 속의 아내에게) 첫눈? 나이는 먹어가도 잊을쏘냐군. 흐
            흐….

어머니   (비아냥을 받아넘기며) 육신은 늙었어도 마음은 청춘이죠… 흠.

아버지   얼씨구… 헛허….

어머니가 넥타이를 준다.

아버지   비가 내리는데 잠바를 입을까?

어머니   그래도 넥타이 매시고 잠바 입으세요. 강연회에 나가신다면
            서….

아버지   그럴까?

어머니   농사짓는 사람이라고 넥타이 매지 말란 법 있나요? 남한테 궁
            상스럽게 보일 필요 없어요. 자요.

아버지   그런데 난 넥타이 매는 게 꼭 목을 조여 매는 것 같아서….

어머니   글쎄 시키는 대로 해요. 자요!

어머니, 억지로 목에다 타이를 매어준다. 아버지가 싫지 않은 듯 그대로 맨다.

어머니   오늘 늦으세요?

아버지	응, 화성군에 들렀다가 오는 길에 수원에서 또 한 차례 강연이
	있으니까… 어떻게 될는지….
어머니	끝나는 대로 곧장 돌아오세요. 약주 드시지 마시고….
아버지	아따! 내가 언제 술 취해서 해롱댔었나?
어머니	그래두요. 이제 당신도 보약도 드시구 해야 할 텐데….
아버지	보약?
어머니	늙기 전에 드셔야지… 약도 너무 늦으면 안 받아들인대요.

어머니가 점퍼를 꺼내 주자 아버지 입는다.

비가 더 세차게 뿌린다.

아버지	겨울비라… 좋다!
어머니	뭐가 좋아요?
아버지	너무 가물었어. 보리농사에 좋은 비다, 이거지! 흐흐… 우장은
	밖에 있지?
어머니	예.

방문 열고 나간다.

S#3 마루와 뜰

아버지와 어머니가 나온다.

할머니가 방에서 나온다.

할머니	아니… 비 오시는데 어디 가나?
아버지	예… 저… 강연회가 있어서요.
할머니	강냉이?
어머니	(웃으며) 강냉이가 아니라요, 강연회요. 농민들 모아놓고 연설한

	대요.
할머니	오, 강연회….
아버지	예.
할머니	비 오는데 차 조심해.
아버지	예.
할머니	그리고 참, 그거 하나 사다 줘….
아버지	예?
어머니	뭣 또… 잡숫고 싶으세요?
할머니	먹을 게 아니고… 그… 대로 만든 거 있지. 거 왜 가려울 때 긁는 거.

아버지와 어머니가 무슨 소린지 못 알아듣는다.

아버지	긁는 거요?
어머니	그게 어디다 쓰는 건데요?
할머니	텔레비전에서 나오더라. 늙은이가 등이 가려워서 긁지도 못해 안타까워하니까 손자가 대갈부리*처럼 생긴 이렇게 (손으로 시늉을 하며) 된 걸 사다 주니깐두루 할머니가 좋아라 하던데 뭘….
어머니	예… 가려울 때 긁으시게요?
아버지	아… 알았어요. 어머니 제가 사다 드릴게요. 염려 마세요.

어머니가 벽에 걸린 비닐 우장을 주자 머리에서부터 뒤집어쓴다.
부엌에서 일용네가 나온다.

---

* '대갈쿠리'를 말하는 듯함.

일용네	고구마가 다 익어가는데요.
어머니	그래요? 그럼 바구니에다 퍼내서 식힌 다음에 물기가 빠지면 합시다.
일용네	예.
아버지	절간고구마* 만들게?
어머니	예.
아버지	비가 와서… 곰팽이 안 피우게 잘해요.
어머니	염려 마시구 어서 가보세요.
아버지	응.

아버지가 바지를 걷어서 양말 속에 넣고는 신을 싣는다.

우장을 뒤집어쓴 게 이상한지 일용네가 피식피식 웃는다.

어머니	일용네는 뭐가 우습지요?
일용네	글쎄, 회장님이 저러고 나서니까… 꼭 히히….
아버지	꼭 뭐예요?
일용네	히히….
어머니	어때서요?
일용네	산 도둑 같아요!
아버지	산 도둑?
어머니	어머… 미쳤어!
일용네	히히.

모두들 깔깔대고 웃는다.

---

* 얇게 썰어서 볕에 말린 고구마.

아버지	그럼 다녀올게.
어머니	조심해서 다녀오세요.
아버지	응….

아버지가 헛간에서 자전거를 끌고 나간다.

S#4 우사 안

둘째와 일용이가 소의 등을 마사지해주고 있다.

아버지가 자전거를 끌고 와서 안을 기웃거린다.

아버지	(크게) 둘째야, 나 나간다.
둘째	비가 와서 어떻게 하시죠?
일용	일기예보에 오후부터는 갠다고 하던데요.
아버지	돼지 움막에 비 안 들도록 고랑 좀 파줘야겠다.
둘째	예, 다녀오세요.

아버지가 자전거에 올라타고 간다.

| 아버지 | 오냐…. |

S#5 들길

자전거를 타고 가는 아버지. 비닐 우장에 빗방울이 굴러떨어진다.

| 내레이션 | 겨울비가 내린다. 비를 맞으며 들판을 가노라면 나는 새삼스럽게 생명감을 느낀다. 봄은 봄대로 여름은 여름대로, 그리고 겨울비는 그것대로의 정취가 있다. 추운 날씨에 비가 내린다는 것은 어쩌면 봄까지 지탱해나갈 식물들에게 잘 견디어나가보라 |

는 보약을 주는 것인지도 모른다…. 그러기에 흰눈이 펑펑 쏟아
져야 할 겨울철에 비가 내린다는 것은 결코 부자연스럽지가 않
다. 아내의 말대로 청승맞을 것도 없다. 비는 어느 시기에 내려
도 만물을 살려주는 젖줄이다. 그래서 농민은 비를 신앙처럼
여기며 살아간다.

S#6 방 안

어머니, 할머니, 며느리, 일용네가 둘러앉아서 도마에다 삶은 고구마를 넓죽넓죽 썰고
있다. 절간고구마를 만드는 작업이다.
일용네는 고구마를 썰랴 입으로 가져가랴 바쁘다.
며느리도 슬금 눈치를 보며 입에다 넣는다.

어머니   (모르는 척하면서) 소화 안 된다! 고구마는 감자와 달라서……
             많이 먹으면 탈나기 쉽다.

일용네와 며느리가 서로 눈짓을 하고 피식 웃는다.

할머니   난 이 절간고구마 보기만 해두 진절머리가 난다.
며느리   왜요, 할머니?
할머니   그 왜정 때 말이다…… 전쟁이 한창 막바지에 이르렀을 때 왜
             놈들이 우리 농민들한테 이걸 만들게 하고서 공출까지 시켰거
             든.
어머니   어머, 뭣에 쓰게요?
할머니   뭣에 쓰긴……? 배고플 때 대용식으로두 썼구, 그 녹말가루루
             만드는 데두 썼거든! 밤새 잠두 못 자구 이걸 썰어서 말리느라
             구 애쓴 일 생각하면… …나는 누가 거저 준대두 먹고 싶지 않
             던데……. (일용네를 흘겨본다)

일용네	입에서 당기고 배에서 받는데 어쩝니까요? 헤헤……. (노래하듯)
	수염이 대자라두 먹어야 양반이고, 이 새 저 새 먹새가 으뜸인
	뎁쇼…… 호호호…….
일동	호호호…….

밖에서 개가 짖는다.

| 어머니 | 가만, 누가 왔나? |

모두들 웃음을 멎는다. 개가 더 짖어댄다.

| 여인 | (목소리) 실례합니다……. 계세요? |

며느리가 방문을 연다.

S#7 마루와 뜰

빗속에 여인이 서 있다. 손에 선물용 과자 상자가 들렸다. 수수한 양장을 했다.
며느리가 나온다.

며느리	누구세요?
여인	저…… 여기가 김 회장님 댁…… 맞나요?
며느리	예, 그렇습니다만…….
여인	(웃으며) 어머, 그래요? 제가 맞게 찾았군요. 실례합니다!

여인이 토방으로 올라와서 비닐우산을 접어 물기를 털어낸다.
방에서 어머니와 일용네가 고개를 내민다.

어머니   어디서 오셨어요?

여인   예, 저…… 수원서 왔는데요.

어머니   수원?

어머니가 반사적으로 몸을 일으켜 마루로 나온다.

어머니   수원 어디서 오셨어요?

여인   예, 저, 그건 차차…… 김 회장님 계시나요?

어머니   수원 가셨는데요!

여인   어머! 그럼 길이 엇갈렸군요! 어쩌나…….

어머니의 표정이 착잡해진다.

여인   그럼 쉽게 안 오시겠네요?

어머니   서로 만나기로 약속하셨나요?

여인   아, 아니에요. 그저…….

할머니가 나온다.

할머니   손님이 오셨으면 올라오시라고 해야지, 세워두는 법이 어디 있
나? 올라와요, 어서! 여기까지 왔는데 쉬었다가 비나 개이면 가
시지……. 어서 올라와요!

어머니, 며느리, 일용네가 착잡한 표정이다.

여인   네……. (어머니한테) 사모님… 이신가요?

어머니   예!

여인	어머…… 처음 뵙겠어요. 그럼 잠깐 올라가서…….

어머니가 며느리에게 눈짓을 한다. 건넌방으로 모시라는 눈짓이다.

며느리	곧 방을 치울 테니까요!
여인	예, 그럼 실례합니다.

여인이 며느리를 따라 첫째 방으로 들어간다.
일용네가 호기심에 찬 눈으로 가족을 살핀다.
어머니의 표정이 착잡하다.

어머니	(마음의 소리) 뭐 하는 여자일까? 가정집 부인 같진 않은데…….
	무슨 일로… 왔을까?

S#8 첫째 방
여인이 핸드백에서 손수건을 꺼내 머리며 어깨의 빗물을 닦아내면서 경대 위에 있는 첫째의 결혼 기념사진을 보고 있다. 부러운 표정이다.
방문이 열리며 며느리가 차를 내온다.

여인	이렇게 찾아온 게 실례가 아닌지 모르겠어요.
며느리	아, 아니에요. 누추해서……. 자자, 드세요.
여인	예.
며느리	어머니께서 곧 건너오실 거예요.
여인	자부님 되시나요?
며느리	예.
여인	행복하시죠?
며느리	예?

| 여인 | 틀림없어요. 얼마나 좋으세요? 저 결혼사진 보면서 그걸 느꼈 |
| | 어요. |

며느리가 새삼 호기심으로 가득 찬 시선을 갖는다.
여인이 차를 마신다.

여인	어머! 이게 무슨 차예요?
며느리	약차예요.
여인	약차?
며느리	어머님께선 하부차라시네요.
여인	하부차? 어쩜 이렇게 곱지요? 홍차 따위는 문제가 아닌데요. 이
	게 약이 되나요?
며느리	예. 위장, 신장…… 어디에도 좋다나 봐요. 아버님께서 농장에
	다 심으신 거예요.
여인	맛깔도 곱지만 이름도 예쁘네요. 하부차! 흠…….

또 마신다.

S#9 방문 앞
여인의 얘기를 엿듣고 있는 어머니는 가슴이 두근거리는지 두 손으로 가슴을 쓰다듬고 심호흡을 한다.

| 어머니 | (마음의 소리) 내가 왜 이럴까? 뭐가 겁이 난다구……. |

막 들어가려는데 방문이 열리자 어머니는 소스라치게 놀란다.
며느리도 놀란다.

186

어머니	에그…….
며느리	아이, 깜짝이야.
어머니	조심해…….
며느리	예?
어머니	어서 가봐!
며느리	예!

며느리는 어머니의 태도에 의아한 느낌을 가지며 안방으로 간다.

어머니가 마치 적진으로 뛰어들듯 적개심을 품으며 방으로 들어간다.

S#10 첫째 방

어머니가 들어오자 여인이 맞는다.

여인	이렇게 염치없이 찾아와서 죄송해요.
어머니	아니에요. 편히 앉으세요.
여인	전 김 회장님을 제 맘속으로 너무너무 존경하고 있어요.
어머니	(어색) 네, 그러세요?
여인	김 회장님 같은 분만 계시면 이 세상에 불행한 여자는 없을 거예요.
어머니	(애매하게) 네에….
여인	그래서 겸사겸사 문안도 드릴 겸 왔어요.
어머니	네에, 잘 오셨어요. 그런데 안 계셔서….
여인	아니에요. 이렇게 사모님을 뵙는걸요. 전 제가 존경하는 분의 사모님은 어떤 분일까 퍽 궁금했거든요.
어머니	아이, 별말씀을….

응대하면서도 뭔가 달갑지 않은 어머니.

S#11 새마을회관 앞

연단에서 아버지가 강연을 하고 있다.

연단 한곳에 '내가 걸어온 농촌의 오솔길'이라는 연제가 먹글씨로 나붙어 있다.

청중들이 긴장과 감동의 얼굴을 대하고 있다.

아버지　　　그러므로 우리는 육체가 시들고 병들지 않는 한 생각할 줄 알고 깨우칠 줄 아는 농민이 되어야 합니다. 이 세상의 창조자인 대자연과 더불어 살아가는 농민은 나름대로의 생각과 느낌과, 그리고 자부심을 가져야 합니다. 알려지지 않은 자연의 힘을 찾아서 그곳에서 마음의 눈을 떠야 합니다. 이름 없는 잡초에 매달린 아침이슬이나 논두렁 밭두렁에 내버려진 돌멩이 하나에도 우주적 법칙이 있고 신의 숨결이 움직이고 있는 것입니다. 오늘날 세계가 멸망하고 인간이 병들어가고 있는 큰 이유가 바로 이 자연에서 배우려는 생각이 없기 때문입니다. 보잘것없는 지렁이에게도 배울 바가 있고 하찮은 벌이나 개미에게도 배워야 하는 게 인간입니다.

S#12 안방

어머니, 며느리, 일용네가 고구마를 썰고 있다. 칼이 도마에 닿는 소리가 무슨 음악의 박자 같다.

어머니　　　아얏!

어머니가 칼을 놓고 손가락에 입을 문다.

며느리　　　어머니… 베셨어요?

어머니가 손가락을 빤다.

일용네   많이 베었어요?
어머니   아니, 내가 어쩌다가….
며느리   약 가져올까요?
어머니   괜찮아….
며느리   안 돼요! 소독을 하셔야지….

며느리가 자리에서 일어나 나간다.

일용네가 킬킬거린다.

어머니   아니, 뭐가 우스워요? 남의 속도 모르고서….

눈을 흘긴다.

일용네   속을 아니까 우습죠?
어머니   뭐라구요?
일용네   (목소리를 죽여서 간사스럽게) 저 손님 때문에 그렇죠? 힛히….
어머니   예?
일용네   아까부터 시무룩하신 게 쭉 사흘 굶은 시어머니 상을 하시고 서… 고구마를 써니 어디 제대로 썰어지겠어요? 애매한 손가락 만 상하시지…. 홋허….
어머니   아니 못 할 얘기가 없구면….
일용네   회장님을 찾아오셨다니깐두루 그 순간부터 아주머니 낯빛이 달라진 데다… 홋호….
어머니   정말 미쳤구면… 미쳤어! 아니, 그럼 내가 뭐 질투를 했단 말이 오?

일용네	알 게 뭐예요? 그리고 그 여자가 다시 오겠다고 돌아가고 나서 부터는 그저 먼 산만 바라보시고 한숨만 푹푹 내쉬는 게 꼭….
어머니	(소리를 버럭 지르며) 아이, 그 입 좀 닥쳐요!
일용네	(놀라며) 예?
어머니	그저 입만 뻥긋했다 하면 고삐 풀린 망아지 뛰듯 아무 말이고 내뱉는 그 버릇 고치라구요! (손에 통증이 오는지) 아이구… 쓰려…, 아니 이 애는 약 가지러 간다더니 지리산 포수가 되었나! (신경질을 내며) 약 가지러 갔다가 우물에 빠졌어?
며느리	(밖에서) 지금 가져가요!

어머니가 손가락을 쪽쪽 빤다.

일용네가 혀를 날름거린다.

S#13 마당(밖)

S#14 방 안(밤)

어머니, 첫째, 둘째, 막내, 그리고 며느리가 도리상*에 앉아 저녁을 먹는다.

어머니가 숟갈을 놓는다. 입맛이 없다.

어머니	애, 숭늉.
막내	엄마, 왜 그만 드셔?
어머니	밥 생각 없다.

며느리와 첫째가 시선을 마주친다. 그 까닭을 알고 있다는 표정.

---

* '둥근 상'의 방언.

| 둘째 | 왜 그것밖에 안 드셔요? 어디 편찮으세요? |
| 어머니 | 아니! |

막내가 따라준 숭늉을 마신다.

| 며느리 | (은근히 눈치 보며) 오늘 절간고구마를 만들면서 고구마를 먹었더니 저도 입맛이 없어요. 어머님, 그러시죠? |

어머니 자리에서 일어나 나간다.
모두들 의아한 표정이다.

둘째	어머니께서 왜 저러시지?
막내	언니, 무슨 일 있었어요?
첫째	너까지 알 필요 없어! 어서 밥이나 먹어!
막내	예?
며느리	(억지로 웃음을 참는다)
막내	무슨 일이 있었군요. 그죠?
며느리	일은 무슨?
첫째	아버지께서 안 돌아오시니까 걱정되어서 그렇지!
둘째	셋째는 왜 또 늦지?
막내	오늘 중간고사 끝나고 친구들이랑 연극 구경 간다던데!
첫째	집에 일찍 들어와서 집안일도 거들지 않구서…… 쯧쯧.
막내	언니 혼자 고생하신다, 이거죠?
둘째	눈치 한번 빠르다. 허허.

일동이 웃는다.

S#15 뜰(밤)

비가 갠 뒤 장독대 위에 빗물이 고였다.

어머니, 팔짱을 끼고 초조하게 서성거린다. 강아지가 졸졸 따라다닌다.

어머니 E   이 양반이 뭘 하느라 안 오시지? 분명히 무슨 꿍꿍이속이 있다
                고! 늘그막에 이 양반이 이게 무슨 주책이람! 존경해? 흥.

S#16 불고기 집(밤)

아버지와 유지 서너 사람이 불고기판에 둘러앉아 술을 마시고 있다. 술잔이 오고 가면서 얘기한다.

면장   김 회장님의 좋은 말씀… 정말 감명 깊었습니다.

아버지   면장님, 나는 말이 서툴러서요… 헛헛…!

남자 A   아니에요. 쉬운 말 가운데 깊은 뜻이 담겨 있어서… 우리 농민
           들이 잘 알아들었어요.

아버지   이거 말하는 것도 이젠 대단한 노동입니다.

남자 B   그러시겠죠. 오늘도 50분 예정이… 었는데 한 시간 20분이나
           하셨는걸요.

아버지   작년만 해도 한두 시간 강연하는 거 끄떡도 없었는데… 이제
           나이가 나이라서 그게 어렵더군요. 허허.

면장   천만에요… 아주 젊은이들 저리 가라예요. 어디서 그런 정열이
           나오시는지, 원…….

남자 C   무슨 보약이라도 드셨어요?

아버지   보약은 무슨… 그저… 제때 식사하고 일하고 그런 거죠. 허허.

면장   그러나 보통 정력이 아니셔요. 나 같은 사람은 50 줄인데도 벌
           써…… 허허….

일동, 웃는다.

아버지	그러니 자연의 섭리를 제대로 따르면 정력도 생기는 거예요. 억지로 인공적인 수단으로 되는 게 아닙죠! 동물들의 세계 보세요! 그게 어디 약으로 되는 일이에요? 자연이에요. 자연을 지켜야 해요. 그런데 오늘날 우리 자연은 마구잡이로 헐리고 오염되고 있으니 그게 큰일이죠…….
면장	옳으신 말씀이에요.
아버지	부끄럽습니다, 면장님.
면장	아니올시다. 이거 뭐랄까, 공자님 앞에서 문자 쓰는 격이 되었지만 사실 오늘 김 회장님 강연 가운데 그 이야기가 참 귀에 쏙 들어오던데요.
아버지	예?
면장	지렁이 얘기요.

모두들 수긍을 한다.

아버지	아…… '지하 농사꾼' 말씀이군!
면장	지하 농사꾼이라니요?
아버지	예, 나는 그 지렁이를 그렇게 부르고 있죠. 어젠가 어떤 음식점에서 소주를 마시다가 그 얘기를 했어요.

S#17 술집(밤)

아버지와 두 사람이 술상을 사이에 두고 앉았다.

여인이 시중을 들고 있다. 여인은 한복 차림이며 짙은 화장이다.

| 아버지 | 지렁이란 보기에도 징그럽고 보기가 흉해서 도대체 암컷 수컷의 구별도 할 수 없는 존재거든! |
| 일동 | 허……. |

| 아버지 | 그런데 이놈이 농사에서는 빼놓을 수 없는 놈이거든…….

| 여인 | 지렁이가요?

| 아버지 | 그렇지…….

| 여인 | 그 징그러운 지렁이가 뭐가 대단해서요?

| 아버지 | 자네들 그렇게 생각하지? 그러나 그게 아니야. 어떤 학자의 조사에 따를 것 같으면 땅 면적 1에이커…, 1에이커면 우리 평수로 1,200평인데…….

| 남자 A | 1,200평요?

| 아버지 | 그렇지. 그 땅속에서는 약 5만 마리의 지렁이가 살고 있다거든!

| 여인 | 아이, 징그러.

손으로 얼굴을 가린다.

| 아버지 | 그게 아니야. 그런데 그 지렁이가 땅속에서 1년에 움직이는 흙이 만 8천 킬로나 되거든?

| 남자 B | 만 8천 킬로요?

| 아버지 | 그렇지……. 그런 계산으로 나가자면 2년 동안에는 1에이커 밭의 전면을 세 치 두께로 뒤집어놓는다는 논리거든.

| 여인 | 어머…… 지렁이가 그렇게 힘이 세나요?

| 아버지 | 바로 그 점이지! 그 눈도 코도 없는 지렁이가 말이지… 땅속 깊숙한 어둠 속에서 사는 지렁이가 사실은 인간이 땅을 갈구 일구기 이전 아득한 옛날부터 자연의 경작자 구실을 해왔다는 얘기지. 어때?

사람들, 어떤 놀라움으로 숙연해진다.

| 아버지 | 그러면서 지렁이는 어둠 속에서 흙을 일구고 식물의 뿌리가 살

아나갈 수 있게끔 습기와 공기와, 그리고 자기 몸에서 배설되는 것으로 땅이 산성화되는 것을 막아주는 일까지 맡고 있어요…. 알겠어? 소리 없이 왔다가 허무하게 사라지는 그 보잘것없는 지렁이가 사실은 사람을 위해서 남몰래 공헌하고 있다는 걸 알아야 해요. 그래서 나는 지렁이를 지하 농사꾼이라고 부르지!

여인   (한숨) 그러고 보면 우리는 지렁이보다 못한 신세군요. 저 술 한 잔 주실래요?

술잔을 들어 술을 따르려 한다. 아버지가 술잔을 뺏는다.

여인   어머…….

아버지   내 얘기 끝까지 들어!

여인   들으나 마나죠. 우리 같은 여자…… 술집에서 술이나 따라 주고 돈이나 받는 여자, 이 세상에 있으나 마나 한 여자. 술 좀 주세요!

아버지가 무섭게 쏘아본다. 여인이 뜨끔해진다.

여인   제 얘기가 틀렸나요?

아버지   이놈아! 네 신세가 어때서 그래?

여인   예?

아버지   술집에서 술 따르는 직업이 어때서 그러는가 말이다!

여인은 아버지의 위엄에 압도당한다.

아버지   문제는 다른 데 있어, 인마!

여인   다른 데라뇨?

아버지	그따위로 자기를 비하시키고, 으레 나는 술집 여자니까 세상 남자들한테 짓밟히고 욕먹어도 좋다고 자신을 포기하는 게 나빠, 인마!
여인	흥……! 공자, 맹자 말씀하시는군!
아버지	내 얘기 들어…. 욕하고 짓밟고 억울하게 해도 자신의 마음이 중요한 거야. 남이야 뭐라고 하든 내가 하는 일이 남에게 유익하다는 긍지를 가지는 점이야.
여인	웃기지 마세요! 술집 여자가 무슨 긍지예요? 술이나 주세요!

아버지가 술잔을 뺏고 벽에다 내던진다.
모두들 놀린다. 여인이 아연해진다.

아버지	시궁창에다 뿌리를 내리고 성장해서 꽃을 피우는 연꽃을 못 봤어?
여인	…….
아버지	남이 뭐라고 하든 머리에 둘 필요 없어요. 무엇보다도 자신의 생활과 장래를 위해서 일하고 있는 것이고, 또 오는 손님들의 위안이 되어주는 것 역시 살아가는 하나의 역할일 건데 스스로 비참하게 생각하는 건 나빠요. 지렁이한테도 배울 게 있다고!

여인이 슬픈지 억울한지 눈물을 흘린다. 눈 화장을 적시자 먹물이 흘러내린다.
아버지가 손수건을 꺼내 눈물을 닦아준다.

여인	흑…….
아버지	가만있어……. 이 껍질을 벗기자!

눈 화장을 씻어주고 입술의 화장을 정성껏 닦아낸다. 본바탕이 나타난다.

아버지   이게 얼마나 깨끗하냐, 응? 싱싱하고 자연 그대로의 네 얼굴이
          얼마나 아름다운가 말이다. 그런데 왜 너희들은 자기가 지니고
          있는 그 고귀하고 아름다운 것을 감추려 하니? 그게 틀렸어! 네
          자신이 하고 있는 일을 부끄럽게 여길 것 없어! 지렁이를 봐! 지
          렁이…….

참아오던 울음이 봇물 터지듯 여인은 방바닥에 엎드려 흐느낀다.

S#18 불고기 집(밤)

면장   그것 참 감동적인데요.
아버지   우리는 세상을 살아가면서 자연에서 원리를 배워야 해요.
면장   옳은 말씀이오. 지하 농사꾼이라…….
남자 A   자, 회장님 한잔 받으십시오.
아버지   이러다간 내가 취하겠어요. 허허……. (술잔에 술이 쏟아진다)

S#19 둘째의 방(밤)
둘째가 엎드려 책을 읽고 있다. 멀리서 개 짖는 소리.

어머니   (밖에서) 둘째, 자니?
둘째   아뇨… 어머니세요?

둘째가 자리에서 일어난다.
방문이 열리며 어머니가 고개를 내민다.

둘째   여태 안 주무시고 왜 나오세요?

어머니가 방으로 들어온다.

어머니   아버지가 왜 안 오시는지 모르겠다. 아홉 시가 지났는데…….

둘째   오시겠죠.

어머니   혹시 주무시고 오시는 게 아니야, 수원에서?

둘째   수원요?

어머니   아침에 나가시면서 그러시더라. 화성군에 들러서 수원으로 돌아….

둘째   그렇지만 주무신다는 말씀은 없었잖아요?

어머니   글쎄…….

둘째가 어머니 얼굴을 뚫어져라 쳐다본다.

어머니   뭘 보냐?

둘째   (빙그레 웃으며) 걱정되시죠?

어머니   뭐라구?

둘째   아까까지만 해도 아버지가 미워 못 살겠다는 눈치시더니만.

어머니   아니, 네가 뭘 안다구 그래?

둘째   왜 모르나요? 제가 어린앤가요? 저도 내년이면 스물다섯 살 아니에요? 다 안다고요. 흠….

어머니   다 안다니?

둘째   부부 생활… 남편 마음… 아내 마음… 질투… 그런 거 있잖아요?

어머니   에미한테 하는 소리냐?

둘째   우리 아버지 그러실 분이 아니에요. 세상의 아버지들이 다 그러신다 해도요. 우리 아버지만은… 예? 어머니!

둘째가 어머니의 흐트러진 귀밑머리를 손끝으로 쓸어올린다. 시선이 마주치자 빙그레
웃는다.

어머니   정말 믿어도 될까?

둘째   예, 제가 보장할게요.

어머니   아들이 아버지를 보장해?

둘째   저도 남자거든요.

어머니   남자?

둘째   예, 그러니 아버지 걱정보다는… 제 걱정부터 해주세요.

어머니   뭐? 네 걱정이라니? 왜 무슨 일이 있었어?

둘째   (불쑥) 장가보내주세요.

어머니   …?

둘째   장가가고 싶어요.

어머니   벌써?

둘째   뭐가 벌써예요? 내년이면 스물다섯인데?

어머니   호호….

둘째   심각해요, 저는!

어머니   (웃다가) 세상에 장가보내달라고 자청하는 놈도 있니?

둘째   잘못인가요?

어머니   당돌하다.

둘째   아버지는 몇 살 때에 장가가셨기에…?

어머니   그때는 옛날이었으니까 그렇지.

둘째   어느 세상이 되어도 시집 장가가는 문제만은 영구불변이라구
         요.

어머니   호호….

개 짖는 소리가 높아진다.

아버지의 흥얼거리며 노래 부르는 소리가 다가온다.

둘째   아버지세요.
어머니   (금세 표정이 굳어진다) 또 한잔하셨구나!

둘째가 나간다. 어머니가 따라 나간다.

S#20 마루와 뜰(밤)
아버지가 우장을 입은 채 거나하게 취해서 들어온다.
둘째가 반긴다.

둘째   지금 오세요?
아버지   오냐.
둘째   맑은 날씨에 우장은 왜 입으셨어요?
아버지   입고 있어야 안 잃어버리지!

어머니가 나온다.

아버지   여보, 다녀왔어. 허허….

그러나 어머니는 대꾸도 않고 마루로 올라간다.

아버지   아, 아니…?
둘째   후후….
아버지   둘째야, 네 엄마 왜 저러니?
둘째   글쎄요… 아버지께서 직접 따져보세요.
아버지   그래… 따져봐야지! 남편이 들어오면 (여자 목소리로) "여보 고단하시죠? 너무 고생시켜서 어떻게 하죠?" 이렇게 나와도 될까 말까 한데….

둘째 후후….

아버지 인마! 너도 앞으로 장가가거든 마누라 잘 길들여!

둘째 아버지처럼요? 후후….

S#21 안방(밤)

어머니가 벌써 잠자리에 들었다. 미닫이 쪽으로 등을 돌려 누웠다.

아버지 (소리) 밥은 먹었다… 어서 가서 자!

둘째 (소리) 예, 안녕히 주무셔요.

아버지 (소리) 오냐.

아버지 들어온다. 미간이 흐려진다.

아버지 아니, 이 사람이…!

아버지가 옷을 벗어 벽에 건다. 방바닥에 앉는다. 담배를 피워 물 때까지 아무 말이 없다.

아버지가 아내의 기색을 살피려고 가만히 고개를 빼어 아내의 얼굴을 들여다보려는 순간, 아내의 손이 쭉 뻗으며 아버지의 이마를 친다.

아버지 아얏!

어머니가 벌떡 일어나 앉는다.

아버지 아니… 이 사람이 언제 동삼을 먹었어… 산삼을 먹었어… 웬 손매가 이렇게도 맵지?

아내가 자리에서 일어나 경대 옆에 놓았던 선물용 과자 상자를 가지고 와 앞에 놓는다.

아버지	이게 뭐야?
어머니	제가 묻고 싶어요.
아버지	응?
어머니	이게 왜 오죠?
아버지	오다니?
어머니	왜, 이런 걸 가지고 왔는가 말이에요.
아버지	누가?
어머니	당신 애인이지 누군 누구예요?
아버지	뭐? 애, 애인?
어머니	수원에서 못 만나서 애통하셨겠구려.
아버지	아니… 당신, 저녁에… 뭐 잘못 먹은 거 아냐? 설마 복어알 먹은 건 아니겠지?
어머니	능청 떨지 말아요.
아버지	…?
어머니	그 여자 누구예요? 수원 여자….
아버지	수원 여자?
어머니	어떤 관계죠? 당신을 존경한다고 합데다. 너그럽고 자상하고 친절하고 정열적이고… 가난한 사람 도와주고….
아버지	이것 봐, 좀 진정해! 매사는 조리 있게 처리를 해야지. 여자를 소개하려거든 성명, 연령, 용모, 복장, 목적, 이렇게 순서 있게 말을 해야지. 당신처럼 그렇게 다짜고짜로 대들면 세상에 어느 귀신이 알아? 애인 아니라 애인 오래비라도 모르겠어! (엄하게) 처음부터 다시 시작해요!

어머니	예?
아버지	수원 여자가 누구요?
어머니	제가 묻고 있는 거예요….
아버지	지금은 내가 묻고 있어. (기막혀한다)

S#22 마당(밤)

S#23 첫째 방(밤)

첫째는 이불을 덮고 엎드려 주판을 놓고 있고, 며느리는 머리맡에 앉아 있다.

첫째	어떻게 생겼어?
며느리	여염집 부인 같아 보이지는 않았어요.
첫째	그럼…… 진짜 아버지의 애인이었나?
며느리	그렇지도 않았어요.
첫째	어떻게 알지?
며느리	육감이라는 게 있죠! 여자에겐 그게 있다구요.
첫째	그럼… 제자일까?
며느리	말하자면…….
첫째	어떻게 알았지?
며느리	오늘은 직장이 쉬는 날이어서 겸사겸사 인사 차 왔다는 게… 거짓말 같지는 않았어요.
첫째	미인이었어?
며느리	그저….
첫째	눈이 커?
며느리	예, 아니 눈은 왜 물어요?
첫째	아니… 그저.
며느리	당신 눈 큰 여자가 좋아요?

첫째	싫어하는 편은 아니지! 눈은 그 사람 마음의 창이라니까?
며느리	흥, 제 눈이 큰 편이 못 되어서 미안하군요!

며느리, 이불을 뒤집어쓴다. 첫째가 깔깔댄다.

안방에서 아버지와 어머니 웃는 소리.

첫째	응, 이게 어떻게 된 거야?

S#24 안방(밤)

아버지와 어머니가 나란히 누워 있다.

불이 꺼지고 달빛이 흘러든다. 멀리 다듬이질 소리.

어머니	여보.
아버지	응.
어머니	한 가지 걱정이 생겼어요.
아버지	무슨…?
어머니	둘째가 있잖아요….
아버지	뭐라구?
어머니	글쎄 장가보내달래요.
아버지	보내지.
어머니	예?
아버지	그놈도 이제 내년이면… 내년이라야 한 달 남짓 남았는데…….
어머니	스물다섯이면 어려요.
아버지	어리긴!
어머니	예?
아버지	내가 몇 살에 장가갔는데… 그때 내가 어렸어?
어머니	그때와 지금은 시대가 다르잖아요.

아버지	어느 세상이 되어도 시집, 장가가는 문제만은 영구불변이라구!

어머니, 깜짝 놀라서 일어나 앉는다.

아버지	(놀라며) 여보, 왜 그래? 응?
어머니	지금 뭐라고 그러셨어요?
아버지	응?
어머니	영구불변이라구요? 시집 장가가?
아버지	그렇지!
어머니	어쩜, 그렇게도 부자간에 손발이 척척 맞소, 맞긴!
아버지	응?
어머니	신통도 해라…. 어쩜, 그런 문제는 안 가르쳐줬는데도 답은 같은지 원!
아버지	둘째도 그렇게 말했어?
어머니	예.
아버지	그게 뭘 부전자전이지! 헛허….
어머니	흠….

S#25 길
일용이와 둘째가 퇴비를 지게에 지고 간다.

S#26 부엌(낮)
며느리가 반찬을 만들고 있다.

셋째	(놀라는 소리) 으악!

S#27 마루와 토방

방문이 열리며 어머니가 나온다.

어머니   무슨 일이니?

셋째가 세수를 하다가 말고 뛰어 올라온다.

셋째   아이, 징그러워…!
어머니   뭐가?
셋째   세숫대야에 지렁이가 있잖아요? 이렇게 기다란… 아이 무서
               워….
어머니   바보같이… 지렁이가 뭐가 무섭니?
셋째   무섭지 않구요.
어머니   지렁이는 지하 농사꾼이잖니! 그게 무슨 뜻인지 모르겠으면 아
               버지께 여쭈어봐!

어머니가 웃으며 부엌으로 들어간다.

S#28 돈사 앞

아버지가 돼지 밥을 퍼주고 있다. 돼지들이 꿀꿀거린다.

아버지   자, 자, 덤비지 말고… 얌전히 받아먹어… 훗흐….

둘째가 빈 지게로 온다.

둘째   안녕히 주무셨어요?
아버지   응….

둘째	퇴비들 나르고 오는 길이에요.
아버지	둘째야!
둘째	예?
아버지	너 아침 먹고 나하고 같이 좀 나가자.
둘째	어딜요?
아버지	글쎄 따라오면 알아…. 입고 나올 옷 있니?
둘째	작업복이면 어때요?
아버지	작업복?
둘째	안 되나요?
아버지	괜찮아.

S#29 기성복 집

아버지와 둘째가 양복을 고르고 있다.

둘째는 직원이 알려준 옷을 거울 속에 비춰본다. 잘 어울린다. 아버지가 만족한 표정이다.

S#30 다방 안

아버지와 새로 산 양복으로 갈아입은 아들이 마주 앉아 커피를 마신다.

둘째의 인상이 사뭇 달라 보인다. 아버지가 새삼 둘째를 바라본다.

아버지	(마음의 소리) 자식… 잘도 생겼다. 뭐 자식 자랑은 반미치광이, 아내 자랑은 미치광이라지만…. 저만하면 어디다 내놔도…… 꿀릴 것 없지!
둘째	아버지, 누구 기다리는 거예요?
아버지	아버지 애인.
둘째	예?
아버지	자식이 아버지 애인도 몰라서 되겠어?

둘째	난데없이 그게 무슨 말씀이세요?
아버지	네 엄마한테 네가 증명을 해봐.
둘째	아, 아직도 그 일 해결 안 났나요?
아버지	여자란 구체적이고 현실적인 방법을 좋아하거든. 그날 밤에 나와 그 여자의 관계를 설명했더니 일단은 수그러졌지만, 아마… 마음 한 귀퉁이에는 앙금이 남아 있을지도 모르지…. 그래서 오늘 너를 데리고 나와 옷을 사 주기를 겸해서 그 여자와 아버지가 어떤 관계인지 직접 보여주기 위해서….
둘째	제 옷을 왜 또…?
아버지	장가보내달라고 했다면서!
둘째	엄마가 그러셨어요?
아버지	그렇지. 부부란 비밀이 있어서는 안 되지……. 그러니까 모든 걸 털어봐야 하고…. 그래서 장가가려면 앞으로 맞선도 봐야 할 테고, 그러려면 옷 한 벌쯤은 있어야지. 농민의 아들이라고 양복 입지 말라는 법은 없으니까! 안 그래?

둘째의 눈에 감격의 눈물이 글썽거린다. 그러나 입은 웃고 있다.

둘째	고맙습니다.
아버지	그리고, 그 여자가 얼마나 불행했는데도 나의 한마디 얘기로 착하게 살아가게 되었던가도 직접 들어봐! 좋은 교훈이 될 테니까.
둘째	네.

여인이 들어선다.

| 아버지 | 왔다! 저기. |

집에 찾아왔을 때 옷차림과 같다.

아버지가 손을 들어 보인다. 여인이 급히 다가온다.

여인   어머, 김 회장님. 기다리게 해서 죄송합니다!

아버지   아니… 바쁘지 않아?

여인   예, 저희 식당은 이맘때가 가장 한가해서요! 어머 손님….

아버지   아니야. 내 둘째야. 서로 인사 나누지.

여인   어머나! 그러세요?

둘째   처음 뵙겠습니다.

여인   접때 찾아갔을 때 못 뵙고 왔죠.

아버지   앉아요.

여인이 의자에 앉는다.

둘째가 새삼 여인을 응시한다.

여인   저는 괴로울 때, 힘이 꺾일 때, 그리고 세상이 살기 싫어질 때면
         어김없이 김 회장님의 가르침을 생각한답니다. 지렁이도 보람
         을 찾을 수 있는데 사람이 못 살게 뭔가 하고요.

아버지   오늘은 자네가 내 아들한테 그 산 교훈을 알려줘. 이놈도 머지
         않아 장가를 가게 될 테고! 그렇게 되면 그런 생각도 하게 될 테
         니…….

여인   예, 아버님은 저의 생명의 은인이셔요… 저같이 불행한 여자를
         깨우쳐주신 등불이셔요.

둘째   …….

둘째의 얼굴에 감동이 떠오른다.

여인   저는 이런 각박한 세상에 저희들 같은 짓밟히는 사람을 외면하
          지 않는 분이 계시다는 걸 큰 은혜로 여기면서 살아가요. 남자
          와 여자의 관계가 아니에요. 짓밟힌 자와 구원해주는 자와의
          관계예요.

여인이 열심히 얘기를 계속한다.
아버지가 담배를 피워 문다.

내레이션   사람이 살아가는 보람은 바로 이런 데 있다! 키워준 나무에 꽃
          이 피고 열매가 열리듯, 자식이 돌아오고 인정이 되돌아오는 그
          런 순간일 게다. 묵묵히 살아가는 사이에 오가는 마음이 있는
          한 우리는 절망을 말아야 한다! 오늘도 이 세상이라는 흙 속에
          는 남이야 뭐라고 하건 묵묵히 일하는 지렁이는 헤아릴 수 없
          이 많은 것이다!

(F.O.)

제7화

혼담

제7화 혼담

방송용 대본 | 1980년 12월 2일 방송

· 등장 인물 ·

할머니	정애란
아버지	최불암
어머니	김혜자
첫째	김용건
며느리	고두심
둘째	유인촌
셋째	김영란
막내	홍성애
일용	박은수
일용네	김수미
면장	박규채
색시(22)	조한려
색시 어머니	정희선
색시 오빠(40)	조경환
태석	조남석

S#1

비닐하우스 안에서 물을 뿌리고 있는 부부.

상추 모종이 녹색 비로드를 깔아놓은 듯 보드랍게, 그리고 싱그럽게 자라고 있다.

아버지와 어머니가 솎아내기를 하고 있다.

아버지가 이마에 흐르는 땀을 이따금 수건으로 닦아낸다.

두 부부의 표정은 마냥 밝고 흐뭇하다.

내레이션	요즘 농촌에서는 농한기라는 말이 사라졌다. 추수가 끝나면 보리 파종을 하고, 그것이 끝나면 고등 소채 재배며 가마니 짜기에 한시 반시 눈뜰 사이조차 없다. 날이 가고 밤이 밝듯 끊일 사이 없는 일 속에 파묻혀 살아간다. 저마다 소득을 올리기 위해서겠지만 반드시 그렇지만도 않은 게 농군의 마음이다. 이 야들한 생명에 물을 주고 햇볕과 온도를 주는 심사는 흡사 아기를 기르는 부모의 마음이다. 그저 병들지 않고 잘 자라나기만을 기원하는 조건 없는 부모의 마음이다. 그런데 이것들이 상인의 손에 넘어갈 때는 흡사 자식놈 시집 장가보내는 심정이다. 그 시원섭섭한 마음에는 다를 바가 없다.
어머니	그래 면장 어른께서 뭐라고 하시던가요?
아버지	좌우간 맞선을 보고 나서 얘기하자는 거야.
어머니	보고 나서 싫다고 하면 어쩌죠?
아버지	어쩌긴… 그것으로 끝이지.
어머니	그게 어디 그래요?
아버지	아니면?
어머니	우리 둘째는 남자니까 괜찮겠지만 색시 쪽은 그게 아니라구요.
아버지	허긴 요즘 애들은 보는 눈이 다를 테니까. 우리 때하고는 다르더라고.

어머니	다를 게 뭐가 있어요? 시집 장가가는 마음은 매한가지지.
아버지	임자가 그걸 어떻게 알아?
어머니	알고도 남고 남아서 지고 가겠수.

아버지가 비로소 물을 주다 말고 돌아본다.

두 사람의 장난기 섞인 시선.

아버지가 물줄기를 어머니한테 대고 뿌린다. 어머니가 질겁을 한다.

어머니	에그, 차가워.
아버지	호호….
어머니	호호….

S#2 뒤뜰

둘째와 일용이가 새끼틀(기계)에 앉아 새끼를 꼬고 있다. 짚단에서 뽑아낸 짚을 날렵하게 기계에다 물리고 있다.

신나게 돌아가는 기계. 일용은 휘파람을 불며 일을 한다.

S#3 마루와 뜰

할머니가 햇볕이 잘 든 마루며 장독, 그리고 평상 귀에 널려 있는 절간고구마를 말리느라고 하나하나를 정성껏 뒤집고 있다.

며느리가 부엌에서 나온다. 무거운 바께쓰를 들고 뒤뚱거리며 나온다.

멀리 소 우는 소리가 한가롭다.

| 할머니 | 무거운 것 들지 말어. |

며느리가 수챗구멍에다 물을 버리고 나서 길게 한숨을 몰아쉰다.

며느리	아이구… 허리야.
할머니	그것 봐! 이제 해산 날도 얼마 안 남았는데 일도 대충대충 하고 쉬어….
며느리	그렇지만….
할머니	뭐가?

할머니가 며느리를 쳐다본다.
며느리가 절간고구마 하나를 집어 앞니로 질근질근 깨문다.

며느리	아버님, 어머님, 그리고 모두들 아침 일찍부터 일을 하시는데, 저 혼자만 어떻게….
할머니	이것아! 너는 그런 일보다 더 고된 일을 하고 있는 게야… 애기 낳는 일이 얼마나 큰일인데…. (한숨) 그러기에 옛날 사람들은 몸을 풀기 위해 방으로 들어가면서 무슨 생각을 했는지 아니?
며느리	예?

고구마를 입에 문 채 할머니를 내려다본다.

할머니	토방 위에 벗어놓은 저 신을 내가 다시 신게 될지 모르겠구나 하면서 방으로 들어갔더니라.
며느리	아이, 할머님도….
할머니	정말이야! 그만큼 여자가 애기 낳는 일이란….
며느리	겁주시기예요?
할머니	겁주긴! 몸을 아끼고 조심하라는 게지.

며느리가 돌아선다.
셋째가 방에서 나온다. 책 몇 권을 겨드랑이에 끼었다.

셋째	언니.
며느리	어머, 여태 학교 안 가셨어요?
셋째	내주부터 시험이라서… 엄마 어디 가셨어요?
며느리	비닐하우스에 계시나 봐요, 아버님하고….
셋째	어떡하지?
며느리	뭐가요?
셋째	돈이 필요한데….
며느리	예?
셋째	졸업생 기념품대에다가… 이것저것 쓸 게 많은데… 언니 돈 없수?
며느리	제게 무슨 돈이 있어요? 오빠 월급 나오는 거 그대로 고스란히….

며느리가 알아들을 수 없게 투덜대며 부엌으로 피해 간다.

셋째	흥! 짜다 짜!

셋째가 할머니에게 다시 가서 턱 밑에 바싹 손을 내민다.

셋째	할머니, 돈 좀 꿔주세요. 제가 엄마한테 얻어내서 갚을게요.
할머니	접때 2천 원 가져간 것… 아직도 그대로다. 기억하니?
셋째	알고 있어요.
할머니	알고도 안 갚는 심사는 또 뭐냐?
셋째	할머니, 염려 마세요. 제가 할머니 돈 떼어먹을까 봐서요? (응석을 부리듯) 접때 서울 가셨을 때 고모가 주셨다면서요? 그것 좀 돌려주세요, 네?

할머니는 어이가 없다는 듯 셋째의 얼굴을 빤히 들여다본다.

할머니 잘도 아는구나.

셋째 엄마하고 하시던 얘기 다 들었거든요, 할머니이….

할머니 정말 갚을 게야?

셋째 예, 이자 얹어서요.

할머니 할미가 손녀한테 이자 뜯어먹는 세상이 되어서 느긋하다, 이것
아!

셋째 호호….

할머니가 치마를 젖히고 큼직한 쌈지 주머니에서 돈을 꺼낸다.

할머니 얼마?

셋째 얼마 있으세요?

할머니 응?

셋째 만 원은 있어야 하거든요?

할머니 만 원? 그렇게는 안 돼! 7천 원이면 몰라도…

셋째 됐어요. 그거라도 주세요. 그럼 지난번하고… 합계 9천 원이에
요, 할머니….

할머니가 쌈지 주머니에서 돈을 꺼내주자 셋째가 덥석 낚아채듯 받아 손지갑에 넣는다.

할머니 세어봐.

셋째 하나 마나죠.

할머니 응?

어머니가 들어간다.

어머니	아니, 너 여태 학교 안 가고 여기 뭐 하고 있어?
셋째	예? 예… 지, 지금 가잖아요? (크게) 다녀오겠습니다!

셋째가 뛰어나간다. 개가 촐랑대며 따라간다.

어머니가 어리둥절해진다.

어머니	에그… 대학생, 대학생 하지만… 언제 철들어 시집가려는지 원….
할머니	(시침을 떼고) 그래도 셈 하나는… 분명히 할 줄 알더라.
어머니	예?

할머니가 쌈지 주머니를 치마 속으로 감춘다.

어머니의 의아한 표정.

S#4

면장이 재건복에 새마을 모자 차림으로 자전거를 타고 간다.

지나가는 사람이 절을 꾸벅하면 한 손으로 답례를 하면서 간다.

S#5

젖소가 여물을 먹고 있다.

아버지가 소 등을 문질러주기도 하고 입을 벌려 들여다보기도 한다. 팽팽한 생명감을 느끼게 하는 젖소들의 기름진 모습들.

일용이가 온다.

일용	회장님, 회장님!
아버지	…?
일용	면장 어른께서 오셨어요.

아버지	면장님이?
일용	예.

S#6 뜰과 마루

면장과 어머니가 마루에 걸터앉아 있다.

면장이 절간고구마를 손에 들어 보인다.

면장	올해 고구마는 알이 여물지 않았죠?
어머니	예, 작년보다 훨씬 못하는데요.
면장	엊그제도 군에서 회의가 있었는데, 금년도 고구마는 작황이 전국적으로 나쁘다는군요. 장마에다 일조량 부족에다 설상가상으로 이상저온까지 겹쳐서….
어머니	어떡허죠? 농사도 농사지만… 민심이 각박해요.
면장	우리 군에서도 올해 절간고구마 수매 목표량이 30만 2천 가마인데… 야단났어요. 작년에는 그래도 호당 평균 27만 원의 수입이 있었는데….

까치 소리. 까치가 두어 번 크게 운다.

아버지가 손을 털며 들어선다.

아버지	아이구, 면장 어른이 웬일이시오?
면장	내가 오면 안 될 집인가요? 허허….
아버지	허허….
면장	바쁘신가 본데… 내가 잘못 왔나?
아버지	무슨 말씀을…. 여보, 방으로 모시잖구서….
면장	아니에요. 오늘은 날씨가 봄날 같아서 여기가 좋은데요….
아버지	자, 들어갑시다!

면장	괜찮아요.
아버지	아니에요. 자… 자… 여보!
어머니	예?
아버지	(꾸짖듯) 뭘 하고 있어? 손님이 오셨는데!
어머니	예?
아버지	사람이 염치가 없으면 눈치라도 있어야지⋯⋯. 어서어서 술상
	차려요!

아버지가 면장을 떠밀듯 방으로 들어간다.

어머니	아이고, 오늘도 일진이 사납더라니⋯. 에그, 그 술 없는 나라에
	서나 살았으면⋯. (부엌으로)

S#7 뒤뜰

새끼를 꼬고 있는 둘째.

일용이, 짚을 들고 온다.

둘째	왜 오셨대요, 면장님?
일용	몰라!
둘째	며칠 전에도 만나셨던데⋯.
일용	추곡수매 독려차 나오시는 거겠지.

일용네가 급히 온다.

일용네	일용아⋯!

일용이가 일손을 놓고 돌아본다.

일용네가 닭을 들고 들어온다.

일용	웬 닭이에요?
일용네	이것 좀 잡아.
일용	예?
일용네	목을 비틀어주라니깐….
둘째	오늘이 무슨 날예요?
일용네	무슨 날이긴? 둘째 도련님 용궁 가시는 날이겠지…, 호호….
둘째	…?

두 사람, 간다.

S#8 안방
술상을 가운데 두고 아버지와 면장이 마주 앉아 있다.

아버지	그럼, 막내딸이군요?
면장	오빠 셋 아래로 고명딸로 태어났으니 모든 사람의 귀여움을 한 몸에 지니고 있는 셈이죠…. 참, 이 사진을….

면장이 주머니에서 사진을 꺼낸다.
어머니가 국 냄비를 들고 들어온다.

어머니	아무것도 차린 게 없어서….
면장	아니올시다.
어머니	국물 좀 드세요.

아버지가 사진을 집어 든다.

아버지	여보!
어머니	닭전골 했어요.
아버지	전골이 아니라, 안경….
어머니	예?

어머니가 냄비를 내려놓고 어리둥절해지며 경대 위에 있는 안경을 집어 준다.
아버지가 안경을 코에 걸고 사진을 들여다본다.

아버지	음!
어머니	웬 사진을…?
면장	아주머니께서도 보세요. 사실 이건 아주머니가 먼저 보셔야 할 사진이죠.

어머니가 어깨너머로 들여다본다.
사진. 깜찍하게 생긴 처녀의 얼굴.

어머니	예쁘네요.
면장	마음에 드세요?
어머니	예?
아버지	둘째와 약혼할 규수라는군!
어머니	약혼이요?

어머니가 치맛자락에다 두 손을 쓱쓱 문지르고는 사진 끝을 조심스럽게 들여다본다.

아버지	어때? 내일이라도 맞선 보고 올해 안으로 아주 식을 올리자는 군!
어머니	예?

면장	여자 쪽에서는 만반의 준비가 다 되어 있답니다. 부천에다가 22평짜리 아파트도 사놓고요….
어머니	그렇지만, 우리 둘째가 어떻게 생각할지!
아버지	그야 당사자의 의견이 제일이지!
어머니	그런데 어떻게 그걸 물어보지도 않고서 결정했어요? 하긴….
아버지	누가, 결정했어?
어머니	아까 그래놓구서…. 둘째와 약혼할 규수라고 그러셨잖아요, 당신 입으로.
아버지	그럴 예정이라 그 말이지.
어머니	그러니까 당신 의사는 이미 정해졌다 이거 아니에요!
면장	아주머니! 이번 혼담은요, 말하자면 내가 중신애비 노릇을 한 셈인데 말씀이에요…. 저편에서는 김 회장님의 인격이며 사회적 지위며 그밖에 모든 조건으로 봐서 김 회장 자제분 같으면 마음에 든다고 나오니까…. 이 혼담은 말하자면 거의 다 성사된 거나 다름없다 이거죠, 예…. 게다가 면장인 내가 사이에 들었으니까 체면을 생각해서라도….
어머니	그렇지만 혼인이란 쌍방이 서로 잘 알고 나서 정해야죠. 우린 색시 얼굴도 아직….
아버지	그러니까 맞선을 보게 하자고 이렇게 면장님께서 나오신 게 아니오? 이 사람은 어디서 동물원 원숭이 이 잡는 꼴만 보아왔는지 이렇게 시시콜콜 캐묻기를 좋아한답니다. 허허….
어머니	어머머, 이 양반이….
면장	허허, 이러다가 내가 중신하는 게 아니라 싸움 붙이러 온 셈이군요, 헛허허허….

S#9

일용이가 앉아 있고 둘째는 누워 있다.

저만치서 염소 떼가 한가롭게 풀을 뜯고 있다. 산새가 울고 있다.

둘째가 길게 한숨만 뱉는다.

일용   왜 겁나니?

둘째   글쎄….

일용   망설일 것 없어. 정해버려!

둘째   정하다니?

일용   장가가는 게 뭐가 겁나니?

둘째   겁이 나는 게 아니라! 실감이 안 나는걸….

일용   실감?

둘째   나, 솔직히 말해서… 사랑이다 결혼이다 하는 거 고등학교 다닐
       때 막연히 여학생한테 호감 느껴보는 일 빼고는… 별루였어!

일용   ….

둘째   나이도 나이지만… 내가 손에 지니고 있는 거라고는 아무것도
       없잖아. 학벌도 직업도 그러니, 내가 누구를 책임진다는 건 어
       쩐지 용기도 안 나고.

일용   그래도 저편에서 좋다는데 어때?

둘째   뭘 보고 좋다는지도 모르잖아?

일용   그게 다 복이라는 거야.

둘째   복?

일용   장가가고 싶어서 몸살을 앓는 사람도 상대편에서 싫다면 못 가
       는 건데… 잘됐지 뭐야….

둘째   잘된 게 뭐가 있어? 맞선이나 보고나서 할 얘기지.

일용   나는 너 때문에 우리 엄니한테 또 한바탕 눈물벼락 맞았다.

둘째   …?

S#10 툇마루

일용이가 고개를 처박고 담배를 피우고 있다.

일용네가 눈물을 찔끔거리고 있다.

일용네   너도 나이 30인데 이세 장가도 가고 자식도 낳아야지… 언세까
　　　　　지 이렇게만 살 거야, 응?

일용　　 ….

일용네   좋아지내는 색시도 없어?

일용　　 ….

일용네   남은 스무 살도 못 되어서도 모두들 뭐 크럽이니 뭐니 해서 짝
　　　　　지어 다니면서 그러던데…. (짜증스럽게) 그래 너는 나이 30이 되
　　　　　도록 그 짝 하나 없냐구? 에그, 병신 같은 녀석!

일용이가 홱 어머니를 돌아본다.

일용　　 (소리 지르며) 그래요, 난 병신이에요!

일용네   아, 아니… 이 녀석이!

일용　　 누가 병신 자식 낳아달라고 했어요, 예? 엄니는 남의 집 부모들
　　　　　처럼 나를 키워줬어요, 예? 누가 나 같은 자식 낳아달라고 했냐
　　　　　말이에요!

일용네는 분함과 억울함으로 입가에 심한 경련이 일어 말을 못 하고 엉덩방아만 연신
찧는다.

일용네   아이고, 아이고….

일용이가 홱 돌아앉는다.

일용   (억제하며) 병신이라는 말… 하지 마세요! 듣기 싫어요! 나도 거
          북하단 말이에요!

일용네가 봇물이 터지듯 울음을 터뜨린다.

일용네   으악! 네놈이… 네놈이 늙은 애미에게 고작해서… 한다는 소리
          가, 으악…!

일용네가 방바닥을 치며 통곡한다.
일용이는 고개를 처박고 바위처럼 앉아 있다. 손등에 눈물방울이 한 점 뚝 떨어진다.

S#11
일용이가 담배를 피워 문다.

일용   (긴 한숨) 불효자식이지….
둘째   누가?
일용   제때 장가도 못 가는 놈….
둘째   ….
일용   그래서 부모님께 효도할 마음 있거든 잔소리 말고 장가가는 거
          야. 이상하니 뭐니 하는 건 그다음으로 미루고… 나 같은 불효
          자 되지 말고….

일용이가 불쑥 일어나 간다.
저만치서 염소가 울고 있다. 일용이가 장난스럽게 담배를 염소 입에 댄다.
그걸 바라보는 둘째의 젖은 눈빛.

둘째   (마음의 소리) 외로울 거야…. 일용이 형 처지로 이런 때는 괴로

울 거야…. 말을 안 할 뿐이지…. 동물처럼 먹고 싶을 때 아무
데서나 먹을 수 없는 게 사람인데.

S#12 안방

어머니와 아버지가 각기 나들이옷으로 갈아입고 있다.
어머니는 두루마기에다 머리에 기름을 바르고 곱게 빗은 머리가 귀부인 티가 난다.

아버지　　제법인데? 후후….

어머니　　뭐가요?

아버지　　차려놓고 보니까 쓸 만하다 이거지….

어머니　　(웃음을 참으며) 알아주니 고맙구려.

아버지　　늙은이나 젊은이나 추켜주면 그저 좋아서, 휴….

어머니　　(거울을 보며) 그래도 언젠가 찾아온 그 지렁이보다는 안 예쁘
　　　　　게 보이죠?

아버지　　지, 지렁이! 그것 뭐야?

어머니　　인천 불고기 집에서 일한다는 여자 있었잖아요, 왜? 비 오던 날
　　　　　찾아온….

아버지　　아니, 이 여자가 난데없이…?

어머니　　흠, 역시 그 여자가 더 예쁘다는 뜻이군요? (쌀쌀하게) 나갑시다.
　　　　　시간 늦겠수.

어머니가 나간다.

아버지　　아따! 저, 저….

S#13 마루와 뜰

어머니가 나온다.

어머니   (크게) 둘째야, 준비 다 되었니? 시간 다 되었다.
둘째   (소리만) 예….

S#14 둘째의 방

둘째가 거울 앞에서 넥타이를 몇 번이고 고쳐 맨다. 잘 안 매진다.

둘째   정말 신경질 나네!

문이 열리며 어머니가 들여다본다.

어머니   잘하고 있어?
둘째   글쎄 넥타이가… 말을 안 듣잖아요….

어머니가 들어온다.

어머니   언제 네가 넥타이를 매봤어야지. 어디 보자.

어머니가 둘째를 돌려세워 넥타이를 다시 매준다.

둘째   (혼자 소리친다) 이런 거… 안 매면 안 되나….
어머니   오늘 같은 날은 매야 돼…. 삼백예순 날 가운데 단 하루 아니
            냐….
둘째   이거 안 맨다고 싫어할 여자라면 벌써 딱지 아니에요?
어머니   (곱게 눈을 흘기며) 이것 하나 제대로 못 매는 남자가 벌써 딱지
            지….

두 사람, 웃는다.

어머니	자 됐다, 나가자! 아버지 기다리신다.
둘째	어머니!
어머니	왜?
둘째	정말 장가가야 할까요?
어머니	무슨 소리야?
둘째	아직 이르지 않아요?
어머니	한 달 후면 다섯인데 뭐가 일러? 이르긴….
둘째	여자 쪽에서 너무 어리다고 퇴칠 것 같은 예감이 들어요, 후후.
어머니	망할 것! 내 아들이 어때서 퇴치긴…. 오늘 선보는 건 그저 형식적이란다.
둘째	예? 형식적이라뇨?
어머니	저편 부모들은 이미 작정하고 있나 보더라. 네 아버지 얼굴로 봐서도 김 회장 댁 둘째 자제분 같으면야 보나 마나잖겠느냐고 면장 어른께 말하더라.
둘째	그럼, 왜 이런 형식적인 맞선을 보는 거죠?
어머니	때로는 형식도 필요한 거야…. 더구나 당사자의 얼굴은 봐둬야지! 안 그래?
둘째	코가 두 개 붙었을까 봐서요?
어머니	망할 것! 신소리 그만하구 나가!
아버지	(소리만) 방에서 뭣들 하구 있어? 빨리 나오잖구!
어머니	예, 나가요….

어머니와 아들이 미소 짓는다.

S#15 다방
물 그림을 그리는 셋째.
젊은이들이 모이는 다방. 팝송이 흘러나오고 있다.

셋째와 그 친구 태석이가 마주 앉아 있다. 우울한 표정이다.

태석   어떻게 하겠니?

셋째   ….

태석   응?

셋째   어려울 것 같아….

태석   …?

셋째   이해해.

태석   회비 때문에 그래?

셋째   회비는 나도 이미 준비되었지만….

태석   되었지만, 뭐니?

셋째   태석은 모를 거야… 이 심정….

태석   …?

셋째   부모님은 그렇게 안 생각하실 거야. 2박 3일 여행을 떠나게 할
         수 있을까? 그것도 아들도 아닌 딸을…. 더구나 우리 부모님은
         좀 다르시거든.

태석   야, 시시하다.

셋째   시시해?

태석   아니… 우리가 뭐가 날라리패니 논다니패니? 사적 답사를 위한
         수학여행인데, 뭐가?

셋째   그건 우리 사정이고.

태석   그러니까 시시한 인간 아니야?

셋째   인간? 태석아! 아니 지금 누구보고 하는 소리니?

태석   누군 누구…? 자기 딸을 새장 안에 가두려는 (비아냥대며) 거룩
         하신 어르신네들이지!

셋째   내 앞에서 그런 말투 쓰지 마!

태석   그럼, 너 때문에 우리 써클의 스케줄이 뒤죽박죽이 되는데도

230

상관없단 말이야?

셋째가 난처해한다.

손끝에 물을 더 많이 묻혀서 탁자 위에다 더 크게 그림을 그린다.

태석   잔소리 말고 예정대로 결정하는 거야! 알았지? 변경 사항 무다,

                응?

허공을 바라보고 길게 한숨만 내뱉는 셋째.

S#16 시내를 달려가는 택시 안

아버지, 어머니, 그리고 둘째가 앉아 있다.

어머니   여보, 나 이 옷 괜찮수?

아버지   뭐가 어때서? 괜찮아!

어머니   너무 초라하지 않을까…. 애, 촌스럽지 않겠니?

아버지   괜찮다니까, 글쎄. 당신이 시집갈 처녀야?

어머니   끔찍한 소리 말아요.

일동   하하하.

S#17 첫째의 방

일용네와 며느리가 방 한가운데다가 솜을 펴고 홑이불을 꿰매고 있다.

일용네 머리에 실오라기가 서너 개 걸쳐 있다.

일용네   (한숨) 에그….

며느리   아까부터 웬 한숨이세요? 방돌 꺼지겠어요, 호호!

일용네   에그, 에그….

며느리	어머머, 왜 그러세요?
일용네	새댁은 이 마음 모르셔, 세상에…!

며느리가 시침을 하고 손을 뗀다.

며느리	무슨 일 있었어요?
일용네	….
며느리	일용이가 또 어디 가겠대요?
일용네	망할 녀석, 가라는 장가는 생각도 안 하고설라무니….
며느리	장가요?
일용네	(한숨) 둘째 대련님은 지금쯤 맞선 보느라고… 얼마나 재미가 쏟아지겠는가 싶으니까…. 그저, 에그 망할 녀석….

손등으로 눈물을 쓱 문지른다.

며느리	그게 뭐가 슬퍼요? 때가 오면 다 가게 될 텐데….
일용네	가게 될 장가면 벌써 짝이 나섰겠죠! 이제 한 달 있으면 설흔이라우, 설흔! 사람 나이 남녀간에 흔 자로 들어서면 한물가는 거래요.
며느리	여자는 몰라도 남자 나이 서른이 뭐가 늦었다고 그러세요? 염려 마세요. 천 메투리*에두 제 짝이 있다는데, 뭐가 걱정이세요?
일용네	그것두 배운 것 있구 지식 있는 사람의 경우지. 우리 같은 신세는… 에그, 에그.

---

* '미투리'(삼이나 노 따위로 짚신처럼 삼은 신)의 방언.

며느리의 측은하게 바라보는 눈길.

S#18 제과점 안

아버지, 어머니, 둘째, 면장, 색시, 색시 어머니, 색시 오빠, 모두 둘러앉아 있다. 서로가
서먹한 분위기다.

면장이 가운데 끼어서 수다를 떤다.

면장	자고로 중매 잘 서면 술이 석 잔이요 잘못 서면 뺨이 석 대라고 했지만…. 이번 이 혼담은 어디다 내놔두 흠잡을 곳 없어요. 안 그래요, 김 회장?
아버지	예? 예! 허허…. 그렇다고들 하던데요.
면장	(색시 오빠에게) 어때요? 신랑 잘났죠?
색시 오빠	예예….
면장	그럼 됐죠, 뭐가 더 필요합니까? 이건 말이 길면 열이 식습니다. 김 회장님의 사회적인 지위를 등에 업겠다고 해서가 아니라 이 만한 집안의 이만한 신랑감… 흔치 않아요.

아버지와 어머니가 시선을 마주한다.

면장	그리고 이 색시 편도 나무랄 데 없지요. 한 가지 있다면 장인 될 어른이 안 계시다는 점이겠지만……. 아버지 같은 오빠가 계 신데, 막말로 장인하고 살겠어요? 아내하고 살지! 허허!

좌중이 까르르 웃는다.

그러나 색시만은 고개 숙여 손안에서 손수건을 꼬깃꼬깃할 뿐이다.

둘째가 힐끗 그런 모습을 눈치 차린다.

둘째	(마음의 소리) 젠장! 고개를 들어야 얼굴두 보구 서로 보지! 이 건 코가 어디에 붙었는지 알 수가 없잖아…… 젠장!
면장	그럼 우리 얘기는 이만하고…… 두 사람에게 자리를…. (눈짓하며) 그렇죠?
아버지	예? 예…….
색시 오빠	저… 두 사람끼리 얘기나 하도록 하고 우린 어디 가서 점심이나 하시죠?
면장	예, 그게 좋겠군요. 일어들 나시죠! 자, 자!

모두들 일어난다. 색시도 일어난다.

색시 어머니 너는 여기 남아 있어!

색시가 수줍어서 수건으로 입을 가린다.

색시 오빠   둘이서 얘기하고….

귀엣말로 소근거린다.
그러나 색시는 응답도 아니요 반대도 아닌 엉거주춤한 상태다.
아버지가 둘째의 등을 탁 친다.

아버지	(낮게) 잘해봐!
둘째	예?
어머니	일찍 들어와!
둘째	알겠어요.

어머니는 나가면서도 미련을 느끼듯 색시 쪽을 바라본다.

아버지   어서 나가……. 그만 봤으면 됐어!

아버지가 등을 밀다시피 하면서 제과점을 빠져나간다.
둘째가 의자에 앉는다. 색시가 등 돌아서 서 있다.

둘째   앉으세요.

색시가 몸을 돌려 앉는다.

둘째   (마음의 소리) 무슨 여자가 이렇게 수줍어한다지? 20세기 여성
             은 아닌데, 젠장!

S#19 과자점 밖
어머니가 유리창 너머로 안을 들여다보고 있다.
저만치 가던 아버지가 돌아본다.

아버지   여보! 뭘 들여다봐? 궁상맞게!

어머니가 아직도 못 미더워하는 표정이다.

S#20
셋째와 태석이가 서 있다.

태석   잘 생각해서 토요일까지는 결정해야 한다. 너 한 사람 때문에
             일을 그르칠 수는 없으니까.
셋째   알았어! 내게 맡겨!
태석   뭣하면 내가 응원할까?

셋째	응원?
태석	너희 부모님 만나서…….
셋째	미쳤어?
태석	내가 왜 미치니?
셋째	태석이가 나타나봐. 벼락 아닌 지진이 날 테니까!
태석	너희 부모님 그렇게 콘크리트야?

하며 자기 머리를 가리킨다.

전철 소리.

| 셋째 | 메가톤급에도 견디어낼 만큼…. |

전철이 홈에 들어오는 소리.

셋째	그럼 또 봐!
태석	그래, 잘해봐!

셋째가 층계를 오른다. 태석이가 빙그레 웃는다.

S#21 마루와 뜰
며느리가 부엌에서 물그릇을 들고 급히 안방으로 들어간다.

S#22 안방
어머니가 치마를 벗는다.
일용네가 턱을 올려다보고 목마르게 말을 기다린다.

| 일용네 | 그래서 어떻게 됐어요? |

며느리가 물그릇을 들고 들어온다.

며느리   어머니… 물….

어머니   응….

기다렸다는 듯 냉큼 물그릇을 받아 단숨에 꿀꺽꿀꺽 마신다.

어머니   아, 시원해! 정말 우리 집 물맛 하나는 팔도강산에서……. (문득)

               어머…… 할머니는 어디 가셨니?

며느리   주무세요! 점심 드시고 나서는 머리가 가려우시다구 하시기에

               머리 감아드렸더니….

어머니   그래, 잘했다!

일용네   아니… 얘기 좀 해주세요!

어머니   무슨 얘길….

일용네   색시 이뻐요?

며느리   어머니 마음에 드셨어요?

어머니   글쎄….

며느리   예?

어머니   망설이는 게 정말 이상하더라…!

며느리   아니 왜요?

어머니   너희들 결혼 때는 그게 없어서 좋았지. 이런 때는 그 뭐니……

               연애니 교제니 하는 게 편리는 하더라!

며느리   아이 어머님두……. (며느리 수줍어한다)

일용네   맞선이 어때서 이상해요? 속 시원히 얘기 좀 해주세요! 속 타

               죽겠네!

어머니   아니, 일용네가 왜 속이 타요? 속 탈 사람은 바로 나지! 어이구

               참…….

일용네가 무안해서 머리를 슥슥 긁는다.

며느리	왜요?
어머니	글쎄…, 면장 어른께서 혼자서 팥치고 콩치고 어찌나 설치는지 이건 맞선 보는 게 아니라 맹인 씨름 굿 보기지 뭐겠니?
일용네	색시가 맹인이었어요?
어머니	에그…… 저, 저… 촐랑대는 입….
일용네	헤헤…….

모두들 웃는다.

며느리	어머님 마음에 드시던가요?
어머니	글쎄 말 한마디 건네보지도 못하고 저희들끼리 남고, 우린 따로 나와 점심만 먹었는데…… 글쎄, 네 아버지는 그 색시 오라버니 와 술잔이 오가니까 글쎄….

S#23 중국집 방

안주 접시 서너 개에 술잔이 오고 간다. 남자들, 술기가 거나해졌다.

어머니는 한심스럽다는 듯 차 그릇만 집어댔다 놓았다 한다.

면장	이쯤 되면 이제 서로가 사돈 간이 된 거나 다름없으니… 그렇 게 알고 그 벽을 탁 터요! 예… 허허허….
아버지	자, 사돈! 그런 뜻에서 한잔!

아버지가 술잔을 내민다.

어머니의 눈이 접시만큼이나 커진다.

어머니	(마음의 소리) 세상에… 벌써 사돈이라니…….
색시 오빠	예… 제가 사돈께 먼저 잔 올려야 할 텐데… 허허…….
어머니	(마음의 소리) 어머나! 저 양반은 한술 더 뜨시네, 내 참….

술을 따르는 아버지의 얼굴은 마냥 밝다.

아버지	면장 어른께서 말씀 다 하셨으니까 나로서는 별로 드릴 말씀은 없지만… 내 아들놈…… 괜찮을 겁니다.
색시 오빠	저두 그렇게 봤습니다!
아버지	요즘 젊은 애들…… 그 나이면 양복 입고 멋 내고 서울이다 부산이다 하고 대처로만 빠져나가기를 원하겠지만… 그 녀석은 그저 이 애비 궂은일 받들구 흙에 묻혀 살겠다는 그 마음씨가 고마워서요, 네…… 아시다시피 나는 아무것두 없습니다. 그까짓 과수원, 목장, 농장…… 그게 뭐가 대단합니까? 나는 그저 사람은 흙에서 낳아 흙으로 돌아간다는 그 대자연의 이치를….
어머니	여보… 오늘만은 당신의 그 인생철학 강의 삼가세요! 손님들 앞에서…….
아버지	왜, 손님이야? 사돈이지……. 사돈은 한집안이지…… 안 그래요? 허허허….

모두들 웃는다.

아버지	그래서…… 가만, 아까 내가 어디까지 얘기했지, 응?

어머니에게 시선이 가자 신경질 내며,

아버지	당신두 오늘만은 남의 말 가로막는 버릇 삼가줄 수 없소? 얘기

가 헷갈리잖아….

모두들 까르르 웃는다.

S#24 안방

며느리	그럼 얘긴 다 됐네요?
어머니	응?
며느리	아버님께서 이미 사돈 간이라고 단정하셨는데 그 이상 물어보나 마나죠!
일용네	그럼요! 당사자도 당사자지만 양가 어른들의 뜻이 우선 맞아야죠.
어머니	글쎄…….

문득 시무룩해진다. 한숨을 몰아쉰다.

어머니	웬 색시가 그래 처음부터 끝까지 꿀 먹은 벙어리니, 원….
일용네	벙어리예요, 색시가? 저걸 어쩌나…….

어머니와 며느리가 어이없다는 듯 서로 쳐다보다가 웃음을 터뜨린다.

S#25

일용이가 〈도라지〉 노래를 부른다.
자신에 대한 반항심으로 춤까지 추다가 주저앉는다.

일용	(마음의 소리) 제길…… 이렇게 시골에서 썩기에는 아까운 청춘이지…. 둘째가 장가가게 되면 내 꼴은 더 궁상맞을 텐데…….

에이… 어디고 멀리 가버렸으면….

S#26 마당(밤)

며느리, 국 냄비 들고 안방으로 들어간다.

S#27 안방(밤)

어머니와 막내가 지켜보고 있는 가운데서 첫째가 밥상을 받고 있다.

며느리가 국 냄비를 들고 들어온다.

첫째	그럼, 잘되었네요?
어머니	글쎄.
첫째	아버지께서 만족하시면 되었죠.
며느리	그래도 대련님 의사를 물어봐야죠.
어머니	그럼! 뭐니 뭐니 해도 함께 살아갈 사람의 마음이 중하지….
막내	엄마도 알고 보니까 아주 민주적이시네! 호호….
첫째	민주적 하고도 초현대적 민주적이지, 허허…….

멀리서 개가 짖는다. 어머니가 시계를 본다.

어머니	그런데 왜 여태 안 오지?
막내	아빠 말이에요?
어머니	네 작은오빠도 그렇고, 언니도 그렇고…. 에그… 이런 날은 집에 일찍 일찍 들어오지를 않고서……. 그저 집만 나가면 들어올 줄 모르니, 원…….
첫째	들어오겠죠.
막내	작은언니는 늦을걸.
어머니	뭐?

막내	그럴 일이 있다나 봐.
어머니	네가 어떻게 아니?
막내	이심전심! 흠.
어머니	눈치 빨라 좋겠다!

밖에서 아버지의 노랫소리. (〈황성옛터〉)
개가 크게 짖는 소리.

막내	앗, 아버지시다!

모두들 일어나 밖으로 나간다.

어머니	일찍 들어오시면 함께 저녁 먹고 오죽 좋을까…. 이건 또 차리고 또 차리고 집에 있는 여자는 밥상만 차리다가 늙겠네…….

S#28 마루와 뜰(밤)

아버지가 들어온다.

막내	이제 오세요? 아버지!
아버지	오냐.
첫째	맞선 보셨다면서요?

아버지가 걸터앉는다.

아버지	내가 왜 맞선 봐?
첫째	예?
아버지	큰일 날 소리 말어! 네 엄마 귀에 들어가면 큰일 난다.

242

첫째	예?

어머니가 방에서 나온다.

어머니	뭐가 내 귀에 들어오면 큰일 난다고요?
아버지	글쎄, 첫째가 나더러 새장가 들라지 않아?
어머니	예?
첫째	아니, 제가 언제….
아버지	지금 그랬잖아? 나보고 맞선 보고 왔느냐고 안 물었어?

며느리가 어리둥절해진다.

막내	난 들었어요.
아버지	그것 봐! 증인이 있잖아?
어머니	(첫째에게) 무슨 얘기니?
첫째	저… 저는 아버지께서 둘째 맞선 보러 가셨는데….
아버지	그럼, 그렇다고 처음부터 정확하게 얘기해야지…. 네가 언제 애비보고 둘째 맞선 보는 데 갔었냐고 했어? 했어? 허허….
어머니	네 아버지 취하셔도 보통 취하신 게 아니시다.

일동 웃는다.

아버지	여보! 당신 조심해.
어머니	예?
아버지	첫째 말대로 나도 수틀리면 맞선 볼 테니까, 허허.
일동	하하….
며느리	아니… 저기… 누가 오는데요.

모두들 시선을 돌린다.

둘째가 들어온다. 시들한 표정이다.

어머니   둘째, 오니?

둘째   예.

아버지   어떻게 되었어?

둘째   뭐가요?

아버지   맞선 본 결과 보고를 해야지.

첫째   어때? 맞선 소감이…….

둘째   뻔하죠!

첫째   응?

아버지   뻔하다니?

둘째   그렇고 그렇던데요. 한마디로 시시하군요.

어머니   애… 저녁은 안 먹었지?

둘째   먹었어요.

둘째가 자기 방으로 들어간다.

모두들 의아한 표정이다.

S#29 안방

아버지와 어머니가 잠자리를 해놓은 채 자지 못하고 앉아 있다.

어머니   무슨 일이 있었던 게 분명해요.

아버지   일은 무슨…….

어머니   술 마셨어요.

아버지   술?

어머니   술 냄새 못 맡았어요? 허긴 당신이 술통에 들어갔다 나왔으니 그걸 아실 리가 없겠죠.

아버지	이번엔 또 나한테 화살이야?
어머니	글쎄, 무슨 일이 있었는지 알아보겠다는데, 왜 못 물어보게 하세요.
아버지	내버려둬!
어머니	(궁금해 죽겠다)
아버지	처음으로 여자와 맞선을 보고 또 얘기를 나누었으니 제 놈도 여러 가지 느낀 바가 있었을 게 아니야? 그걸 곁에서 왜 그러느냐고 자꾸 캐묻는 건 모자라는 짓이야, 이게···.

하며 자기 머리를 가리킨다.

어머니	하지만, 둘째의 표정이······.
아버지	젠장, 이젠 관상까지 보시는군···. 이럴 땐 아무리 부부라도 모르는 척하는 게 에치켓토*라고!
어머니	에치켓토? 그게 뭐예요?
아버지	그것도 모르면서··· 어서 불이나 끄고 자! 내일 아침이면 활짝 웃는 얼굴로 대할 텐데······ 흐흐···.

S#30 둘째의 방(밤)
둘째가 벽에 기댄 채 담배를 입에 물고 있다.

S#31 안방(밤)
자리에 앉아 있던 어머니가 다시 벌떡 일어난다.

---

* 에티켓(étiquette).

아버지	아니, 또⋯.
어머니	안 되겠어요, 속 시원하게 둘째한테 물어보기 전에는⋯⋯.
아버지	정말 머리가 콘크리트 이상이구면⋯.
어머니	예?

S#32 셋째의 방(밤)

셋째가 전기 스탠드 아래서 일기를 쓰고 있다.

아랫방에는 막내가 책을 읽다가 그대로 잠이 들었다.

셋째	(소리) 부모님께 거짓말을 할 수가 없다. T가 나를 좋아하고 있는 그것을 정식으로 표명하기 위해 단체 여행을 떠나자는 거다. 나도 T가 좋다. 그러나 가족을 속이면서까지 갈 수는 없다. 우리 아빠 엄마만은 속일 수가 없다.

S#33 안방(밤)

어머니, 자켓을 걸친다.

아버지가 벌떡 일어난다.

아버지	내버려두라는데 정말 이러기요?
어머니	걱정이 되어서 견딜 수가 없어요. 맞선을 보고 온 아이의 표정이 그럴 수가 없다구요. 무슨 일이 있어요. 크게 있었을 거예요⋯ 그러니⋯.
둘째	(밖에서) 아버지.
어머니	응?
둘째	(밖에서) 들어가도 괜찮아요?
어머니	둘째냐? 어서 들어와! 어서⋯.

둘째가 들어선다. 와이셔츠 바람이다.

아버지와 어머니가 일제히 쳐다본다.

둘째가 태연스럽게 아랫목 쪽으로 내려와 밑으로 손을 넣어보면서 부러 예사롭게 말한다.

둘째   내일 아침은 기온이 또 영하로 내려간대요. 된서리가 내리겠어
     요. 아궁이에 군불 좀 더 때세요. 감기 드실려고……

아버지와 어머니가 시선을 마주친다.

아버지   둘째야, 무슨 일이 있었니?

둘째   …….

어머니   그 색시 마음에 안 들던? 둘이서 만나서 무슨 얘기 했어? 어디
     속 시원하게 말해봐. 결혼식 날짜는 좀 늦추어 잡자고 했어?

둘째가 아랫목에 넣었던 손을 빼내고는 부모를 바라본다.

둘째   그만두기로 했어요.

아버지·어머니 (크게) 그만둬?

어머니   어째서?

둘째   …….

아버지   마음에 안 들었어?

둘째   아뇨.

어머니   그럼 왜?

둘째   내가 마음에 안 드는 게 아니라 그쪽에서 마음에 안 든대요.

어머니 E   뭐야? 네가 어째서….

둘째   자기는 대학 졸업자가 아니면 싫대요.

어머니	대학 졸업자?
둘째	(쓰게 웃으며) 말하자면 나는 학력 미달이니까 자격에 있어서 실격인 셈이죠.
아버지 E	그럼 왜 맞선을 봤어?
둘째	그건 부모의 의사지, 자기 의사가 아니라나요. 부모가 맞선 보라는데 그것까지 반대할 의사는 없었대요. 그래서 나를 만나 정식으로 자기 의사 표시를 하기 위해서 나왔다더군요. 알고 보면 똑똑하고 암팡진 여자지요.
어머니	(히스테리컬하게) 그게 똑똑한 거냐? 그게 암팡진 거야, 이 자식아! 너는 그런 모욕을 당하고도 그래 그 여자를 똑똑하고 암팡지다고 넉살 좋게… (울음이 울컥) 아니 세상에 내 아들이 어디가 어때서… 제까짓 게… 대학 졸업자? 대학 졸업자 좋아한다! 정말 좋아한다.
아버지	여보!
어머니	안 그래요? 아니 사람의 가치를 대학 졸업하고 안 하고로 따지는 법이… 아니 내 자식이 뭐가….
둘째	(침착하게) 어머니, 세상은 아직도 그 정도에서 머물고 있어요. 그 여자는 자기는 고등학교밖에 안 나왔지만 결혼 상대자는 꼭 대학 졸업자라야만 된다고 마음속으로 굳게 결심하고 있었대요. 그러니까….
어머니	(이성을 잃고) 대학이 밥 먹여준대? 아니 대학만 나와야 사람이야? 대학 나온 며느리 나도 봤고, 대학 나온 아들 나도 봤다.

S#34 첫째의 방(밤)

자다가 일어난 첫째와 며느리.

어머니의 울음 섞인 소리가 뭐라고 들린다.

248

S#35 안방(밤)

어머니	세상에 이런 모욕을 당하고도….
아버지	진정해!
어머니	못해요, 여보! 내일이라도 당장에 그 면장을 오라고 해서 따집시다.
아버지	따지긴 뭘 따져? 저쪽에서 싫다면 그만이지, 관둬!

그 말과 함께 아버지가 라이터를 탁 켜댄다.

어머니	예? 관두다뇨?
둘째	처음부터 없었던 걸로 하는 거죠. 그렇다고 내가 그 여자더러 결혼하자고 애걸복걸하겠어요?
어머니	우리가 입은 마음의 상처는 어떻게 하고…….
둘째	…….
어머니	남에게 궂은일이라고는 해보지 못한 네가…. 그래, 고등학교밖에 안 나왔으니까 결혼 못 하겠다는 그런 계집한테서….
아버지	그만해둬! 그게 무슨 말버릇이야? 우리도 딸이 있어….

S#36 셋째의 방
셋째가 눈을 크게 뜨고 아버지의 목소리에 귀를 기울인다.

S#37 안방

아버지	둘째 말대루 이건 없었던 걸로 해! 흙 속에 깊게 파묻어버려! 그리고 잊어버려! 모든 게 흙 속에 들어가면 세월의 흐름에 따라 삭고 썩고 녹아서 형태도 없어지는 거야.

어머니   분해서 그래요! 억울해서 그래요! 이렇게 착한 내 아들에게 그
　　　　　　런 수모를 당하게 하고…, 윽….

어머니가 둘째를 끌어안으며 그의 머리를 휘젓듯 쓰다듬는다.
둘째는 입술과 눈을 꼭 닫고 있다. 두 눈에서 눈물이 주루루 흘러내린다.

내레이션   금비만 쓰는 농토는 머지않아 농작물이 잘 열리지 않게 된다.
　　　　　　땅에 유기물이 부족해진 탓이다. 그래서 금비보다는 퇴비를 써
　　　　　　야 하고, 생짚과 북데기 등을 논바닥에 깔고 묻어줘야 땅심을
　　　　　　돋굴 수가 있다. 돈과 허영이 날뛰는 이 세상과 인심도 피폐한
　　　　　　농토와 다른 것이 뭔가. 그 땅속에 유기물을 되살리기 위해서
　　　　　　짚북데기*를 파묻듯 우리 인간도 마음속에 짚북데기를 깔아야
　　　　　　한다. 서둘지 말고 착실하게 깔아야 한다.

(F.O.)

---

* 짚북데기. 짚이 아무렇게나 엉킨 북데기.

제8화

첫눈

제8화 첫눈

방송용 대본 | 1980년 12월 9일 방송

· 등장 인물 ·

아버지	최불암
어머니	김혜자
첫째	김용건
며느리	고두심
둘째	유인촌
셋째	김영란
막내	홍성애
일용	박은수
일용네	김수미
친정아버지(며느리의)	최명수
친정어머니(며느리의)	김소원
태석(셋째 친구)	조남석
ext.	

S#1

잎이 지고 앙상한 가지만 남은 가로수의 행렬.

S#2 돈사 앞

돼지들이 앞을 다투며 먹이를 쫓고 있다.

아버지와 둘째, 그리고 일용이 셋이서 돈사 앞에다 짚단으로 바람막이를 만들고 있다.

돼지들.

내레이션   겨우살이는 사람에게만 필요한 게 아니라 가축들에게도 따뜻하고 아늑한 안식처는 마련해줘야 한다. 긴 겨울을 나고 봄이 오기까지 가축에게는 먹이 이상으로 훈훈한 집이 필요하다. 말 못 하는 동물을 키우다 보면 불행한 사태가 벌어졌을 때는 유난히도 가슴이 아리고 쓰릴 때가 있다. 그래서 가축을 키우는 사람은 자기 가족 이상으로 가축의 동태를 알뜰하고 소상하게 살피는 정성과 습관을 지니게 된다. 만사에 미리 준비하고 기다리는 지혜를 터득하게 된다.

S#3 마루와 뜰

일용네가 뜰 한가운데서 연탄불을 살리느라고 애를 먹는다. 연기가 뜰 안에 가득 찼다. 어머니가 방에서 나온다. 반사적으로 연기를 한 손으로 날리고 다른 한 손으로 입을 막는다.

어머니   아니, 웬 연기가… 이렇게….

일용네   연탄불이 꺼졌지 뭐예요?

어머니   에그… 어쩐지 간밤에는 등이 시리다 했더니만…. 요즘 연탄은 왜 그렇게 자주 꺼져요?

일용네   이럴 때 그 낙엽송 한 다발 져다 놓고서 뚝 분질러 아궁이에다 넣고 군불을 지필 수 있다면 오죽 좋아? 에그….

어머니　호랑이 재채기하던 시절 얘긴 그만두고 어서 국이나 끓여요. 첫
　　　　째 출근 늦기 전에….

일용네　국은 진작 끓였어요.

어머니가 비를 들고 토방부터 쓴다. 연기를 삼키고는 기침을 콜록거린다.

일용네　에그… 이 연탄이 농촌으로 들어오면서부터는 편리한 점도 없
　　　　진 않지만 불편한 게 한두 가지가 아니에요….

어머니　누가 아니래요? 세상 살기가 모두 입맛 버리게 눈만 높아져서
　　　　그저 요순시대의 환상에만 사로잡혀 있으니 그게 탈이죠.

일용네　환상이 뭐예요?

어머니　(비아냥거리며) 일용네가 피난 나오기 전 이북에 있을 때 금송아
　　　　지도 있었다는 얘기지….

일용네　그걸 못 믿겠다 이거예요, 그럼?

어머니　이제 와서 믿으면 뭘 하고 안 믿으면 뭘 하겠어요. 저리 가!

어머니가 졸졸 따라 다니는 강아지를 빗자루로 쫓는다.

일용네가 멍하니 허공을 쳐다본다.

감나무 가지에 앉은 까치, 두어 번 울고는 날아간다.

S#4 마당

일용네　고향이 좋았죠…. 어느 세월에 그 고향 땅 밟게 되려는지…
　　　　원…. 남북 통일… 남북 통일 하다가 나는 그 과수원을 영영….

어머니　또 시작이다…. 한때 이북서 내려온 사람 치고 왕년에 못살았
　　　　다는 사람 없더라. 후후….

일용네   그렇지만 나는 정말이라구요.

첫째가 급히 방문을 열고 나온다.

첫째   어머니, 어머니!
어머니   왜?
첫째   이상해요.
어머니   이상하다니?
첫째   배가 아프대요.
어머니   응, 배가?

어머니가 비를 내던지고 첫째 방으로 들어간다.
내던진 빗자루를 맞고 강아지가 깽깽대며 도망을 친다.

S#5 첫째의 방
며느리가 이리저리 몸을 뒤집으며 진통이 서서히 오는 증세를 보이고 있다.
어머니와 첫째가 황급히 들어와 며느리 머리 앞에서 얼굴을 내려다본다.

며느리   (가늘게) 아이고…… 배야… 아이고… 배야… 음?

그녀의 앓는 소리는 묘하게도 음악적이다.

어머니   많이 아파?
며느리   음….
어머니   견딜 만해?
며느리   음….
어머니   어느 쪽인지 분명히 대답을 해야지.

며느리	음….
어머니	(성이 난듯) 어떻게 아프냐구, 응?
첫째	이봐! 대답을 해! 금방 낳을 것 같아?
어머니	얘는 소갈머리 없긴!
첫째	그렇지만….
어머니	그렇지고 두루치고 지금 금방 애기가 나오면 어떻게 하니?
첫째	그렇지만….
어머니	병원까지 가서 입원하고 만반의 준비를 갖춘 다음에 애기가 나와야지… 지금 여기서 불쑥 애기가 나오면 우리더러 어떻게 하느냐구! 너도 이제 서른하나다, 속 차려! 애기 아버지 될 나이면 좀 변하는 게 있어야지! 너는 항상 어린애 같으니, 원….
첫째	어머니는 괜히 신경질이셔!
어머니	그게 왜 괜하냐?
며느리	(아까보다 크게) 아이구… 배야… 아이구… 배!

숨이 뚝 멎는 듯 눈을 크게 뜨고 천장을 쳐다본다.
어머니와 첫째가 긴장한다.

어머니	아가!
첫째	여보!

침묵
하나, 둘, 셋의 사이를 두고 다시 앓기 시작한다. 그러나 앓는 강도는 아까보다 수그러진 것 같다.

며느리	아이고… 음… 음….
어머니	아가…, 못 견디겠으면 자동차라도 불러올까?

며느리	아니에요.
첫째	여보, 사양 말어.
어머니	에게게…, 아니 애기 낳는데도 사양하는 여자가 다 있다던?
첫째	그렇죠…. 이 사람 처지로는….
어머니	처지? 아니 그게 무슨 뜻이냐?
첫째	시어머니 앞에서는 아무래도 조심스럽고, 또….
어머니	또…?
첫째	미안할 거 아니에요? 어머니는 첫 아이 낳으실 때 안 그랬어요?
어머니	옳지… 그러니까 시집에서보다는 친정에서 애기 낳는 게 편할 텐데 그렇지 못해서 섭하다 이거냐?
첫째	그, 그게 아니라요… 저….
며느리	(약하게) 여보… 출근 시간 늦어요…. 어서 가보세요… 응?
첫째	당신이 이렇게 괴로워하는데 어떻게… 내 걱정 말어!
며느리	어서요…. 오늘쯤… 보오나쓰 나올지도… 모른다면서… 어서요.

어머니는 입이 딱 벌어진다.

첫째	정말 괜찮겠어?
며느리	(깊게 숨을 뱉어 쉬고) 아… 이제 좀… 나아요. 어머니… 이제 괜찮아요….
어머니	신통도 하구나.
며느리	예?
어머니	배 안의 애기가 보나스 소리에 조용해지니 신통하잖아? 흠…….
첫째	그놈도 꽤 영리한가 보죠?
어머니	암…, 그 아버지에 그 애기겠지! 후후….

며느리도 기력을 내며 간신히 웃는다.

첫째가 깔깔대고 웃는다.

S#6
아버지와 어머니가 옹달샘에 있다.

빨래 주무르는 어머니, 식칼을 가는 아버지.

| 아버지 | 아니 그럼 친정에 가서 해산토록 하잔 말요? |

아버지   아니 그럼 친정에 가서 해산토록 하잔 말요?

어머니   그 애들 속셈이 그런가 봐요. 불쑥 나온 말이려니 했지만… 곰곰이 생각해 보니까 그것도 일리가 있어요.

아버지   일리라니?

어머니   여긴 방도 그렇고 온 식구가 들락거리며 일들 하는데 새애기 혼자서 아랫목에 누워 있기도 민망할 게고….

아버지   그래서 친정으로 보내자, 이거야?

어머니   당신만 좋으시다면….

아버지의 표정이 약간 경직된다. 어머니는 뭔가 섬뜩해진다.

어머니   아니… 왜 그렇게 보세요?

아버지   (담담하나 오금을 박듯) 그럼 애당초에 왜 시집왔어?

어머니   누가요, 누구 말이에요?

아버지   (소리를 지르며) 누군 누구… 새애기 말이지!

어머니   참, 그거야….

아버지   농촌으로 시집왔으면 집안 안팎이 그러려니 다 알았을 게 아니야? 그런데 이제 와서 애기를 친정에 가서 낳겠다는 게 무슨 심보야?

어머니   심보는요.

| 아버지 | 그럼, 앞으로도 애기 낳을 때마다 친정으로 가겠구면… 흥! |

쭈그리고 앉아서 담배를 꺼내 피운다.

어머니	그게 아니죠. 첫 아이를 낳는데는 아무래도 친정 식구들 옆에 있는 게 허물없고 홀가분하고 그렇죠.
아버지	당신도 그랬어?
어머니	허. (실소를 하며) 이 양반이… 나야 친정이 어딨수?
아버지	그럼, 그 애도 친정이 없다 셈 치고 여기서 해산하라고 해.
어머니	글쎄, 그건 당신 마음이고요… 요즘 애들은 그게 아니에요….
아버지	뭐가 아냐?
어머니	당신은 출가외인인데 무슨 소리냐고 하실 테지만, 역시 첫애는 친정에서, 그것도 친정 부모가 알뜰살뜰 보살펴주는 가운데서 몸을 푸는 게 좋은 법이에요. 게다가 산후조리하는 데도 여기는….
아버지	우리 집이 어때서?
어머니	어수선하잖아요? 불편하고….
아버지	아니, 이 사람이 갑자기……. 당신은 도대체 어느 집 식구야?
어머니	우리 집 식구죠.
아버지	그런데 왜 우리 집을 헐뜯는 거야?
어머니	누가 헐뜯었어요? 산후조리하는 데는 적합지 못하다는 거지…. 당신은 몰라요! 여자가 애 낳고 뜨뜻한 온돌방에 머리 병풍 둘러치고 조용히 뉘 있어야 해요. 갓난애기 숨소리도 들릴 정도로… (한숨) 나는 5남매 낳아 키우면서도 언제 그렇게 느긋하게 조리 한번 한 줄 아세요? 둘째 낳았을 때만 해도 몸 풀고 일주일 만에 일어나서….
아버지	그만해둬! 지나간 얘긴….
어머니	여보, 그렇게 합시다. 우리한테는 첫 손자예요. 귀한 애기 낳는

데 환경 좋아서 뭐 나쁠 게 있어요? 그리고 한두 달쯤 친정에서 조섭하다가 돌아오면 그게 좋잖아요? 사실 말이지 그 애가 안방에 뉘 있어봐요. 우리가 도리어 불편하다구요.

아버지   아니, 그건 또 무슨 얼토당토않은 소리야? 뭐가 불편해?

어머니   산후 수발이 쉬운 줄 아세요? 국밥 끓여… 기저귀 빨아…. 에그, 농사일, 가축일 돌볼 사이도 없게 돼요. 여보, 당신 그래도 괜찮겠어요?

아버지가 돌아본다.

아버지   (마음의 소리) 그건 그렇겠구먼. 들떠서 들쑥날쑥이겠지…. 며늘아인 며늘아이대로 미안할 테고, 이거 어떻게 한다?

아버지가 난처한 듯 일어서서 간다.
웃으며 보는 어머니.

S#7 첫째 방

며느리가 작은 트렁크에다가 갓난아기 옷이며, 기저귀, 우유통 등등… 초산에 필요한 물건을 챙겨 넣고 있다.
어머니가 들어온다.

어머니   다, 챙겼니?

며느리   예….

어머니   잊어버린 것 없나 차근차근 생각해서 챙겨….

며느리   예….

어머니   그런데 너… 예정일이 언제냐? 접때는 이달 그믐께라더니… 또 어제는?

며느리	(수줍어서) 그게… 잘….
어머니	아니 무슨 소리야? 자기가 애기 낳을 날짜 하나 제대로 못 집고서….
며느리	병원에서 그렇게 말하데요….
어머니	병원은 병원이고 너는 너대로….
며느리	음…, 보름은 있어야 할 것 같아요….
어머니	쯧쯧…, 너는 그저 매사가 무사태평이더라. 그런 식으로….

며느리가 웃는다.

어머니	기저귀 베는… 다 삶았지?
며느리	삶아야 하나요?
어머니	아니 그럼, 그대로 쓸 작정이었어? 앤… 정말.

기저귀 베를 들어 냄새를 맡는다.

어머니	비누를 풀어서 푹 삶아야지…. 학교에서 그런 것도 안 배웠어? 소독을 해야지, 소독을….
며느리	새로 사 온 베라서….
어머니	안 된다. 친정에 가거든 그렇게 해.
며느리	예….
어머니	세상에…, 대학교에서는 뭘 배웠냐? 하긴 정미 집 둘째 딸도 대학 가사과 나왔다던데 된장찌개 하나 못 끓인다고 소박맞고 돌아왔더라만.
며느리	저는 잘 끓여요, 그건!
어머니	대학 나왔다는 간판이 중요한 게 아니다. 여자란 집안에 있으면서 직접 손을 놀리고 머리를 쓰고, 그래서 자기가 몸소 해봐야

살림도 늘어! 책에서 읽으니까 된다고 생각 말어⋯. 이제 네가
애기 낳아보면 알 테지만⋯.

첫째   (밖에서) 여보⋯ 여보!

첫째가 들어온다. 손에 장난감 상자를 들었다.

어머니   차, 왔니?

첫째   예. 여보, 이것도 함께 싸요.

며느리   뭐예요?

첫째   애기 장난감⋯.

어머니   장난감?

첫째   오다가 장난감 가게에서 샀어요. 연말 바겐세일이라기에⋯ 좋
         죠? 허허⋯.

어머니   이것아! 갓난애기가 이렇게 큰 장난감을 어떻게 드냐?

첫째   예?

모두들 까르르 웃는다.

S#8

자동차가 서 있다. 아버지, 어머니, 둘째, 일용네, 일용이가 배웅을 하고 있다.
첫째가 짐을 차에 싣는다. 며느리가 인사를 한다.

며느리   그럼, 아버님, 어머님⋯.

아버지   오냐. 어서 올라라.

며느리   예. (차에 오른다)

어머니   몸조심하고⋯ 감기 안 들게⋯.

첫째   그럼, 다녀오겠습니다.

아버지	사돈어른께 안부 말씀 전해! 나두 일간 서울 가면 들리겠노라고.
첫째	예.
어머니	그럼 너마저 함께 있으려구?
며느리	(차창 밖을 향해) 아니에요. 저 데려다주고 곧 올 거예요, 어머님!
어머니	빨리 와! 와서 경과를 얘기해줘야지!
첫째	예.

첫째가 오른다.

둘째가 차 안을 기웃거린다.

둘째	형수! 첫아들 낳아야지, 안 그러면 우리 집에 못 들어옵니다! 이왕이면 쌍둥이 아들 낳으세요.
어머니	이 녀석아, 못 할 소리가 없네!

일동 또 웃는다.

첫째가 손을 창 밖으로 흔들어 보인다.

첫째	다녀오겠습니다!
둘째	건투! 빕니다!
어머니	몸조심해!

차가 부르릉 떠난다. 아슬아슬하게 산모퉁이를 돌아서는 자동차.

둘째와 일용이가 돌아서 간다.

아버지가 돌아서려다가 혼자 그 자리에 선 어머니를 돌아본다. 새가 운다.

아버지	뭘 해? 어서 들어가!

| 어머니 | …….

| 아버지 | 이봐……. 뭘 하고 있어, 응?

아버지가 다가간다. 어머니의 뺨에 눈물이 흘러내리고 있다.

| 아버지 | 아니…… 울긴…….
| 어머니 | ……? 왜 내가 우는지 아세요?
| 아버지 | 대견해서 그러겠지.
| 어머니 | 아뇨!
| 아버지 | 그럼 섭섭해서?
| 어머니 | 허무해서요!
| 아버지 | (또박또박) 허무해서?
| 어머니 | 예…, 자식이 무엇인가 싶어지네요.
| 아버지 | 그건 또 무슨 철학이야?
| 어머니 | 나…… 배운 건 없지만요…… 당신 덕택에 듣고 배운 건 많아
요! 저렇게 둘이서 후루루 떠나가는 걸 보니까 마치…….
| 아버지 | 마치 뭐야?
| 어머니 | 우리 안에 갇혀 있던 가축이 세상 만난 양 뛰어가는 것 같아
요!
| 아버지 | 뭐라구?
| 어머니 | 부모 밑에 있었던 건 임시로 있었던 거예요…… 이제부터가 진
짜 자기들 생활이 시작된다고 뻐기는 것 같아서 괘씸한 생각이
들어요!
| 아버지 | 원, 이랬다저랬다…….

어머니가 손수건으로 눈물을 쓱 닦는다.
아버지는 한 대 얻어맞은 사람마냥 멍하니 서 있다.

어머니	부모…… 자식…… 다 쓸데없다구요. 사람은 결국 내외간이 제 일이에요. 남남끼리 만난 부부인가 봐요.
아버지	허, 당신 알구 보니까 굉장한 철학가로군!
어머니	그러니 나두 당신뿐이라구요.
아버지	맞았어! 나두 당신뿐이야, 업혀!
어머니	망측하게 왜 이래요?
아버지	업히라니깐…….

S#9 길

첫째	장모님이 나 닭 잡아 주실까?
며느리	아파트에 잡을 닭이 어디 있어요? 참.
첫째	그렇네? 서울이 처가면 그게 김샌단 말야! 처가에 가는 맛이 있어야지!
며느리	어이구, 저렇게 자기 대접받을 생각만…….
첫째	여보, 당신 집에 가면 맘대로 엄살부려두 되겠다, 그치?
며느리	아니, 그럼 당신 집에선 엄살만 부렸단 얘기예요?
첫째	아, 아니, 친정이란 그렇게 좋은 것이란 얘기지, 뭐!
며느리	하룻밤 잘 생각하지 말구 바로 내려가세요!
첫째	알았어! 처가는 역시 몇백 리 떨어져 있어야 맛인데……. (밖을 보며) 하, 하여튼 나오니까 기분 난다. 그치?
며느리	옆에 사람이 처녀가 아니라 미안해요.
첫째	그래 맞았어. 허허…….

신나게 달리는 자동차. 마치 신혼여행이라도 가는 듯 마냥 즐거워하는 첫째와 며느리.

S#10 대문 앞

둘째가 담배를 피우고 있다. 일용이가 다가온다.

돼지가 꿀꿀거린다.

일용	왜, 기분이 싱숭생숭해? 흐흐…….
둘째	…….
일용	담배 있어?

둘째가 담배 한 개비를 내준다. 일용이가 받아 문다.

둘째가 피우던 담배를 내밀자 불을 붙인다.

둘째	이상하지?
일용	뭐가?
둘째	부부가 되면 그렇게 대담해질 수 있는 걸까?
일용	무슨 얘기니?
둘째	우리 형하고 형수 말인데……. 살기는 여기서 살고 애기는 친정에 가서 낳구……. 뭔가 너무 계산을 하고 덤비는 것 같아서 말이지!
일용	그럴 수도 있지, 뭐!
둘째	난 아까부터 명랑하게 배웅을 했지만, 쓸쓸해하신 어머니 모습을 보았을 때 결혼이라는 것도 쉬운 일이 아니구나 하는 생각이 들었어!
일용	이 사람! 맞선 한번 보고 나더니만 갑자기 어른이 되었어. 허허허…….
둘째	(한숨) 그래……. 난 늙은이가 되어가는지도 모르지!

S#11 친정 아파트 거실

친정어머니, 친정아버지, 그리고 며느리가 앉아 있다. 며느리는 죄지은 사람처럼 풀이
죽어 있다.

친정어머니   아무리 그렇다기로 보따리 싸가지고 오는 애가 어디 있니?

며느리   누가 보따리 쌌어요, 싸긴? 제가 언제 시집살이 그만두겠다고
            했어요? 어머니도 괜시리.

친정어머니   괜시리가 아니다. 이건 신중히 다루어야 했어!

며느리   예?

친정어머니   모르면 몰라도 이건······. 네 시어머니께서는 본심이 아니었을
            지도 몰라.

며느리   아니란 말이에요! 시어머님께서 우기신 일이란 말예요.

친정아버지   그럼 바깥사돈께서는 반대였다 이거니···?

며느리   꼭 찍어······ 바, 반대는 아니지만······ 어떻든 친정에 가서 해산
            하는 게 좋을 거라고 우기신 건 어머님이었어요! 그러니까 저도
            마음 놓고 왔지······. 제가 뭐 어린앤가요?

친정어머니   마음 놓는 게 잘못이었어!

며느리   예······?

친정어머니   아까는 김 서방 앞이라 조심하느라고 얘길 안 했다만······.

며느리   무슨 얘길요?

친정어머니   설사 시어머니께서 그렇게 우기시더라도 네가 이렇게 오는 게
            아니야!

며느리   ······?

친정아버지   여보, 뭐가 그렇게 복잡해. 날씨가 춥고 또 농가에서는 일이 바
            쁠 테니 조용한 데 가서 해산하랬다는데 그걸 가지고!

친정어머니   그걸 가지고 트집 잡는 건 아니에요!

친정아버지   그럼, 뭐요?

친정어머니   사부인께서 이쪽 마음을 떠보실려구 그러신 거예요!

친정아버지와 며느리가 아연해진다.

며느리   마음을 떠보다뇨?
친정어머니   지난간 얘긴 하고 싶진 않지만 너희들 혼인 때부터 그쪽에서는
            반대였다는 거 기억하니?
며느리   …….
친정어머니   김 서방이 절대로 양보 못 하겠다고 우겼구, 또 우리가 역시 네
            가 좋아지내는 남자라면 어쩔 수 없다고 양보 끝에 결혼했던
            거…… 너 알지?
며느리   …… 알아요!
친정어머니   그렇다면, 네가 좀 더 생각이 깊었어야지……. 시어머님께서 설
            사 그렇게 말씀하시더라도, 아니에요, 저는 불편한 점이 있더라
            도 여기서 낳겠어요, 이렇게 나올 일이지, 그래, 얼씨구 좋다 하
            고 기다렸다는 듯이 나오는 법이 어디 있어? 모르면 몰라도 네
            시어머님께서는 너를 떠나보내고 마음속으로 괘씸하게 여겼을
            게다.
며느리   엄마!
친정어머니   그게 부모의 마음이라는 거다……. 시부모는 시부모대로의 괴
            로움이 있는 법이다.
며느리   알아…. 그럼 저더러 되돌아가라 이건가요?
친정아버지   되돌아가긴?
며느리   분명히 말씀해주세요. 제가 여기 있는 게 거북스럽고 부담이
            되신다면 저 갈래요.
친정어머니   아니……, 내가 언제 부담스럽다고 했니?
며느리   결국은 그 얘기지 뭐예요?

친정어머니	아니, 이 애가…… 정말?
며느리	(자포자기 얼굴로) 예, 저… 눈치도 코치도 없는 맹물 같은 여자예요. 친정어머니 마음도 시어머니 마음도 모르는 쑥 같은 여자니까요!
친정어머니	(크게) 그게 무슨 말버릇이냐!
며느리	엄마! 분명히 말씀해주세요. 저 여기 있어도 되는지 안 되는지부터!
친정어머니	있는 건 백번 좋은데….
며느리	반가워하지도 않는데 제가 왜 여기 있어요?
친정아버지	고만해두어…. 이왕 왔으니 편히 지내다 가거라.
며느리	아니에요. 그렇지 않아요! 우선 엄마부터 눈빛이 다르신데 뭐…?
친정어머니	아니, 얘가 정말….
며느리	글쎄, 알았다구요……. 엄마는 겉으로는 그렇게 말씀하시지만요, 결국은 제가 여기 있게 된다는 게 귀찮은 거라구요. 기저귀 빨래하랴…… 미역국 끓여 대랴, 우유 타 먹이랴……. 저 때문에 바깥출입도 마음대로 못 하실 게고……. 귀찮은 혹이 하나 붙었다고 생각하시겠죠……. 알아요, 저 가겠어요….

며느리가 자리에서 일어선다.

친정어머니	앉아! 너 고작 그렇게밖에 생각이 못 미치니?
며느리	생각이 무슨 소용이에요? 저, 가겠어요.
친정어머니	사돈 간에 서로 조심해야 될 일이 있기 때문이야.
며느리	예?
친정어머니	네가 이대로 돌아가면 우리 체면이 뭐가 되는지도 몰라?
며느리	……?

친정어머니	친정에서 안 받아들여서 쫓겨났습니다, 하고 보고하겠어?
며느리	…….
친정어머니	이것아, 엄마의 마음은 그게 아니야. 결혼 동기는 어찌되었건 한번 출가한 딸이 시부모들의 귀여움을 받고 행복하게 살기를 바라는 마음에서지, 누가?
며느리	아, 고리타분한 얘기 좀 그만둬요. 가면 될 거 아니에요, 가면! 신경질 나게 여러 말씀 마세요! 미치겠네… 정말….
친정어머니	얘… 내 말 들어! 얘!

며느리가 건넌방 도어를 거칠게 여닫고 들어간다.
친정아버지와 친정어머니가 고개를 살래살래 흔든다.

S#12 안방(밤)
어머니, 둘째, 셋째, 막내가 저녁을 먹고 있다.

어머니	네 아버지는 왜 안 오시는지 모르겠다.
둘째	보리 증산 촉진에 관한 회의가 있으시다면서 나가셨어요.
막내	회의 끝나시면 한잔하셔야죠.
어머니	망할 것!

곱게 눈을 흘긴다.
셋째가 숟갈을 놓는다.

어머니	왜, 그만 먹어?
셋째	…….

물 주전자를 들고 물그릇에다 숭늉을 따라 마신다.

어머니	어디 아프니?
셋째	아뇨. 시험공부를 했더니….
막내	흐흐….
어머니	뭐가 우습니?
막내	몰라요, 흠!
어머니	아니?
셋째	너는 뭘 안다고 킬킬대니? 기분 나쁘게.
둘째	사춘기 소녀 아니니? 막내는 젓가락이 쓰러져도 우습고 참새 울음소리만 들어도 슬퍼진단다, 허허….
막내	어머머, 홍! 나도 다 안다고!
셋째	뭘 알아?
막내	언니가 더 잘 알 텐데….
셋째	뭐야?
막내	그렇지만, 나는 입이 무겁거든….
어머니	도대체 무슨 얘기들이냐?
막내	아… 나도 그렇게 될지 모르겠다, 후후.

셋째가 자리에서 일어나 나가버린다.

어머니와 둘째가 쳐다본다.

둘째	애, 무슨 일 있었어?
막내	없었던 것도 아니지.
어머니	응, 뭔데?
막내	남자!
어머니	남자?
막내	대학생.
둘째	친구니?

막내	글쎄, 있잖아요? 며칠 전 전철역 앞에서 언니랑 어떤 남학생이
	심각하게 얘기를 하는 걸 봤거든요.
어머니	심각해?
막내	예, 한마디로 말해서!
어머니	그래?

어머니의 얼굴에 또 한 가닥의 구름이 낀다.

S#13 친정집 거실(밤)

며느리가 전화를 받고 있다.

며느리	응, 나도 그렇게 얘기했는데, 글쎄….

S#14 사무실 일각

첫째가 전화로 통화하고 있다. 이하 컷백으로 진행된다.

첫째	그렇다고 되돌아가면 어떻게 해? 참아야지……. 장모님의 뜻이
	그게 아니라는 걸 알면 되었지, 뭘 그래?
며느리	(울먹거리며) 섭섭하고 억울하단 말이에요. 그런 말 듣기가….
첫째	그렇다고 이제 돌아가면 일은 더 복잡해져…….
며느리	복잡해질 게 뭐가 있어요?
첫째	우리 어머니 성질 몰라서 그래? 왜 되돌아왔는가, 이유가 밝혀
	지는 날에는!
며느리	어머님은 더 좋아하실 테죠. 출가외인이란 말이 뭔지 알았느냐
	고.
첫째	그 반대야!
며느리	반대?

첫째	이쪽에서 가 있으라고 했는데 안 받아들이게 되면 자존심이라는 게 발동하지.
며느리	그럴까?
첫째	그렇지. 의견을 묵살당했다는 모욕감 같은 것 있잖아? 우리 부모님이 어디 사교적인 뜻에서 건성으로 말씀하실 분이야?
며느리	그건 그래요.
첫째	그러니까 아무 소리 말고 있다가 병원으로 가는 거야.
며느리	(넌지시) 그럴까?
첫째	막말로 거기가 남의 집이야?
며느리	하지만….
첫째	이럴 때는 좀 뻔뻔스럽게 굴어봐!
며느리	예?
첫째	장모님께서 가라고 하시더라도, 나는 못 가겠소, 하고 버텨봐! 어때? 흐흐!
며느리	어머머…, 호호.
첫째	그럼 내일 또 걸게. 안녕, 뽀뽀….

S#15 친정 아파트 거실(밤)

저만치서 친정어머니가 주방 쪽에서 약그릇을 들고 온다.

친정어머니	김 서방한테서냐?
며느리	예, 그래요…!
친정어머니	이거 마셔라.
며느리	…?
친정어머니	힘 내라고 인삼 좀 달였다.

며느리가 빤히 쳐다본다.

친정어머니   뭘 보니? 식기 전에 후루루 마셔. 차 대신으로.

친정어머니가 방으로 들어간다.

며느리가 무럭무럭 피어오르는 약그릇을 든다. 빙그레 웃는다.

S#16 안방(밤)

아버지와 어머니가 잠자리에 마주 앉아 있다.

아버지   그게 정말이야?

어머니   막내가 봤다나 봐요. 전철역에서….

아버지   그래?

아버지가 담배를 붙인다.

어머니   어떻게 하죠?

아버지   음….

어머니   제가 물어볼까요?

아버지   내버려둬!

어머니   예?

아버지   당분간 그대로 둬!

어머니   때를 놓치면 어떻게 해요?

아버지   때는 무슨… 때를 봐서 내가 넌지시 얘기할 테니.

어머니   윽박지르지 마세요.

아버지   내가 무슨 힘쓰는 장산가? 윽박지르게.

어머니   그래도 셋째는 유난히도 신경이 예민해서요!

아버지   그래서 요즘… 나를 봐도 전처럼 웃지도 않고 그랬었구나!

어머니   걱정이에요. 한 가지 걱정을 놓았다 하면 또 한 가지… 정말 고개 넘어 고개라더니….

아버지   자식 키우는 집안에 바람 자는 날 없다는 옛이야기 있잖아…….

어머니   에그…, 그러니 난세에는 무자식이 상팔자라고 했지.

자리에 눕는다.

아버지   첫째는 안 왔어?

어머니   처가에서 함께 눌러붙었겠죠? 보나 마나….

아버지   응?

어머니   어째서 같은 부모 밑에서 태어났는데도 첫째와 둘째는 그렇게
                도 모든 게 다른지 모르겠어요.

아버지   다를 수도 있지.

어머니   첫째는 너무 사람이 흐물흐물해서 탈이에요. 그러다가는… 제
                처 치맛자락에… 걸려 넘어지기 십상이지! 에그… 에그….

아버지   무슨 뚱딴지 같은 소리 하는 거야?

어머니   사내답게 제 여편네 휘어잡을 줄도 알고, 때로는 윽박지를 줄도
                알고 해야 아내가 남편 조심할 텐데, 이건… 꼭.

아버지   뭐야? 꼭…….

어머니   글쎄, 어제도 퇴근길에 애기 장난감을 사 왔지 뭐예요. 에그…
                에그… 누굴 닮았어요? 꼭….

아버지   날 두고 하는 소리야?

어머니   눈치 빨라 좋수! 흐흐….

아버지   이거야말로 남편을 속치마로 깔아뭉갤 여잘세.

아버지가 어머니의 허리를 쿡 찌른다.

어머니   (질겁을 하며) 에그…, 그러지 말아요. 거기 다치지 말아요.

아버지	(겁이 나며) 아이 왜?
어머니	며칠 전부터 허리 쓰기가 이상해요.
아버지	다쳤어?
어머니	아뇨… 여보, 좀 주물러주세요.
아버지	(멋쩍어지며) 주물러?
어머니	예… 여기… 좀.

손으로 허리를 가리키며 엎드린다. 아버지, 망설인다.

어머니	어서요.
아버지	음….

아버지가 다가앉아서 어머니의 허리를 천천히 주무르기 시작한다.

어머니	아…, 시원하다….
아버지	내 손이 약손인가? 흐흐.
어머니	그래요.
아버지	이제 늙었다는 증거라구.
어머니	아…, 벌써 늙었다니… 억울해요.
아버지	손자 보면 늙은 게지.
어머니	….
아버지	며늘아이… 별일 없었는지 모르겠군.
어머니	거기 있으면 편할 테죠. 아파트는 24시간 보일러가 들어오니 따뜻하고…, 수도꼭지만 틀면 더운물 콸콸 쏟아지고…, 조용하고 잘되었지요.
아버지	그런데 왜 처음엔 말렸어?
어머니	한번 그래본 거죠.

276

아버지	그래보다니?
어머니	그래야 며늘아이도 시부모 고마워할 줄 알 테니까요. 흠….
아버지	에그… 능청맞긴…, 큰 구렁이가 그 속에 열 마리는 들었겠다. 허허….

S#17 방문(밤)

불 켜진 방. 불이 꺼진다.

S#18 마루와 뜰(밤)

일용네와 어머니가 김장 배추를 다듬고 있다.

일용네	(혼잣소리) 복인이셔, 복인…….
어머니	누구 말요?
일용네	새댁!
어머니	뉘 집 새댁?
일용네	뉘 집은요? 바로 이 댁이지!

어머니가 쳐다본다.

어머니	아닌 밤중에 홍두깨 격으로 무슨 소리유?
일용네	김장하랴, 메주 쑤랴, 한창 바쁠 때에 애기 낳기 위해 편안하게 안방 차지하고 있을 테니 그것도 복이 아니고 뭐겠어요? 흐흐.
어머니	흠…, 무슨 소린가 했네.

까치가 울고 간다.

어머니	왜 소식이 없을까?

제8화 첫눈

일용네	애기 낳는데요?
어머니	글쎄, 예정 날이 언젠지 확실히 모르겠다더니… 이러다가 달 넘기는 게 아닌지 모르겠어.
일용네	기왕에 넘길 바에 해를 넘기죠, 뭐. 이제 얼마 안 있으면 설날 그믐인데…, 헷헤.
어머니	미쳤어? 그럼 애기는 열한 달 만에 낳으란 말요?
일용네	어때요? 기왕에 늦었으니 첫눈이라도 펄펄 내릴 때 첫아들 턱 낳음 오죽 좋아요? <u>흐흐</u>….

어머니가 하늘을 쳐다본다. 흐뭇한 표정이다.

어머니	(마음의 소리) 첫눈? 그래…, 첫눈 내리는 날 첫아들 낳으면 그야 말로 금상첨화겠지.

S#19 다방

셋째가 앉아 있다. 따끈한 커피를 양손으로 감싸쥐고 있다.
태석이가 들어온다.

태석	와 있었군.
셋째	미안해.

태석이 앉는다. 레지가 다가온다.

태석	커피!

레지가 돌아간다. 두 사람 시선이 마주친다.

태석	생각해봤어?
셋째	…….
태석	부모님께 정식으로 말씀드려!
셋째	태석아!
태석	?
셋째	자신 없어.
태석	무슨 뜻이지?
셋째	사전에 부모님 허락 맡고 교제한다는 거….
태석	왜….
셋째	얼핏 듣기에는 당당하고 구김살이 없을 것 같기도 하지만… 그 걸 부모님한테 말씀드리기는… 자신 없어.
태석	그럼 어떻게…?
셋째	이대로가 좋다.
태석	이대로가?
셋째	어때? 우리가 나쁜 짓 하는 건 아닌데….
태석	그래도… 난 숨어서 살아가는 그런 식의 행동… 싫거든! 정정 당당하게 공개적으로 살고 싶어! 유리병 안의 세계를 어디서나 환히 볼 수 있듯이 말이야.

셋째가 쳐다본다.

태석	활짝 트인 시야를 내다보고 싶거든. 그러니까 부모님께 내 자신 을 죄다 털어놓고….
셋째	난 자신 없다니까.
태석	?
셋째	기다려봐.
태석	언제까지?

셋째	몰라!
태석	애매하잖아?
셋째	믿어줘.
태석	왜 안 된다는 거지?
셋째	우리 아버지 너무 놀라시고 실망하실 것 같아서 겁나!
태석	?
셋째	그러고 보면 역시… 나 겁쟁이지? 시골뚜기*고…. 아니야, 어린가 봐. 나이만 먹었지 부모 앞에서는 어린애가 될 수밖에 없잖아? 그러니까 좀 더 어른이 될 때까지 기다려, 응?

(눈으로 말하는)

(눈으로 대답)

S#20 친정 아파트 거실(낮)

창밖에 눈이 내리고 있다. 며느리가 뜨개질을 하고 있다.

친정어머니가 주방에서 나오다가 눈을 발견한다.

친정어머니	어머, 눈이 내린다.

며느리가 돌아본다.

며느리	(웃으며) 곱게도 내리네요.
친정어머니	어쩜 일기예보가 꼭 들어맞는구나. 오후에 눈 또는 비가 내린다더니….
며느리	그러게요.

---

* 시골뜨기.

전화가 울린다. 친정어머니가 받는다.

친정어머니 여보세요? 예, 아, 김 서방? 응… 아무 일 없어… 그래 전화 바꿀
        게. 얘, 전화 받아라. 아직도 애기 안 낳는가 하고 좀이 쑤시는
        모양이다.

며느리가 전화를 바꾼다.

며느리   저예요.

S#21 사무실 일각(눈)
눈이 내리고 있다.

첫째   눈이 내리지? 응… 여기 뭐야… 흠… 그런데 아직 소식 없어?
        응? 웬일이지? 예정일이 벌써 응? 여기 공중전화야… 흐흐…
        그럼! 사무실에서는 이런 전화 걸기가 거북하거든…. 그래서
        공중전화를…. 이봐, 매사는 찬스라고 했는데… 이런 날 애기
        낳으면 멋있잖아. '첫눈 내리는 날 첫 아기를 가진 어느 젊은 부
        부의 수기' 이런 제목의 수필도 좋겠고…, 허허…. (갑자기) 아니,
        여보, 여보! 왜 그래? 응? 배가 아파? 진통이야? 야, 신난다. 내
        곧 간다.

급히 전화를 끊고 뛰어나간다.

S#22 뜰과 마루
눈이 내리고 있다. 방문을 열고 어머니가 눈 내리는 걸 바라보고 있다.
아버지가 눈을 맞으면서 들어선다.

아버지	눈 한번 잘 온다.
어머니	풍년이 들겠어요.
아버지	내년엔 풍년 들어줘야지, 큰일 났어. 전 세계가 흉작에다 식량 난이라는데.

아버지, 마루로 올라온다.

어머니	풍년이 들겠죠.

아버지, 방으로 들어온다.

S#23 방 안

아버지	여보, 나 옷 좀 갈아입어야겠어.
어머니	어디 가시게요?
아버지	음…….
어머니	어딜 가시겠다는 거예요? 눈이 내리는데….
아버지	며늘아이한테….
어머니	예?
아버지	벌써 일주일이 지났잖아?
어머니	…….
아버지	그렇게 며늘아이만 보내놓고 아무도 안 가본다고 사돈한테 트집 잡히겠어. 흐흐…….
어머니	같이 가요.
아버지	응?
어머니	나도 갈래요.
아버지	눈이 내리는데?

어머니	오랜만에 늙은이들끼리 함께 거닐어봅시다. 요즘 애들이 그 데
	이튼가 뭔가 하는… 흐흐.
아버지	이 사람이 갑자기 왜 이래?
어머니	매사가 갑자기 일어나지, 그럼 예고하고 일어나던가요?
아버지	얼씨구!
어머니	농사짓는 거야 미리미리 준비해야 하고, 그래서 때를 기다리는
	거겠지만, 사람살이는 반드시 그렇지만도 않은가 봐요.
아버지	사람살이?
어머니	저렇게 생각지도 않게 눈이 내리듯이 행복도 어느 날 갑자기 오
	고, 기쁜 소식도 불쑥 나타나던걸요. 흠…… .
아버지	(귀엽다는 듯이 양볼을 쥐어준다.)

S#24 병원 복도

첫째가 초조하게 서성거리고 있다. 나무의자에 앉아 담배를 피워 물고 눈을 감는다.

진통을 이겨내려고 안간힘을 쓰는 며느리의 환영이 크게 떠오른다.

S#25 뜰과 마루

나들이 준비를 한 아버지와 어머니가 방에서 나온다.

일용네가 부엌에서 나온다.

일용네	어딜 가시게요?
아버지	데이트.
일용네	네?
아버지	데이트도 몰라요? 데이트.
일용네	알아요, 데이트!
어머니	호호…… .
아버지	허허…… .

어머니	서울에 좀 다녀올게요.
일용네	서울?
어머니	며늘아이도 만나 보고…….
일용네	예…….
아버지	여보, 어서 가…. 돌아올 시간 늦겠어!
어머니	그럼, 집 좀 잘 봐요.
일용네	예, 다녀들 오세요.

S#26

아버지와 어머니가 나란히 앉아 있다. 마냥 흐뭇한 표정이다.

S#27 병실

며느리가 잠들고 있다. 첫째가 조용히 내려다보고 있다. 손끝으로 이마에 헝클어진 머리카락을 걷는다.

며느리가 눈을 뜬다. 희미한 시력에서 차츰 부각되는 첫째의 얼굴.

첫째	(조용히) 수고했어.
며느리	?
첫째	고추야.
며느리	…….
첫째	첫아들이야. 당신 소원대로…….

며느리가 입가에 미소를 억지로 지으며 눈을 감는다. 눈꼬리에서 눈물이 주르륵 흘러내린다.

| 첫째 | 나… 조퇴하고 집에 가야겠어. 아버지, 어머니께 알려드려야지… 응? 다녀올게… 괜찮지? |

며느리가 소리를 죽이며 흐느낀다.

첫째   바보같이 울긴….

손수건을 꺼내서 흘러내리는 눈물을 닦아준다.

S#28 친정 아파트 복도
아버지와 어머니가 가고 있다. 어떤 집 앞에 선다.

아버지   여기지?
어머니   예….
아버지   집에 있을려나?

아버지, 초인종을 누른다.

어머니   이렇게 감옥처럼 꼭꼭 갇힌 데서 어떻게들 살지? 원….
아버지   왜 대답이 없지?

아버지, 또 초인종을 누른다.

어머니   아무도 없나 보죠?
아버지   그래도 며늘아이는 있을 테지…. (말하다 말고) 가만!
어머니   예?

아버지, 계속 초인종을 누른다. 대꾸가 없다.

어머니   여보!

아버지	틀림없어.
어머니	예?
아버지	병원일 게야.
어머니	병원이라뇨?
아버지	육감이라는 게 있거든? 이 시간에 집에 아무도 없다는 게, 그것 도 눈이 내리는데 며늘아이가 나들이 갈 일도 없을 게고…, 안 그래?
어머니	그럼 애길?
아버지	갑시다.
어머니	어딜요?
아버지	병원.
어머니	어느 병원인지 어떻게 알고 가요, 가길?
아버지	관리사무실에 가면 알 수 있을 게 아니야?
어머니	관리사무실?
아버지	아무리 서울 인심이 각박하다지만 이 아파트 주민이 애기를 낳 는데 서로 연락이야 있겠지. 갑시다!

아버지가 억지로 어머니 손목을 이끌고 간다.

S#29 병원

친정아버지와 친정어머니가 며느리를 위로하고 있다.

친정어머니	집에 간다고?
며느리	예, 전화가 없으니 어떻게 해요… 직접 가는 수밖에…….
친정어머니	에그…, 전화도 없이 불편해서 어떻게 살지?
며느리	내년 봄에는 전화선을… 마을까지 끌 수 있대요.
친정어머니	여보, 당신 아는 사람 가운데 없어요? 전화 좀 부탁하게… 사

돈댁에 전화가 있어야지, 무슨 일이 있어도 알릴 길이 없으니
어떻게 해요?

천정아버지   그게 어디 쉬운 일인가? 어디.

노크 소리.

친정어머니   예, 들어오세요.

도어가 열리며 아버지와 어머니가 빵긋이 고개를 내민다.
침대에 누웠던 며느리의 눈이 크게 뜨인다.

며느리   어머!
친정아버지   아니… 사돈 아니시오?

아버지와 어머니가 좋아하며 위로한다. (악수하고 어쩌고 애드리브)

S#30 안방

식구가 모여 있다. 간단한 술상을 차렸다.
어머니가 잔 따라주면 맛있게 한잔 드는 아버지.

일용네   그것 봐요. 내가 뭐랬어요? 첫눈 내리는 날 첫아들 낳을 거라고
              점을 쳤죠. 훗훗.
어머니   그래요! 영락없이 점을 쳤고말고요.
아버지   그럼 복채 돈 냈어?
어머니   복채 돈?
아버지   점을 쳤으면 복채 돈을 내야지.
첫째   그건 제가 내죠.

주머니에서 돈을 꺼낸다.

일용네	아니에요, 아니에요.
아버지	그럼, 내 술 한잔 받지요?
일용네	술? 글쎄요… 마셔도 될까요?
아버지	암요. 자… 오늘 같은 날은 마셔요, 자!

아버지가 잔을 건네고 술을 따른다.

일용네	에그… 제가 이거… 죄송해서… 원… 흣흣….
둘째	그것 드시고 한 곡 빼세요.
일용네	예?
어머니	빼다니?
둘째	노래 솜씨가 보통 아니시거든요.
어머니	그래? 너는 언제 들었기에? 난 한 번도?
일용네	언젠가 내가 복숭아 밭에서 부르던 걸 엿듣고서….
아버지	그럼 한 곡 뽑아요. 우리 첫 손자를 위해서도. 자, 쭉 드시고.
일용네	그럽시다. 그래요. 첫눈 내렸으니 내년 농사 풍년 들기 빌면서.
	(마신다)

일용네가 목청을 가다듬고 노래를 한다. 모두들 손뼉 박자를 맞춘다. 마냥 화평스럽다.
아버지가 방문을 연다.

S#31 마루(눈)
눈이 내린다.

아버지	잘도 온다.

내레이션 첫눈이 내리는 날도 무턱대고 즐거운 건, 어른 아이 가릴 것 없다. 소리 없이 내리는 눈에 사람은 기를 쓰며 악을 지른다. 소리 없이 덮어가는 눈에 이미 내년 봄에 움틀 새 장면이 잉태된 대자연 앞에서 우리는 무조건 경건해진다. 아, 어디서 내리는 눈인가? 어디서 찾아드는 행복인가? 아내의 말대로 인생살이는 소리 없이 불쑥 찾아드는 것이 사실일지 모른다. 겨울이 오고 봄이 오는 것도, 슬픔이 가고 웃음이 찾아오는 것도 사실은 모두가 그렇게 시작된다!

어머니, 나와서 남편을 채근해서 함께 들어간다.

(F.O.)

흙 소리

제9화 흙 소리

방송용 대본 | 1980년 12월 16일 방송

· 등장 인물 ·

아버지	최불암
어머니	김혜자
첫째	김용건
며느리	고두심
둘째	유인촌
셋째	김영란
막내	홍성애
일용	박은수
일용네	김수미
사위	박광남
맏딸	엄유신
시어머니 (맏딸의)	김석옥
친정어머니 (며느리의)	김소원

S#1 안방

아버지가 콧노래를 흥얼대며 거울 앞에서 면도를 하고 있다.

브러시에 비누 거품을 묻혀 코 밑과 턱에 칠하려다가 섬찟 놀란 듯 거울 속의 얼굴을 주시한다.

내레이션　　어느새 흰 수염이 났다. 60을 바라보는 나이에 머리가 희어지고 눈가에 잔주름이 잡힌다는 건 예사롭게 받아들여지지만, 턱 밑에 흰 수염이 났다는 사실은 늙어가는 사람에게 있어서는 하나의 충격이다. 귀 밑에 내리는 흰 서리는 못 막는다는 옛 시인의 시구가 생각난다. 사람이 다른 일은 막을 수 있어도 나이 먹는 일만은 막을 수 없다는 얘기가 오늘 아침따라 새삼 폐부를 찌른다. 늙기 전에 뭔가 이루어놔야지, 늙을수록 부지런히 일을 해야지… (사이) 어느 날 아침 갑자기 자기 나이를 의식한 이 조그마한 놀라움은 사람에게 소중한 교훈을 준다.

아버지는 비누 거품을 턱 밑에 범벅 칠한 다음 면도칼로 밀어댄다.

S#2 마루와 뜰

어머니와 일용네가 당근, 쪽파, 참깨, 오이 등등을 마루 위에다 펴놓고 각기 종이에다 싼다.

일용네　　이렇게 여러 가지를 싸서 뭘 하신대요?

어머니　　(불편스럽게) 서울 가지고 가신대요.

일용네　　서울요?

어머니　　오늘 방송국에서 무슨 좌담회가 있으신데…, 거기 가신 김에 사돈네 집이며 딸한테 갖다주시겠대요.

일용네　　회장님이 방송에 나오세요?

어머니	예.
일용네	아이구, 재미있으시겠네, 호호….
어머니	세상에… 서울서는 야채 구경도 못 하는 건지 원….
일용네	야채는 서울이 더 흔하고 싸다던데요. 우리 일용이가 그러던데…. 그 남대문시장이며 경동시장엘 가면 없는 게 없다네요. 처녀, 총각, 그것만 빼놓고요…. 호호….
어머니	호호… 미쳤어! 일용네도….

아버지가 방에서 나온다. 와이셔츠에 넥타이를 매고 말쑥하게 차렸다.

아버지	다 쌌소?
어머니	네… 이거면 되겠어요?

마루 위에 자질구레하게 작은 보따리가 널려 있다.

아버지	아니, 이걸 어떻게 가져가라고…?
어머니	당신이 싸라고 하셨잖아요? (보따리를 가리키며) 이건 당근, 이건 쪽파, 이건 참깨…, 그리고 이건….
아버지	누가 가짓수를 말했어?
어머니	그럼 뭐예요?
아버지	가지고 가기 편하게 싸줘야지. 이 꾸러미를 어떻게 혼자서 들고 가는가 말이지…, 젠장.
어머니	그럼 어떻게 해요? 안 가지고 가시면 되잖아요?
일용네	서울에도 당근 많이 있대요, 회장님!
아버지	그것과 이것과는 달라요. 물건 질이 달라!
어머니	(비아냥거리듯) 예! 이건 인분을 안 주고서 재배한 자연 농작물이라 이거죠?

아버지	그렇지! 서울 시장에 나오는 야채…, 그거 비리고 싱거워서 못 먹는다고! 그러나 이 야채는 청정재배한 거라 달보드레하고 감칠맛이 있어요. 먹어봐! 다른가, 안 다른가!

아버지가 당근 하나를 쭉 분질러 아삭아삭 깨문다.

아버지	이 맛을 서울 사람들이 알아야지.
어머니	당신은 알아서 좋으시겠우!
아버지	좋지 않구! 대자연 속에서 흙을 상대로 살아가는 농군은 이 맛에 살지, 허허….
어머니	어이구, 또 시작이시다….
아버지	요즘 그 무슨 통조림이니 라면이니 과자니 하는 것들… 그건 독예요, 독!
일용네	어머나 저를 어째, 독?
아버지	그게 다 보기 좋게 그럴싸하게 만들었지만, 말짱 인공조미료에다가 방부제들 넣어서 만든 음식들이에요.
어머니	글쎄, 인스턴트 음식 안 사 먹는 집은 대한민국에서 우리 집뿐이니, 좋겠어요? 그런데 남들은 그걸 다 사 먹고도 잘도 삽데다. 독을 먹고도 오래들만 사는데 어떻게 해요?
아버지	그럼 당신은 이 자연식품보다 그 인공식품이 더 좋다 이거요?
어머니	좋고 나쁘고가 문제인가요?
아버지	그럼 뭐가 문제야?
어머니	생각해보세요. 모처럼 찾아가는 사돈네 집에…, 글쎄 암소 갈비짝은 못 가져갈망정… 글쎄… 이런 채소 다발을 가지고 가다니 원…. 아니, 막말로 당신은 남자니까 괜찮지요. 하지만 그쪽에서 나를 뭘로 보시겠어요, 예? 농촌 구석에서 흙이나 파먹고 사는 터라 역시 별수 없군! 하고 콧방귀만 쿵쿵 뀡길 텐데…. 에

그, 당신은 그래 자존심도 없으세요, 예?

아버지가 잠시 멍하니 아내 얼굴을 내려다본다.

어머니   사위도 그렇죠. 하다못해 씨암탉이라도 한 마리 가지고 가서
              몸 보하라고 해야 할 텐데, 이건…. 아무튼 이건요, 당신 혼자서
              만 좋아라 하시지 말고, 사위도 사돈네도 탐탁하게 여기지 않
              을 테니 두고 보세요.

아버지   말 다했어?

어머니   예?

아버지   그럼, 우리 농장에서 생산되는 야채가 나쁘다는 거요?

어머니   누가 나쁘댔어요?

아버지   그럼, 깨끗하게 재배해서 영양가가 듬뿍 든 이 신선한 야채를
              사돈네며 아이들한테 가져다준다는 게 뭐가 그렇게 못마땅해?

어머니   체면치레가 안 되었단 말이에요.

아버지   체면? 이것 봐! 멋 내려다가 얼어 죽고 체면 차리려다가 굶어 죽
              었다는 얘기도 몰라?

어머니   (신경질적으로) 에그… 좋으실 대로 하시구려. 말로 쳐 가시든 섬
              으로 지고 가시든.

아버지   저… 저… 저런….

일용네가 킬킬댄다.

어머니   뭐가 우스워요? 어서 가서 메주콩이나 담가요!

일용네가 눈치를 보며 부엌으로 들어간다.

아버지	이걸… 어떻게 가져간다지? 음….

까치가 운다.

둘째가 돈사 쪽에서 바구니를 들고 나온다.

둘째	아버지, 벌써 가시게요?
아버지	둘째야!
둘째	예?
아버지	이거… 어떻게 가져가는 방법 없겠니?
둘째	아니, 이게 뭐예요?
아버지	영양가 많고 신선한 자연식품이란다!
둘째	방송국에서 가지고 오시래요?
아버지	아니야. 네 누나며 사돈댁한테 갖다주려고 쌌어! 그런데 네 엄마는 암소 갈비짝 안 사 간다고 저렇게 익모초에다 꼬들배기 섞어 먹은 쌍이란다. 허허….
어머니	에그… 못 살아….
둘째	헛허…. 어머니, 서울 사람들은 이런 야채도 좋아할 거예요.
아버지	둘째야… 그렇지? 여보… 둘째 얘기 들었지… 응? 속 모르면 낮잠이나 자, 이 양반아….

아버지가 어머니 코를 잡는다. 어머니가 질겁을 한다.

한바탕 웃음바다가 터진다.

둘째	아버지, 좋은 수가 있어요.
아버지	응?
둘째	륙색에다가 넣어가지고 가세요.
아버지	륙색크?

둘째	예, 제 방에 있어요. 작년 가을 등산할 때 한번 쓰고 그대로 넣어둔….
아버지	좋았어!
어머니	얘는 아버지가 그걸 어떻게 지고 가시니.
아버지	염려 마. 나는 체면도 모르고 염치도 모르니까… 헛허…. 둘째야, 너 그 륙색크 꺼내다가 이거 챙겨…. 난 옷 입고 나와야겠다.
둘째	예.

아버지가 방으로 들어간다. 어머니가 흘겨본다.

둘째가 웃음을 참으며 제 방으로 들어간다.

S#3 과수원 입구

경운기가 놓여 있다. 일용이가 올라타고 있다.

저만치 아버지, 어머니, 둘째가 내려온다. 아버지는 신사복에다가 륙색을 짊어져서, 한마디로 꼴불견 차림이다.

어머니와 둘째가 웃으면서 뒤를 따른다.

아버지	뭐가 우습다고 그래, 응?
어머니	꼭… 꼭….
둘째	파장에 돌아가는 약장수 같아요.

일동 까르르 웃는다.

아버지	이 자식이… 헛허…. 그래도 이 안에 금은보화보다 더 소중한 것이 들어 있어.
일용	회장님, 그 짐 일루 주세요.
아버지	응? 그래!

아버지가 룩색을 벗어 건네자 일용이가 받아 올린다.

어머니	그럼 언제 오세요?

어머니　　그럼 언제 오세요?

아버지　　오늘 방송국 좌담이 끝나면… 며늘아이 큰애 집에 들렀다가 그
　　　　　렇게 되면… 늦겠지?

어머니　　약주 드시지 말고 오세요.

아버지　　알았어…. 그 얘기를 내가 김 서방한테 해주고 싶은걸.

어머니　　여보!

아버지　　응?

어머니　　입 조심하세요.

아버지　　…?

어머니　　방송국에서 좌담하실 때 너무 입바른 소리 마시라고요.

아버지　　뭐라고?

둘째　　　어때요? 농민 대표들을 모아서 정부 측에다 대고 농촌의 실정
　　　　　을 얘기하는 좌담인데. 아버지, 속 시원하게 탁 터놓고 말씀하
　　　　　세요.

어머니　　이 애는… 정말.

아버지　　알았어… 알았어….

아버지가 경운기에 오른다.

어머니　　알았다 알았다 하시지 말고 그저 적당히 하세요.

아버지　　알았어…, 헛허… (일용에게) 가자.

일용　　　네.

둘째　　　아버지, 오늘 밤 일곱 시 이십 분 프로죠?

아버지　　그래…. 집에서들 봐! 아버지가 일대 열변을 토할 테니, 헛허….

둘째　　　다녀오세요!

어머니	약주 많이 하지 마세요!

경운기가 털털거리며 움직인다. 아스라이 멀어지는 경운기.

S#4 시골길

경운기가 간다. 아버지와 일용이가 유쾌하게 웃는다.

농부가 저만치서 오다가 꾸벅 절을 한다.

농부	김 회장님, 어디 가세요?
아버지	(손을 흔들며) 서울 가네.
농부	살펴 가세요.
아버지	오늘 밤 텔레비전 보게…. 내 얼굴 나올 테니… 헛허….
농부	예….

S#5 맏딸 아파트

사위가 출근 준비를 하느라 넥타이를 매고 있다.

맏딸이 손수건을 접어서 준다.

맏딸	어떡하죠?
사위	뭘…?
맏딸	어젯밤에 그 일.
사위	응?
맏딸	당신이 취중에 얘기라 잊었군요.
사위	글쎄, 무슨 얘긴데?
맏딸	올케가 애기 낳는데 한번 들러봐야잖아요?
사위	가면 되지, 뭐가 그게….
맏딸	에게게….

사위	이제 두이레 지났지?
맏딸	세이레예요.
사위	벌써?
맏딸	그러니 빈손으로 갈 수도 없잖아요?
사위	꼭 뭘 사가지고 가야 하나?
맏딸	에그…, 정말 당신은 그저 술 마시는 일 말고는 아는 일이라곤 없으니… 한심스럽구려.
사위	못 살겠으면 갈아보지! 훗흐….
맏딸	뵈기 싫어!

맏딸이 팔을 꼬집는다.

사위	아얏!
시어머니	(소리) 아침 안 먹니?
사위	예, 나가요!
맏딸	여보, 어머니께 여쭈어봐요.
사위	당신이 여쭈어보지.
맏딸	친정 식구 일인데 제가 어떻게 먼저 입을 열어요?
사위	어때? 자, 밥이나 먹고 출근이나 하고.

사위가 먼저 나간다. 맏딸이 따라나선다.

S#6 동 식당

시어머니가 식탁에 먼저 앉아 신문을 보고 있다.

사위와 맏딸이 마주 앉는다.

사위	어머니, 먼저 드시지 그러세요.

시어머니	……
맏딸	어머님, 드세요.
시어머니	그래.

시어머니가 신문을 놓고 기도를 한다. 수저를 들려다 말고 두 사람도 따라 고개를 숙인다.

시어머니의 태도는 차가우면서도 위엄이 있어 보인다.

시어머니가 고개를 들고 숟갈을 든다.

시어머니	올케가 아들을 낳았다면서?
맏딸	예? 예.
시어머니	벌써 세이렛째가 됐겠구나.

맏딸과 사위가 놀라는 눈빛이다.

사위	어머니께서도 아시고 계셨군요?
시어머니	그럼, 몰랐으면 좋았겠니?
사위	……
시어머니	집안이 잘되어나가려면 그런 일을 잘 처리해나가야 한다.
맏딸	예?
시어머니	집안이 잘되고 못되고는 안에서 일하기에 매달렸어! 형제끼리 우애하고 대소가가 화목하는 것도 바깥사람보다 안식구끼리 서로 양해하고 돕고 살아야 해. 요즘 젊은 주부들 한심스럽더라.
맏딸	예?
시어머니	그저 신문이나 방송에서 무슨 바겐세일 소식만 나오면 몸살 날 지경으로 부지런히 쫓아다니는 게 알뜰살림하는 걸로 착각하는데, 살림이란 그게 아닌데 왜들 그러는지 모르겠더라…. 너는

아예 그런 데 가까이 가지 말아.

맏딸	예…. 안 가요.
사위	이 사람은 애기 옷도 손수 실을 사다가 뜨는걸요, 훗흐….
시어머니	그렇다고 그게 네 술값 대주기 위해서는 아니다!
사위	예?

맏딸이 고소하다는 듯 눈을 힐끔해 보인다.

시어머니	그래, 뭘 사 가기로 했지?
맏딸	예?
시어머니	올케한테 말이다.
맏딸	예…. 실은 그것 때문에… 어머님께 말씀드리고….
시어머니	아예 그 무슨 베비복이니 뭐니 하는 그런 것 사 가지 말아.
사위	그게 간편하고 좋지 않아요?
시어머니	간편해? 아니 손수 만들어 입힌다면서?
사위	그건 그거고, 이건 선사하는 건데….
시어머니	글쎄, 그게 다 틀렸어. 애기란 엄마의 사랑으로 키우는 거다. 편리하게 키우는 게 아니라, 정성으로 키워야지.
사위	그럼, 뭐가 좋겠어요? 어머니 생각으로는….

시어머니가 비로소 아들과 며느리를 바라본다. 분위기가 어딘지 숙연해진다.

맏딸	(마음의 소리) 아니, 이 깔끔하기로 이름난 어른이 또 무슨 말씀을 하시려고 이러실까?
시어머니	내 생각으로는 말이다….
사위	말씀하세요.
시어머니	작은 화분을 선물로 해.

사위	(놀라움) 작은….
맏딸	화분이라고요?
시어머니	그것도 될 수 있으면 잣나무라든가 솔 같은 상록수로….

사위와 맏딸이 의아해한다.

시어머니	그 애기의 생명과 함께 자라날 수 있으면 좋지. 작은 나무일수록 더 좋지. 엄마가 그 화분을 애지중지 키워낼 수 있다면 그걸로 되는 거야. 만약에 그 화분을 말라죽게 하는 어머니라면… 할 말도 없지만…. 나무도 생명체니까! 생명은 아무리 작은 것일지라도 소중히 알아야 해! 그걸 모르는 사람은 자식 키울 자격도 없느니라.

S#7 방송국 스튜디오

아버지를 위시해서 서너 명의 연사가 원탁에 둘러앉아 있다. 카메라가 이리저리 이동된다.

사회	그러니까 김 선생님께서는 그 작은 생명을 정성 들여 키워나가는 끈기와 인내가 바로 농민이 지녀야 할 마음가짐이라는 뜻이겠군요?
아버지	그렇지요. 그리고 아무리 작은 사랑일지라도 그건 보다 큰 사랑으로 키워내야 한다는 결의를 가져야 합니다. 인간의 역사는 자연을 정복해나온 역사라고 하지만, 나는 이제부터는 자연에서 다시 배우는 역사를 부르짖고 싶습니다. 예….
사회	자연에서 배우는 역사요? 그것 참 뜻깊은 얘기군요. 좀 더 구체적으로 말씀해주시겠어요?

철새가 떼 지어 날아간다. 물고기가 노는 맑은 물. 정성 들여 묘목을 심는 손.

내레이션   그렇다. 그것은 곧 사랑이다. 자연계에 증오가 어디 있으며, 복수가 어디 있는가. 탐욕이 어디 있으며, 모함이 어디 있는가. 모든 게 말 없는 가운데 질서를 지키고, 그리고 아름다움을 이룩한다. 인간 사회의 새 질병은 바로 그것들을 파괴한 독소들이다. 작은 사랑을 모르고 큰 욕망에만 눈을 돌리는 인간의 교만일 거다.

S#8 부엌

솥에서 김이 무럭무럭 나고 있다. 일용네가 아궁이에다 솔가지를 태우며 불을 피우고 있다.

어머니가 들어선다.

어머니   콩 다 물렀어요?
일용네   한 번 더 부글 끓여야 할 것 같아요.
어머니   어디 봐요.

어머니가 솥뚜껑을 열고 숟갈로 메주콩을 떠서 입에 넣고 깨문다.

어머니   잘 물렀어요. 불 지피지 말아요.
일용네   네.

일용네가 아궁이를 들여다본다.

어머니   메주를 쑤어서 찧을 일이 걱정이네.
일용네   작년처럼 저희 방에 또 매달아요.

어머니	에그, 우린 언제나 이 메주 안 띄우고 살 수 있을지…. 글쎄, 개량 메주를 시장에서 사다 쓰려고 해도 결사반대시니. 원…, 무슨 고집이 그러는지.
일용네	헤헤, 속으로는 좋으시면서.
어머니	좋아요?
일용네	김 회장만 한 어른 눈 씻고 봐도 없어요.
어머니	뭐라구요?
일용네	에그, 나는 그저 청상과부로 늙다 보니까 남자라고는 잘 모르지만서두… 울 김 회장 같은 영감이라면야….

말하다 말고 어머니와 시선이 마주치자 쑥스러운 웃음에서 폭소로 변한다.

S#9 방송국 스튜디오

사회	그럼 끝으로 농민을 대표해서 정부나 당국에 대해서 요망 사항이 있으시면 해주실까요?
아버지	할 얘기가 많습죠. 밤하늘에 별 아니라 바닷가의 모래알보다 더 많아요. 그러나 이 자리에서 그걸 다 말씀드릴 순 없고….
어머니	(환청으로 들리는 소리) 입조심해요.
사회	말씀하세요. 이건 김 회장 개인의 의견이라기보다는 전체 농민의 요망이라고 생각하는데요.
어머니	(환청) 제발 말조심하시라구요.
아버지	네, 몇 가지만 결론부터 말씀드리자면, 첫째로 농정을 맡아보는 어르신네들… 제발 그 통계 숫자 좀 제대로 정확하게 보고해주십시오. 그리고 둘째는 제때에 언제든지 헐값으로 비료를 쓸 수 있게 해주실 것과, 그리고 끝으로 가마니, 새끼 등… 고통 분담과 소득 증대 사업의 일환으로 생산된 농산물을 백 퍼센트 정

부에서 매입해주셔야 합니다. 그래야 농민들이 살죠…. 농민이 잘살아야 나라가 잘사는 것 아닙니까, 예? 그동안 우리 농민들 피 많이 흘렸습니다. 이제 새 시대 새 물결의 역사가 시작되는 이 시기이니만큼 대통령 각하, 그리고 정부 고관님들, 정말 부탁 드립니다! 자연엔 거짓이 없습니다! 농민도 거짓말 모릅니다.

S#10 안방

어머니, 첫째, 둘째, 셋째, 막내가 둘러앉아 TV를 보고 있다. 아버지의 열변을 듣고 있다. 이윽고 끝 멘트가 나온다.

어머니	저 양반 입조심하라니까….
둘째	어때요, 저게 못 할 말인가요? 막내야, TV 꺼!

막내가 TV를 끈다.

어머니	글쎄 너희 아버지는 어디 가시나 저렇게 함부로….
둘째	어머니, 저런 이야긴 해야 해요. 이젠 세상이 달라졌다고요. 농민의 어려움을 솔직하게 얘기해서 정부 고위층이나 국민들이 알아야 한다구요.
첫째	아버진 용감하셔요.
어머니	저게 용감한 거냐?
첫째	그럼요! 세상엔 아무렇지도 않은 일을 가지고 지레 겁을 먹고 말하기를 꺼려하지만, 우리 아버지는 당당하게 말씀하시니 용감하시잖아요?
둘째	사실예요. 지금은 시대가 달라요! 올바르게 얘기하고 올바르게 받아들여야죠.
어머니	나는 모르겠다… 혹시 네 아버지 약주 드신 거 아니니?

막내	아무러면… 방송하시면서 약주 드셨을까? 엄마는….
어머니	아니다! 네 아버진 약주 드시면 저렇게 용기가 나시거든! 이 일을 어쩐다지, 응? 아유 난 못 산다니까, 못 살아!

모두들 깔깔 웃는다.

S#11 아파트 단지

초저녁, 자동차에서 아버지가 내린다. 룩색을 짊어졌다.

아버지가 아파트 안으로 들어간다.

S#12 관리실 앞

수위가 내다본다.

아버지가 그대로 들어가려 하자 부른다.

수위	저 좀 보세요! 저 좀….
아버지	예?

수위가 문을 열고 나온다. 아버지를 훑어본다.

수위	어디 가시오?
아버지	예?
수위	이 아파트에 사시는 건 아니죠?
아버지	예.
수위	그런데 어떻게 해서?
아버지	사돈댁에 가요.
수위	사돈?
아버지	잘못되었소?

수위	몇 호인데요?
아버지	가만있어요.

주머니에서 쪽지를 꺼내서 본다.

아버지	1407호. 왜, 뭐가 잘못되었소?
수위	아, 아니오. 그런데 이게 뭐요?

하며 룩색을 쿡쿡 찌른다. 아버지, 휘청거린다.

아버지	아니, 이 양반이….
수위	위험물은 아니겠죠?
아버지	위험물이라니?
수위	폭발물은 아니죠?
아버지	이봐요, 신선한 야채가 무슨 위험물이란 말요? 젠장! 개 눈에는 뭐밖에는 안 뵌다더니, 이 양반은 어디서 터진 것만 보고 살았나?

아버지가 엘리베이터로 들어간다.
수위가 한 대 맞은 듯 멍하니 서 있다.

S#13 며느리의 친정 아파트
중산층 아파트의 거실. 며느리가 음악을 들으며 뜨개질을 하고 있다.
초인종이 울린다. 친정어머니가 나오다가 선다.

친정어머니	아버지신가 봐!

현관 쪽으로 간다.

친정어머니   당신이우?

아버지   (소리) 저올시다!

친정어머니   예? 아니 누구실까?

친정어머니가 문을 연다. 륙색을 짊어진 아버지.

친정어머니   에그머니!

아버지   안녕하셨어요? 흐흐.

며느리가 깜짝 놀라 일어난다. 라디오 스위치를 끈다.

아버지   저를 잘 몰라보시는군요, 사부인?

친정어머니   어머! 이 일을 어째. (며느리에게) 얘! 얘!

며느리   아버님 웬일이세요?

며느리가 뛰어온다.

아버지   응, 잘 있었어?

며느리   네, 그런데 어떻게?

아버지   응? 응! 그저 왔지… 흐흐……. 사돈 어른은 아직?

며느리   올라오세요……. 안 계세요.

아버지   아, 아니다.

친정어머니   어서 올라오세요.

아버지   예, 애기 잘 크지? 사실은…… 애기 얼굴 보고 싶어서 왔다…….
           허허…….

며느리	제 방으로 가셔요.
친정어머니	(눈짓을 하며) 얘, 얘!
며느리	예?
친정어머니	나 좀 보자.

친정어머니가 주방 쪽으로 간다.

며느리	아버님 잠깐만요.
아버지	오냐, 어서 가봐. 음.

며느리가 주방으로 들어간다.

S#14 동 식당

친정어머니	아니, 애기 방에 그렇게 아무나 드나들게 하면 되니?
며느리	예?
친정어머니	세이레 가기 전에는 금해야 해! 옛날 같으면 금줄 치고 얼씬도 못 하게 할 판인데…… .
며느리	그럼, 어떻게 해요?
친정어머니	잠들고 있으니 나중에 오셔서 보시라고 해라! 농촌에서 들일이며 막일을 하셔서 좋지 않은 균을 묻히면 어떻게 하려고… 안 그래?
며느리	예?

S#15 거실
아버지가 륙색에서 야채를 꺼내다가 무심코 흘러나오는 얘기를 듣는다.

S#16 주방

친정어머니　갓난아기는 병균에 약하다는 걸 모르니? 더구나 네 시아버님
　　　　　은… 가축두 만지고 흙두 만지고…….

며느리　　　괜찮아요.

친정어머니　글쎄, 이건 모두가 애기를 위해서다. 아니, 내가 뭐 잘살자는 거
　　　　　냐? 주의해서 나쁠 게 뭐냐?

며느리　　　안 만지면 되잖아요? 아버님도 그 정도의 상식은 있으세요. 염
　　　　　려 마세요. (며느리가 나간다)

친정어머니　아니…… 저 애는…….

S#17 거실

아버지가 야채를 한 아름 내놓고는 룩색을 닫는다.

며느리　　　아버님, 뭘 이렇게 많이 가져오셨어요?

아버지　　　시골이라 뭐 있어야지……. 야채를 가져왔다만…….

며느리　　　어머, 당근!

며느리가 옷에 문질러서 쑥 꺾는다.

친정어머니가 나온다.

며느리　　　엄마! 농장에서 가져오신 거래요. 맛있어요. 자, 잡숴보세요.

아버지　　　(빈정대듯) 어쩜, 그 야채에두 균이 있는지도 모른다.

며느리　　　예?

아버지　　　허지만…… 균이라는 게 그렇게 무서울 건 못 돼요. 위생 관념
　　　　　이 강하다는 건 좋지만 겁낼 필요는 없지! 그런 걱정하는 서울
　　　　　사람들, 그 지저분한 식당 음식은 어떻게 먹는지 모르겠더라,

	허허허……. (륙색을 집어 든다)
며느리	어머나, 가시게요?
아버지	응, 다음 가볼 곳이 있어서…….
며느리	애기 얼굴 안 보시구요?
아버지	세이레쯤 지나서가 좋지 않을까?
며느리	예?
아버지	그때는 나두 목욕하구 전신 소독에다가 마스크 끼고 올 테니
	염려 마라…….
친정어머니	아니…… 예…. 이렇게 가서서 어떡하죠? 섭섭해요!
아버지	섭섭하기는 피차일반입니다. 예… 그럼.

아버지가 뒤도 안 돌아보고 나간다.

며느리가 도어를 닫고는 그대로 등 돌아서 있다.

친정어머니	얘, 왜 그러고 있어? 감기 걸려, 어서 들어가!

며느리가 여전히 그대로 서 있다.

친정어머니	응? 왜 그래?
며느리	아버님께서…… 다 들으셨을 거예요. 그러니까…… 이렇게…
	가셨단 말예요. 엄마는 왜 그런 경솔한… 애길 하시는가 말예
	요.
친정어머니	아니, 이 애가…….
며느리	몰라요! 난 몰라…….

며느리가 급히 자기 방으로 뛰어 들어간다.

친정어머니가 멍청히 서 있다.

친정어머니   아니, 내가 뭘 어쨌다는 거야, 내가? 내 참!

S#18 맏딸의 아파트 거실

아버지, 시어머니, 사위, 그리고 맏딸이 둘러앉아 있다.

차 탁자 위에 야채가 쌓여 있다. 맏딸이 당근을 쑥 문질러 깨문다.

아버지   애! 병균이 묻었어.

맏딸   죽어두 좋아요. 흠…….

아버지   옛끼 놈! 허허…….

시어머니   아니에요! 도시 사람들은 이런 신선한 야채를 알 까닭이 없지
            요.

아버지   예?

시어머니   요즘 시장에 나도는 야채는 뭔 일인지 옛날 그 맛이 아니에요.
            쑥갓, 상추만 해도 자라기는 잘 자랐는데 글쎄 그 향기가 없잖
            겠어요?

사위   그래요! 대포집에서 먹는 꼬막이며 조개도 그 구수한 향기가
            없어요!

맏딸   양식종은 모두가 그렇다나 봐요.

아버지   맞았어! 그게 바로 문제지!

맏딸   오랜만에 아버지 비위에 맞는 얘길 했군요. 호호…….

사위   무슨 소릴 하는 거야! 저는 이래 봬도 말씀이에요, 어딜 가나
            장인어른 자랑 많이 합니다! 허허.

아버지   뭐라구 자랑을 했어?

사위   자연에 사는 어른이라고요! 그저 일 년 열두 달 해가 지고 달이
            떠도 (시를 읊는 듯) 새소리…… 바람 소리…… 물소리…… 벌레
            소리… 그 소리가 좋아서 흙을 사랑하시고 흙에 묻혀서 사시는
            자연의 아들……이시라고! 허허.

아버지가 무슨 생각에 잠기는 듯 허공을 쳐다보며 중얼거린다.

아버지	지금 뭐라구 했지? 다시 한번 말해보게!
사위	예?
아버지	새소리…….
사위	바람 소리… 물소리….
아버지	벌레 소리…… 그 소리가 좋아서…….
사위	흙을 사랑하시고 흙에 묻혀서 사시는…….
아버지	(크게) 됐다!

하면서 사위의 어깨를 탁 친다. 사위가 깜짝 놀란다.

사위	왜 그러세요, 장인어른?
맏딸	아버지, 무슨 일이세요?
아버지	나 부탁이 있다!
사위	예?
아버지	아니, 이건 유언이다.
맏딸	유언?
아버지	만약에 내가 죽게 되면 말이다.
맏딸	아버지두 참!
아버지	아니야! 내가 죽고 나면 내 무덤에다 비석 세워주겠지?
사위	그럼요! 비석이 문제겠어요? 검은 오석으로 비석 세우고 상 만들고 무덤 둘레에다 대리석으로 성곽 쌓듯….
아버지	이 사람아……, 그건 돈만 있구 골 빈 친구들의 호화 분묘야!
사위	그럼 뭐가 소원이세요? 제가 죄다 해드릴 테니까요.
아버지	그 묘비에다가 뭐라구 한마디 새겨야잖겠어? 그렇지?
사위	말하자면 비문 말씀인가요?

아버지	그렇지! 비문! 그걸 자네에게 부탁하겠는데.
맏딸	이이는 문학적 소질이라고는 없어요…. 아버지, 그건 도리어 제가….
아버지	아니다, 있다! 내가 보기엔….
맏딸	이이는 독서라고는 아침에 화장실에 들어앉아 헌 잡지 읽는 게 고작이라구요.

일동 웃는다.

시어머니	네가 친정아버지 앞에서 남편을 도맷값으로 후려치기냐?

일동 다시 웃는다.

아버지	그게 아니고, 그 묘비문을 아까 그걸로 정해라.
사위	그거라뇨?
아버지	(천천히) "새소리… 바람 소리… 물소리… 벌레 소리… 그 소리가 좋아 흙에서 살다 흙 속에 묻히다…." 이렇게.

사위는 놀라고 맏딸은 눈물이 글썽해진다.
시어머니는 지그시 눈을 감는다.

아버지	멋지다……. 이게 시지! 문학이 따로 없다…. 솔직하고 진실하면 그게 곧 문학이지, 안 그래?
맏딸	흑…… 흑…….
아버지	울긴….
사위	장인어른….
아버지	오늘은 내가 한턱 쏘겠다!

사위	예?
아버지	(시어머니에게) 사부인, 오늘은 제가 사위하고 마주 앉아 술 한 잔 할 테니까 양해하세요.
시어머니	그, 그렇지만 우리 집엔….
아버지	술이 없으세요? 그럼, 나가죠…. 이봐, 따라나와!
사위	그렇지만…….
맏딸	아버지….
아버지	…… 장인이 사위한테 술 산다는데 무슨… 말이 많아? 자, 일어나! 자, 가자… 허허….

모두들 어리둥절해한다.

S#19 포장마차 집
아버지와 사위가 나란히 앉아서 소주를 마신다. 아버지는 마냥 유쾌하기만 하다.

S#20 안방
어머니가 옷을 꿰매다가 시계를 쳐다본다. 아홉 시가 지났다.
아랫목에 이불이 무덤처럼 솟아 있다. 청국장을 앉힌 것이다.
셋째가 들어온다.

어머니	셋째냐?

셋째가 아랫목에 이불 속으로 다리를 뻗어 넣는다.

어머니	조심해! 청국장 항아리다.

셋째가 우울한 표정이다. 어머니가 물어본다.

어머니	시험 다 끝났니?
셋째	응….
어머니	그럼 방학이야?
셋째	…….
어머니	에그… 그 대학…… 등록금 아까워서 다니겠니…? 1년이면 며칠이나 공부하는지…… 비싼 등록금 바치고서….
셋째	엄마….
어머니	…?
셋째	저, 있잖아요… 엄마…….
어머니	응?
셋째	내 생일날 친구들 오라고 해도 되겠어요?
어머니	그래, 몇이나?
셋째	넷.
어머니	농사짓는 집이라 누추하지만 햅쌀밥에 닭이나 잡고 하면 되겠지. 오라고 그래…. 술 마실 것도 아니고….
셋째	그런데, 있잖아요.
어머니	요즘 아이들, 그 소리 좀 안 할 수 없니?
셋째	예?
어머니	말끝마다 "있잖아요, 있잖아요" 하는데 그게 어디서 온 말버릇이니?
셋째	음…….
어머니	웃을 일 아니다……. 너도 이제 졸업하면 시집가야 할 텐데…… 시집가서도 시부모 앞에서 '있잖아요 타령' 할 테냐?
셋째	시집가면 다르죠.
어머니	어떻게?
셋째	다 그렇게 돼요…. 언니 보세요. 얼마나 알뜰살뜰 살림 잘하고…… 아, 나도 시집이나 갈까부다…….

어머니	응?
셋째	흠….
어머니	지금 뭐라고 했니?
셋째	시집가면 안 되나요?

어머니가 빤히 들여다본다.

셋째	엄마.
어머니	셋째야!
셋째	…….
어머니	너 혹시… 남자 친구… 데려오겠다는 거 아니냐?
셋째	(가볍게) 예, 그래요.
어머니	(질려서) 뭐라구?
셋째	어차피 한번은 인사드려야 할 친구이고, 또…….
어머니	사귄 지 오래되었어?
셋째	예.
어머니	그럼, 그 얘기가 역시….
셋째	예?
어머니	그래, 아니 땐 굴뚝에 연기 안 나지….
셋째	무슨 얘기예요?
어머니	그 얘기 취소다!
셋째	예?
어머니	남자 친구 초대하는 거 말이다.
셋째	왜요?
어머니	아버지한테 허락받고 나서 해!
셋째	엄마! 우린 그런 사이가 아니란 말이에요!
어머니	그런 사이라니?

셋째	괜히 놀러 다니고 하는….
어머니	그럼 일하러 다니니? 여학생이 남학생하고 전철 타고 다니고 다방에서 노닥거리고….
셋째	엄마! 누구한테 무슨 얘기 들으셨어요?
어머니	들었다. 왜 잘못되었니?

셋째가 손등을 내려다본다.

어머니	부모는…… 과년한 딸자식 가진 부모 마음은 항상 살얼음판 위를 걷는 기분이다. 집에 있어도 걱정, 밖에 있어도 걱정……. 그런데 너희들은 그저 저절로 자라서 세상에 무서울 것 없는 양으로 버티고 뻐기는데……, 난 그런 것 못 봐!
셋째	제가 뭘 어쨌게요? 엄마두 괜시리…….
어머니	괜시리가 아니야. 세상이 달라졌다고 우길 테지만…… 여자가 남자를 불러들인다는 거…… 난 이해가 안 간다.
셋째	그건 엄마가….
어머니	봉건적이다, 이 말이지? 그래 난 봉건적이다…. 일제 말기에 여학교 나왔고, 농사꾼한테 시집와서 농사만 짓고 살았으니 아는 게 없지…… 배운 것도 없고……. 하지만…… 남자와 여자는 달라….
셋째	뭐가 달라요? 저도 신중히 생각한 끝에 작정한 일이란 말이에요.
어머니	신중히?
셋째	예….
어머니	무슨 뜻이지?
셋째	…….
어머니	설마 너….

셋째	엄마랑 아빠랑 좋으시다면….
어머니	결혼하겠다, 이거니?

셋째는 대답 대신 고개를 푹 숙여 무릎에다 떨군다.

어머니	세상에…… 대학이 좋긴 좋구나….
셋째	큰오빠도 언니하고 연애결혼 했잖아요! 그건 왜 허락하셨어요?
어머니	뭣이?
셋째	그게 바로 봉건 잔재죠.
어머니	그거라니?
셋째	아들에겐 관대하고 딸에게는…….
어머니	듣기 싫다!
셋째	다를 게 뭐예요? 제가 태석이와 사귄 것도 진지했고, 조심스러웠고, 그래서 생각을 한 거예요. 오래전부터 그런 뜻을 비췄지만 저도 진실성이 얼마나 있는 남자인가 하고…….

어머니는 셋째의 얼굴을 돌아본다. 유난히 어른스러워 보인다.

어머니	(마음의 소리) 아니, 이 애가 언제 이렇게 어른이 되었다지? 말하는 것 보게…. 어느새 이렇게 자라서 에미 앞에서 당당하게….
셋째	물론 아버지한테도 정식으로 허락 맡겠어요. 그렇지만….
어머니	허락 안 하시면 어떻게 하겠어? 응?
셋째	생각해봐야죠.
어머니	…?
셋째	남자 친구도 집에 못 데려오게 하는 부모라고 한다면 아마 저쪽에서 더 분개할 거예요.

셋째가 불쑥 자리에서 일어난다.

셋째   그렇지만 허락을 맡게 될 테니 두고 보세요. 우리가 얼마나 진
              실한 사이인가를 아시게 될 테니까.

셋째가 마루로 나간다. 어머니가 허공을 쳐다본다.

S#21 마루와 뜰
셋째가 뜰로 내려선다. 밤하늘을 쳐다본다. 멀리서 개가 짖는다.
돈사 쪽으로 서서히 간다.

S#22 돈사 앞
둘째가 돼지 움막을 짚으로 덮어주고 있다. 돼지가 꿀꿀댄다.
인기척에 돌아본다.

둘째   왜 여기 나왔어?
셋째   그저…….

일을 계속하며,

둘째   내일 새벽은 영하 7도라는구나…. 올 들어 가장 추운 날씨라잖
              아…. 그래서 짚단을 깔고 있는 거야! 돼지들도 추위를 탈 테니
              까, 이만하면 되겠지.

둘째가 손을 턴다. 셋째와 시선이 마주친다.

셋째   오빠!

둘째	응?
셋째	행복해?
둘째	난데없이.
셋째	역시 남자로 태어나야 행복할 거야.
둘째	(농으로) 난 다시 태어난다면 여자 쪽을 택하겠어.
셋째	왜요?
둘째	남자를 놀려주게! 헛허…….
셋째	그게 쉬운 줄 아세요?
둘째	너 오늘 밤 좀 이상하구나? 응? 무슨 일 있었니?
셋째	요즘 늘 이래요….
둘째	?
셋째	졸업하면 취직할 일도 걱정이고, 또….
둘째	결혼도 걱정되겠지.
셋째	예?
둘째	네 얼굴에 씌어 있다. 그렇게! 헛허.
셋째	오빠?
둘째	응?
셋째	한 가지 부탁이 있어요. 들어주시겠어요?
둘째	무슨 부탁이?
셋째	제 편이 되어줘요, 예? 부탁이에요.

S#23 안방

아버지가 밥상을 물리친다.

아버지	아…, 잘 먹었다.
어머니	에그… 어디서 사흘씩이나 굶다가 오신 양반 같구먼…. 흠….

아버지가 숭늉을 마신다.

어머니   그래, 사돈이 저녁 잡숫고 가라는 말도 안 해요?

아버지   웅? 웅? 내가 사양했어!

어머니   사위는요?

아버지   글쎄 내가 그 친구 술버릇 고쳐주려고 한잔 샀다니깐… 훗흐….

어머니   사위하고 둘이서요?

아버지   응.

어머니   세상에… 정말 요순시대에 태평성대가 겹쳤구랴! 장인하고 사
          위가 대작을 하셨다니?

아버지   그런데 알고 보니 그 친구… 괜찮아. 암…, 사람이 되었더구먼!

어머니   에그…, 보아하니 술값은 사위가 낸 모양이구랴?

아버지   무슨 소리? 내가 치렀다구!

어머니   무슨 돈이 있어서요?

아버지   방송국에서 출연 사례 주더군!

어머니   출연 사례요?

아버지   응, 2만 원.

어머니   그래, 그 2만 원으로 사위하고 홀짝하셨단 말이에요?

아버지   기분 좋았지! 헛허….

어머니   에그, 돈 2만 원 있으면 나는 어디다 쓸지 모르겠는데!

아버지   참, 텔레비전에 나온 거 봤지?

어머니   봤어요!

아버지   어째, 잘 나왔어? 탤런트 같아? 훗흐….

어머니   글쎄 말조심하시라고 그렇게 빌다시피 했는데 왜 그러세요?

아버지   내가 못 할 말이라도 했단 말이야?

어머니   옳은 말이라도 그렇죠.

아버지   누가 나를 잡아간대? (크게) 아니 우리 농민들의 고충을 솔직하

	게 털어놓으라고 해서 말했는데 뭐가 나빠!
어머니	제발 소리 좀 지르지 말아요! 한밤중에….
아버지	아니, 이 사람도 그 누굴 닮았나? 그저 남편을 이렇게 못 믿어워하니 원! 내가 무슨 위험물이야? 폭발물이야?
어머니	아니 난데없이 폭발물은 또 무슨? 정말 이이가 서울 나들이 한번 하시더니 기고만장이시네!
아버지	그래도 남편이 모처럼 텔레비전에 나가서 얘길 하고 돌아왔으면, 고분고분히 얼마나 수고했냐고 이렇게 말할 일이지….
어머니	아이구, 간질간질하게 나는 그런 아양 못 떨어요! 늙어가는 마당에 내가 영감 앞에서 아양 떨게 되었남….

어머니가 밥상을 들고 나간다.

아버지	저 사람은 그저… 그저….

개가 크게 짖는다.

S#24 마루와 뜰
순경이 자전거를 타고 들어선다.

어머니	누구세요?
순경	실례합시다.
어머니	네, 어디서?
순경	네, 지서에서 나왔습니다. (경례를 한다)
어머니	지, 지서?
순경	네, 김 회장님 들어오셨죠?
어머니	예, 자, 잠깐만….

어머니가 밥상을 급히 내려놓고 방으로 들어간다.

S#25 방 안

어머니	여보, 여보!
아버지	왜 이래?
어머니	(숨을 죽이며) 큰일 났어요! 그러기에 제가 뭐라고 했던가요, 예?
아버지	응?
어머니	지서에서 나왔대요. 당신 잡으러 나왔어요.
아버지	지서에서?
어머니	그것 봐요. 내가 입조심, 말조심하라고 했더니만… 아이구, 큰일 났구먼.
아버지	쓸데없는 소릴.

아버지가 저고리를 걸치고 나간다.

어머니	여보! 나가지 말아요.
아버지	이 사람이.

아버지가 뿌리치고 나간다.

S#26 마루와 뜰

아버지	아이고…, 이거 윤 순경 아니세요?
순경	안녕하세요?
아버지	웬일이세요? 이 밤중에….
순경	축하합니다. 헛허….

아버지   예?

S#27 방 안
어리둥절해하는 어머니.

S#28 마루와 뜰

순경   초저녁에 텔레비전에서 말씀하신 거 잘 봤습니다. 아주 속 시원하게 잘 말씀하셨어요.

아버지   예? 텔레비전을 보셨군요.

순경   그럼요. 나도 농촌에서 태어났고 농촌에서 근무하고 있기 때문에, 이를테면 농민이나 다름없어요. 그러니 아주 공감이 가더군요.

아버지   헛허…, 부끄럽습니다.

순경   그래 집에 들어가는 길에 인사나 여쭙고 가려고 이렇게 밤 늦게….

아버지   아, 아니올시다. 잠깐 오르시죠.

순경   아닙니다… 난… 이만.

아버지   글쎄, 올라오세요. 일부러 여기까지 찾아주셨는데… 그럴 수가 있나요? 자 올라오세요. 잠깐만… 자.

순경   그럼, 잠깐만 실례할까요.

아버지가 순경 손을 끌다시피 하며 방으로 들어간다.

S#29 방 안
아버지와 순경이 들어서자 어머니가 반사적으로 일어나 구석으로 피한다.

순경	실례합니다.
어머니	예? 예….
아버지	여보! 뭘 그렇게 꿰다 놓은 보릿자루처럼 서 있어요? 어서 나가서 술상 차려 와요.
순경	술상은요, 무슨….
아버지	아니에요. 안주는 없어도 돼. 그 시원한 동치미에다 술 한잔 합시다.
순경	그, 그런 뜻에서 온 게 아니라, 난….
아버지	글쎄 근무시간 끝나셨는데 어때요? 경찰관도 시민들하고 자주 접촉하셔야 민심을 파악할 수 있는 법이에요. 자, 앉으세요.

순경이 앉는다.
어머니는 아직도 영문을 모르겠다는 듯 멍하니 서 있다.

아버지	여보! 술상!
어머니	예… 예.

어머니가 급히 방문을 열고 나온다.

S#30 마루와 뜰

어머니가 밥상을 들고 나온다. 방에서 웃음소리가 터져 나온다.
둘째가 나온다.

둘째	누가 오셨어요?
어머니	지서에서 나오셨단다.
둘째	지서에서요?
어머니	네 아버지 잡으러 온 줄 알았는데, 도리어 술상을 차리라니

원…. 난 뭐가 뭔지 모르겠다!

어머니가 부엌으로 들어간다. 방에서 웃음소리가 또 터진다.

둘째가 의아한 시선으로 바라본다.

S#31 비닐하우스

아버지가 옹기종이 고개를 쳐든 묘목에다 물을 주고 있다.

내레이션   세상은 정성을 들여서 살아가야 한다. 아무리 작은 것일지라도
             정성을 쏟으면 그것은 크게 자라난다. 제대로 버려둔 게 크게
             자라는 걸 본 일이라고는 없다. 그런데 어째서 사람들은 그 작
             은 사랑을 쏟기를 꺼리고 있는지 모른다. 처음부터 다 자라서
             태어난 생명이 어디 있었던가. 작은 사랑을 쏟지 않고 크게 자
             라는 사랑은 이 세상에는 없다. 그래서 농군은 그 작은 사랑을
             쏟는 일부터 배우게 된다. 씨앗에서 움이 트듯, 자식도 사업도
             그렇게 키우며 살아간다.

(F.O.)

제10화

천생 연분

제10화 천생연분

방송용 대본 | 1981년 1월 6일 방송

·등장 인물·

할머니	정애란
아버지	최불암
어머니	김혜자
첫째	김용건
며느리	고두심
둘째	유인촌
셋째	김영란
막내	홍성애
사위	박광남
맏딸	엄유신
이모(70세)	지계순
일용	박은수
일용네	김수미
노승(50대)	백인철
양로원 원장(50대)	
직원(30대)	박경순
소녀(7, 8세)	
아낙(30대)	

S#1 눈 덮인 들판

때때옷을 입은 여자아이들이 즐겁게 뛰어간다.

S#2 언덕 위

설옷 차림의 소년들이 연을 날리고 있다.

창공에 유유히 떠 있는 연의 한가로운 율동.

S#3 돈사

돼지가 먹이를 먹고 있다.

S#4 축사 안

아버지가 소장을 둘러보고 있다. 여전히 작업복 차림에 장화를 신었다.

여물을 느릿느릿 깨무는 소의 우직한 입과 눈망울.

내레이션   새해가 밝았다. 해가 바뀐다는 건 부자에게나 가난한 자에게나 등차가 있을 수 없다. 비나 눈이 천지에 고루 내린 듯, 새해의 밝은 햇빛도 산과 들과 도시와 농촌과, 그리고 모든 사람의 가슴에 뿌듯한 생각을 담뿍 안겨준다. 그러나 이 말 못 하는 짐승들은 그걸 알 리 없으련만 새해의 밝은빛 속에서는 그 눈동자가 유난히도 정답기만 하다. 아니다. 그렇게 보는 사람의 마음가짐에서일 게다. 그래서 세상을 밝게 보려들면 인생이 그지없이 유쾌하고, 슬프게 보려들면 무한정 비관스럽기만 한 게 인생이다. 그런데 모두가 밝게 보려들지 않고 슬프게만 보려든다. 두 번 다시 오지 않는 이 시간이라는 배를 타고 가면서 왜 삶이 비참하기만을 바라는지 모르겠다. 아니다. 새해만은 모두가 복 받고 기쁘게 살아가기를 바랄 뿐이다.

밖에서 어머니가 부르는 소리.

어머니   (소리) 여보, 어디 계세요?

아버지가 얼굴을 든다.

어머니   (소리) 소장에 계세요?

아버지가 밖으로 나온다.

S#5 축사 밖
오늘따라 화사한 한복 차림에 띠로 허리를 질끈 맨 어머니가 오고 있다.

아버지   왜 그래?
어머니   어서 손 씻고 옷 갈아입으셔야죠. 애들 다 모였어요.
아버지   모이긴…….
어머니   당신 생신 축하한다고 아들딸 사위가 안방에 진을 치고 기다리
          고 있다니깐……. 어서요.
아버지   생일 축하는 무슨…….
어머니   글쎄, 오늘만은 아무 소리 마시고 아이들 하자는 대로 하세요.
          서울 애들도 저녁 차로 올라가야 한대요. 내일부터 회사 출근
          해야 하니까……. 갑시다!

어머니가 아버지 등을 밀다시피 한다. 아버지가 못 이기는 척 떠밀려 간다.

S#6 부엌
일용네가 오늘만은 새하얀 앞치마를 둘러 입고서 전을 부치고 있다. 그러나 쉴 새 없이

입으로 전 조각을 나르고 있다.

며느리	그만 좀 먹어요. 상 차리기에 모자라요.
일용네	음식 간을 보는 게지 누가 먹어? 원 새댁도…….
며느리	전 부칠 때마다 간을 봐요?
일용네	봐서 나쁠 건 또 뭐유? 오늘은 특별한 날이니까 음식도 정성들여 만들자는 게지…….
며느리	정성이 지나치면 먹세*가 돼요! 호호.

일용네가 전 한볼테기를 입에 넣다가 눈을 크게 뜬다.

| 일용네 | 먹세? 그게 좋지! 호호….|

어머니가 들어온다.

어머니	헛웃음 좀 작작 웃고 어서 서둘러! 아버지 들어오셨다.
며느리	예.
어머니	상은 세 개 봐야지?
며느리	둘이면 되겠어요.
어머니	비좁지 않아?
며느리	꼭 맞아요. 할머니가 아버지 상으로 가시면…….
어머니	그래?

S#7 마루와 뜰

아버지가 손을 씻고 있다. 방에서 윷놀이하는 소리며 웃음소리가 요란하다.

---

* 먹보.

아버지가 일어나 수건에 손을 씻으며 마루로 온다.

섬돌이며 토방에 즐비하게 늘어놓은 구두, 여자 고무신의 행렬.

아버지   아이쿠…… 많이도 모였다! 헛허….

어머니가 부엌에서 나온다.

아버지가 안방으로 들어가려고 하자 어머니가 떠민다.

어머니   첫째 방으로 가세요.

아버지   거긴 왜?

어머니   당신 옷 그 방에 갖다 놨어요. 안방엔 애들이 잔뜩 모여 있는데
             거기서 옷 갈아입을 순 없잖아요.

아버지   왜, 내 육체미가 어때서? 헛헛……

어머니   주책 그만 떠시고 어서 옷 갈아입고 나오세요. 상 곧 드릴 테니
             까.

아버지   알았어.

아버지가 첫째 방으로 들어간다. 어머니가 다시 부엌으로 들어간다.

안방에서 "모야!" 하는 환호성과 웃음소리가 터져 나온다.

S#8 안방

첫째, 둘째, 셋째, 막내, 맏딸, 사위, 그리고 일용이가 남녀 팀으로 나뉘어 앉아 윷판을 벌이고 있다.

윗목에 교자상 두 개가 마련되어 있다.

사위가 윷짝을 손아귀에 넣고 입김을 훅훅 불어넣으며 능청을 떤다.

둘째와 일용이는 양복 차림이고, 나머지는 한복 차림이다.

사위	천신 지신 식신님 더도 말고 둘도 말고 도로 잡고 걸로 들어
	서…….
맏딸	빨리, 빨리 해요!
첫째	방해 말아!
셋째	지연작전 쓰시게요?
둘째	이 한 판에 우리 운명이 걸려 있지…….

사위가 허공에다 윷짝을 던진다. 방바닥에 떨어진다. 도다!
남자 편은 환호성을, 여자 편은 입을 삐죽거린다.
둘째가 말을 쓴다.

둘째	(노래하듯) 왔구나, 왔어…. 배뱅이가 왔어…. 허허.

두 개의 말을 제치고 한 개의 말을 놓는다.

사위	이제 걸만 나오면 되는 거지?
일용	걸도 좋고 모도 좋고 무엇이든 좋지요!

사위가 아까와 똑같은 식으로 주문을 외운다.

맏딸	에그, 듣기 싫어요! 빨랑 빨랑 던져요.
사위	(놀리듯) 여보, 여보, 거북님. 신경 쓰지 마시와요. 빨랑 하건 천
	천히 하건 그건 내 맘에 달렸으니깐두루…. 후후.
막내	형부는 무당굿 하시라면 잘하시겠어!
사위	무당굿이 아니라 박수굿이다!
셋째	남자라면 좀 묵직하고 근엄하게 놀아보시지.
사위	아이고…. 처제의 장차 신랑은 연자방아 맷돌만큼이나 묵직할

	것이고… 허허….
맏딸	빨리 던져요. 남자가 무슨 사설이 저리도 많으실까…. 내 참!
사위	신경질 낸다고 되시나! 운다고 옛사랑이 오시는감? 허허.

모두들 깔깔댄다.

아버지가 방문을 연다. 마고자에 바지 차림이 아주 딴사람 같다.

아버지	다들 모였구나, 후후.

모두들 아버지를 돌아본다.

셋째	어머…, 우리 아버지 멋있어!
막내	정말!

셋째와 막내가 일어나 아버지를 양쪽에서 부축하듯 모신다.

사위	아니 윷 안 돌리기예요, 처제?
셋째	작전상 다음으로 미뤄요.
첫째	이것들, 전세가 불리하니까 부러 지연작전인가?

어머니와 며느리가 음식 접시를 들고 들어선다.

어머니	그래 윷놀이는 이따가 해! 음식 식기 전에 먹어야지. 자!
사위	거, 시골 돈 좀 긁어다가 서울에 땅을 살까 했더니만…. 틀렸는데! 허허.
첫째	부동산 경기가 아직도 안 풀린 건가 봐, 매부! 허허.
며느리	여보, 이 상 좀 옮겨요.

첫째	응?
둘째	제가 들죠. (일용에게) 같이 들어요.
일용	응.

둘째와 일용이가 교자상을 들어 아랫목에다 단단히 옮겨 놓는다.

아버지	그런데… 할머니는 안 오셨니?
막내	제가 모셔 올게요.
어머니	그래라.

막내가 나간다.
어머니와 며느리가 음식 접시를 이리저리 옮겨놓는다.

아버지	뭘 이렇게 많이들 장만했어? 간단히 차리지 않구서….
어머니	첫째가 갈비… 둘째가 생선… 장 서방이 쇠고기하고 과일…, 그 렇게 가져왔어요.
아버지	너희들 이 달 월급봉투에 구멍이 크게 났겠구나? 허허.
셋째	저는 학생이니까 마음만으로 축하드리고요.
아버지	그야, 오냐, 허허…

S#9 할머니 방

할머니가 우두커니 허공을 쳐다보고 있다. 안방에서 흘러나오는 웃음소리가 이 방까지 울려 나온다.

막내	할머니, 할머니!
할머니	응? 응….

할머니가 손수건을 잽싸게 눈으로 가져간다.

막내   우세요, 할머니?

할머니   울긴… 그저 늙으면… 눈물이 나오는 법이야.

막내   다들 기다리세요. 안방으로 건너가세요.

할머니   그래? 네 아버지도 들어왔어?

막내   예.

할머니   난 별로 점심 생각이 없는데….

막내   오늘은 아버지 생신이에요. 정월 초나흗날이자 일요일이구요.

할머니   그래…. (회상하듯) 옛날에 할머니는 너희 아버지 낳고서는… 미
            역국 끓여줄 사람도 없었지.

막내   그럼, 할머니 혼자서 어떻게…?

할머니   뒤늦게 너희 이모할머니가 와서야….

막내   그러니까 할머니 동생이시군요.

할머니   그래…. (한숨) 어디서 죽었는지… 세상에.

할머니가 다시 손수건을 눈에 댄다. 막내가 의아해한다.

며느리가 들어온다.

며느리   할머니! 할머니께서 오셔야 케익도 자르고 하신대요.

막내   할머닌 점심 안 잡수시겠대요.

며느리   예?

할머니가 자리에서 일어난다.

할머니   가자…, 가봐야겠지.

며느리와 막내가 부축을 한다.

S#10 안방

첫째가 데커레이션 케이크에 꽂힌 초에 불을 켠다.

어머니	아유, 곱기도 해라.
아버지	저런 걸 왜 사니?
어머니	왜는 왜예요? 당신 생신 축하드리겠다는 애들의 정성에서지….
아버지	쑥스럽다구.
둘째	왜요?
일용	우리 회장님은 그저 틉틉한 막걸리에 홍어회 한 점 턱 집어넣고 깨미시는 그 맛을 좋아하시지… 이런 서양식 안 좋아하시지요, 그렇죠?
셋째	근대화가 아직 덜 되셨나 봐! 호호.
아버지	그래! 나는 아직도 전근대적인 생존자다, 이 녀석아. 허허.

할머니가 들어온다. 막내가 뒤를 따른다.

모두들 자리에서 일어난다.

어머니	어머님, 이쪽 자리예요.
할머니	아무데나 앉지, 뭘….
어머니	아니에요. 애들이 다 계획을 짰대요….

어머니가 할머니를 아버지 옆자리에 앉힌다.

할머니가 상을 내려다본다.

할머니	(건성으로) 걸게들 장만했구나.

아버지	애들이 각기 반찬을 사가지고 왔다지 뭐예요?
할머니	잘들 했다… 그래야지. 효도하는 집안이라야지. 어서들 먹어.
첫째	아니에요. 먼저 아버지께서 촛불을 끄셔야죠.
아버지	내가?
어머니	텔레비전에서 못 보셨어요? 입으로 훅 불어서 끄세요.
아버지	이건… 소꿉장난 같아서… 쑥스럽다.
막내	아버지! 하나 둘 셋 하면 부세요. 자, 하나… 둘… 셋….

아버지가 훅 분다. 모두들 손뼉을 친다. 저마다 "축하합니다"라고 한마디씩 한다. 아버지가 흐뭇해져서 응답을 한다.

그러나 할머니는 여전히 울적하다.

며느리	(첫째에게) 여보, 약주 잔 올리셔야죠.
첫째	응….

술 주전자를 든다.

첫째	아버지 잔 받으세요.
아버지	할머니 먼저 드시고서…. 어머니, 잔 받으세요.
할머니	아니야… 난.
어머니	드세요. 오늘은 애들이 모여서 기쁘시죠?
할머니	그래.

할머니가 잔을 받자 첫째가 술을 따른다. 이어서 아버지 잔에 술을 따른다.

첫째	어머니도요.
어머니	앤…, 난 술 못해.

사위	그래도 오늘은 드셔야죠.
어머니	난 밀밭을 지나가기만 해도 취한다니깐! 훗호….
아버지	젠장…, 어서 받아. 참새가 방아깐 옆을 그대로 스쳐갈려구? 훗호….

모두들 웃는다.

아버지	자… 너희들도 들어.
일동	예.

저마다 술을 따라주기도 하고 음식을 먹기 시작한다.
그러나 할머니는 멍하니 앉아 있다.

아버지	(술을 마시다 말고) 어머니…, 좀 드세요.
어머니	어머님 좋아하시는 더덕구이 여기 있어요.

어머니가 더덕 접시를 옮겨놓는다.
할머니는 입가에 경련이 일자 손수건을 꺼내 입을 막는다.

아버지	어머니!
어머니	속이 안 좋으셔요?

할머니가 손수건을 눈으로 가져간다. 모두들 시선이 모인다.

아버지	약 가져올까요?
할머니	윽…!
어머니	왜 그러세요, 어머님… 예?

할머니	윽…!
아버지	무슨 일이 있으셨어?
어머니	무슨 일은요?
아버지	너희들 혹시 할머니께 무슨 언짢아하실 얘기라도….
할머니	흑… 흑….

좌중이 술렁인다.

막내	(장난스럽게) 난 알아요.
아버지	…?
막내	할머니가 왜 우시는지….
셋째	너 아까 할머니 방에서 혹시 불손하게 대한 거 아니니?
막내	모르는 소리 말어!
둘째	그럼 네가 안다는 게 뭐니?
막내	이모할머니 때문이셔.
아버지	이모할머니?
어머니	난데없이 이모할머니는…?
아버지	어머니… 정말이세요?

할머니가 손수건을 뗀다. 눈가에 눈물이 번져 있다.

| 할머니 | 명절에… 제대로 밥술이나 뜨는지…. 오늘처럼… 이렇게 너희들이 한자리에 모였는 때… 네 이모가 있었으면… 얼마나… 좋을까마는…. 윽! 세상에… 복이라고는… 참새 눈물만큼도 없는 인생…. 흑! 어유, 불쌍해라…. |

할머니가 목멘 소리로 말끝을 흐리자 좌중이 숙연해진다.

344

일용네가 미역국을 떠서 큰 쟁반에 받쳐 들고 들어온다.

일용네 아니 왜들 안 드시고서… 기도를 드리셔요?

일용   (낮게) 어머니, 조용히 하세요!.

일용네가 어리둥절해진다.

할머니 아범아!

아버지 예?

할머니 어떻게 찾아가볼 수 없겠어?

아버지 이모님 말씀인가요?

할머니 응! 5년째 소식이 없으니….

어머니 풍문엔 세검정 근방에서 사신다던데….

할머니 남편 복 없으면 자식 복이라도 있으련만…. 칠순 노인이… 혼자

     서… 윽!

아버지 어머니, 일간 제가 서울 가서 수소문해서라도 찾아보겠습니다.

할머니 그렇게 해주겠어?

아버지 제 외가 식구라고는 그 이모님 한 분뿐인데요.

할머니 나로서도 단 하나의 동기간이었지…. 나도 언제 죽을지 모르는

     판인데… 살아생전에 동생 얼굴 보고 죽어야지, 세상에…. 복

     없는 팔자라… 이날 이때까지….

어머니 어디 계신다고 편지라도 주셨으면 좋을 텐데…. 어쩜 그렇게도

     발길을 딱 끊어버리시는지…. 5년 전 한여름에 다녀가신 후로

     는 종무소식 아니었어요?

아버지 아직도 살림이 펴질 못하신 게지. 동기간도 살림이 어슷비슷해

     야 서로 오고 가고 하는 법인데…. 그 이모님은 워낙….

할머니 여기서 같이 살자고 했는데도… 성질이 워낙 결백하고 고집스

러운 터라… 너희들은 그저 의좋게 지내야 한다. 재물도 나누어 갖고 설움도 나누어 갖고 아픔도 나누어 갖고…. 그 동기간이란 유복할 때보다 궁할 때 더 가까워야 해….

아버지   그럼요.

할머니   나는 이렇게 외아들에서 손자 손녀가 퍼져나가고 입 걱정 옷 걱정 모르고 살고 있는데…. (다시 울먹이며) 그 할망구는… 세상에 4남매를 두었는데도… 하나같이… 비지밥도 못 먹는다니…. 에그, 무슨 팔자가…, 그런 팔자가 어디 있는지….

일용네   (숙연해지며) 말씀 마세요. 세상에 할머니 같은 복인은 없으세요….

할머니   아범아, 꼭 찾아가봐. 나는 죽을 때도 제대로 눈이 안 감길 거야… 만나기 전에는….

아버지   네… 염려 마세요. 세검정 밖 감나무골이라고 들었는데…, 가보면 알 수 있을 거예요.

일용네   그럼요. 서울 김 서방 집도 찾아간다는뎁쇼…, 헤헤.

S#11 버스 안

아버지가 창밖 설경을 을씨년스럽게 내다보고 있다.

아버지   (마음의 소리) 단 하나뿐인 혈육을 만나고 싶어하시는 어머니의 염원을 풀어드려야지. 언제 돌아가실지도 모르는 어머님께서 편히 눈을 감으실 수 있도록 한을 풀어드려야지. 그것 하나도 못 해드리면서 자식 구실 했다고 장담할 수야 없지. 꼭 찾아내야 해. 무슨 일이 있더라도….

S#12 마루와 뜰

어머니와 일용네가 메줏덩이를 양지쪽에 내놓고 있다.

346

어머니	올 메주는 작년보다 잘 띄운 것 같죠?
일용네	그럼요.
어머니	어머님께서는 이 메주 가지고 서울 시누이 집에 가시겠다고 하실 테지.
일용네	부모 마음이란 게 그런 거죠. 그저 보는 것, 잡히는 것, 가릴 것, 자기 자식들만한테 나누어주고 싶어지죠.
어머니	자식들에게 너무 자상하게 대하는 것도 좋지 않아요.
일용네	그럴까요?
어머니	나는 그저 자기 힘으로 살아나가도록 내버려둘 테니까!
일용네	에그…, 말로는 그러셔도 마음속으로 안 그러셔요. 헤헤….
어머니	에그…, 쪽집게 점장이 나오셨네! 호호….

할머니가 방에서 나온다.

할머니	메주 말리니?
어머니	예.

까치가 운다.

할머니	서울엔 벌써 닿았겠지?
어머니	예? 예.
할머니	집을 제대로 찾아냈는지 모르겠다.
어머니	(일용네를 돌아보며) 서울 김 서방 집도 찾는다는데요, 뭘…. 호호….
일용네	그럼요. 호호….

S#13 ○○ 동사무소 앞

아버지가 쪽지를 보면서 나온다. 잠시 서서 약도를 살피더니 결심이라도 한 듯 쪽지를
주머니에 넣고 걸어간다.

S#14 빈민가

강파른 언덕길. 아버지가 숨을 헐떡이며 올라간다.

아버지   (마음의 소리) 노인네가 이런 길을 어떻게 오르내릴 수가 있을
           까? 정말 기구한 팔자구만…. 기구한 팔자야….

S#15 판잣집 안

한길 쪽으로 바로 방문이 나 있다.

양지쪽에 소녀가 쭈그리고 앉아서 만화를 보고 있다.

아버지   (혼잣소리) 가만있자… 분명히 이 집인데….

아버지가 소녀에게 다가간다.

아버지   아가…, 여기가 느네 집이냐?
소녀   예.
아버지   그럼, 할머니… 계시니?
소녀   우린 할머니 안 계세요. 작년에 돌아가셨어요.
아버지   (놀라서) 돌아가셔?
소녀   예.
아낙   (방에서) 밖에 누가 왔니?
소녀   엄마! 할머니 찾으셔….

아낙이 방문을 열고 상반신을 내민다. 대바늘로 뜨개질을 하던 참이다. 그녀는 뜨개질을 하면서 말대꾸를 한다.

아낙	할머니는 벌써….
아버지	저…, 실례합니다.
아낙	어디서 나오셨어요?
아버지	예, 저, 사람을 찾는데요.
아낙	저희 어머닌 돌아가셨어요. 연탄차가 저 고갯길에서 뒷걸음질 치다가 그만. 그런데 어떻게 우리 어머닐 찾아오셨어요?
아버지	그게 아니고 혹시 이 집에 이사 오신 지가 오래되셨나요?
아낙	4년째예요.
아버지	그럼 그전에 사시던 할머니 아시나요?
아낙	아, 그 보살 할머니요?
아버지	보살?
아낙	네, 부처님을 믿어야 극락 간다고 하시데요.
아버지	어디로 이사하신지 혹시 모르시겠어요?
아낙	글쎄요! 그 애 얘기로는 어디 절로나 들어가서.
아버지	어디 절입니까?
아낙	감나무골 고개 넘어서 작은 암자가 있다나요? 뭐, 용자…… 암이라던가?
아버지	용자암?
아낙	예, 집 판 돈을 절에다 맡기면 죽을 때까지 그 절에서 편히 먹여 준다던데요. 늘그막에 자식복두 없으니 죽는 날까지 부처님에게나 의지해야겠다면서…….
아버지	아들이 혹시…… 미장이하는…….
아낙	맞아요. 그런데 눈만 떴다 하면 술타령이라…, 에그, 남들은 싸우던가 어디 가면 미장이도 돈 잘 번다던데, 그 귀신은 그저….

그런데, 그 할머니는 왜 찾으시죠?

아버지   예! 그럴 일이 있어서요. 고맙습니다!

S#16 계곡

잡목 가지를 헤치며 아버지가 오르고 있다. 가지에 수북이 쌓인 눈이 흩날린다.

S#17 암자

돌산을 배경으로 하여 높다랗게 서 있는 암자가 멀리 바라다보인다.

S#18 암자 앞뜰

목탁 소리와 독경 소리가 들려온다.

아버지가 뜰에 들어선다. 산새가 운다. 아버지가 손수건으로 땀을 씻는다.

아버지   실례합니다! (사이) 저…, 말씀 좀…….

목탁 소리가 멎고 암자 문이 열리며 한 니승*이 나온다. 50대 여인이다.

니승   누굴 찾아오셨나요?
아버지   저…, 이 암자에 계시다는 할머니를 찾아뵙고 싶어서…….
니승   할머니라뇨?
아버지   세검정에서 오신…….
니승   아…. 세검정 할머니….
아버지   예, 계십니까?
니승   어떻게 되신대요? 그 할머니하고는.
아버지   예, 저의 이모님이십니다.

---

* 비구니(比丘尼).

니승	(훑어보며) 이모님?
아버지	예, 여러 해 소식이 끊어져서요…. 그래서 제 어머님께서 찾아뵈라고……. 어디 나가셨습니까?
니승	여기 안 계세요.
아버지	예?
니승	이 암자를 떠나신 지가 1년 전입니다.
아버지	아니…, 그럼 어디로?
니승	양로원으로 가셨어요.
아버지	양로원?
니승	적적해서 못 견디겠다면서…. 말벗이라도 있어야지. 여기서는 견디어내기가 힘겨웁다고 하면서 가셨어요.

아버지의 표정이 다시 어두워진다.

S#19 안방

할머니가 우두커니 앉아 있다.

어머니가 잘 익은 연시를 쟁반에 담아서 들고 온다.

어머니	어머니, 연시 잡수세요.
할머니	몇 시쯤 됐니?
어머니	세 시 좀 지났어요.

어머니가 앉는다.

할머니	찾았을까?
어머니	뭘, 어머니도…… 그럼 찾지요……. 자, 잡수어보세요.
할머니	거기다 둬! 이따가 생각나면 먹을 테니……. (한숨) 만약에 못

　　　　　　　　찾았으면 곧바로 돌아올 테지?

어머니　　　……?

할머니　　　(한숨) 못 찾았을 게야…… 무슨 재주로 찾아?

어머니　　　어머님께서 어떻게 그걸…….

할머니　　　5년씩이나 소식이 끊긴 건 다른 곳으로 갔거나 아니면…….

옷소매에서 수건을 꺼낸다.

어머니　　　어머님….

할머니　　　(울음과 함께) 죽었지…… 살았으면야 왜 여지껏…… 에그, 세
　　　　　　상에 그렇게두 박복한 인생이 있을라구……. 남들은 늘그막
　　　　　　에…… 그래두 자식만 있으면 등을 붙이고 산다는데…….그 인
　　　　　　생은… 에그, 불쌍한 것.

어머니도 자기도 모르게 콧등이 시큰해진다.

할머니　　　죽어두 곱게나 죽었는지……. 논두렁이고 밭두렁에 벌렁 누워
　　　　　　서…… 사고무친한 객사 꼴이나 안 되었는지……!

어머니　　　그런 끔직한 말씀 마세요! 그래두 아들딸 있는데 설마…….

할머니　　　그것들? 아들딸 아니라 원수지…… 전생에 못 만날 사람끼리
　　　　　　만난….

어머니　　　아무튼, 아범이 찾아서 모시고 올 거예요. 두고 보세요! 어서 연
　　　　　　시나 드세요! 점심도 드시는 둥 마시는 둥 하셔놓구서… 어서요!

어머니가 연시 꼭지를 따서 내민다. 할머니가 받는다.

그러나 언제까지나 들고 보고만 있지 입에 댈 생각은 없다.

S#20 양로원 입구

산새가 운다. 바람에 나뭇가지에 쌓인 눈이 흩날린다. 아버지가 을씨년스럽게 바라본다.

S#21 양로원 원장실

원장과 아버지가 앉아 있다. 노크 소리가 들린다.

원장   예, 들어와요.

도어가 열리며 직원이 수용인 명단을 가지고 들어온다.

직원   명단, 여기 있습니다.

원장   응….

명단을 받자 아버지에게 건넨다.

원장   직접 찾아보세요. 사진이 첨부되어 있으니까 얼굴을 아신다면 쉽게 찾을 수 있을 테죠.

아버지   예…, 감사합니다.

아버지가 주머니에서 안경을 꺼내 낀 다음 명단을 펼친다. 인적 사항과 사진이 가지런히 붙어 있는, 비슷비슷한 노인의 얼굴들이다.

아버지   (마음의 소리) 이거 사람의 얼굴도 젊었을 때의 얘기지, 나이를 먹으면 모두가 희그므레해져서* 분간할 수가 없구나…. 나도 늙으면 이렇게 될까?

---

* 희끄무레해져서.

원장	노인들은 기억력이 흐려서요…. 인적 사항을 구두로 받아 기록을 해놨지만 신빙성이 희박한 경우도 허다하지요…… 더구나 노망기가 있다거나 기억상실증이 있는 노인의 경우는…….
아버지	앗…….
원장	찾으셨습니까?
아버지	이분입니다.

아버지가 사진을 가리킨다. 원장과 직원이 내려다본다.

직원	보살 할머니시군요.
아버지	예? 예…… 어디 계십니까?
원장	지금 만나 보시게요?
아버지	예…. 그리고 모든 건 제가 책임을 지겠으니 퇴원 수속도 함께 해주십시오. 재정상의 문제도 모두 제가….
원장	당사자의 의견도 물어봐야겠죠.
아버지	가족이 원하는데 당사자의 의견이 무슨 필요가 있습니까? 우리 이모님은 이런 데 계실 분이 아닙니다.
원장	직계가족이 아니라서 어떻게 될지 모르겠군요……. 문제는 당사자가 퇴원할 의사가 전제되어야 하니까….
아버지	아무튼 만나뵙게 해주십시오. 부탁입니다.
원장	(직원에게) 그럼, 안내해드려요.
직원	예.
아버지	감사합니다…… 이제 저로서는 두 다리 쭉 뻗게 되었습니다…… 허허…….
원장	그러시겠군요. 연만하신 노모님께서 누구보다도 기뻐하시겠습니다.
아버지	예, 정말 고맙습니다.

직원	그럼 함께 가실까요?
아버지	예.

아버지가 자리에서 일어선다.

S#22 양로원 복도

아버지와 직원이 걸어간다.

S#23 양로원 방

10여 명의 노인네들이 모여 있다. 화투 치는 사람, 뜨개질하는 사람, 성경책 읽는 사람… 멍하니 벽을 바라보는 사람….

그 가운데 이모의 초라한 모습.

S#24 동 밖

직원과 아버지가 방 안을 들여다본다.

직원	틀림없지요?
아버지	네…… 제가 들어가도 되겠습니까?
직원	아닙니다. 제가 모시고 나올 테니까, 저쪽에서 기다려주실까요?
아버지	그렇지만….
직원	다른 노인들에게 자극이 되면 안 되니까요… 가서 기다리시죠.
아버지	예.

직원이 문을 열고 들어간다.

S#25 복도

아버지가 초조하게 서성거린다. 이윽고 돌아온다.

이모가 힘없이 걸어오고 있다. 초라하기 짝이 없다.

아버지가 급히 다가간다.

아버지	이모님!
이모	……?
아버지	저예요. 저… 몰라보시겠어요? 인천 사는…….
이모	(비로소 알아차린 듯) 오…… 조카님이구랴…. 인천 조카…….
아버지	예…….

눈물이 핑 돈다. 손목을 덥석 쥔다. 찌들고 까칠하고 작은 손이다.

아버지가 목이 멘다. 한동안 말을 못 잇는다.

아버지	이모님, 함께 가세요….
이모	응? 가?
아버지	자세한 얘긴 가서 하시고요…. 모두들 기다리고 있어요.
이모	가긴… 어디 갈 곳이 있어야지…. 난 여기가 좋아요.
아버지	가셔야 해요, 이모님! 여기가 아니라도 이모님 계실 곳은 얼마든지 있어요. 그러니 아무 말씀 마시고…. 자… 가세요….
이모	싫대두! 난 안 가! 갈 곳이 어디 있어? 없다고, 없어!
아버지	이모님!
이모	난… 못 가! 안 가!
아버지	가셔야 해요, 이모님!

아버지가 가슴이 미어지는 듯한 감정을 억제하며 손목을 꽉 쥔다. 이윽고 얼굴을 대고 흐느낀다.

저만치서 직원이 바라보고 있다.

S#26 버스 안
아버지와 이모가 나란히 앉아 있다. 아버지의 밝은 표정에 비해 이모의 얼굴은 아직도 어둡다.

S#27 마루와 뜰
둘째와 어머니가 뜨락에 비질을 하고 있다. 까치가 운다.

둘째 　　이모할머니 오시면 어느 방에서 거처하시죠?

어머니 　염려 마. 네 방 빼앗길까 봐 겁나니? 흠….

둘째 　　그럼, 할머니 방에 함께 계시게요?

어머니 　오죽 좋아? 동기간끼리 오순도순 얘기도 하고…….

둘째 　　이상해요, 그건.

어머니 　뭐가?

둘째 　　노인네가 둘이서 한 방에 계시다는 게… 어색하잖아요?

어머니 　아니, 그게 뭐가 어색하냐? 친형제간인데…….

둘째 　　그래두요. 나이 터울이 크게 난 처지라면 몰라도 불과 세 살 터
　　　　울에다 두 분 다 언제 세상을 뜨실지도 모르는데…… 하루 종
　　　　일 상대방 얼굴을 보면서 지낸다는 게… 잔인해요.

어머니 　무슨 소릴 하는 거냐? 잔인하다니?

둘째 　　언젠가 외국 소설에서 읽은 적이 있는데, 한 방에 두 노인이 살
　　　　고 있는데 처음엔 서로가 위로하는 것 같더니만 나중에 가서는
　　　　서로가 상대방이 빨리 죽고 자기만 살아남기를 바라게 돼요.
　　　　그러니까…….

어머니 　듣기 싫어! 이 애가 정말 미쳤어! 아니 어디다 대고 그런 끔찍한
　　　　소리를 함부로 내니? 내뱉긴…

둘째	내가 그런 게 아니라 소설에서 읽었다니깐…….
어머니	할머니도 이모할머니도 오래오래 사실 테니 두고 봐. 너는 어서 동구 밖으로 나가봐. 보나 마나 아버지께서는 인천에서 내리셔서 택시 타고 들어오실 텐데….
둘째	예, 알았어요….

둘째가 비를 세워놓고 나간다.
할머니가 방에서 고개를 내민다.

할머니	어멈아?
어머니	예?
할머니	나 좀 봐.
어머니	예.

할머니가 방으로 들어간다.
어머니가 머리에 쓴 수건을 풀어서 옷에 먼지를 턴 다음 할머니 방으로 들어간다.

S#28 할머니 방

할머니가 농을 활짝 열어놓았다.
어머니가 들어선다.

어머니	어머님, 웬 옷을 이렇게…….
할머니	글쎄, 네 이모한테 어떤 옷이 맞을는지 도무지 모르겠구나. 네가 골라봐. 이제 나는 눈도 어둡고 해서…….
어머니	이모님도 어머님하고 체구가 비슷하신데요. 어느 것이나 다 맞을 거예요.

할머니	아니야, 어쩌면 나보다 졸아들었을 거야. 쭈끼미* 장에다 졸아
	대듯이 삐쭉 말랐을 게야…. 고생을 웬만큼 했겠니?
어머니	어머니, 제가 알아서 다 골라놓을 테니 염려 마세요. 아침에 인
	천에서 인편에 전갈이 왔는데, 이모님도 건강하시대요.
할머니	정말?
어머니	예, 부러 여관에서 하룻밤 묵고 오시는 게 아마 목욕도 하고 옷
	도 새로 사 입고 오실 모양이세요.
할머니	옷을?
어머니	아범은요, 그래 뵈도 자상한 성미거든요. 오랜만에 만난 이모님
	을 그대로 모시고 오겠어요? 흠….
할머니	그래, 그럴지도 모르지. 겉으로는 털털해 보여도 성미가 여간
	자상한 게 아니었지. 어려서부터 그랬어! 어려서부터 작은 벌
	레, 작은 씨앗, 작은 꽃…… 말짱 그런 것들하고 함께 살아나왔
	으니까…, 츳츠….

어머니도 따라 웃는다.
멀리서 자동차 클랙슨 소리가 들린다.

어머니	아니….
할머니	무슨 소리야?
어머니	오시나 봐요. 자동차 소리예요.
할머니	그래?

어머니가 할머니를 부축하며 밖으로 나간다.

---

* 주꾸미.

S#29 마루와 뜰

둘째   (소리) 어머니, 아버지 오셨어요.
어머니   어머님, 이모님도 오셨나 봐요.
할머니   응? 내 신, 내 신 어디 있어?
어머니   예…… 저기요.

젖먹이를 안고 며느리가 내다본다.
셋째와 막내도 나온다. 부엌에서 일용네도 나온다.

막내   아버지가 오신대요?
어머니   오냐, 어서 나가봐!

모두가 뜰로 내려선다.
둘째가 옷 보따리를 들고 온다.

어머니   이모할머니는?
둘째   아버지가 업고 오세요.
어머니   업어?
둘째   길이 미끄럽다고 하시면서…. 저기 보세요, 헛허….

모두들 발돋움하며 내다본다.

S#30 논두렁길

아버지가 이모를 업고 온다. 아버지는 마냥 웃는 얼굴이나, 이모는 머리도 단정하게 빗었고 새 옷으로 갈아입었으나 표정은 아직도 그늘이 져 있다.
셋째와 막내가 뛰어온다.

S#31 뜰과 마루

할머니가 벌써부터 울음 바람이다.

할머니   세상에…… 저 인간이…… 살아서…… 세상에…….
어머니   어머님…, 이러지 마셔요.
할머니   차라리… 차라리… 죽어 없어질 일이지.

이때 아버지가 아이들의 웃음소리와 함께 뜰로 들어선다.

아버지   어머니! 이모님 모시고 왔습니다. 허허.
할머니   …….
아버지   왜 그러고 계세요?

이모가 우두커니 서 있다. 내키지 않은 발걸음이다.
할머니가 참다못하여 뛰어가 얼싸안는다.

할머니   흑… 흑…, 이 사람아…… 이 사람아……, 흑….

이모는 그저 빙그레 웃을 뿐 말이 없다.

할머니   어디 얼굴 좀 봐… 세상에 이 손은 또… 에그, 세상에…….

이모는 고개를 돌린다.
할머니는 머리며 어깨며 할 것 없이 마구 다독거린다.
모두들 그 정경을 보다 못해 눈길을 돌려버린다.
까치가 유난히도 가깝게 크게 울어댄다.

S#32 안방(밤)

할머니와 이모를 중심으로 빙 둘러앉아 있다. 그 앞에 과일이 놓여 있다.

할머니는 이모의 손을 꼭 잡고 있다.

셋째　　이모할머니, 그동안 지내시던 얘기 좀 해주셔요, 예?

이모　　음…….

막내　　이모할머니는 말씀이 없으신 게… 우리 할머니하고는 전혀 성
　　　　격이 다르시지? 그치, 언니?

할머니　이것아! 그럼 나는 입이 헤픈 떠벌이란 말이야?

일동 까르르 웃는다.

아버지　하긴 열 손가락도 제각기인걸요, 허허.

할머니　그래, 이 사람은 어려서부터 모든 게 나하고는 달랐지. 나보다
　　　　몇 갑절 바지런하고 건강하고 그랬건만……. 어쩌다가 이렇게
　　　　고생바가지만 눌러쓰게 되어서…

아버지　어머님! 이제 제발 그 눈물 좀 거두세요.

둘째　　그 눈물 모아뒀다가 가뭄에나 쏟으세요!

일동 까르르 웃는다.

어머니가 귤을 까서 이모에게 준다.

어머니　이모님, 이제 아무 걱정 마시고요, 우리 집에 계세요. 아이들도
　　　　다 그렇게 되기를 바라고 있으니까요. 이모님은 성격이 결벽증
　　　　이 심해서 보리톨 하나 남한테 공으로 안 얻어잡수시겠다는 생
　　　　각이시겠지만…. 따지고 보면 그러실 필요 없어요. 이모님 나
　　　　이 이제 사시면 얼마나 사시겠어요, 안 그래요?

아버지	이 사람 말 그대로 지금까지 고생하신 일 깨끗하게 잊어버리시고 여기서 편안히 지내세요. 며칠 전 제 생일날 모두들 모였을 때 그런 의견이었어요. 저마다 일주일에 한 번씩 이모할머니 뵈러 오겠대요. 그러니, 조카다 조카손자다 생각지 마시고요…, 천자식 친손자라 여기시고요, 예?

지금까지 묵묵히 앉아 있던 이모가 이윽고 어깨를 들먹거리며 흐느끼기 시작한다.

어머니	이모님! 우시지 마세요. 오죽 좋아요? 이렇게 한자리에 모여서….

이모가 소리를 내어 흐느낀다.

이모	흑… 흑…, 내가… 진작 없어져야 할 내가… 이렇게… 살아서… 조카들까지 괴롭히다니…… 흑…….
어머니	별말씀을…….
이모	죽을 수도… 안 죽을 수도 없는 이 목숨…. 때로는 예수님도 믿어보고 때로는 부처님한테도… 의지해보았지만… 결국 내가 떠밀려 온 게… 형님 곁이… 되리라고는, 윽…… 형님!

이모가 할머니 어깨에 얼굴을 파묻고 운다.

할머니	그래! 울어, 실컷 울어! 여름날 소낙비 쏟아지듯 울어! 그러고 나면 햇볕이 쨍쨍 나듯 마음도 후련해질 테니까…, 헛허…….

S#33 할머니 방
할머니와 이모가 역시 나란히 누워 잠이 들었다. 두 노인은 손을 꼭 붙잡은 채 잠이 들었다.

S#34 안방

아버지와 어머니 나란히 누워 있다.

어머니	여보!
아버지	(한숨)
어머니	우린 말이에요.
아버지	우리?

아버지, 돌아본다.

어머니	한날한시에 죽읍시다.
아버지	뭐라고?
어머니	둘이서 이렇게 손목 꼭 잡고….

어머니가 팔을 뻗어 아버지 손을 쥐려 하자 아버지 뿌리친다.

아버지　　징그러워! 왜 이래?

어머니　　뭐라구요?

아버지　　난데없이 죽는 얘긴 왜 해, 정초부터? 올 농사 얘기나 하면 또
　　　　　모를까!

어머니　　사람은 누구나 죽게 마련이에요.

아버지　　그래서?

어머니　　당신 따로, 나 따로 죽어봐요. 당신은 이모님 꼴 보시고 느끼신
　　　　　바도 없으세요?

아버지　　…?

어머니　　아니지. 당신이 먼저 가시고 나 혼자 뒤에 남게 되는 일을 상상
　　　　　하니까 정말 가슴이 미어지는 것 같아요. 물론 우리 집 아이들

은 효도가 지극하니까 이모님네 자식하고는 다를 테지만……. 그래도 늙어서 맛봐야 할 그 고독… 아… 저는 못 이겨낼 것 같아요! 제 얘기 들려요? 예?

어둠 속에서 아버지의 눈빛이 빛난다.

아버지   그래서 나하고 같은 날 죽기가 소원이다, 이거요?

어머니   그리고 당신을 위해서도죠.

아버지   나를 위해서라고?

어머니   늙어서 과부는 혼자서 살아도 홀아비는 못 살아요.

아버지   왜 못살아요? 자식들 있는데.

어머니   자식들도 지금이니까 당신 앞에서 벌벌 기고 순종하지, 당신 나이 들고 해보세요. 다 쓸모없게 될 테니!

아버지   그럼, 당신 앞에서는 잘해줄 거라 이거야?

어머니   나야 애기 봐주고 빨래해주고 집을 봐주기라도 하지만 당신은 못 해요.

아버지   얼씨구.

어머니   더구나 늙은 홀아비한테서는 그 냄새가 나서도 젊은 애들이 싫어한다구요.

아버지   냄새?

어머니   장본인은 못 맡아요, 그 냄새를……. 하지만 남들은 용케도 그 늙은 홀아비 냄새 맡아내거든요. 그러니 당신 혼자서 온데간데 없이 허공에 뜨게 될 테니 이모님 신세하고 다를 게 뭐가 있겠어요? 그러니….

아버지   우리 둘이서 한날한시에 저승으로 가자, 이건가?

어머니   천생연분인데 뭐가 어렵겠어요?

아버지   알고 보니까 이 사람 나더러 동반자살을 강요하는 흉악한 악처구먼, 그래!

어머니   제가 악처라면 이 세상에 양처라는 말도 지워버려야 해요.

아버지   콧대가 언제부터 이렇게….

어머니   오늘부터!

어머니, 아버지 품으로 기어든다.

아버지   아니, 왜 이래?

어머니   여보! 우린 절대로 따로 살지 맙시다, 예? 자식들 다 보내고 영감 할멈 꼭 붙어 살다가 병들 때도 같이 병들고 죽을 때도 같이 갑시다. 이모님처럼 되기는 싫어요! 저는 그건 절대로 싫어요! 안 그래요, 여보?

자기도 모르게 콧등이 찡하게 저려오는 아버지의 얼굴. 아버지가 새삼 애정을 느끼는 듯 어머니를 꼭 안아준다.

내레이션   그래, 천생연분이라는 게 있다면 함께 살다가 함께 죽어가는 부부를 말하는 것일 게다. 그토록 사랑했다면 어떻게 짝을 남겨 놓고 혼자 갈 수 있겠는가. 험악한 세파 속에 버리고 갈 수가 있단 말인가. 죽는 그 순간부터는 모든 것이 없어진다고 생각한다. 그러나 그게 아닐 것이다. 죽은 다음에도 서로 말을 하고 마음이 통한다고 생각해야 한다. 그래야 서로가 거짓말도 못 하고 속일 수도 없을 게 아닌가. 그것이 바로 천생연분일 게다! 이승에서만이 아닌 저승에서도 함께 살 수 있는 부부일 것이다.

(F.O.)

366

양딸

제11화 양딸

방송용 대본 | 1981년 1월 13일 방송

· 등장 인물 ·

할머니	정애란
아버지	최불암
어머니	김혜자
첫째	김용건
며느리	고두심
둘째	유인촌
셋째	김영란
일용	박은수
일용네	김수미
면장	박규채
순경	윤석오
아낙	김동주
남편(불구자)	홍민우
사내(그의 형)	임문수
아내(그의 형수)	이숙
옹진식당 여주인	신금매
새마을금고 직원 A, B	
손님 A	정한헌
손님 B	ext.

S#1

아버지와 둘째가 닭에 사료를 나눠주고 있다.

신나게 모이를 쪼아 먹는 수많은 닭들의 입부리 행렬.

내레이션   새해는 닭띠라고 한다. 닭이 지니는 속성 가운데서 더도 말고
부지런함과 평화로움을 배우고 싶어지는 세상이다. 남보다 일
찍 서둘러 열심히 일하는 사람에게는 복이 내릴 게고, 선량하
게 살아가려는 사람에게는 빛이 비치는 세상이 되었으면 좋겠
다. 땀 흘려 일하는 사람에게는 그만큼 대우해주고 아껴주는
세상이 되었으면 좋겠다. 그런데 너나없이 남을 앞질러 가려고
덤벙거리다 보면 빗나가고 휘청거리고, 그래서 인생의 뒤안길에
눌러앉아버린다. 땀 흘린 만큼 얻는 게 아니라 피를 흘리는 사
람이 늘어만 가니 새삼 닭의 모습이 부러워지는 요즘이다.

저만치 일용이가 사료 통을 들고 들어선다.

일용   회장님… 회장님….
아버지   응?
일용   밖에 손님이 오셨어요.
아버지   손님? 들어가시래. 내 곧 나갈 테니까.

일용이가 다가온다.

일용   여자 손님인데요.
아버지   여자?
일용   들어가시라고 해도 한사코… 돈사 앞에 서 있어요.
아버지   누군데…?

아버지가 손을 털고 목에 걸었던 수건을 풀어 먼지를 털며 나간다.

S#2 뜰과 마루
어머니가 애기 기저귀 빨래를 빨아 빨랫줄에 하나씩 가지런히 널고 있다.

일용네는 펌프 가에서 무를 씻고 있다. 처마 끝에 고드름.

일용네	에그…, 새댁보고 빨라지, 왜 손수 그걸 빨아요?

일용네   에그…, 새댁보고 빨라지, 왜 손수 그걸 빨아요?

어머니   난 성미가 급해서 눈에 보이는 건 해치워버리지 않고서는 못 배
　　　　기는걸.

일용네   에그… 에그… 며느리는 아랫목에 누워 있고….

어머니   시어머니는 이 추위에 기저귀 빨고….

일용네   요즘 세상은… 그저 하나부터 열까지 굴뚝에다 불 지피고 아궁
　　　　이에서 연기 나는 꼴이 되었으니…, 원!

어머니   (피식 웃으며) 아니면 어떻게 해요? 하루에도 기저귀가 스무 장
　　　　이 모자랄 만큼 젖어 나오는데….

일용네   무슨 애기가 그렇게 자주 싸요?

어머니   (쏴준다) 애기는 그렇게 먹고 싸고… 먹고 싸고… 그러면서 자라
　　　　는 거예요! 아무래도 다음 일요일에는 큰애더러 기저귀 베 좀
　　　　한 필 더 끊어 오라고 해야지, 안 되겠네…. (수채 쪽으로 간다)

이미 기저귀가 뜰을 완전히 가리다시피 장막을 치듯 꽉 찼다.

일용네   그러지 말고 새댁보고 직접 기저귀 빨래 좀 하라고 하세요. 시
　　　　어머니가 그런 일까지 다 해주니간두루….

어머니   손자 낳아준 공을 갚는 거요 이게, 호호….

일용네   에그…, 난 우리 일용이가 장가가서 손자 낳아도 이 짓은 안 할
　　　　거예요.

어머니	뭐라고요?
일용네	며느리 보자 할 땐 신간 편하자고 했지, 누가 종노릇 하려고….
어머니	모르는 소리! 옛날에는 며느리가 종이었을지 모르지만 지금 세상은 상전이라오, 상전….
일용네	상전?
어머니	그것도 손자 손녀까지 낳게 되면 우리야 말이나 소가 되고 마는 게지요, 호호.
일용네	에그, 이내 신세는 언제나 상전 모시고 말이나 소가 되어볼까요?
어머니	참, 호호….

S#3 돼지 막 앞

아버지와 아낙이 서 있다.

아낙	술만 퍼마신대도 누가 뭐라겠어요? 화투장은 손에서 떨어질 날이 없다니까요!
아버지	그러다가 맘 잡을 날이 있겠지요.
아낙	명색이 새마을금고 일을 본다는 사람이 그러니, 체신 떨어져, 신용 떨어져, 노름은 무슨 돈으로 하는지…. 그러다 나중에 그나마 쫓겨나면 무슨 재주로 살는지 모르겠어요.
아버지	내가 면장 어른에게 구두로나마 잘 부탁한다고 말씀드렸으니까…… 다 잘될 거예요. 고생되시겠지만…… 서로 돕고 의지하고 잘살아봐야지요.
아낙	어떻게 하면 좋아요, 김 회장님?. 정말 죽었으면 죽었지 못 살겠어요! 으흐흑…, 죄송해요. 가보겠어요.

아낙이 울고, 아버지 난감해한다.

아버지   거 참!

아낙이 울며 앞선다. 아버지 배웅하듯 뒤따른다.

아낙과 아버지 지나가면 마당 쪽에서 지저귀를 제치고 내다보는 어머니. 일용네도 곁에

와 선다.

일용네   누구래요?

어머니   …….

일용네   젊은 여자 아니에요?

어머니   글쎄….

일용네   호호.

어머니   뭐가 우스워요?

일용네   또 김 회장님 좋아하는 팬인가 머신가 하는 여자겠지요?

어머니   무슨 소리예요? 그게….

일용네   하기사… 어느 남자치고… 여자 싫어하겠어요…… 헤헤.

어머니가 화라도 난 듯 펌프 가로 와서 그릇을 덜그럭거린다.

아버지가 들어선다.

아버지   원, 세상에… 아침부터….

아버지가 쭈그리며 어머니에게 무슨 얘기를 하려는데 어머니가 샐쭉해지며 토방으로

올라간다.

아버지   아니…?

일용네   호호….

아버지   …?

일용네	손 씻으시게요?
아버지	네? 네….

일용네가 바가지로 물을 떠서 세숫대야에 퍼준다.

아버지가 어머니 쪽을 보며 손을 씻는다. 아버지가 일어나 방으로 간다.

일용네가 참고 참은 웃음을 터뜨린다. 개도 짖는다.

S#4 안방

어머니가 방바닥에 걸레질을 하고 있다. 그러나 건성이다.

아버지가 서서 본다.

어머니	(걸레로 훔치며) 누구예요?
아버지	응? (벽 거울 쪽으로)
어머니	젊은 여자입데다?

아버지가 경대 옆에 걸린 수건에다 손을 닦다 말고 돌아본다.

어머니	이번엔 인천 아니면 김포일 테죠…? 접때는 수원이었으니까!
아버지	지금 무슨 얘길 하고 있는 거야?
어머니	좋으시겠어요, 당신은…. 강연회다… 농촌 지도자회다, 뭐다 하시면서… 팔도강산… 발 안 닿는 곳 없이 돌아다니시니…. 만나는 사람도 많고… 정든 사람도 많고….

아버지, 멍하니 어머니를 내려다본다.

어머니가 걸레를 윗목 구석에다 몰아붙인 다음 경대 앞에 앉는다. 거울 속에 아버지의 모습이 보인다.

아버지	아니… 지금…, 당신 뭘 그렇게 혼자서 중얼거려?

어머니가 크림을 손끝으로 떠서 손등에다 문지른다.

어머니	나는 죽었다 다시 태어날 수 있다면, 새가 되어서… 그렇게 팔도강산… 안 가는 곳 없이 날아다니면서… 여자도 만나고….
아버지	(화를 내며) 이봐!

거울 속에서 서로 보는 시선.

아버지	농담할 때가 아냐!

어머니가 팩 돌아앉는다.

어머니	무슨 여자가 그래 꼭두새벽부터 찾아다녀요?
아버지	일이 있어 왔지, 누가…?
어머니	일이 있어 왔으면 정정당당히 만나고 갈 일이지, 마치 암내 난 고양이처럼 어디 뒤안길에서 만나고 가요, 가긴…?
아버지	아니, 이 사람이 오늘 따라… 왜 이래? 그 여자가 누군데 암내 난 고양이야?
어머니	누구예요?
아버지	몰라?
어머니	예?
아버지	소갈머리 좁긴 꼭 갓난애기 콧구멍이구먼, 젠장!
어머니	뭐라구요? 도대체 누구예요?
아버지	꼴에 강짜는 또…!
어머니	누구냐니까요!

아버지	몰라요, 몰라…! 어디 알아맞혀봐. 그럼 이다음 일요일에 수원
	갈비집에 데려가서 갈비 먹여줄 테니… 허허허….
어머니	누구, 약 올리기예요?
아버지	히히히….

S#5 마루방 앞

할머니가 방에서 나온다.

일용네가 마루에 걸터앉아 뭔가 하고 있다.

할머니	아니, 내 쉐타를 아무리 찾아도 없더니 일용네가 입고 있네, 그
	래?
일용네	아그머니, 아 할머니가 접때 절 보고 춥겠다구 입으라구 주시구
	선 무신 말씀이세요?
할머니	내가 주었어?
일용네	그럼 제가 할머니 방에 가서 도둑질해 입었겠어요?
할머니	그랬어? 온 어째 이리 정신이 오락가락하는지….
일용네	지 평생 손조심 말조심 입조심만 하구 살아왔기 망정이지, 한
	집안에서 큰 의심사겠네….
할머니	미안해, 미안해!
일용네	사람 죽여놓구 미안하다면 단가요?

아버지가 반코트에 방한모를 쓰고 나온다. 어머니가 뒤를 따라 나온다.

아버지	어머님, 왜 나오셨어요? 날씨가 아직 찹니다. 방에 계세요.
할머니	응? 응… 어디 가려고?
아버지	예, 면으로 해서 새마을금고 사무소에 다녀오겠어요.
할머니	조심해! 빙판길이라 미끄러울 거야.

아버지	예.
어머니	여보, 뭣하면 들어오시는 길에 애기 기저귀 감 좀 끊어 오세요.
아버지	기저귀 감?
어머니	열 장은 더 있어야지, 모자라요. 어찌나 자주 싸는지 원…, 호호….
아버지	제 애비 닮았군… 흐흐….
일용네	그랬어요?
아버지	암…, 큰놈 낳았을 땐 숫제 내가 기저귀 심부름 땜에 가래톳이 섰을 지경이었지, 허허허.

방에서 애기 우는 소리.

어머니	조용히 좀 하세요. 당신이 떠드니까 애기가 또 깼잖아요?
아버지	젠장…, 이젠 손자 놈 때문에 집안에서 큰 소리도 못 내겠구먼…! 흐흐….

아버지가 자전거를 타고 간다. 설경이다.

아낙 E	지가요, 그 사람 다리 병신이라고 깔봤으면 결혼했겠어요? 자기 성한 다리 한 짝이 되어줄 생각으로 만나 산 건데… 그렇게 사람이 변할 수가 있을까요? 맨날 주정 부리구……, 트집 잡구…, 온갖 지성 다해봐도 못 고치겠어요. 지성이면 다 된다는데 그게 아닌가 봐요. 그 이상 어떻게 지성을 바칠 수 있겠어요? 저는 못 참겠어요!

S#6 아낙의 방
악쓰는 소리.

376

남편이 목발 짚으며 들어오고 뒤따라 아낙이 들어온다.

남편 E   (악쓰며) 못 참겠으면, 못 참겠으면 어떻게 하겠다는 거야?

남편   옳지, 알겠다! 병신 남편 섬기기 신물 난다 이거지? 응?

아낙이 원망의 눈으로 본다.

남편   왜 보니? 그런 눈으로 봐서 나를 어떻게 하겠다는 거야?

아낙   너무하세요!

남편   내가? 뭐가 너무해, 응?

아낙   마음에 안 든 게 있으면 말씀하실 일이지, 왜 사사건건 생트집
           이에요?

남편   내가 언제 생트집을 잡았어? 아니, 알고 보니까 이제 생사람 잡
           겠구먼! 하루 종일 새마을금고 사무실에서 일하다 돌아오는 길
           에 친구들과 막걸리를 마셨기로 그게 무슨 대역죄야?

아낙   약주 드시려거든 집에서 드세요. 제가 사다 놓을 테니까!

아버지가 자전거 달리는 그림 위에 싸우는 소리가 들린다.

남편 E   집에서 마시는 술하고 술집에서 마시는 술이 같아, 응? 그게 같
           은가 말이야… 이 등신아!

아낙 E   그래요! 난 못 배운 여자라 등신, 바보예요. 허지만 이 형편에
           술 마시고 화투장 만지고 하는 게 잘하는 짓이라고는….

남편 E   듣기 싫어! 웬 참견이니? 내가 술 마시건 화투짝 만지건 네가
           무슨 참견이야? 내가 벌어서 내가 쓰는데 뭐가 잘못이냐구?

S#7 아낙 방

아낙	그런 돈이 어디 있어요? 당신 월급이 얼만데, 그런….
남편	아니, 그럼 내가 도둑질했단 말이야? 누구 등쳐먹었어? 아니 저게 이제 남편을 생도둑으로 몰려구…. 에라이… 쌍!

남편이 목발을 집어 들어 내리친다. 아낙이 목발을 붙들며 애소한다.[*]

아낙	여보, 제발 이러지 마세요, 예? 왜 이렇게 되셨어요? 말도 잘 안 하시던 당신이 왜 이렇게 변하셨어요? 우리 결혼식 때 주례 님께서 하시던 말씀 생각 안 나세요, 예? 빚 없이 살라고 하셨어요! 빚지면 비굴해진다는 말 잊으셨냐구요? 여보, 여보!
남편	오냐, 그럼 그 주례하고 함께 살어!
아낙	여보, 우리 함께 죽어요!
남편	내가 왜 죽니? 왜, 왜?

목발을 내던진다. 방문에 꽂히자 창호지가 찢겨나간다.

아버지가 자전거를 타고 간다.

S#8 식당 앞
옹진식당이라는 간판이 보인다. 아버지가 자전거를 세우고 유리문을 열고 들어선다.

S#9 식당 안
술청에서 여주인이 손님들에게 술을 따라주고 있다.
아버지가 들어서자 손님 A, B가 절을 한다.

---

* 애소(哀訴)하다: 슬프게 하소연하다.

여주인	김 회장님, 어서 오세요!
아버지	재미 좋으세요?
여주인	그저 그래요. 올라앉으세요!
아버지	예.
손님 A	얼마요?
여주인	아니 왜 벌써 가시게요? 1,300원이에요.
손님 B	회장님, 올라오세요!
아버지	아니, 내가 왔다구 일어설 건 없잖아?
손님 B	아, 아니에요.
손님 A	온 지 한참 됐어요. 날씨가 너무 차서요, 헤헤…….
아버지	그러게 말일세. 올 추위는 유난스럽군.
손님 B	그럼 먼저 갑니다.
아버지	응…….
손님 A	천천히 오세요.
아버지	조심해!

손님 A, B가 나간다.

그사이에 여주인이 김이 무럭무럭 나는 술국 뚝배기를 내놓고 젓가락 통에서 젓가락을 손으로 쓱 훑어놓는다.

여주인	막걸리 드시겠어요?
아버지	응? 응.

여주인이 막걸리 주전자를 들어 잔에 따르고, 아버지가 한 모금 마시고 국물을 떠서 마신다.

| 아버지 | 그 국물 시원해서 좋다. |

여주인	그런데, 웬일루 회장님께서……
아버지	다른 게 아니라… 그 새마을금고에 나가는 정 씨 있잖아요?
여주인	정 씨? 오… 다리가? (앉는다)
아버지	응, 여기 자주 들린다면서요?
여주인	예.
아버지	그것두 밤이면…
여주인	예! 친구들하구 더러…
아버지	(엄하게) 더러가 아니라 하루가 멀다 하고 들려서 화투 친다면서요?
여주인	…….
아버지	왜 받아요, 그런 사람들을?
여주인	예?
아버지	어떻게 해서 장가들었으며, 어떤 경유로 해서 새마을금고에 취직시켰는지 알고 있죠?
여주인	예! 김 회장님께서 주례를 서시고, 또….
아버지	그렇다고 해서 내가 뭐 공치사하겠다는 생각은 없고……. 다만 사람이 자기 분수… 못 지키는 게 딱해서 하는 소리지! 그리고 그런 남자를 하늘처럼 받들어 모시겠다는 착한 아내한테 그럴 수가 없지…. 그건 벌 받을 짓이야!
여주인	전…… 뭐 다른 생각 없어요! 그저 내 집 찾아오는 손님이니까 다정하게 모시는 것뿐이고… 또….
아버지	그건 나두 알아요! 하지만 내가 결혼식장에서 다리 없는 남편을 덥석 업고 나가는 신부의 모습을 보고 얼마나 마음속으로 울었는지 알아요…? 나는 그런 부부 같으면 이 세상에서 누구보다두… 착실하고 진실하게 살 것이라고 믿었어요. 그런데 넉 달도 못 가서 노름과 술로 세월을 보낸다니 이럴 수가 없어요!

아버지가 남은 막걸리를 단숨에 바닥낸다. 여주인이 약간 겁에 질린다.

아버지	나하고 약속합시다.
여주인	예?
아버지	앞으로는 그 정 군이 오면 받지 말아요. 방두 내주지 말구 화투 두 내놓지 말구, 아시겠어요?
여주인	…….
아버지	한동안은 마을에서 주막 없애기 운동까지 있었지만, 지금은 그 렇게까지는 안 되구… 아무튼 옹진식당 때문에 한 가정이 파 탄을 일으킨다면 아주머니두 그다지 기분이 안 좋을 것 아니겠 소?

여주인이 민망해서 고개를 숙인다.

여주인	알았어요.
아버지	그리구, 정 군이 무슨 돈이 있어서 이 짓을 하겠는가 말요? 월급 이라야 뻔한데….

여주인의 얼굴에 그늘이 진다.

S#10 첫째의 방

애기가 울고 있다. 며느리는 못 들은 척 돌아누워서 잠이 들었다.

어머니가 들어온다.

어머니	애기가 저렇게 울어대는데 안 들리니?

며느리가 벌떡 일어난다.

며느리	먹은 지 얼마 안 되는데… 왜 또 극성이니. (애기를 안으려 한다)
어머니	젖 주기 전에 기저귀부터 봐! 애기 우는 게 뭐 꼭 젖 달라구 해서만은….

어머니가 애기 기저귀를 살핀다.

어머니	세상에…… 이렇게 흥건히 젖도록 내버려두다니…. (애기에게) 네 에미두 틀렸다 틀렸어. 그렇지? 아가야!
며느리	예?
어머니	두 번은 더 쌌겠다. 애기 살은 물러서 금방 문드러져 이것아! 기저귀 어디 있나?

애기가 어느새 울음을 멈추었다.
며느리가 뿌로통해지며 요 밑에서 기저귀를 꺼내준다. 어머니가 받아서 갈아 채워준다.

어머니	너도 일하랴 애기 보랴 고단하겠지만…, 그럴수록 정신 바짝 차려야 한다. 애기 하나가 문제니, 이제 둘 셋 되어봐!
며느리	어머니두 어떻게 셋씩이나 낳아요?
어머니	못 낳을 건 또 뭐냐? 나는 다섯도 낳았다, 어때서?
며느리	그건 옛날이니까 그랬지만…….
어머니	안다, 둘 낳기 운동!
며느리	저는 하나루두 족해요.
어머니	뭐라구?
며느리	이 애 낳을 때 일 생각하면… 아이 무서워! 애기 안 낳고 살 수만 있다면 여자가 얼마나 편할지 모르겠어요.
어머니	한심스럽구나, 너두……. 세상에 애기 못 낳는 여자가 여자라던…? 낳고 싶어서 몸살 나고 안달하는 불행한 여자가 얼마나

많은데.

며느리   저는 더 이상 안 낳을래요.

어머니   네 맘대로? 네 아버지께서 그 말 들으시면 5분간 기절하셨다가
             10분간 벙어리 되실 게다.

어머니가 애기를 안는다. 천천히 몸을 흔들며 애기를 다독거린다.

어머니   세상에… 이렇게 이쁜 자식이 어디서 생겼을까? 호호…. 내 복
             단지, 내 웃음 단지, 내 장단지! 호호….

며느리   참 이상해요.

어머니   뭐가?

며느리   저는 그렇게 예쁜지 모르겠는데 왜 어머님이랑 아버님은 그렇
             게 귀여워하시죠?

어머니   그걸 말이라고 하니? 손자 밉다는 늙은이 데려와봐! 왜 이쁘냐
             고 이유를 캐내도 그 이유만은 설명 못 하는 게 이 천륜이라
             는 거다. 남남끼리 만나서… 자식 낳고… 키워서 시집 장가보내
             고…. 부부간의 정… 부모자식 간의 정… 그건 아무도 그 무엇
             으로도 설명 못 해. 요즘 여자들은 시집가서 애기 가지면 뭐 몸
             모양이 꼴사나워진다고 제왕수술합네, 우유 먹이네 하는데…,
             그게 아니다! 자식은 그렇게 키우는 게 아니야….

S#11 새마을금고 사무실

남편이 주판을 튕기며 계산을 하고 있다. 예금하러 온 사람이 내민 통장과 돈을 받아 처
리한다.

아버지가 다가온다. 남편이 일하다가 문득 고개를 든다. 그는 의자에서 허리를 반쯤 떠
올리며 절을 한다.

남편	아니…?
아버지	음…, 잘 있었나?
남편	예…, 예!
아버지	면장 어른 좀 만나러 온 길일세…. 잘되어가고 있나?
남편	예.
아버지	집에 일찍일찍 들어가고?
남편	예? 예.
아버지	술은 많이 안 하는 게 좋아, 알지?
남편	예?
아버지	어서 일 보게.

아버지가 멀어진다. 남편 표정이 굳어진다.

S#12 면장실

아버지와 면장이 마주 앉아 있다.

면장	제가 보고받기로는 별로 이렇다 할 하자가 없는 것 같던데요. 착실하게 근무한다나 봐요.
아버지	나도 면장 어른과 똑같은 생각입니다만, 요즘 젊은 아이들은 엉뚱한 데가 있어서요.
면장	그건 그래요! 그 정 군도 김 회장님이 추천해주셨으니까 그나마도 채용이 되었지, 그렇지 않으면야 어디 엄두도 못 낼 일이죠…, 허허허….
아버지	고맙습니다! 그래서 저두 책임감을 느끼게 되니까 이렇게 찾아와서, 허허….
면장	염려 마십시오! 김 회장님 말씀이면 이건 보증수표인데요, 헛허허….

아버지   혹시 위조수표인지 누가 압니까? 허허허….

S#13 마루(밤)

부엌에서 셋째가 과일 접시를 들고 나와 안방으로 올라간다.

S#14 둘째의 방(밤)

첫째, 둘째, 일용이가 화투를 치고 있다.

첫째   오늘따라 왜 이렇게 패가 안 나오지?
둘째   저는 오늘따라 패가 마구 쏟아집니다, 헛허….

미닫이가 열리며 셋째가 과일 그릇을 들고 들어온다.

둘째   위문단이 오시는구나.
셋째   엄마가 가지고 가래! 누가 땄어요?

과일 그릇을 내려놓고 사이로 고개를 내민다.

셋째   큰오빠, 내가 봐줄까?
첫째   저리 가!
셋째   어머머.
첫째   사람 돈 잃었는데 무슨 참견이니?
둘째   형은 형수가 나타나셔야 용기를 얻으신다.
셋째   아…, 나두 시집이나 가야지.
일용   좋죠! 갈 사람은 가고 남을 사람은 남구…. (긴장하며) 이게 웬
         떡이냐? 호박떡에 콩나물떡이다! 허허….

화투짝을 내리친다.

일용   광에 비에 초까지다, 허허….

밖에서 인기척과 함께 개가 요란스럽게 짖어댄다.

둘째   가만… 누가 왔나 봐!

모두들 귀를 기울인다.

사내   (소리) 계세요?
일용   응?
사내   (소리) 김 회장님, 계세요?
첫째   나가봐.
셋째   예.

셋째가 자리에서 일어나 미닫이를 연다.

S#15 들(밤)

사내와 그의 아내가 서 있다. 강아지가 짖고 있다.

셋째   어디서 오셨어요?
사내   (초조하게) 예… 저… 건너마을에서 온 사람인데….
셋째   건너마을 뉘신데요?
사내   이름을 대도 잘 모르실 게고….
아내   지난가을에 우리 시동생이 장가들 때 회장님께서 주례를 서주
              셨어요.

셋째	아, 네! 그런데 무슨 일로….
아내	동서가 집을 나갔어요.
셋째	집을 나가요?

어머니가 할머니 방 쪽에서 나온다.

어머니	누가 오셨어?
셋째	응… 엄마! 아버지한테 결혼 기념으로 만년필….
어머니	아, 네, 그런데 왜 이 밤중에…?
셋째	신부가 글쎄….
사내	사모님, 안녕하셨습니까? 이거… 제 계수가 글쎄… 갑자기 집을 나갔습니다.
어머니	집을 나가다뇨?
아내	예……, 그것두 빈 몸으로 나갔지 뭐예요?
어머니	엊그제 아침에 집에 왔었는데….
사내	예, 그래서 혹시나 하구… 김 회장님께 무슨 얘길 들으셨나 해서….
어머니	글쎄요, 제가 알기로는… 신랑이 좀….
사내	예… 제 동생 놈이 아직도 철이… 없어서 그만.
어머니	그럼, 어쩐다죠? 몸두 성치 못하다구 들었는데….
사내	글쎄, 소 잃고 외양간 고친다고, 계수가 집을 나갔다는 소리를 듣구서 뒤늦게 와서는….

S#16 아낙의 방
사내가 쪽지를 던지며 소리친다.

남편	나하구 살기 싫어 나간 계집, 날더러 어떻게 하란 말이에요?

사내는 침통하게 앉아 있다.

사내   (한숨) 이놈아! 어떻게 했길래 계수씨가 집을 나가게 되었니, 응?

남편   ….

사내   네 형편에 계수씨는 네 다리나 다름없다는 걸 몰라, 응? 그래, 무슨 일이 있었어?

아내   자세히 말씀 좀 하세요!

사내   말 좀 해! 속 시원하게!

남편   ….

사내   (무심코) 이 병신 같은 자식아… 그래?

아내   (놀라며) 여보! 무슨 말을 그렇게…

남편   그래요. 난 병신이에요, 병신!

사내   아니, 이, 이게 정말….

남편   병신이니까 이렇게 사는 거예요! 아니 병신 아니라는 걸 보여 주기 위해서 남들처럼 살아보겠다는데, 뭐가 잘못인가 말이에요, 뭐가…?

사내   이 자식아! 제 여편네 하나 제대루 간수 못 하는 주제에 무슨 큰소리니?

아내   그래두 집을 나갔을 때는 그럴 만한 까닭이 있었을 게 아녜요?

남편   까닭요? (분통 참지 못해 운다) 으흐흑!

남편이 머리칼을 쥐어뜯는다. 사내와 아내가 괴롭게 본다.

S#17 안방

아버지가 잠자리에 엎드린 채 담배를 피워 물고 있다. 깊은 생각에 잠겨 있다.

어머니가 들어선다.

어머니	일어나셨어요?
아버지	….
어머니	속 괜찮으세요? 간밤에 웬 술을 그렇게 많이 드셨어요? 어서 일어나세요. 해장국 끓여놨으니 드시고서….
아버지	그럴 수가 있을까?
어머니	누가요?
아버지	누군 누구? 내가 주례 섰던 그 정 군의 안사람 얘기지.
어머니	어머, 그럼 당신 어젯밤 얘기 다 기억하고 계셨어요?
아버지	이 사람이 누굴 병신으로 아나. 왜 몰라? 정 군의 안사람을 찾으려고 그 형 내외가 나를 찾으러 왔더라면서?
어머니	그래서요?
아버지	뭐가, 그래서야? 내가 아직 안 돌아왔다니까 자초지종 얘기 다 늘어놓고 돌아갔다고 했잖아?
어머니	(감탄하며) 어쩜!
아버지	뭐가?
어머니	그렇게 명주실에 좁쌀 끼우듯 다 기억하고 계세요? 그 일을….
아버지	그럼, 내가 벌써 노망들었으면 좋겠어? 이 사람이 정말 생사람 병신 만들 소릴 하는구만!
어머니	남자들은 이래서 능구렁이지!
아버지	구렁이 타령은 왜 또 나와? 징글맞게끔….
어머니	남자는 모두 그렇게 징글맞죠?
아버지	뭣이?
어머니	자기한테 불리한 얘기는 취중이라 전혀 기억 못 한다고 딱 잡아떼면서… 세상에… 나는 어젯밤 그렇게 취하셨길래 전혀 기억 못 하실 줄 알았는데, 어쩜…… 세상에!
아버지	그게 잘못인가?
어머니	허긴… 술에 취해 인사불성이 되었어도 자기 집 하나는 꼬박꼬

	박 찾아 들어오는 게 남자니까 할 말도 없지만서두….
아버지	이건 남편더러 왜 외박 안 하는가 하고 따지는 격이군, 흐흐…….
어머니	호호…. (웃다 말고) 그건 그렇고 어떡하죠? 그 새댁….
아버지	(한숨) 그러게… 그날 내가 잘 알아듣도록 타일렀는데…. 그리고 신랑한테도 착실히 일하라고….

개가 짖는다.

순경	(소리) 김 회장님 계십니까?
어머니	누굴까요?
아버지	글쎄… (크게) 예, 뉘시오?

S#18 뜰과 마루

순경이 면장과 서성거리고 있다.

순경	지서에서 왔습니다.
아버지	(소리만) 자… 잠깐만요.
면장	원, 세상에… 이 이런….
순경	그러기에 열 길 물속은 알아도 한 길 사람 속은 모른다잖아요?
면장	사실이에요……. 이러니 지금 세상에 누굴 믿고….

아버지가 자켓을 걸치며 문을 연다.

아버지	아니, 면장 어른까지… 웬일이세요?
면장	아침 일찍부터 실례가….
아버지	아, 아니에요. 자, 올라오세요.
순경	같이 좀 가주셔야겠어요.

아버지   예?

어머니가 겁먹은 얼굴로 내다본다.

아버지   무슨 일이라도…?
면장   새마을금고의 정 군이… 어젯밤에 식당에서 자살한다구 약을
                 먹었어요.
아버지   예?

S#19 옹진식당 앞(밤)
그 앞에 마을 사람들이 모여 웅성거리고 있다.

S#20 동 안(밤)
여주인이 을씨년스럽게 앉아 있다.
흰 가운을 입은 검시관의 지시로 마을 사람들이 들것에 시체를 들고 나온다.
여주인이 외면을 한다.

S#21 동 앞(밤)
들것에 실려 나온 시체를 보자 마을 사람들이 호기심에서 다가온다. 모두들 그 뒤를 따라간다.

마을 사람   젊은 놈이 왜 죽어, 죽긴!
마을 사람   공금 빼먹다 들통이 났다며?
마을 사람   여편네까지 도망갔대요!

S#22 새마을금고 사무실
장부가 책상 위에 쌓여 있다.

아버지, 면장, 순경, 그리고 직원이 두어 사람 모여 있다. 모두가 심각한 표정이다.
저만치 아버지가 담배를 피워 물고 있다.

면장	(장부를 보며) 그러니까 석 달 전부터 예치하려고 가져온 돈을 이 장부에다가는 기재 안 하고 빼돌린 거예요.
순경	(기록하며) 얼마나 되죠, 금액이?
면장	(직원에게) 얼마라고 했지?
직원	(쪽지를 보며) 모두 120만 6천 원입니다, 예….
순경	그걸 혼자서 다 횡령한 건가요?
면장	아닙니다. 상무가 80만 9천 원을 쓰고, 나머지 39만 7천 원은 정 군이 횡령한 셈이죠!
아버지	(분통이 터져서) 병신 같은 녀석!

모두들 놀란다.

아버지	고작해서 단돈 39만 원에 제 목숨을 버리려고 들어? 병신 같은 놈! 안 될 인간은 빨리 없어져야 해요.
면장	김 회장, 무슨 말씀을…?
아버지	나더러 이 자리에 나오라고 할 때는 내가 추천한 사람이니까 나더러 책임지라는 뜻이 아니겠소, 그렇죠?
면장	그, 그건….
아버지	책임지죠…. 비록 내가 구두로 그자의 취직을 위하여 추천했지만 나는 도의적으로나 사무적으로나 책임을 질 테니 염려 마세요! 39만 원 아니라 전액을 다 책임지겠어요!
면장	글쎄….
아버지	나는 왜 그런 못난 인간을 내가 미리서 꿰뚫어보지 못했는가 하는 내 자신이 더 밉고 분합니다…. 나는 지금까지 세상일을

너무 자만심으로만 살아나왔단 게 부끄럽고 분통이 터집니다! 나는 적어도 내가 주례를 서준 사람은 절대로 배반하지 않고 행복하게 살 것이라고 믿어왔소. 결혼식장에서 신부에게 업혀 나가는 정 군을 보고 얼마나 진실한 행복을 빌어준 줄 알아요? 그런데 망할 녀석! 이 지경이 되다니….

모두들 숙연해진다.

S#23 안방
어머니와 일용네가 앉아 있다. 짚단에다 메주를 싸고 있다.

일용네	그래 어떻게 됐대요?
어머니	어떻게 되긴… 그이가 그 돈을 죄다 물어 넣기로 했다지 뭐요?
일용네	세상에… 이거야말로 재주는 곰이 넘고…….
어머니	누가 재주를 넘었다고요?
일용네	그래서 옛 어른들이 맞지… 머리 검은 짐승은 거두지 말랬다고…. 사람은 아무나 끌어들이는 게 아닌데….
어머니	그저 그이는 사람을 너무 쉽게 믿는 게 탈이라니까!
일용네	원체 인정이 많은 어른이신걸요.
어머니	인정 많은 것도 정도 문제지…. 그러기에 내가 밤낮 군소리지…. 지나가는 사람이면 아무나 붙들고서 술 먹여 보내… 밥 먹여 보내… 돈 줘 보내. 주례 부탁만 받으면 가뭄에 물 보듯이 세상에 어쩜 그렇게도 사람을 좋아하는지…. 그런 생각 있으시면 이 마누라 생각이나 좀 하시잖고서….
일용네	샘나세요?
어머니	예?
일용네	남한테 인정을 헤프게 쓰신다고 말씀이에요…, 훗흐!

어머니	앞으로 집안에 손님 끌어들여봐라, 내가….

미닫이가 열리며 며느리가 고개를 내민다.

며느리	어머님….
어머니	응?
며느리	손님 오셨어요.
일용네	쫓아보내요! 앞으로 손님을 절대 안 불러들이신대요, 흣흣…!
어머니	누군데?
며느리	나와보세요. 전 처음 보는 여자분이에요.
어머니	여자?

어머니가 자리에서 일어서서 나간다.

S#24 마루와 뜰

아낙이 서 있다. 손에 한 되들이 술병을 들었다.

어머니	아니…….

아낙이 천천히, 그리고 공손히 절을 한다.
어머니가 토방으로 내려선다.

어머니	어떻게 연락이 닿았어요?
아낙	뭐라고… 말씀드려야 좋을지….
어머니	그래 병원엔 가봤어요?
아낙	네, 목숨은 건진대요. 회장님 뵐 낯이 없어요.
어머니	우리야 어떻수? 불행 중 다행이구먼. 좀 걸터앉아요.

| 아낙 | 회장님께서 뒤처리까지 다 둘러쓰셨다구 해서 부랴부랴 다시 들어왔어요. 세상에, 이 죄 많은 인생들이 회장님 은공을 어떻게 갚아야 할지….

| 어머니 | 무슨 소릴 하세요? 이젠 기왕지사고 앞으로 살 일을 걱정해야 지….

| 아낙 | 아니세요. 죄지은 인간이 살면 뭘 하고… 흑…….

| 어머니 | 별소릴…. 아마, 비닐하우스 고치는 데 가셨나 봐요. 눈이 어찌나 많이 왔는지 비닐하우스가 눈 무게를 지탱 못 하고 내려앉았거든요. 곧 오실 거여요.

| 아낙 | 아, 아닙니다. 사모님 뵀으면 되었지요. 그리고 저는 회장님 뵈올 낯도 없구.

| 어머니 | 괜찮아요.

| 아낙 | 어찌 되었건… 회장님… 우리를 인연 맺어주셨으니… 우리를 인도해주셨으니… 앞으로도 친정아버지처럼… 그렇게 모시고 살려고요.

술병을 내민다.

| 어머니 | 뭐예요, 이게?

| 아낙 | 회장님 반주하시라고….

| 어머니 | 이런 거 안 가져와도 되는데. 그래… 장차 어떻게 살아가려고…?

| 아낙 | 닥치는 대로 일해야죠. 품팔이도 하고 공사장에도 나가고, 할 일이야 하늘처럼 쌓인 세상인데요, 뭘. 저는 날마다 일만 하다 죽을래요. 그래서 이 손도 일만 하다 죽으라고 이렇게 생겨났나 봐요…. 그럼, 이만….

| 어머니 | 섭섭해서 어떻게 해요?

아낙	나오시지 마세요.

S#25 안방(밤)

아버지가 막 밥상을 받았다. 어머니가 술 주전자를 들어 권한다.

어머니	당신 양딸이 가져온 술이니 안심하고 드세요.
아버지	난데없이 양딸은?
어머니	글쎄, 그 새댁이 앞으로는 당신을 친정아버지로 모시겠대요. 그러니 자기를 양딸로 봐달랩니다. 자 드세요.

어머니가 잔에다 술을 따른다. 아버지 표정이 흐뭇해진다.

아버지	양딸이라….
어머니	반갑수?
아버지	응!

단숨에 마신다. 잔을 어머니에게 건넨다.

아버지	당신도 한잔 들어!
어머니	난 못 마셔요, 독한 청주는.
아버지	양딸이 보낸 술이야!
어머니	당신 양딸이지 내 딸이요?
아버지	내 딸이면 당신 딸이지….
어머니	어째서요?
아버지	주머니 돈이 쌈짓돈이지, 흐흐….

아버지가 술을 따른다.

며느리가 국그릇을 들고 들어오다가 그 광경을 보고 무안해한다.

아버지   괜찮다…. 들어와! 이 술은 보통 술이 아니다. 유쾌한 술이다. 인
　　　　　　생을 이런 맛으로 사는 거야, 허허.

어머니   정말 모르겠어요, 나는….

아버지   뭘?

어머니   나는 당신 하시는 짓이 별로 신통치 않는데, 왜 남들은 당신을
　　　　　　그렇게 따르고 좋아라 하는지 모르겠다니까요.

며느리가 국그릇을 내려놓는다.

아버지   아가, 너도 그렇게 생각하니?

며느리   예? 예… 저….

아버지   어느 쪽이야?

며느리   (두 사람 눈치 보며) 그런 것도 같고…….

아버지   그것 봐… 흐흐.

며느리   아닌 것도 같고….

어머니   그것 봐요.

며느리   모르겠어요.

아버지   그래 인생이란 좋은 것도 같고 안 좋은 것도 같고 잘 모르겠다
　　　　　　이거야! 허허허, 아, 술 따러!

며느리가 술 주전자 따른다. 아버지의 맛있게 마시는 얼굴.

(F.O.)

분가

제12화 분가

방송용 대본 | 1981년 1월 20일 방송

· 등장 인물 ·

할머니	정애란
아버지	최불암
어머니	김혜자
첫째	김용건
며느리	고두심
둘째	유인촌
셋째	김영란
막내	홍성애
일용	박은수
일용네	김수미
장인(첫째의)	최명수
장모	김소원

S#1

아버지를 위시하여 온 가족이 보리밭에 흙을 넣어주기도 하고 보리밟기를 하고 있다.

아버지와 어머니, 일용네 등 어른들은 차근차근 밟고 있지만, 셋째와 막내는 마치 유희라도 하듯 짱중거리며 희희낙락하다.

둘째와 일용은 흙을 뿌린다. 첫째와 며느리만이 안 보인다.

내레이션　모든 식물은 밟히면 죽는데 유독 보리는 밟아줘야 살아간다. 밀보리나 보리는 비교적 추위에 잘 견디는 작물이지만 올겨울처럼 강추위가 계속되면 보리는 영하 12도에서, 그리고 밀보리는 영하 25도에서 얼어 죽게 된다. 애써 씨를 뿌려 싹이 돋아난 보리 그 생명을 얼어 죽게 할 수 없다 하여 생각해낸 게 보리밟기다. 보리를 밟아주면 뿌리의 분열을 조장하고 생장점을 보호하고 얼어 죽는 일을 방지한다. 이런 원시적인 방법으로 농사를 지어온 조상들의 슬기에 나는 많은 것을 배운다. 밟아서 살리려는 방법이 어디 보리뿐이겠는가. 사람도 매한가지다.

아버지　왜 첫째와 며늘아이는 안 나왔어?

어머니　애기가 감기인가 봐요. 열이 끓고 보챈대요….

아버지　그럼 첫째라도 나와야지. 오늘 같은 날은 가족 총동원을 해도 하루 내 걸리는데….

어머니　애기가 아프다니까 새아가보다 그 애가 한술 더 뜹니다.

S#2 첫째 방

며느리는 돌아누워 있고 첫째는 애기를 안고 어찌할 바를 모른다.

애기 울음소리가 간드러진다.

첫째　　(애기를 얼르며) 오냐… 오냐… 울지 말아… 영남아… 옳지… 옳지….

그러나 애기는 계속 울어댄다.

며느리는 돌아누운 채 까딱도 안 한다.

첫째   (눈치 보듯) 여보… 안 되겠어 좀 먹여야지, 응? 여보…….

며느리   한 시간도 못 돼요, 먹인 지.

첫째   그래도 이렇게 보채는 걸 어떻게 해.

며느리   울게 내버려둬요. 나 잠 좀 자게 내버려둬요.

첫째   어떻게 내버려둬? 목이 쉬겠어, 이러다간…….

며느리   애기는 울려야 잘 자라요.

첫째   젖 좀 먹여… 안 되겠어?

며느리   세 시간 지나야 돼요.

첫째   예외라는 게 있잖아… 경우에 따라서는…….

며느리가 벌떡 일어난다. 첫째가 깜짝 놀란다.

며느리   지금 뭐라고 하셨어요?

첫째   응?

며느리   예외라고 그랬죠?

첫째   그래. 애기 세 시간마다 먹인다는 건 상식이고…… 이렇게 열이
         있고 보챌 때는 우선 울음을 그치게 해야지….

며느리   그 논법을 믿으시는 거죠?

첫째   아니 지금 무슨 얘길 하려는 거야? 애기 젖 주라니깐….

며느리   여보… 나도 그 예외를 믿고 싶어서 그래요.

첫째   무슨 소리야?

며느리   애기 일루 주세요.

며느리는 애기를 받아 품에 안고서 젖꼭지를 물린다.

금세 애기 울음소리가 멎는다. 바람이 잔 것 같다.

첫째	아유… 꼭 폭풍이 지나간 것 같군. 흐흐… 자식도 성질 급하기는….
며느리	당신을 닮았다는 얘기는 아니겠죠?
첫째	응?
며느리	당신처럼 뜨뜻미지근하고… 물에다 물 탄 듯… 술에 술 탄 듯하는 성격 매력 없어요….
첫째	이거 바람이… 왜 나한테로 불지? 허허….
며느리	웃어넘길 일이 아니에요.
첫째	그럼 울며 넘는 박달재야? 흐흐….

며느리가 땅이 꺼질 듯 긴 한숨 몰아쉰다.

첫째	청승맞게 한숨은 또….
며느리	한심스러우시죠?
첫째	뭐가?
며느리	당신도… 그리고… 나도.
첫째	무슨 소리야?
며느리	우리 신세가 한심스럽다 이거죠.
첫째	이게 어때서?
며느리	좋아요?
첫째	밥 굶겼어? 헐벗겼어? 집이 없어?
며느리	밥 먹고 옷 입고 잠자면 그걸로 다예요?
첫째	그거면 되었지 뭐가 또….
며느리	생활이 있어야죠.
첫째	생활?

며느리	인생….
첫째	거창하게 나오시는군.
며느리	그런 건 소나 돼지도 있다구요.
첫째	뭣이?
며느리	당신과 나의 인생이 어디 있어요? 생존이지, 생활이 아니에요. 이건 아시겠어요? 우리가 결혼하자 했을 때 이게 아니었어요. 당신, 그때 그랬죠? 1년만 살고는 부모님께 말씀드려서 따로 독립해서 생활하겠다고… 그랬죠?
첫째	알았어….
며느리	뭘 알아요?
첫째	농촌에서 살기 싫으니 서울로 나가자, 이거 아니야?
며느리	알기는 하시는군.
첫째	(한숨)
며느리	왜, 난처하세요? 어른들께 말씀드리기가…. 그러실 테죠. 명색이 장남인데 따로 나가 살겠다 말 꺼냈다가는 벼락이 떨어질 테니까. 우리가 이 집에서 꼭 필요한 인물이라면… 저도 말 안 하겠어요.
첫째	그럼 필요치 않은 인물이란 말이야? 우리 집에서….
며느리	물론이죠. 우리 세 식구, 이 집에서는 병풍이에요.
첫째	병풍이라니?

S#3 다른 농가

일하고 있는 부부.

어머니	그 애들은 병풍이겠거니 생각하면 되죠…….
아버지	병풍?
어머니	병풍은 있어도 살고 없어도 살아요. 물론 때로는 바람막이도

되지만… 그저 뒤에 처놓고서 사는 격이죠. 그 애들이 없다고 농사짓는 데 불편한 것도 아니고….

아버지   그러는 게 아니야.

어머니   뭐가요?

아버지   별 볼일 없는 것 같으면서도 막중한 책임과 위신과, 그리고 저력을 가지는 게 장남이거든!

어머니   당신처럼?

아버지   물론이지. 그리고 우리 첫 손주 영남이가 철들어서 학교에 다니게 되면 첫째 제 놈도 이 집 장손으로서 뭣을 해야 할 것인가를 알게 돼! 특히 며늘아이는 서울서 자라서 대학 교육까지 받았으니 농촌 생활에 익숙지가 못하니만큼 당신이 가르쳐야지.

어머니   가르쳐서 되는 일이라면 벌써 가르쳤어요.

아버지   (긴장하며) 아니 그럼 안 배우겠대?

어머니   (웃으며) 품종이 달라요.

아버지   품종?

어머니   예, 볍씨에도 고지대에 뿌릴 씨 따로 있고 평지대에 뿌릴 볍씨가 따로 있듯이 사람도 그래요.

아버지   그럼 어느 쪽이야? 며늘아이는?

어머니   '태백벼' '추풍벼' '밀양 23호' 그런 거죠 뭐…….

아버지가 일손을 놓고 어머니를 돌아본다.

어머니   우리 집에는 '수원 23호'나 '능백' '아끼바리' 같은 산간 지대에 맞는 볍씨라야 했을 텐데…. 그렇지만 그게 쉬운 일이에요? 사람은 그게 어렵죠. 사람 고르기란 볍씨 고르기하고는 달라요.

아버지의 표정에 어떤 감동의 빛이 번져간다.

아버지	(마음의 소리) 이 여편네가 겉으로 보기엔 무식한 농사꾼 같지
	만 속이 깊기는 부잣집 간장 항아리 밑바닥이라니까! 흐흐…
	그래 당신 말이 옳아! 나도 당신도 그 맛에 이렇게 흙에서 살아
	나오고 있는데, 요즘 젊은 놈들은 그걸 몰라주거든. 그걸 몰라.

S#4 뜰과 마루

막내가 부엌에서 쓴 양은 대야에다가 더운물을 담아 들고 조심스럽게 나온다. 더운 김
이 피어오르고 있다.

첫째 방에서 며느리가 기저귀 빨래감을 가지고 나온다.

며느리	(놀란 듯) 작은고모! 안 돼요!
막내	예? 뭐가요? 새언니.
며느리	제가 빨래할려고 물을 덥혔는데 그걸 써버리면 어떻게 해요!

막내는 모르는 척하며 머리를 감기 위하여 머리핀을 풀고 있다.

막내	일주일째 머리를 안 감았더니 간지러워서 죽겠어요.
며느리	그렇지만.
막내	제가 머리 감고 나면 다시 덥히면 되잖아요!
며느리	그렇지만… 애기 기저귀가 이렇게 밀려서…….
막내	그건 언니 사정이고요, 내 사정도 급합니다.

막내가 세숫대아에다 물을 붓고는 머리를 풍덩 담근다.
며느리가 화가 나서 방 안으로 들어가버린다.

S#5 안방

어머니가 장농에서 봉투를 꺼낸다. 그 속에서 천 원짜리 지폐를 열 장 세어놓는다.

며느리	(소리) 어머님!
어머니	오냐, 들어와.

미닫이 열리며 며느리가 들어온다. 외출복 차림에 애기를 담요로 싸서 안았다.

며느리	다녀오겠어요, 어머님.
어머니	응… 이거 받어.

돈을 내민다.

며느리	돈… 제게도 있어요.
어머니	받어! 병원에 가는데 돈은 넉넉히 가져가는 게 좋아. (받는다)
며느리	죄송해요, 어머님.
어머니	너는 꼭 남의 집 식구 말하듯 하는구나! 죄송하긴 뭐가 죄송해?

어머니가 포대기 속의 애기를 들여다본다.

어머니	이맘때는 열이 나면 설사도 하는 법이더라만… 어떻든 의사한테 보이는 것도 좋지.
며느리	예.
어머니	아범하고 만나기로 했어?
며느리	예? 예.
어머니	그래 어서 가봐.
며느리	저, 어머님!
어머니	응?
며느리	나간 길에… 서울 아버지, 어머니 좀 뵙구.

어머니	친정에 들러 와?
며느리	예… 애기도 보고 싶다고 하시니까……. (눈치를 살핀다)
어머니	좋도록 해! 그럼 자고 오게?

어머니의 시선이 따갑다. 며느리가 어물쩍한다.

며느리	예? 예, 가봐서…….
어머니	가봐서가 아니라 딱 작정을 하고 가. 공연히 사람 애태우게 하지 말고…….
며느리	예?
어머니	온다는 사람을 기다리는데 안 오는 일처럼 답답한 일은 없느니라.

어머니가 돈 봉투를 장농 속에 챙긴다. 며느리가 대답에 궁해진다.

어머니	뭐하면 하루 좀 자고 와. 애기도 외조모님한테 귀여움 타야지.
며느리	예, 가봐서. 그렇게 되면….
어머니	그렇게 정하고 나가! 여기 일은 걱정 말고! 네가 하루쯤 집 비운다고 어떻게 되는 것 아니니까.
며느리	….
어머니	어서 가봐! 아범하고 점심시간에 만나서 함께 병원에 가기로 했다면서?
며느리	예…, 그럼!

며느리가 마루로 나간다. 어머니도 마루로 나온다.

S#6 마루

할머니가 나온다.

며느리가 마루에 놓아둔 기저귀 가방을 든다.

할머니	어디 가니?
며느리	예….
어머니	영남이 병원에 데리고 간대요.
할머니	병원에?
어머니	예, 감기인지 모르겠어요. 며칠째 열이 나고 해서요.
할머니	애기가 열도 나지… 그럼 어른처럼 차갑다던?
며느리	예?
할머니	애기들은 그렇게 자라나는 거야. 울면서 자라고 아프면서 자라고…. 요즘 애들은 그저 조금만 아파도 병원부터 찾더라만… 그게 좋은 게 아니다. 옛날엔 병원도 없고 주사도 없어도 아들딸 잘 키웠는데, 요즘엔 원.

할머니가 뭐라고 구시렁거리며 다시 방으로 들어간다.

일용네가 부엌에서 나온다.

일용네	나 뭣 좀 사다 주실래요?
며느리	예?
어머니	그럴 시간이 있을까?
일용네	우리 일용이 빤스 두 장만 사다 줘요.
어머니	빤스?
일용네	글쎄, 작년 추석에 산 게 이제 다 떨어지고 해져서… 헤헤….
어머니	(웃음을 억지로 참으며) 총각이 입을 빤쓰를 젊은 새댁보고 사달라는 사람 어디가 모자라도 크게 모자라는구먼! 홋흐….

| 일용네 | 에그… 요즘 젊은 사람들이 그런 것 가린대요? 시아버지가 며느 |
| | 리 속치마도 사주던데… . 접때 텔레비전에서 보니깐두루 헛허…. |

까치가 운다.
둘째가 뛰어온다.

둘째	형수씨? 어서 가요.
며느리	예.
둘째	동구 앞 버스 정류소까지 경운기로 모셔다 드릴게요.
어머니	그게 좋겠다. 어서 가봐, 애기 포란으로 잘 싸고….
며느리	예. 어머님 다녀오겠어요.

기저귀 가방을 든다.

어머니	어서 가봐, 늦기 전에…! 아… 그리고 사돈어른께 안부 말씀 전
	하고….
며느리	예. (나간다)
어머니	(멀리 대고) 반찬이라도 사가지고 들어가! 빈손으로 털레털레 들
	어가지 말고…….
며느리	(멀리서 소리만) 예, 알겠어요.

까치가 운다.
어머니가 마루 끝에 앉는다.

일용네	세상에… 좋은 세상들 만나서… 쯧쯧….
어머니	예? 뭐가요?
일용네	좋은 시부모 밑에서 무사태평으로 사는 새댁 말예요. 옛날 같

으면 층층시하에서 시집살이하느라고… 새벽부터 밤늦도록 부
엌에서 벗어나올 겨를도 없었는데…. 좋은 세상예요.

어머니   그걸 알면 다행이죠. 요즘 애들은 이것도 시집살이시킨다고 엄
살할 텐데….

일용네   그럼 천벌 받죠.

어머니   시집살이는 시부모가 하는 세상이 되었죠.

일용   에그, 난 언제 그런 시집살이해보나?

어머니   (피식 웃는다)

S#7 안방

시계가 한 시를 가리키고 있다.

할머니와 아버지가 겸상으로 점심을 먹고 있다.

어머니가 뚝배기에다 국을 끓여 가지고 들어온다.

할머니   그게 뭐야?

어머니   보릿국예요.

아버지   보릿국?

어머니가 국그릇을 상 가운데 놓는다. 뜨거운 김이 피어오른다.

아버지   보리도 국 끓여 먹나?

어머니   그럼요. 어머니, 잡수세요. 보릿국예요.

할머니   보릿국! 음 그거 오랜만이구나.

할머니가 숟갈로 국물을 떠먹는다.

할머니   시원하다. 잘 끓였구나! 보릿국 먹어본 지가 얼마 만이냐?

아버지	보릿국을 어떻게 끓여?
어머니	어제 보리밟기하다가 일용네더러 보리순 좀 캐라고 했죠.

어머니가 보릿국을 숟갈로 떠서 본다.

아버지	그러니까 그 보리순으로 끓인 국이군? 그래?
어머니	에그… 그럼 보리쌀로 국을 끓인답니까? 홋흐….
아버지	헛허….

국을 떠먹는다.

아버지	(음미하며) 음….
어머니	어때요? 별미죠?
아버지	그것 시원한 게 좋아. 술 한잔 생각나는군!
어머니	낮부터 무슨 술이에요?
할머니	갖다줘! 낮술 마시고 일 못할까 봐서….
어머니	그저 당신 앞에서는 맛있는 음식을 안 보여줘야지, 보였다 하면 한잔 생각부터 나시니… 원….

어머니가 나간다.

아버지	어머니도 보릿국 아셨어요?
할머니	응… 그래, 그니까 그 피난 때 전라도 쪽으로 갔었잖아?
아버지	예.
할머니	거기서 먹어봤지. 그것도 홍어 내장을 넣고 된장을 풀어 푹 끓였는데 그렇게 시원할 수가 없었지….
아버지	그래요?

어머니가 소주병과 잔을 가지고 들어온다.

아버지	여보, 그런데 왜 한 번도 안 끓였지?
어머니	이 지방에서 최근에 와서야 보리를 재배했잖아요. 예전엔 보리 안 심었거든요.

술을 따라준다.

어머니	저도 피난 때 일 생각나서 끓였어요. 눈 속에서 파릇파릇한 보리를 캐다가 된장 풀고 홍어 속을 숭숭 썰어서 끓인 보릿국 맛이 어찌나 그립든지….
아버지	이건 홍어가 아니지?
어머니	그 대신 생굴을 넣었어요. 바다 향기는 마찬가지니까!
아버지	보릿국이라.

술을 마신다.

어머니	옛날 사람들도 알고 보면 머리가 좋았나 봐요.
아버지	왜?
어머니	겨울철에는 푸성귀가 귀해서 비타민씨가 부족하잖아요. 그래서 보리에서 그걸 보충하려고 보릿국을 끓여 먹었을 거예요.
아버지	꿈보다 해몽이 좋다. 허헛….
할머니	이젠 자꾸만 옛날 입맛 생각만 나는 게 나도 갈 날이 가까워졌나 봐.
아버지	어머님! 오래 오래 사세요.
할머니	망령 들기 전에 가야지. 그게 자식들 안 괴롭히는 길이지! 오래 살면 뭘 해……. 네 이모처럼 안 되려거든 가야지.

어머니 　　　원, 어머님도! 이모님도 이제 잘 계신다고 편지 왔었잖아요….

아버지 　　　그래! 이다음에 이모님 오시거든 이 보릿국 끓여드려, 응?

어머니 　　　예!

S#8 아파트촌

택시가 와서 멎고 첫째와 며느리가 애기를 안고 내려 들어간다.

S#9 며느리의 친정집 아파트 부엌

장모가 튀김 반찬을 만들고 있다. 기름 냄비에서 끓는 고깃덩어리.

초인종 소리가 들린다.

장모 　　　(크게) 여보… 현관에 나가봐요. 누가 왔나 봐요.

S#10 동 거실

장인이 나와 현관 쪽으로 간다.

장인 　　　누구 왔소?

며느리 　　　(소리) 저예요, 아버지.

장인이 문을 연다. 며느리와 첫째가 들어온다.

장인 　　　어서들 오너라….

며느리 　　　아버지… 애기 좀 받으세요.

장인 　　　오냐, 어서.

애기를 주고받는다. 장모가 나온다.

첫째	장모님, 안녕하세요?
장모	어서 오게나… 춥지? 밖이….
며느리	무슨 냄새예요?

세 사람이 의자에 앉는다.

장인	사위 온다니까 고기반찬 만든다고 북새통이란다….

일동, 까르르 웃는다.

장모	그래 병원에서는 뭐라던?
며느리	기관지가 부었다나 봐요.
장모	기관지가… 에그, 세상에… 내 새끼가 어디 보자.

장모가 장인한테서 애기를 뺏듯 하며 안아본다.

장모	아니, 어떻게 애기를 키우길래 기관지가 나빠지도록 내버려두니? 두긴….

첫째와 며느리가 약간 당황한다.

장인 E	그럴 수도 있지 뭐….
장모	그래도 그렇죠. 그러기에 내가 뭐라던? 그 집 환경이 애기한테는 안 좋은거 아니냐?
첫째	예.
장모	자네 오해 말게. 농촌이니깐 그럴 수도 있다고 이해는 하지만… 애기를 위해서는 역시 적당치 않지? 안 그런가?

첫째	그, 그건 그렇죠.
며느리	무엇보담도 더운물 쓸 수 없는 게 속상해 죽겠어요.
첫째	여보!
며느리	글쎄! 엄마, 어제도 말예요. 기저귀 빨려고 물을 덥혀놨더니 글쎄 막내 고모가 머리 감아버리지… 또 저녁엔 내가 세수하려고 물을 덥혀놨더니만 둘째 고모가 자기 마후라 빤다고 써버리지…. 엄마…… 나 정말 불편한 게 한두 가지가 아니란 말이에요. 속상해 죽겠어요, 엄마….
장인	참아야지, 어떻게 해…?
며느리	참는 것도 정도 문제죠.
장인	그래서….
며느리	예?
장인	어떻게 하겠다는 게야?
며느리	어떻게 하긴요?
장인	속 안 상하고 사는 방법이 뭣인가 생각해봤는가 말이야. (첫째에게) 자네는 어때?
첫째	그, 그야 생각 안 해본 거는 아니지만 여건이… 그게…
장인	난 처음부터 내 딸을 농촌에서 살기에는 부적당하다고 주장했었지?
첫째	예….
장인	신혼 때 어른들 밑에서 가풍도 배우고 하려면 6개월 정도는. 아기가 태어날 때는 이미 모든 준비가 되어 있어야 한다고 (며느리에게) 너에게도 분명히 말했었지?
며느리	말하면 뭐 해요? 오르지 못할 나무는 쳐다보지도 말아야지.

며느리가 첫째를 쏘아본다.

장인	그게 다 인생을 배우는 길이다, 하고 생각하면 돼!
며느리	아버지! 난 따로 나왔으면 좋겠어요.
장인	따로 나오다니?
장모	분가하겠어?
며느리	분가가 아니라 시부모님한테서 떨어져서 서울서 살았으면 해요. 이이도 (첫째를 가리키며) 그 원칙에는 찬성이고요.
장인	사실인가?
첫째	예. 첫째 제가 출퇴근하기도 그렇고, 이 사람도, 애기도… 지금 환경 안에서는 불편하죠.
장모	그럼, 어른들께 말씀드렸어?
며느리	아뇨.
장모	그럼, 어떻게 하려고….
며느리	아버지, 어머니께서 말씀 좀 해주세요.
장모	응?
며느리	제가 일하기 싫어서가 아니라요. 혼자서 빈방에 처놓은 병풍 같아서 처량해요, 엄마. 어떻게 방법 좀 없겠수?

장인과 장모가 시선을 마주친다.

S#11 안방(밤)

아버지가 책을 읽고 있다.

옆에서 어머니가 빨래를 접고 있다. 이불과 요 카바들이다. 이리저리 펴서 늘어놓는다.

개가 멀리서 짖는다.

어머니	여보, 이것 좀 잡아줘요.
아버지	응?
어머니	이 빨래 좀….

아버지가 안경을 벗고 돌아앉는다.

어머니가 빨래 한쪽 끝을 아버지에게 늘려주고 저만치 물러앉는다.

두 사람이 줄다리기를 하듯 빨래를 잡아당긴다.

| 어머니 | 꼭 붙드세요. |

어머니   꼭 붙드세요.

아버지   응….

어머니가 힘을 주어 잡아당기는 바람에 아버지가 앞으로 고꾸라진다. 아버지가 방바닥에 넙죽히 엎드린 자세가 된다.

아버지   그렇게 세게 잡아당기면 어떻게 해…? 사람이….

어머니   훗흐….

아버지   웃긴….

어머니   그렇니까 꼭 붙드셔야 한다고 했잖아요, 흐흐….

아버지   그런 걸 왜 나더러 거들라고….

어머니   당신 책 보시니까 다듬이질할 수도 없잖아요, 시끄러운데….

아버지   생각해줘서 고마워….

아버지가 담배를 피워 문다. 바람 소리가 들려온다.

어머니가 빨래를 다시 갠다.

어머니   바람이 부나 봐요.

아버지   응…….

어머니   영남이 잘 자는지 모르겠다… 병원에서 뭐 잘하고 있는지…….

아버지   큰애는 왜 안 오지?

어머니   물어보나 마나죠! 함께 처가에 갔겠지 뭐…….

아버지   음…….

개가 짖는다.

바람 소리가 더 세게 들린다.

어머니   여보!

아버지   ….

어머니   어떻게 생각하세요?

아버지   응?

어머니   큰애 식구들….

아버지   뭐라구?

어머니   따로 살림 내주는 게 좋을 것 같아요.

아버지   뭣이 어째?

어머니   보아하니 그 애들이 딴 살림 나가구 싶어서 앙탈인가 봐요.

아버지   뭐라구 했기에?

어머니   뭐라긴요? 제 육감이죠.

아버지   잘두 아는군!

어머니   누군 젊었을 때 그런 생각 안 했었어요?

아버지   시집살이 싫다 이건가?

어머니   부모님이 시집살이시킨다는 생각 없는데두, 젊은 애들은 같이
               사는 것 자체를 시집살이로 알구 있으니 어떻게 해요.

아버지   ….

어머니가 빨래 보자기로 빨래를 싸서 그 위에 올라서서 밟기 시작한다. 천천히 리드미
컬하게 밟는다.

어머니   젊었을 때는 부부 두 식구만 살고 싶겠죠. 큰애는 어차피 장남
               이니까 언제구 이 집에 들어오게 될 텐데, 지금 아니면 언제 그
               런 생활 맛볼 수 있겠어요. 어른들 눈에는 소꿉장난 같은 살림

이겠지만… 그 애들은 그게 그렇게 하고 싶은 모양이에요!

아버지가 어머니를 쳐다본다.

아버지   아니, 당신 무슨 힘을 믿고 그런 소릴 하지…?
어머니   힘은요…? 영감 힘 믿구지… 흠.
아버지   얼씨구…. 당신이 젊어서 깨 쏟아지는 생활 못 한 한이 맺혀서
          그런 거지?
어머니   그것두 이유 중에 하나예요.
아버지   또 뭐가 있어?
어머니   난…… 우리 자식들한테 원망 듣고 살기가 싫어요!
아버지   누가 원망을 했어?
어머니   아니죠. 우리들 또래는 그렇잖아요? 걸핏하면 젊었을 때 시집
          살이한 일, 고생한 일을 무슨 자랑처럼 젊은 애들한테 털어놓지
          만……. 사실 우리도 그 고생하면서 어른들 원망 많이 했었잖
          아요.

아버지는 부정도 긍정도 아닌 자세에서 담배만 피운다.

어머니   지내놓구 보면 다 추억이요 약이거니 하지만…. 젊은 사람 마음
          은 우선 당장에 목마른데 어떻게 해요, 예? 여보! 그렇게 해줍
          시다!

어머니가 아버지 곁으로 다가앉는다.

어머니   예? 여보!
아버지   어떻게 해주자는 거야?

어머니	전세방이건 뭐건 알아보라구 하죠. 난 기왕에 고생했으니까 우리 자식들을 좀 편하게 살아보라구 풀어 놔줍시다!
아버지	…….
어머니	장남이 따로 나간다는 게 좀 뭣하지만 직장두 있으니까…… 예?
아버지	(마음의 소리) 그게 아닌데…… 부모가 자식을 가까이 곁에 끼고 살겠다는 그런 뜻이 아닌데, 왜 그렇게밖에 생각 못 할까? 자식한테 원망을 듣고 싶은 부모가 어디 있다구…….

S#12 일용의 집(밤)

일용이가 누워 있는 일용네 허리와 팔을 주물러주고 있다.

바람 소리.

일용네	아이구… 아이구, 좀 아래.
일용	여기요?
일용네	조금 앞에…….
일용	여기요?
일용네	응…… 응… 아이구 시원해라, 아이구.
일용	침을 맞으세요.
일용네	침?
일용	예, 인천에 용한 한의사가 있다는데.
일용네	에그… 무서워서 침을 어떻게 맞어, 맞긴…….
일용	무섭긴요! 하나두 안 아프대요. 어제 면에 갔다 오는 길에 영삼이를 만났는데 영삼이 아버지두 어깨가 쑤시구 허리가 아파 고생하다가 그 침 세 번 맞고는…….
일용네	이게 어디 병이니? 늙었다는 징조지…….
일용	그래두요! 밤마다 제가 이렇게 주물러줘야만 되니…….

일용네	그러니까 장가를 들어!
일용	장가요?
일용네	암… 장가들어야지? 네 나이가 벌써.
일용	누가 나한테 시집온다구나 했어요?
일용네	왜, 없겠니?
일용	어머니….
일용네	이제 됐다, 그만해! 팔 아프겠다.

일용이가 손을 뗀다.

일용네가 일어서서 앉는다.

일용	어머니.
일용네	응?
일용	나 아무래두 한번은 바깥바람 쏘여야 할 것 같아요.
일용네	뭣이?
일용	작년에 그런 일 있구서부터 다시는 외국에는 안 나가겠다구 결심했는데…… 해가 바뀌고 나니까…….
일용네	싸우다에 가겠어?
일용	싸우다가 아니라두…… 쿠웨이트건…… 아무튼 해외에 나가서 돈을 벌어 와야지 이대로는 안 되겠어요!
일용네	빌어먹을 놈!
일용	그래서 목돈 생기면 논두 사구 밭두 사서 어머니하구… 아니 그때는 장가두 가구 해서 어머니를 편히 모시겠어요, 어머니! 그렇게 아시고서…….
일용네	(금세 떠날 듯 울며) 이 망할 놈아!
일용	그렇다고 오늘 내일 떠나가는 건 아니고요. 어머니.
일용네	모를 일이야… 정말 모를 일이야….

일용	예?
일용네	어째서 젊은 녀석들은… 부모 곁에서 떠나려고만 하는지… 부모가 괴롭히려는 게 아닌데… 어째서… 도망칠려고만 해, 이놈아!
일용	아이고! 또 취소, 취소!

S#13 뜰과 마루

며느리가 애기를 안고 들어선다. 개가 짖는다.

사뭇 표정이 밝다. 손에 선물 상자와 가방을 들었다.

며느리	어머니! 어머니!
아버지	(방에서 소리) 누구냐?
며느리	저예요.

아버지가 방문을 열고 나온다.

아버지	아니! 네가 웬일이냐?

어머니가 나온다.

어머니	기별도 없이.
며느리	하룻밤만 자고 온다고 했잖아요.
아버지	좌우간 들어와. 차다.
며느리	예.

마루로 올라선다.

어머니	너 혼자 오니?
며느리	예… 애비는 회사로 바로 갔어요.

세 사람이 안방으로 들어간다.

S#14 안방

어머니가 애기를 안는다.

어머니	어디 보자!
아버지	병원에서 뭐라던?
며느리	그게… 걱정이에요.
아버지	응?

모두들 심각한 표정이다.

어머니	안 좋대? 경과가?
며느리	경과보담두… 근본적으로 해결해야 한대요.
어머니	무슨 뜻이냐?
아버지	근본적이라니?
며느리	이곳 공기가 너무 차서요… 애기에게는 해롭대요….
어머니	좀 더 따뜻한 데서 키워야지….
며느리	그렇지 않으면 두고두고 재발한다면서.

며느리가 두 사람 눈치를 살피면서 되도록 상냥함을 잃지 않으려고 애쓴다.

어머니	그럼… 저기… 그… 제주도나… 남해로 옮겨야 한다는 뜻이니?
며느리	그, 그게 아니라… 저….

아버지	알았어!
며느리	예?
아버지	그밖엔 별 탈이 없다던?
며느리	예….
아버지	그럼 됐다.
어머니	뭐가 됐어요? 당신은….
아버지	원인이 밝혀졌으면 처방은 간단하지 뭐.
어머니	아니 그게 무슨 뜻이에요?
아버지	당신은 그저 그게 무슨 뜻이야라는 말밖에 모르는군! 젠장!
어머니	모르는 것 묻는 것도 흉이에요?
며느리	(분위기를 수습하려고) 참, 이거… 어머니께 드리라고 저희 부모님께서….

며느리가 선물 상자를 꺼낸다.

어머니	이게 뭐냐?
며느리	모르겠어요. 어머님께서 주셨어요.
아버지	펴봐! 선물 받았으면.
어머니	(포장을 풀며) 이런 것 안 보내면 어때서.
며느리	손자 키우시는데 얼마나 수고가 많으시겠냐고 하시면서….

포장이 풀리자 메리야스가 나온다.

어머니	어머나, 속옷 아니야?
며느리	마음에 안 드시면 바꿀 수 있는 교환권도 여기 있어요.
아버지	순모 아니냐?
며느리	예.

어머니	이렇게 비싼 걸 왜… 얼마냐, 이게?
며느리	2만 원 줬어요.
어머니	(놀라서) 2만 원?
아버지	네가 샀어?
며느리	예.
어머니	아니 사부인께서 보내셨다고 해놓구서.
며느리	(당황하며) 예? 예… 어머님께서 돈을 주셨어요. 적당한 물건 알아서 사다 드리라면서.

어버지와 어머니가 의아한 듯 시선을 마주친다.

아버지	그래? (물건을 보다가) 아니, 그런데 이건… 신사용이다?
며느리	그, 그럴 리가 없는데요.
아버지	이것 봐!

'신사용'이라는 상표가 나온다.

며느리	어머! 뒤바뀌었네요.
어머니	뒤바뀌어?

밖에 인기척이 난다.

둘째	(소리) 형님 오세요?
첫째	(소리 맑게) 응! 별일 없지?
어머니	아니, 오늘 따라 퇴근을 왜 이렇게 서두르지?

S#15 마루와 뜰

첫째가 선물 상자를 들고 들어선다.

둘째	무슨 선물이에요?
첫째	응… 장인어른께서 아버지 드리라고….
어머니	벌써 오니?
첫째	예, 애기 왔죠?
어머니	응… 지금 막….

아버지와 며느리가 나온다.

아버지	너희들 미리서 짜고 들어온 거 아니냐?
첫째	짜다뇨…? 허허… 참 이거 아버지 갖다 드리래요.

손에 든 선물 상자를 내놓는다.

아버지	나한테?
첫째	예, 추운 날씨에 고생하시겠다면서….
아버지	(좋아) 뭔데?
첫째	모르겠어요! 주시는 거라 그저 받아왔습니다.
어머니	펴보세요. 선물을 받았으면….
아버지	펴보나 마나야.
첫째	예?
아버지	이건 여자용 속옷일 게다!
첫째	여자용이라뇨?
아버지	아무려면 사돈께서 남자 속옷만 두 벌씩 사실 리가 없지! 안 그래, 여보?

어머니	그럼요! 그 사부인이 얼마나 깔끔하고 자상하신 분인데요… 호호.
아버지	허허!

두 사람, 깔깔대는데 첫째와 며느리는 어리둥절해한다.

S#16 첫째의 방

며느리가 애기에게 젖을 먹이고 있다.

첫째가 담배 피우려다 얼른 다시 꺼버린다.

며느리	애기 있는데 피지 말아요!
첫째	어떻게 하지?
며느리	그러게 내가 뭐랬어요? 내가 한꺼번에 선물을 가지고 온다니까 당신이 우기더니.
첫째	분명히 신사용과 숙녀용을 구분해서 포장하라고 했는데….
며느리	어떻게 생각하실까요? 아버님, 어머님께서?
첫째	속이 다 들여다보인다고 하시겠지.
며느리	그렇지만…….
첫째	염려 말어! 내가 알아서 말씀드릴 테니…….
며느리	뭐라구요?
첫째	장인이 3분의 1, 아버지께서 3분의 1, 그리고 우리가 나머지 부담하겠으니 조그마한 아파트라두 하나 전세로 빌려서 들겠다고 하지! 장인께서도 그만한 돈은 무이자로 대주겠다고 했으니까.
며느리	그게 잘될까요?
셋째	큰오빠.
첫째	들어와.

셋째가 들어온다.

셋째　　　아버지께서 건너오시래요.

첫째　　　나를?

셋째　　　하실 말씀이 있으시다나요.

첫째　　　그래, 알았어.

셋째　　　지금 곧이에요.

나간다.

며느리　　무슨 일일까요?

첫째　　　뻔하지 뭐! 왜 그런 옹졸한 방법으로 부모의 환심을 사려고 했

　　　　　는가 하고 야단을 치실 테지…….

며느리　　그럼, 어떻게 하시겠어요?

첫째　　　어떻게 하긴! 서울서 결정한 내용 그대로 말씀을 드리지 뭐!

며느리　　괜찮겠어요?

첫째　　　나두 결심 섰으니까, 걱정 마!

자리에서 일어난다.

며느리　　여보!

첫째　　　응?

며느리　　정신 똑바로 차리고…… 잘해봐요, 예? 당신만 믿어요.

첫째　　　알았어!

방문을 열고 나간다.

며느리가 한숨을 푹 쉰다.

S#17 마루(밤)

첫째가 나온다.

안방에서 웃음소리가 터져 나온다. 첫째는 도리어 겁이 난다.

안방 앞으로 조심스럽게 다가간다. 또 웃음소리가 터진다.

첫째	저… 아버지….
아버지	(방에서) 오냐, 들어와….

첫째가 심호흡을 하고 나서 방문을 연다.

S#18 안방(밤)

할머니, 아버지, 어머니, 둘째, 셋째가 모여 있다.

아버지 E	들어와!
첫째	(겁에 질려) 예.
어머니	네 처는 안 오니?
첫째	예.
어머니	오라구 해.
첫째	……?
둘째	꼭 무 캐 먹다가 들킨 사람같이 그게 뭐예요? 허허…….
첫째	(큰 소리로) 이봐… 이봐요.
며느리	(소리) 네?
첫째	어서 건너와!

첫째가 들어온다.

할머니	사돈어른께서 안녕들 하셨어?

430

첫째	예.
할머니	나두 날이 풀리면 놀러 가야겠다.
첫째	그렇게 하세요.

방문이 열리고 며느리가 들어선다. 역시 분위기를 살피려는 눈치다.

어머니	일루 내려와 앉어… 거긴 차다.

첫째와 며느리가 마치 피고석에나 앉듯이 나란히 앉는다.
셋째와 막내가 낄낄댄다.

둘째	웃지 마라!
어머니	아버지께서 너희들에게 하실 말씀이 있으시단다……. 여보! 말씀하세요!
첫째	저두 드릴 말씀이 있습니다.
아버지	그래……, 그것두 듣기로 하구.

아버지가 손에 들었던 담배를 재떨이에다 비벼 끈다.

아버지	실은… 너희들 두 사람만 빼놓구… 우리 가족회의를 열었다.
첫째	예?
아버지	가족회의에 장남인 너를 왜 참석 안 시켰는가 했겠지만…… 너희들에 관한 일이라서 부러 너를 뺐으니까 오해 마라, 흠…….

첫째와 며느리가 시선을 마주친다.

둘째 E	결론부터 말씀하세요.

아버지	너희들 분가하고 싶지?
첫째	예? 예… 아, 아니요.
어머니	어느 쪽이냐, 새아기는?
며느리	예…… 저, 저두요.
아버지	후후…… 너희들이 속셔츠를 겉옷 바꾸어 들고 온 것두…… 그 이유 중의 하나일 테지만, 그렇지 않아도 네 엄마랑 오래전부터 생각했었어!
어머니	너희들이 부모 곁에서 떠나서 따로 살고 싶어하는 심정 다 안다! 그렇지만 그게 왜 필요한가를 생각을 해야 해!
첫째	왜 필요하는가 하면…….
아버지	안다, 알아.
아버지	허허…… 애기를 키우는데 환경이 필요해서가 아니라… 젊은 너희들의 그 자유를 갈망하는 욕구라구 해두 될까?
둘째	우리 아버지 멋지셔!
셋째	매력 넘쳐 흐르셔.
아버지	예끼, 이놈!

일동 웃는다. 첫째가 처음에 겸연쩍게 머리를 긁다가 웃는다.

| 아버지 | 그러나 내일 당장에 독립하라는 건 아니다……. 빨라두 3월은 되어야지. 해동이 되고 나뭇가지에 물이 오르고, 그리고 훈훈한 봄바람이 불 때까지 기다려야 해! 그동안에 너희들은 생각을 해야 해! 왜 자식이 부모 곁을 떠나가야 하는가를. 알겠어? 싫어서 떠나가는 것인지, 아니면 자신의 생활을 보다 영글게 하기 위해서인지 생각해봐…. 나가서 산다 해두 결국은 너는 들어와야 할 사람이다. 어차피 이 집의 장남으로서 이 집을 이어나가려거든 이 집에 맞는 사람이 되어서 돌아와야 해! 그걸 위 |

해서 부모는 자식들에게 잔소리두 하고 때로는 매질도 한 거지,
미워서가 아니야………. 보리를 왜 밟아주는지 알겠지? 죽으라
는 건 아니지. 부디 잘 자라달라고 빌면서 밟는 이치지. 알겠냐?

모두들 숙연해진다.

(F.O.)

제13화

개꿈

제13화 개꿈*

방송용 대본 | 1981년 1월 27일 방송

· 등장 인물 ·

할머니	정애란
아버지	최불암
어머니	김혜자
첫째	김용건
며느리	고두심
둘째	유인촌
셋째	김영란
막내	홍성애
일용	박은수
일용네	김수미
미용사	서영애
맏딸	엄유신
손님들	

---

* 제13화는 방송용 대본과 연습용 대본이 모두 보관되어 있으며, 연습용 대본의 제목은 '가족회의'이다.

S#1 안방

아버지와 어머니, 나란히 잠이 들었다.

어둠 속에서 어머니가 비명을 지른다. 악몽을 꾸는 모양이다.

아버지가 놀라 벌떡 일어난다.

아버지   여보… 왜 그래? 응?

어머니   음… 음….

아버지   사람 놀라게시리! 이봐!

어머니   (길게 한숨) 후유… (사이) 몇 시예요? 지금?

아버지   동텄어. 일어나.

아버지가 머리맡에 놓아둔 담배를 집는다.

어머니   (한숨) 후유.

아버지   무슨 꿈을 꾸었길래….

아버지, 담배 연기를 길게 내뱉는다.

어머니, 눈이 말똥하다.

아버지   돼지꿈이라도 꾸었어?

어머니   걱정이에요.

아버지   뭐가….

어머니   오늘이 막내 시험 발표 날이에요.

아버지   참… 그렇군…. 그 자식 자신 있다고 느긋해하던데? 흐흐….

어머니   그런데… 꿈에 말이에요….

아버지   꿈?

어머니   (아버지 쪽으로 돌아누우며) 떨어졌잖아요, 글쎄….

아버지	부정 타! 그런 소리.
어머니	낙방을 했다고 집에도 안 들어와서… 온 식구가 찾아 나섰는데… 글쎄 막내가 어느 강가 낭떠러지에 서 있잖어요.
아버지	(돌아본다)
어머니	나는 가슴이 쌍방망이질 하고… 손발이 와들와들 떨리고 해서… 막내를 마구 불렀더니… 글쎄 그 애가 낭떠러지 아래로… 몸을 던지면서!
아버지	(화를 내며) 시끄러워…! 꼭두새벽부터 재수… 없게시리….
어머니	세상에… 그런데 그 강물은 시뻘건 피로 변하면서… 아이구, 무서워….
아버지	피를 봤어?
어머니	예.
아버지	그럼 길몽이야.
어머니	왜?
아버지	꿈에 피를 보면 횡재하든지 아니면 고기 먹을 징조야.
어머니	그럴까요?
아버지	암… 막내가 합격했으니 고깃국 끓여 먹는다는 꿈이겠지! 뭐, 허허.
어머니	꿈보다 해몽이 좋다더니… 에그!
아버지	아니면 개꿈일 테니 현실은 그 거꾸로 나타날 테지.
어머니	개꿈은 또….
아버지	이것 봐! 임자도 설 쇄서 한 살 더 먹었다 이거겠지만, 개꿈 꾸는 걸 보니 아직도 멀었군… 흐흐.
어머니	그래요… 당신은 개꿈도 못 꾸니 천하태평이시구려!
아버지	허허… 그래 난 바쁜 몸이라 그 흔한 꿈도 안 꾸지.

아버지, 길게 담배 연기를 내뿜는다.

어머니	떨어지면 어쩌지요?
아버지	꺼떡없대…, 예비고사가 240점이라면…. 고등학교 내신 성적도 괜찮다던데.
어머니	그렇지만 막내 그 애는 좀 덤비는 편이라서… 혹시 면접 때 시험관한테 밉게 안 보였을지 모르겠어요.
아버지	그 애가 어때서?
어머니	내가 낳은 자식이지만… 그 애는 좀 달라요.
아버지	뭐가 달라?
어머니	어떻게 보면 지독한 것 같으면서 또 어떻게 보면 경솔하고 허풍도 좀 있어 보이고….
아버지	허풍?
어머니	셋째하고는 정반대예요…. 셋째는 얼핏 보기엔 경한 것 같지만서도 신중한데 말이에요.
아버지	자식 5남매 낳더니 관상 사주 다 보는군… 흐흐.
어머니	(한숨) 낙방하면 어떡하죠?
아버지	임자는 왜 그렇게 나쁘게만 생각해? 재수 없게.
어머니	그렇지만.
아버지	어서 잠이나 자요. 새벽 두 신데….

닭 우는 소리

S#2 딸 방

셋째, 막내, 나란히 잔다. 눈 뜨고 있는 막내. 셋째, 일어난다.

셋째	(하품) 아으, 아니 너 벌써 일어났니?
막내	응.
셋째	그 참, 발표 날이지? 그래 꿈은 무슨 꿈 꿨니?

막내	꿈 얘기 하면 김새니까 안 할래.
셋째	얘, 그래도 해몽을 해봐야 돼. 말해봐. 이 언니가 멋지게 점을 쳐줄 테니까.
막내	아유, 관둬.
셋째	내 꿈엔 니가 말야.
막내	그만! 말하지 마. 재수 없어.
셋째	얘는? 관두자.

셋째, 일어나 팔을 허리에 받치고 발을 공중에 뻗쳐 미용체조를 한다.

셋째	하나, 둘, 셋, 넷.

S#3 밭
동트는 햇살.
아버지가 눈이 하얗게 덮인 밭에서 배수구를 터주고 있다.
저만치서 일용이가 일을 하고 있다.

내레이션	올겨울엔 유난히도 눈이 많이 내렸다. 눈이 많이 와서 보리농사가 풍년이 들 거라고들 한다. 농사짓는 사람이건 도시 사람이건 풍년을 기다리는 마음에는 변함이 없다. 눈은 보리밭을 이불처럼 덮어주어 추위를 막아주기도 하지만 녹다가 얼다가 하는 무렵엔 배수구가 막혀서 습해와 동해도 일으킨다. 그래서 배수구 관리를 미리미리 해주어야 한다. 우리 막내도 대학에 붙고 풍년도 들고 그러면 오죽이나 좋으련만.

S#4 안방
할머니, 아버지, 어머니가 둥근 상에 둘러앉았다.

며느리, 밥통에서 밥을 퍼서 돌린다.

아버지, 신문을 보고 있다.

어머니   여보… 국 식어요. 신문은 나중에 보시고요.

아버지   응? 응….

아버지가 안경을 벗고는 상에 마주 앉는다.

아버지   (할머니께) 어머니, 어서 드세요.

할머니   응, 어서들 먹어!

할머니가 수저를 들어 장 찍어 입맛을 본다.

아버지   요즘 입맛이 안 좋으신가 보죠?

할머니   글쎄….

아버지   뭐 잡숫고 싶으신 것 있으시면 만들어보라고 하세요.

할머니   늙어지면 다 그렇지.

아버지   (어머니에게) 어머님 잡수시는 게 뭐였지?

어머니   아들이 모르는데 며느리가 어떻게 아우! 흐흐….

할머니   흣흐…. 나 이것으로도 충분해.

어머니   어머님은 기름진 고기반찬보다는 접때 드신 보릿국이라든가 북어찜 같은 담백한 걸 잘 잡수세요.

할머니   음… 정월대보름 무렵이면 그 시원한 콩나물 냉국이며 쪼들쪼들 말린 생태를 콩나물 위에 얹혀서 푹 찐 게 제맛이니라….

어머니   그것도 손으로 찢어서 더운 밥에 얹어 잡수셔야 제맛이지요! 그렇죠……?

할머니   응… 그런데 요즘은 그런 맛을 볼 수가 없어!

아버지	왜 없습니까! 동태, 북어 많이 나오던데…… .
어머니	옛 맛이 아니에요.
아버지	왜 북어 동태도 마음이 변했나? 헛허…… .
며느리	그거 아니라도 원양어선이 잡아서 오랫동안 냉동을 해놓은 거라 제맛이 안 난다고들 하데요.
어머니	아니, 네가 어떻게 그런 걸 다 아냐?
며느리	원, 어머니두… . 잡지에서 읽었어요.
어머니	읽었으면 너도 한번쯤 해봐.
며느리	예?
어머니	그렇다고 뭐 거창하게 서양식이니 중국식 음식을 만들어 먹이라는 게 아니고… 봄철 되면 할머니도 입맛이 덜하실 테니… 너도 그런 걸 연구해 만들어봐.
아버지	그럼…, 해봐야 한다. 대학 마친 며느리 음식 솜씨 좀 보자꾸나! 허허…… .

모두들 웃는다.
며느리도 마지못해 따라 웃지만 약간 비위짱이 상한다는 표정이다.

아버지	그런데 셋째, 막내는 왜 안 보여?
어머니	합격자 발표 보러 나간다면서 큰 오래비하고 함께 나갔대요.
아버지	그렇게 일찍?
며느리	뭐! 들를 곳이 있어 들렀다가 간다던데요. 얼핏 들으니까.
아버지	들를 곳?
어머니	어디?
며느리	글쎄요. 뭐 금남의 집이라나요? 둘이서 그렇게 주고받는 얘길 들었어요.
어머니	금남의 집? 그게 뭐 하는 데냐?

며느리	(웃으며) 여자들만 가는 집이니까… 아마 미장원 아닌지 모르겠어요.
아버지	미장원?
어머니	셋째가 파마하러 갔나?
아버지	대학생이 무슨 미장원이야? 아무렇게나 하면 어때서…….
어머니	그 애도 머지않아 졸업 아니에요?
아버지	졸업하고 파마하고 무슨 상관이오?
어머니	취직을 하건 결혼을 하건 셋째도 이제 의젓한 어른인걸…….
할머니	그래… 딸자식은 하루속히 시집을 보내야 한다. 다 자란 딸자식들 눈앞에서 들쑥날쑥하는 거… 과히 보기 안 좋더라.
어머니	원 어머님도……. 벌써요?
할머니	뭐가 벌써야…… 설 쇘으니 이제 스물둘 아니야?
아버지	셋이죠….
할머니	아이고… 셋이나? 그럼 어서어서 서둘러 짝지어서 내보내.

모두들 웃는다.

S#5 일용네 방
단출한 밥상에 앉아 아침을 드는 일용. 다 먹은 참이다.

일용	엄니, 눌은밥 없어요?
일용네 E	오냐, 가져간다.

눌은밥 그릇을 들고 들어오는 일용네, 아들 앞에 준다.

일용	엄니… 이것 좀 드세요. (덜어 준다)
일용네	(도로 부어버리며) 너나 먹어…. 내 배는 찼어.

일용	많아서 그래요.
일용네	먹어둬, 한창때 그것 좀 더 먹어도 배 안 터져.
일용	(후룩후룩 먹어치운다)
일용네	(대견스레 본다)
일용	엄니, 나 어젯밤 참 묘한 꿈을 꿨어요.
일용네	돼지꿈 꿨냐?
일용	돼지는 무슨 돼지요?
일용네	돼지꿈 아니면 다 개꿈이여.
일용	꿈에 글쎄 아버질 봤지, 뭐유?
일용네	(반가워) 아버질? (금방 울듯) 빌어먹을 영감태기……
일용	또 이러신다. 그게 아니구요, 아주 기분 좋은 꿈이라니까요.
일용네	응, 어떻게?
일용	꼭 산신령님같이 잘생긴 양반이신데요….
일용네	살아 계시면 김 회장님보다야 더 훤칠하시지. 에그….
일용	"일용아, 너 어머니 모시고 고생 많지야?"
일용네	응, 그래서?
일용	"너, 어머니 호강시켜드려야 한다."
일용네	응, 그래. 히히….
일용	"그러려면 내 말대로 할 테냐?"
일용네	하겠다고 그러지.
일용	물론이죠! "너는 물 건너 서쪽으로 가야 하느니라!"
일용네	그게 어딜까?
일용	"아부지, 그게 어딥니까?" 물었더니…. "이란이나 싸우디아라비아……."
일용네	싸디라비아?
일용	"아니면 쿠웨이트, 바레인, 이스라엘…."
일용네	이, 이 빌어먹을 노옴!

일용네, 들고 있던 숟가락으로 일용의 정수리를 친다.

일용   아이코!

일용, 일어나 도망치듯 나가버린다.

일용네   아니 저놈이 그저 틈만 있으면 이 에밀 속여서 도망칠려고! 에
            끼, 망할 놈!

S#6 미장원

셋째와 막내가 대기석에 앉아 있다.
여자 손님들이 얼굴이며 머리 손질하는 풍경을 바라보는 막내의 넋 나간 듯한 표정.
화보를 읽고 있던 셋째가 힐끗 쳐다본다.

셋째   얘는!
막내   왜?
셋째   촌스럽게 그런 얼굴로 바라보지 마. 남들이 보면 웃어!
막내   응… 난 처음이잖아?
셋째   정말… 너 자를 거야?
막내   그럼……. 발표 보기 전에 새 마음 새 기분으로 해둬야지. 만일
            떨어지기라도 해봐. 머리 자를 정신 있겠어?
셋째   공부를 그렇게 재바르게 했으면 오늘 이렇게 불안하지 않지.
막내   뭐가 불안해? 언닌 내가 떨어질 것 같아?
셋째   아, 아냐! 내 사랑하는 동생이 떨어지길 바라다니… 천벌 받지.
            어떤 스타일로 할래?

헤어스타일 책을 내민다.

막내	글쎄…, 언니는 어떤 게 좋아?
셋째	네 눈과 내 눈이 맞니?

미용사가 가까이 온다.

미용사	어느 분이 하시죠? 댁이에요?
셋째	예? 아 아니에요, 제 동생이에요.
미용사	오…, 학생 졸업반인가 봐요.
셋째	네.
미용사	옳아! 졸업 기념으로 머리도 좀 뭔가 변화를 가져보자 이거군요, 좋지요! 새 봄철에 새 기분으로 이미지를 팍 바꿔보는 것…… 호호…. 자, 일루 오세요, 자….
셋째	가서 앉어!
막내	괜찮겠지?
셋째	앤? 지가 먼저 오자구 해놓구서. 어서 가서 앉어!

셋째가 떠밀듯 하자 막내가 미용 의자에 앉는다.
거울 속 자신을 본다.

미용사	어떤 스타일로 정하셨어요?
막내	적, 적당히 해주세요.
미용사	알겠어요. 내가 알아서 해줄게요.
막내	제 얼굴에 맞는 스타일루 커트를 해주세요!
미용사	그럼, 제가 올봄의 헤어스타일로 고안해낸 아주 후레쉬하구 낭만적인 스타일로 해드릴게요.

S#7 안방

어머니와 일용네가 방 한가운데에 이불솜을 펴놓고 홑청을 꿰매고 있다.

일용네   헌 솜을 타났더니 이렇게 푹신하고 곱네요 후후…….

어머니   그럼요! 뭐니 뭐니 해두 이불은 이 솜이라야지, 화학섬유니 뭐니 하는 거…… 얼핏 보기엔 가벼워 보이는데… 넣어보면 그게 아니지….

일용네   그래두 그건 물에 함부로 빨 수가 있으니 우리처럼 없는 살림에는 좋더군요.

어머니   그럼, 나는 있는 살림이라 나쁘댔수? 흥…!

일용네   헤헤…….

방문을 열고 며느리가 들어온다.

어머니   애기 자냐?

며느리   예!

어머니   병원에서 가져온 약 더 먹였지?

며느리   네, 가래 끓는 소리두 멎었어요. 이제 괜찮은가 봐요.

며느리도 바늘에 실을 끼워 거둔다.

어머니   춥다구 너무 덮구 싸구 하는 것두 해롭다! 애기들 머리는 차가운 게 좋아. 머리는… 차게… 발은… 덥게. 그래서 옛날부터….

일용네   두한족열.

며느리   어머, 문자 쓰시네요?

일용네   아주머니 밑에서 서당 개 풍월이지요.

모두들 웃는다.

며느리	점심은 어떻게 할까요?
어머니	식은밥 먹자! 셋째, 막내는 밖에서 먹구 올 테구……. 참 몇 시
	냐? 발표 아직 안 났겠지?
며느리	오후 두 시라던데요.
어머니	그런데 왜들 그렇게 일찍들 나가, 나가긴….
며느리	미장원에 가서 머리 하고 나서 학교에 들를 모양이에요.
어머니	한시두 마음을 놓을 수가 없어! 더구나 간밤엔 꿈자리가 사나
	워서…….

밖에서 개가 짖는다.

며느리	누가 왔나 봐요.
맏딸	(소리만) 어머니.
어머니	(일손을 놓고) 응? 저게 누구 소리야?

며느리가 자리에서 일어나 방문을 연다.

S#8 마루와 뜰
맏딸이 애기를 업고 서 있다.

| 며느리 | 어머…, 큰고모 아니에요? |
| 맏딸 | 어디 가셨어요? |

S#9 방 안
가슴이 덜컥 내려앉은 듯한 어머니

어머니   큰애가?

어머니가 기웃하며 마루로 나간다.

S#10 마루와 뜰

어머니   아니… 네가 웬일이냐, 응? 왜 또 왔어?
맏딸   원, 어머니두… 딸이 친정에두 못 오나요?
어머니   또 무슨 일 있었어? 응? 어째서 너희들은 툭하면 싸우구 나가
             구 들어가구 법석이냐?
맏딸   누가 싸워요? 싸우긴…… 언니, 이거……!

맏딸이 손에 든 보따리를 며느리한테 들이민다.

며느리   뭐예요?
맏딸   생태 좀 사 왔어요.
일용네   그래도 큰따님이 제일이셔! 어른들 반찬 사 올 줄도 알고…….

맏딸이 마루로 올라가 안방으로 들어간다.

S#11 안방
맏딸이 애기를 내려놓는다. 어머니가 받아 안으며,

어머니   얘, 정말 아무 일 없었어? 무슨 일로 싸웠어, 응?
맏딸   어머니도! 누가 싸워요?
어머니   그럼 왜 왔어? 나는 네가 나타나면 그저 가슴이 두근 반 세근
             반 하는 통에 못 살겠다니까.

맏딸	쉬러 왔어요.
어머니	쉬러?
맏딸	예!
어머니	무슨 소리냐?
맏딸	시부모님 허락 받구요, 한 일주일쯤 쉬었다 가려고 왔어요.
어머니	정말이지? 무슨 까닭이 있어서가 아니지?
맏딸	(화를 내며) 그렇게 사람을 못 미더워하시면 저 갈래요!
어머니	아, 아니야! 그게 아니고….
맏딸	들이닥치자마자 왜 왔느냐는 말만 되씹으니 기분 나쁘잖아요.
어머니	그래…. 내가 잘못했다. (한숨) 실은 어젯밤 꿈이 하두나 어지러워서….
맏딸	에이그, 무슨 꿈 얘길 가지구….
어머니	한심스러워? 흥! 너도 이제 자식 키워봐. 꿈 얘기를 안 믿게 되는가….
맏딸	흠….

S#12 안방(밤)

식구들 저녁상을 내보내며 귤 접시를 내놓고 환담.

둘째	어머니처럼 두근 반 세근 반 하셨어요?
아버지	허허, 그래. 갑작스레 왔다 갔다 하는 게 너희들은 아무렇지 않겠지. 부모님의 가슴은 철렁철렁하는 법이야. 안 그렇습니까, 어머니?
할머니	그럼, 그래서 예부터 부모한테 나갈 때 고하고 들어올 때 고하고 하는 법이야. 난 너희 애비가 나갈 때마다, 들어올 때나 항상 걱정된다.
둘째	거 보세요. 아버진 할머니한테 언제나 어린애 취급 받으시면

서…, 하하….

모두 웃는다.

맏딸	그럼 제가 공연히 뛰어들어서 평지풍파 일으켰군요? 친정도 오고 싶을 때 불쑥 오지 못하겠네요.
어머니	그게 아니래두.
맏딸	뭐가 아니에요?
어머니	꿈 때문이라니까.
할머니	꿈?
어머니	예! 어머님, 새벽에 꿈을 꾸었는데 글쎄 막내가 절벽에서 떨어졌어요. 그러고는 강물이 피로 변하는데….
며느리	아이, 무서워!
첫째	아, 그건 이런 뜻이죠.
어머니	응?
둘째	형이 해몽하려구?
첫째	못 할 게 뭐냐?
아버지	그래, 그 해몽 좀 들어보자.
첫째	어머니께서 막내 입학시험에 대해서 늘 걱정해오셨잖아요.
어머니	그래 말로 못 할 정도지.
첫째	그게 일종의 잠재의식이 되어서 바로 꿈속에 나타난 걸 거예요.
어머니	그랬는지도 모르지. 그렇지만 왜 하필이면… 그 애가 떨어지냐! 떨어지긴…. 그리고, 핏물이 흐르고….
둘째	(서슴없이) 그거야 떨어져서 피를 보았다, 이거 아니에요?
아버지	예끼 놈! 그걸 말이라고 해?
어머니	너는 막내가 시험에 안 붙는 게 당연한 것처럼 말하는구나!

둘째	죄송해요. 전, 그게 아니라….
맏딸	꿈은 현실하고 반대예요. 막내는 붙을 거예요.
어머니	그런데 너까지 불쑥 나타났으니 에미 마음이 온전했겠는가 말이다.
맏딸	그럼, 제가 다음 주쯤, 그것도 막내가 합격되었다는 기별을 듣고 올 걸 잘못했나 봐.
며느리	에그…, 고모도! 그것과 이것과 무슨 상관이에요?
아버지	그런데… 애들이 왜 안 오냐?
둘째	이제 겨우 여덟 신데요! 보나 마나 친구들하고 빵집에서 콜라로 축배 들고, 영화관에서 영화 보고, 그리고 분식점에서 만두 먹고, 그러고 나서 전철 타고 오실 겁니다! 우리 두 공주들….
일동	헛허….
할머니	아범아!
아버지	예?
할머니	이게 얼마나 좋으냐? 이렇게 식구가 한자리에 모여 앉아서 오순도순 얘기하고….
아버지	예, 좋구말구요.
할머니	이제 둘째 장가들고 손주 보고…, 셋째 시집가서 손주 낳고…. 아니지, 그때까지 내가 살아 있을 리가 없겠지.
어머니	에그, 오래오래 사셔요. 증손자, 증손녀 다 보셔야죠!
할머니	에그, 그게 사람 마음대로 되니? 부처님 뜻이니라!
아버지	예?
할머니	접때 네 이모가 며칠 있다가 갔었지?
아버지	예.
할머니	그때 나더러 부처님 함께 믿재. 그러면 이승에서나 저승에서나 우리 형제는 함께 있고, 또 서로 만나게 된다나? 그래서 나도 이제부터 부처님 믿어야겠다 그랬지. 그렇다고 다른 뜻은 없어!

그저 내 동기간이 제일이라는 생각 외에는…. 그러니 너희들도 그리 알고 의좋게 잘 지내…. (사이) 사람은 죽으면 그만이에요. 돈 있으면 뭘 하고 집 있으면 뭘 하니? 한번 눈 감아버리면 그 순간부터 모든 건 없는 거야, 모르는 거야! 그런데 왜들 그걸 가지고 서로 탐내고 시샘하고 하는지…. 죽어서 지고 갈 것 아니면 다 버리고 간다. 육신 하나 떼놓고는 아무것도 가져갈 것 없어! 탐내지 말고, 욕심부리지 말고, 그렇게들 살아! 지금 우리 집 정도로 살면 돼!

아버지   그렇지만, 젊은 사람들 생각은 그게 아니죠. 한이 없는걸요.

둘째, 시선을 느낀다.

아버지   저놈도 지금 겉으로는 얘기 듣고 있는 척하지만요, 마음속으로는 엉뚱한 생각 하고 있을 겁니다. 그렇지, 둘째야? 그리고 첫째도.

둘째, 첫째가 어리둥절해진다.

어머니   그런데 애들이 왜 안 오지?

S#13

인파가 밀리고 있다.

힘없이 걸어가는 셋째와 막내. 막내는 머리에 마후라를 썼다.

셋째   집으로 가자!

막내   …….

셋째   응? 아홉 시야!

막내	안, 안 들어갈래!
셋째	그럼…, 어디 갈 곳이라도 있니?
막내	아니.
셋째	그럼, 어떻게 해? 집에도 안 간다, 갈 곳도 없다.
막내	돈 있어?
셋째	돈?
막내	야간열차 타고 아무 데나 갔으면 좋겠어.
셋째	미쳤어?

S#14 지하철 입구

셋째	잔소리 말구 가!
막내	싫어!
셋째	집에 가!
막내	싫다니까….
셋째	정말, 너 왜 이래?
막내	참견 마!
셋째	참견 안 하게 됐어? 이 판국에….
막내	자살은 안 해!
셋째	뭐?
막내	대학 입시에 실패했다고 자살하는 졸자는 아니란 말이야! 그러니 가진 돈 있는 대로 다 주고 언니 먼저 집에 가!
셋째	너는?
막내	몰라!
셋째	안 돼!

셋째가 팔을 끈다.

막내	놓아! 남들이 보잖아…?
셋째	집으로 가! 부모님 생각두 해야지….
막내	내 자신 막막한데 부모님을 어떻게 뵈!
셋째	너, 정 이러기면 순경 부르겠다!
막내	불러서? 무슨 죄목으로?
셋째	뭐라구?
막내	명령불복종죄? 대학 입시 불합격죄? 뭐야… 뭐야… 흑!

막내가 운다.

셋째의 눈에도 눈물이 고여 있다.

S#15 안방(밤)

담배만 빨고 있는 아버지.

우두커니 앉아 있는 어머니.

어머니	이게 무슨 일일까요?
아버지	조금 늦는 거겠지 뭐.
어머니	혹시 떨어진 거 아닐까요?
아버지	글쎄.
어머니	붙건 떨어지건 빨리나 들어올 일이지. 이것들이 소갈머리 없이…. 에그, 간밤 꿈이 어쩐지.
아버지	꿈 타령 그만 좀 해!
어머니	당신, 막내 들어오면 가부간에 야단치지 마시우.

아버지, 말없이 벌떡 일어나 밖으로 나간다. 따라나서는 어머니.

S#16 마루(밤)

마루 끝에 나와 서는 아버지, 어머니. 불안, 초조의 표정.

개 짖는 소리만 멀리.

S#17 다방

디제이가 추연한 목소리로 읊는다.

한구석에 셋째와 막내가 앉아 있다.

디제이 오늘의 실패는 성공의 어머니입니다. 누군가 말했습니다. 인생은 마라톤과 같은 것이라고. 초반에 앞서고 뒤서고는 문제가 아닌 것입니다. 최후의 승자가 문제입니다. 인생은 무수한 실패가 쌓여서 이루어지는 것입니다. 누군가 말했습니다. 눈물과 빵을 모르고는 인생을 논하지 말라고.

    영! 그대는 아는가, 저 남쪽 나라를. 거기엔 고독과 한숨이 솜사탕처럼 달콤하게 당신을 달래주는 곳. 영! 그대를 초대하오. 그대의 희망과 용기를 이 노래에 띄워 보냅니다.

양희은의 〈바다〉가 흘러나온다.

S#18 첫째 방

애기에게 젖을 물리고 있던 며느리가 깜짝 놀라 옆에 잠들고 있는 첫째를 흔들어 깨운다.

며느리 여보! 여보!
첫째   응… 응….
며느리 일어나봐요!
첫째   왜 그래… 아…!

며느리	당신도 좀 나가봐요. 아버님, 어머님 마루에 계세요.
첫째	젠장, 내가 나간다고 빨리 들어오나?

주섬주섬 나간다.

S#19 마루(밤)

첫째가 나온다.

말없이 서 있는 아버지, 어머니.

첫째	차신데 들어가세요. 둘째가 행길에 나가 있어요.
아버지	…….
어머니	…….

S#20 첫째 방(밤)

시계가 11시 55분이다.

며느리는 앉아 있고, 첫째는 이불을 둘러쓰고 있다.

S#21 딸 방(밤)

맏딸이 애기를 또닥거려 재워놓고 일어서서 나간다.

S#22 마루(밤)

맏딸이 나온다.

아버지, 어머니, 마루에 걸터앉아 있다.

맏딸	웬일일까요?
어머니	애기 감기 들라. 들어가서 자거라.

S#23 들판

둘째가 발을 구르며 눈밭을 왔다 갔다 한다.

기다리던 둘째.

둘째   (긴장) 아니… 저게….

저만치 두 개의 사람 그림자.

둘째   (전등을 쳐들어 켰다 껐다 하며) 셋째니? 대답해…!
셋째   (멀리서 떨리는 소리) 오빠…, 나야!

둘째가 뛰어간다.

S#24

셋째가 막내를 끌다시피 하고 온다.

막내는 마치 취한 사람처럼 반무의식적으로 걸어오고 있다.

셋째가 막내 앞에 선다.

둘째   (화가 나서) 어디서 뭣들 하고 오니? 집안 식구들 생각도 못 해?
막내   남이야…?
둘째   뭐야…?
셋째   오빠…!
막내   기다리게 해서 미안해요….

막내가 앞장서 걷기 시작한다.

화를 삭이느라고 애쓰는 둘째.

셋째가 말린다.

S#25 마당(밤)

아버지, 어머니, 그대로 마루에.

둘째 E   아버지, 지금 들어와요.

둘째 일행 대문께에서 들어온다.
식구들 모두 나온다.

어머니   어떻게 된 거니?
막내   저 붙었어요.

하고 자기 방으로 들어가버리는 막내.
모두 망연히 서 있다. 식구들, 어머니, 아버지의 얼굴들.

S#26 첫째 방(아침)

첫째, 출근 옷을 입고 있다. 뒤에 서서 거드는 며느리.

며느리   집안이 온통 초상집 분위기니 원…. 막내아가씬 이불 덮고 누
                   워서 밥도 안 먹어요.
첫째   이런 때일수록 당신이 처신을 잘해야 돼.
며느리   내가 처신을 잘못한 게 뭐가 있어요?
첫째   집안 분위기가 말이 아닌 때 맏며느리가 의젓하고 현명하게 굴
                   어야 점수 따잖아?
며느리   말은 좋네…. 의젓하고 현명? 당신은 뭐든 나한테 미루고 출근
                   해버리면 그만이죠.
첫째   장남은 과묵한 법이야.

며느리 피!

막내는 이불 쓰고 있고, 맏딸과 셋째가 달랜다.

맏딸   아니 뭐, 대학 못 가면 사람 아니라던? 날 봐. 오빠 대학 보내느
        라 난 고등학교만 마치고도 이렇게 잘살지 않니? 대학 댕긴 여
        자나 못 간 여자나 다를 게 뭐니? 새언니 봐라….

셋째   언닌! 왜 또 새언닐 끌어대우?

맏딸   남 보이자고 통 파는 거 아닐 바에야 밥이나 먹고 이불 둘러써
        도 되잖아.

셋째   언니 지금 막내 위로하는 거유, 약 올리는 거유?

막내   시끄러, 시끄럽단 말야! 모두 나가줘! 나 혼자 있게 내버려두란
        말야!

맏딸   애는!

S#28 부엌

어머니, 부엌에 걸터앉아서 울고 있다.

일용네가 강아지 차는 소리. 들어온다.

일용네   망할 놈의 개새끼, 만날 밥 줘두 배 고프대! 아니, 울고 계시네?

어머니   (닦으며) 어휴…… 내가 뒷받침을 잘못해줘서 이렇게 된 걸 누
        굴 탓하겠수?

일용네   그놈의 대학교는 뭐 할라고 있어가지고 사람을 괴롭힌대요? 식
        자우환이래요… 여자란 게 밥 짓고 살림할 줄 알면 됐지…… 그
        깟 대학교 무슨 소용이에요? 대학교 하는 사람들 모조리 잡아
        다가 곤장을 그저 백 대씩만…….

어머니	시끄러워요! 무슨 말도 안 되는 소릴 그저…….

일용네, 솥뚜껑 열고 주걱으로 숭늉을 만든다.

일용네	에그…… 무식한 것이 아는 체하려면 꼭 실패한다니까……. 입 조심 입조심!

S#29 딸 방
어머니, 딸 방 문을 연다.

어머니	얘, 일어나 아침 먹어.
셋째	안 먹는대요.
어머니	밥 굶는다고 뭐가 되니? 어서 밥 먹어!
맏딸	어머니, 그냥 두세요…. 오늘은 누가 뭐래도 맘이 돌아서지 않을 거예요. 난 친정에 쉬러 왔다가 얼음장판에 앉은 꼴 됐네.
어머니	아유 그냥 하나같이…… 굶든 먹든 맘대루 해!

문 쾅 닫는다.

S#30 토방
첫째, 봉투 들고 출근 차림으로 나오다 어머니를 보고 부른다.

첫째	어머니, 저 좀….

어머니, 첫째에게 다가간다.

어머니	지금 나가니?

첫째	막내 일 너무 걱정 마세요.
어머니	난 괜찮아. 제 아버지가 문제지.
첫째	아버진 왜요?
어머니	밤새 뜬눈으로 새셨어.
첫째	막내도 떨어지고 싶어 그랬겠어요. 운이 없는 거죠.
어머니	내 꿈이 나뻤어.
첫째	아무튼 막내한테 되도록 부드럽게 말씀하세요. 그만한 나이는 거 왜 있잖아요.
어머니	알구 있어.
첫째	내년두 있구 내명년두 있으니까. 막내도 영리하니까 금세 정신 차릴 거예요.
어머니	그랬으면 좋겠다만.
첫째	다녀오겠습니다.

첫째가 가버리고 어머니는 안방으로 들어간다.

S#31 안방

아버지가 아침상 손도 안 대고 앉아 있다.

어머니, 들어온다.

어머니	왜, 입맛이 없으시우?
아버지	후-.
어머니	반주 한잔 갖다드려요?
아버지	관둬!
어머니	못난 것이 그저 맨날 열두 시를 못 넘기고 잠만 퍼 자대더니…… 부녀간에 식음을 끊기로 작정하셨수?
아버지	고 어린것이 얼마나 속이 상할까… (울먹) 발표장엘 내가 갈걸.

어머니	아이그, 그런다고 붙어요?
아버지	상 치워!

어머니 상을 치우는데 들어오는 맏딸, 셋째.

이윽고 며느리와 둘째, 각자 일부러 아무렇지도 않은 듯 객쩍은 소리 한마디씩 준비.

맏딸	너무 속상해들 마세요. 시간 지나면 다 잊혀진다구요.
둘째	제 생각엔요…… 이제 과거가 문제가 아니라 막내 장래가 문젠데요. 재수, 가사, 취직 이 세 가지 가운데서 선택하는 거예요. 아버지께서 막내 의견 들으셔서 이 세 가지 가운데 어느 길을 택할 것인가를 결정하시면 되는 거 아니겠어요?
어머니	애는? 그건 천천히 생각해도 돼. 우선은 막내 속상한 것부터 풀어줘야지. 저렇게 밥도 안 먹고 (운다) 에미 속 썩일려고. 그동안 무심한 내가 잘못이지. 공부한다고 해야 알아서 하겠거니 하고 관심도 없이.
셋째	공부는 혼자 하는 거지 누가 대신 해줘요? 바보 같은 게 지가 못해서 떨어진 거지 누굴 탓해요.
며느리	고모!
셋째	어젯밤에 집에 안 들어온다고 속 썩힌 줄 아세요! 꼭 지만 위해주길 바랜다니까.
둘째	넌 떨어진 고민 안 해봐서 몰라, 인마! 저만 제일인 줄 아는 너도 문제야! 막내 고민은 한참 갈 거야.
맏딸	저러다 죽어버리겠다고 그러면 어쩌지요?
어머니	말이냐, 뭐냐. 방정맞게시리.

아버지, 더 참지 못하고 일어선다.

| 둘째 | 아니, 어디 가세요? |

말없이 나가버린다.

S#32 마루
아버지, 나와서 딸 방으로 간다.

| 아버지 | 막내야. |

S#33 딸 방

| 아버지 E | 막내 있니? |

이불 쓴 채 앉은 막내.
밖에서 아버지 들어온다.
꼼짝도 않는 막내.
아버지, 조심스럽게 뒤에 앉는다.

아버지	막내야!
막내	…….
아버지	합격 됐으면 참 좋았을 텐데 그야 할 수 없는 거지. 막내야, 사람은 살아가면서 소원대로 되는 일보단 안 되는 일이 더 많은 법이란다. 이 애비 이 나이 먹도록 원대로 된 게 몇 가지나 되는 줄 아니? 비 온 땅이 굳는다고, 실패가 쌓이면서 여물어가는 게 사람 사는 거란다. 지금 네 귀엔 아무것도 안 들리겠지만 시간이 흐르면 별거 아니란다. 문제는 그런 실패를 경험삼아 더 알찬 자신을 가꿀 수 있으면 되는 거야. 그렇지 않니?

막내	(참으며 듣는다)
아버지	너 밥 안 먹으니까 애비도 밥맛이 없어서 아침 못 먹었어.
막내	(눈물이 돈다)
아버지	내가 너 학교 가면 옷 한 벌 해줄려고 맘먹었는데 오늘 그거나 맞추러 갈까?
막내	(눈물만)
아버지	이런 때일수록 기분 풀이를 해야 해, 인마! 학교야 내년에 또 치면 되지 뭐. 천천히 생각해서 너 좋은 대로 연구해보자, 응?
막내	(안간힘으로 참는다)
아버지	난 우리 막내가 학교 떨어져서 섭섭한 거보담 얼마나 속상할까 그게 맘 아퍼.
막내	(드디어) 아빠!

막내, 아버지 품에 안기며 엉엉 소리내어 운다.

아버지, 막내의 등을 토닥거려준다.

아버지	그래 그래, 실컷 울어라!

이때 어머니, 방문을 열고 부녀의 모습을 본다.

내레이션	성공하는 자식보다 실패하는 자식을 어떻게 이끌어주어야 할지 그게 가장 어려운 인간사이다. 거기엔 왕도가 따로 없다. 있다면 건전한 상식에서 크게 벗어나지 않도록 마음을 북돋워주는 일 그것뿐이 아닐까.

(F.O.)

말 못 하는 소

제14화 말 못 하는 소

방송용 대본 | 1981년 2월 3일 방송

·등장 인물·

할머니	정애란
아버지	최불암
어머니	김혜자
첫째	김용건
며느리	고두심
맏딸	엄유신
사위	박광남
둘째	유인촌
셋째	김영란
막내	홍성애
일용	박은수
일용네	김수미
면장	박규채
수의사	나영진
정학문(비만형)	강인덕
보이	김철화
요정 여자 3명	
청년들 3명	
손님들	ext.

S#1

한우가 한 마리 매여 있다. 아버지와 둘째가 환자를 다루듯 소의 이곳저곳을 만지기도 하고 입을 벌려보기도 한다.

어머니가 온다.

내레이션	우시장에서 한우 한 마리를 사 왔다. 그런데 도무지 먹이를 먹질 않는다. 겨울철의 먹이는 물이 차면 소가 먹으려들지 않으며, 그렇게 되면 사료 섭취량이 줄게 되니 물은 따뜻하게 덥혀 먹이라고 일러두었건만, 그것도 아니다. 우시장에서만 해도 그렇게 왕성하던 식욕을 불과 하루 사이에 잃다니….

어머니	아직도 그 모양이니?
둘째	예.
어머니	혹시 체한 거 아니니?
둘째	그것도 아닌가 봐요.
아버지	어제 아침 위 기능 강화제 분명히 먹였지?
둘째	그럼요…. 아버지 처방대로 더운 물 18리터에다 위 기능 강화제 200그램을 녹여 먹였어요.
아버지	이상하다!
어머니	병든 소… 속아 산 거 아니우?
아버지	병든 소?
어머니	예, 그렇지 않고서야 집으로 데려온 지 하루 만에 병이 날 리가 없잖아요?
아버지	내가 소를 한두 번 사봤어? 내 손으로 키운 소가 몇십 마린데….
어머니	그렇지만 이렇게 병이 났는데 어떻게 해요?
아버지	그게 내 탓이란 말이야, 그럼?

아버지가 눈을 부릅뜬다.

어머니   누가 당신 탓이랬어요? 그저…….

아버지   그렇잖아도 속이 상한 판에 옆에서 부채질하긴가….

둘째   허허……, 소 때문에 싸움 나시겠어요!

어머니   뭣 꾀고 구려한다더니 괜시리 나보고만 역정 내시잖니…?

어머니가 짚단을 뽑아 소 입에다 대주나 고개를 돌리고 먹으려 하지 않는다.

아버지   너 사료 배합은 제대로 했어?

둘째   예, 여기 이렇게….

주머니에서 구겨진 종이쪽지를 내보인다.

아버지가 받아 본다.

둘째   아버지가 처방해주신 그대로죠. (읽으며) 체중에 비례하여 건초 1프로, 배합사료 50프로… 하루 2회로 나누어 먹일 것… 그대로 했는데요. 그게 순조로울 때면 날마다 0.2프로씩 양을 늘리라고 하셨지만, 이튿날부터 이 지경이니….

아버지   이상하다…, 이럴 리가 없는데….

어머니 가버린다.

아버지가 소의 입을 억지로 벌리려 하나 안 듣는다.

S#2 펌프 가

맏딸이 기저귀 빨래를 하고 있다.

애기 우는 소리가 자지러지게 들려온다. 그러나 맏딸의 표정은 부어 있다.

어머니가 뜰에 들어선다.

어머니   에그…, 네가 기저귀 빨래를 다 하고 웬일이냐?

맏딸   ……..

어머니   물 뎁혀서 빨지… 찬물로 빨면 잘 안 말라. 아니, 저게 누구 울음소리냐?

맏딸   (빈정대며) 어느 전쟁고아 우는 소리겠죠.

어머니   전쟁고아라니?

맏딸   돌봐줄 사람 없으면 고아죠.

어머니   무슨 소리냐? 네 애기 아냐? 어서 가서 젖 줘! 내가 빨 테니….

맏딸   사람들이 그러면 못쓴다구!

어머니   응, 아니 지금 나보고 하는 소리니?

맏딸   이 댁 며느님 보고요.

화가 난 듯 물을 버린다.

어머니   어서 가서 젖 빨려!

맏딸   기저귀 노나 쓰는 게 무슨 큰 죈가…, 그렇게 눈치하고 심통 부릴 거 뭐 있어?

어머니   응?

S#3 첫째 방
애기에게 젖을 물리고 있던 며느리의 표정 굳어진다.

어머니   (소리) 무슨 소리야?

맏딸   (소리) 글쎄, 내가 가져온 기저귀가 부족해서 이 집 것 좀 썼는데 위생상 괜찮겠냐는 둥, 빨래 힘들어 못 살겠다는 둥, 듣기 거북한 소리가 한두 가지가 아니라니까….

애기 울음소리. 며느리가 애기를 내려놓고 나간다.

양쪽 방에서 쌍나팔 부는 애기 울음소리.

S#4 펌프 가

며느리   고모! 무슨 말씀을 그렇게 하세요?
맏딸   다 안다구요!
며느리   저 애는 앓던 끝이니까….
맏딸   그야 내 자식이 귀하지 조카가 귀하겠수?
어머니   듣기 싫어! 어서 들어가!

맏딸은 들은 척도 안 한다.

양쪽 애기 울음소리가 더 자지러진다.

할머니가 나온다.

할머니   아니 애기를 왜 울려, 응? 장차 노랫가락 잘 부르게 할 셈이냐?
맏딸   친정에 오면 두 다리 뻗을까 했더니 그것도 아니구먼? 흥!

맏딸이 딸 방으로 들어간다.

며느리   기저귀 같이 쓰는 게 문제가 아니구요, 쓰는 대로 좀 빨아주면
         어때요? 갈아 채우는 대로 젖은 걸 쌓아만 놓으면 저 혼자 어떻
         게 감당하란 말예요?

난처해진 어머니의 표정.

어머니   에그……, 이것도 난리구나, 난리!

S#5

아버지가 자전거를 타고 간다.

아직도 잔설이 여기저기 쌓인 들판은 마냥 평화롭다.

아버지 E   눈은 쌓였다만은 어딘지 봄기운이 멀지 않은 것 같구나! 머지 않아 저 눈밭에서는 파릇파릇한 싹이 돋아나고 황톳길에 아지 랑이 피어오르고… 하면, 또 바빠지겠지, 바빠져!

S#6

다른 길을 아버지가 자전거를 타고 간다.

맞은편에서 자전거를 타고 오는 사람이 손을 번쩍 든다.

면장   김 회장! 어디 가시오? 헛허….

아버지   면장 어른, 헛허….

어느덧 두 사람이 맞부딪치듯 만난다.

면장   나 지금 김 회장 찾아가는 길이었는데, 하마터면 헛걸음할 뻔했 구만유….

아버지   나를요?

면장   예, 바쁘세요, 지금…?

아버지   아니, 소가 먹이를 안 먹어서 수의사 좀 만나러 가는데, 왜요? 무슨 일이라두…?

면장   일이라기보다… 김 회장을 꼭 좀 만나게 해달라는 분이 있어 서….

아버지	뉘신대요?
면장	그걸 여기서 말할 건 없구. 그럼, 저녁때는 시간 나시겠네요?
아버지	시간이야 나죠! 내가 언제 시간에 매여 삽니까? 허허….
면장	그럼, 이렇게 합시다! 그 중앙동 네거리에 귀거래라는 다방 있죠?
아버지	다방?
면장	예…, 아래층은 무슨 전기제품 상회 있고, 2층이 다방인데….
아버지	아…, 알 만하군요!
면장	일단 거기서 만나가지고 조용한 데로 옮기죠….
아버지	조용한 곳? 뉘신대요?
면장	글쎄, 만나보시면 아실 만한 분이니까. 그럼 다섯 시에 귀거래에서 만납시다. 난 또 몇 군데 들를 곳이 있어서…, 그럼…!

면장이 손을 번쩍 들어 보이며 휙 떠나간다.

아버지가 의아한 표정으로 서서히 페달을 밟는다.

S#7 수의사의 방

벽에 도감이며 해부도가 걸려 있다.

젊은 수의사가 아버지 앞으로 마주 앉으면서,

수의사	염려 마세요! 제가 가보긴 하겠습니다만 원인은 알 만하군요.
아버지	예?
수의사	사람으로 치자면 신경성이죠, 예….
아버지	아니, 그럼 소두 신경성 위장병이 있나요?
수의사	헛허, 위장병이라고까지는 말할 수 없지만… 거, 왜 사람두 잠자리가 바뀌면 잠을 설치고 식욕 잃고….
아버지	아…!

수의사	소를 새로 구입하셨을 때는 마구 사료부터 먹일 게 아니라 우선 축사에서 하룻밤쯤 편안하게 수용시켜서 안정을 시켜야 합니다.
아버지	음….
수의사	말 없는 소두 신경은 살아 있으니까요. 갑자기 환경이 바뀌었을 때 심리적으로 불안감을 느끼는 건 사람두 소두 마찬가지죠.
아버지	허허, 그런 간단한 이치를 내가 그만 깜빡했군요, 허허….
수의사	김 회장님께서두 그런 실수를 하실 때가 있으시군요?
아버지	이거야말루 등하불명이지 뭐겠소? 그러니 사람은 배워야 해요, 죽을 때까지 배워야 해!

S#8 수선장 현관(밤)

제법 수준을 갖춘 요식집이다. 전문 요식점이라는 간판이 아니면 한옥 가정집 같다. 요란스럽게 장식을 했으나 촌티가 나는 꾸밈이다.
면장과 아버지가 들어선다. 보이가 다가온다.

보이	어서 오십시오!
면장	나 좀 봐!

면장이 귀엣말로 뭐라고 소곤댄다.

보이	예, 예! 지금 기다리고 계십니다. 이쪽으로 오세요!
면장	응…. (아버지에게) 가십시다, 김 회장님!

아버지는 낯선 집이라기보다는 구미에 안 당긴다는 떫은 표정이다.

S#9 동 객실 앞(밤)

방 안에서 흘러나오는 웃음소리. 보이가 노크를 한다.

문 앞에 가지런히 놓인 대여섯 켤레의 슬리퍼들.

안에서 응답하자 보이가 문을 연다.

보이   손님 오셨는데요.

(소리)   들어오시라고 하게.

보이   예! (면장에게) 들어가세요.

면장   김 회장, 들어갑시다!

아버지   아니, 뭐 하는 곳이오?

면장   뭣 하는 곳이긴요? 식당이지 허허……. 들어오세요, 자자…!

면장이 끌고 들어가자 아버지도 마지못해 들어간다.

S#10 동 방 안(밤)

화려하지만 천박하게 꾸며진 식당 겸 요정 같은 분위기.

비만증 환자 같은 정학문이 상좌에 윗저고리를 벗은 채 앉아 있다.

몇 사람이 화투짝을 만지고 있다가 두 사람을 보자 자리를 정리한다.

정이 자리에서 일어난다. 40 전인 젊은 나이다.

정학문   어서 오십시오, 면장 어른! 허허…

면장과 악수를 한다. 큼직한 다이아 반지가 끼어 있는 손.

정학문   바쁘신데 이렇게 나오시게 해서…!

면장   아니올시다, 헤헤…. 저, 김 회장님을 이렇게….

정학문   아, 이거 초면에 실례하겠습니다! 나 정학문이라고 합니다!

명함을 찾다가 조끼 주머니에서 유난히 크고 금박으로 테를 두른 명함을 꺼내 보인다.

아버지가 받는다.

아버지   네…, 저는 명함 가진 게 없어서…. 허기야 농사꾼이 명함을 가
        질 필요도 없지만서두…. 허허….

정학문   아니올시다. 고명하신 김 회장님의 존함은 익히…. 제가 평소에
        가장 존경하는 어른이신데요. 자, 앉으시죠, 이쪽으로….

정은 아버지를 끌다시피 하여 보료 위 상좌에다 앉힌다.

아버지는 기분이 과히 좋지 않으나 꾹 참는다.

면장   이건 내가 중간에 끼었으니 다시 소개 말씀 드릴 수밖에 없겠
        는데…. 괜찮습죠, 정 사장님?

정학문   예? 예! 소개랄 것까지야, 허허….

아버지   그래, 저한테 무슨 용건이라두…?

면장   김 회장, 그게 아니구요. 정 사장은 이 고장 출신으로 지금 서울
        서 크게 사업을 벌이고 계시는 실업가예요.

아버지가 안경을 꺼내 끼며 명함을 들여다본다.

아버지   (마음의 소리) 가만…! 어디서 꼭 만난 적이 있는 얼굴인데…, 어
        디서 봤는데….

면장   12년 전에 고향을 떠나 온갖 고생 끝에 일약 실업계에서 두각
        을 나타낸, 말하자면 이 고장 출신으로서는 입지전적인 명사
        죠!

정학문   명사는요…, 허허! 그저 배운 것두 없구 열심히 돈만 벌었습니
        다. 허허….

아버지	아, 그러세요? 그런데 어떻게 저를…?
정학문	예, 그저 모처럼 고향에 내려왔으니 고향의 어른들을 찾아뵙고 인사나 드릴까 하구….
아버지	(마음의 소리) 그럼 자네가 나를 찾아올 일이지, 나더러 나오라 는 건 또 뭔가?
정학문	사실 오랫동안 타향살이하다 보면 고향이 그리운 법이죠! 나이 가 들어가면서…, 아니 죄송합니다. 어르신네들 앞에서 나이 얘 기해서 안됐습니다만, 저두 내년이면 마흔이죠.
아버지	아이구, 저런! 아, 그러십니까?
정학문	그래, 이제는 기반두 잡구 재산두 모을 만큼 모았고 하니까, 뭔 가 고향을 위해서 뭔가 일을 해야 하지 않겠는가, 하는 생각이 나지 않겠습니까? 예……!
아버지	아, 그러십니까?
정학문	그래서 이번에 제가…, 허허허….
면장	허허허.

면장 얼굴을 본다. 서로 웃는다.

정학문	여러 어른들께서 권하시기도 하고 해서….
면장	입후보하십니다.
아버지	…?
면장 E	국회의원 말입니다.
아버지	아, 그러십니까?
정학문	그래서 여러 어른들 뵙고… 좋은 말씀이나 듣고자 이렇게, 헤 헤…. 그러니 다른 뜻은 없으니 그리 아시고 약주 드시면서 한 사람의 애숭이를… 정치 초년생을 키우신다는 뜻에서 좋은 말 씀 좀 해주십시오, 예!

면장	인사 소개만 시켜달라고 해서…. 실은 나와 정 사장의 선친과 는 죽마고우여서… 그런 관계상… 헛허!
정학문	평소에 친아버님처럼 모시고 살아왔죠. 고향에 20년 만에 돌아 오니 변한 것도 많고 아는 사람도 없으니 어떻게 합니까? 면장 어른 붙들고 늘어지는 수밖에, 허허….
면장	이 사람! 헛허….

정이 부하인 듯한 젊은이에게 아주 거만하게 말을 던진다.

정학문	애, 너희들 뭣들 하고 있나? 술상 들이라고 해야지! 눈치도 몰라?
청년	네…, 네!

청년이 일어선다.

정학문	그리고 아가씨도…. 쓸 만한 걸로 들여보내라고 해!
청년	네…, 네…!

청년이 급히 나간다.
아버지가 아까부터 눈을 지그시 감고 있다가 눈을 번뜩 뜬다.

아버지	옳지! 생각난다.
면장	뭐가요?
아버지	내 아까부터 어디서 만난 적이 있다 있다 했는데…. 몇 년 전 사 진이 찍힌 달력을 부락민들에게 보냈잖소?
정학문	아이고! 몇 년 전 걸 기억해주시다니! 정말, 감사합니다, 감사합 니다…!

정이 정좌를 하고 비굴할 정도로 정중히 절을 한다.

아버지　　　아니… 그게 아니라….

정학문　　　저는… 김 회장님께서만 밀어주신다면 틀림없이 당선되리라는 자신을 가지고 있습니다. 그러니 주변에서도 이 고장에서 김 회장은 터줏대감이신데 그 어른만 승낙하신다면 반은 성공한 거나 다름없다고들….

아버지　　　헛허… 핫허…….

정학문　　　예?

아버지　　　만약에 소나 닭이나 돼지도 투표권이 있다면야 그건 틀림없습니다만….

정학문　　　예? 좋은 뜻으로 말씀하시는 거지요? 허허허….

아버지　　　허허….

S#11 안방(밤)

어머니가 남자 한복 저고리 동정을 끼워 달고 있다.

맏딸이 셋째와 마주 앉아 털실을 감고 있다.

어머니가 바늘에 실을 꿰려고 애를 쓴다.

셋째　　　엄마! 눈이 잘 안 보이세요?

어머니　　　글쎄….

맏딸　　　안경 맞추어 끼세요. 이제 노안이세요.

어머니　　　네가 좀 꿰어!

셋째　　　응!

셋째가 털실을 풀어놓고 바늘에 실을 꿴다.

어머니	노안이 될 때도 넘고 처졌지! 여자 나이 50 고개를 넘은 지 가….
맏딸	그러니까 안경 쓰세요! 돈 아끼면 뭘 하시려구….
셋째	엄마, 됐어…!

셋째가 바늘을 돌려주고 다시 털실을 손목에 낀다.
어머니가 동정을 달기 시작한다.

맏딸	나… 오랜만에 집에 와보니까 변한 게 한두 가지가 아니에요.
어머니	흠… 큰 발견이라도 한 것 같구나! 어디 뒷산에서 석유나 석탄이나 나오는지 파봐!
셋째	(여전히 실을 감으며) 농담 아니에요. 어머니, 이거 심각하다구요!
어머니	무슨 얘기냐?
맏딸	아버지 저고리 동정도 어머니가 손수 달 건 또 뭐유? 피둥피둥 놀고먹는 유휴 노동력 제쳐두구….

어머니가 일손을 놓고 맏딸을 쳐다본다.

S#12 첫째 방(밤)
첫째가 주판을 놓고 있다.
며느리가 애기에게 젖을 주고 있다. 입이 뾰로통하게 부어 있다.

며느리	왜 나를 못 잡아먹어서 그러는지….
첫째	누가?
며느리	말해야만 아시겠수?
첫째	그럼 말해야 알지… 구멍에 든 뱀이 열 자인지 스무 자인지 어떻게 알아? 흐흐…, 내 참…… .

며느리	속 편하게 웃음이 나오니 좋으시겠수!
첫째	다 그런 거야!
며느리	(신경질 내며) 뭐가 다 그래요?
첫째	(일손을 놓고) … 아니…?
며느리	나도… 양보할 줄도 알고… 용서할 줄도 알아요. 그렇지만, 큰고모님의 처사는 이상 더 못 참겠어요!
첫째	그럼?
며느리	자기가 뭔데 여기 뛰어들어서 큰소리야? 친정에 쉬러 왔으면 조용히 있다 갈 일이지, 올케 못 잡아먹어서 사사건건 트집이고….
첫째	그 징그러운 소리 좀 그만둬! 잡아먹는다가 뭐야? 무슨 식인종인가?
며느리	흥! 초록은 동색이다, 이거유?
첫째	뭐라구?
며느리	그야 팔이 안으로 굽겠죠.
첫째	안은 당신이지 누구야? 헤헤…, 안 그래?
며느리	놔요!

첫째가 장난삼아 뽀뽀하려고 하다가 고개를 뿌리치는 팔에 콧등을 맞는다.

첫째	아얏! 아이구…, 코야!
며느리	지금 코가 문제예요? 사람이 죽느냐 사느냐는 판국에…….
첫째	그럼, 아주 코를 꽉 물어뜯어!

밖에서 개 짖는 소리가 요란하다.

첫째	누가 왔나? 아버지께서 오시나?
둘째	(소리) 어머니, 서울 매형 오세요!

첫째	응? 매부가…….

S#13 뜰과 마루(밤)

사위와 둘째가 과일 궤짝을 맞들고 들어선다.

어머니, 맏딸, 셋째가 마루로 나온다.

사위	안녕하세요, 장모님?
어머니	아니, 웬일인가 자네가?
맏딸	여보! 왜 이제 오세요? 어제 오신다고 해놓고서….
사위	응… 그렇게 됐어…. 우리 애기 많이 컸어?
셋째	형부도…, 온 지 사흘밖에 안 되었는데 그동안에 크면 얼마나 컸을까!
어머니	모르는 소리 마! 애기들 자라는 것하고 콩나물 자라는 것은 시간을 다투는 법이야!
사위	그럼요….

다른 식구들도 모두 나온다. 반갑게 애드리브 인사들 떠들썩하게 나눈다.

모두 방으로 들어간다.

어머니	어서 들어와!
사위	예.

S#14 셋째의 방(밤)

막내가 아랫목에 엎드려 공부를 하고 있다. 셋째가 들어선다.

안방에서 웃음소리가 흘러나온다.

셋째	호호호… 아유 재미있어! 하여튼 형부 그 허풍은 알아줘야 돼!

막내	조용히 좀 할 수 없어?
셋째	너도 안방에 가봐! 술판이 벌어졌어.
막내	내가 뭐 술 좋아하는 사람인가? 난 외부 세계와 일절 손을 끊기로 했단 말이야.
셋째	비구니가 되었니? 흠….
막내	앞으로 1년, 그것이 내 인생을 좌우하니까?
셋째	결심은 가상하다만은 며칠을 갈 것인지 두고 봐야지…. 그런데, 걱정이다!

막내가 고개를 든다.

막내	뭐가?
셋째	형부가 오셨으니 당장 그 피해가 우리한테 올 거야.
막내	무슨 뜻이지?
셋째	바보야… 눈치도 없어? 당장 오늘 밤 이 방을 내줘야지 않아…?
막내	음….
셋째	애기 우는 소리에 설쳤는데 오늘 밤은 또 어느 지붕 밑에서 자야 하니? 이게 뭐람…. 제 방 하나 없이 벼개 품고 쫓겨가는 신세니….
어머니	(밖에서) 셋째야, 셋째야….
셋째	네?

방문이 열리며 어머니가 이불과 요를 안고 들어온다.

어머니	오늘 밤은 비워줘야겠다. 형부가 왔으니 어떻게 해…?
셋째	그것 봐! 내 말대로지?
막내	그럼, 우린 어디로 가요?

어머니　　　　할머니 방에서 자면 되지 않니?

S#15 안방(밤)
사위, 맏딸, 첫째, 며느리, 그리고 둘째가 술상을 놓고 앉아 있다.
여자들은 군고구마를 먹고 있다.

사위　　　　나도 상당히 보수적인 사람인데 말입니다. 여자를 옛날처럼 구
　　　　　　속하는 것은 나쁘다고 생각해요. 저 사람 하고 싶은 일 막아본
　　　　　　적이 없어요. 안 그렇습니까, 형님?
첫째　　　　그래, 그 말도 맞아!
맏딸　　　　어유, 저이 말 믿지 말아요. 처가에 오니까 무서워서 뭐든 반대
　　　　　　로 얘기하는 거예요.
사위　　　　자… 형님, 잔 받으세요!
며느리　　　(꾹 찌르며) 당신 그만해요. 내일 출근도 해야 하고 몸도….
맏딸　　　　에유, 저인 밤새 멕여두 괜찮구, 오빠 마시면 안 돼요?
며느리　　　호호, 고모두…….
사위　　　　야, 저 마누라 친정에 와서 남편 거드는 거 보니 진짜 내 마누랄
　　　　　　세! 하하! 자, 받으세요!
첫째　　　　조금만 따라!
사위　　　　자, 작은처남!
어머니　　　고단할 텐데 일찍 쉬지, 그래?
사위　　　　어머님, 닭 잡아 오실 때까지 안 잘 겁니다. 자, 어머님도 한잔….
어머니　　　(펄쩍) 내가 무슨 술!

술 따라준다.
이때 밖에서 노래 고함 치는 아버지

아버지 E   세에상이 허무한 것을 말하여 주노라….

어머니   오늘은 술꾼 집합하는 날일세.

S#16 마당(밤)

대취하여 걸레가 된 아버지를 일용이가 끌어오느라 애쓴다.

안방 식구들 나온다. 모두들 애드리브 인사를 한다.

아버지   아이구, 이분은 누구시오?

사위   아버님, 접니다! 서울 장 서방이에요.

아버지   장 서방? 헤헤, 우리 사위 자식? 그래 세 끼 밥은 끓여 먹니?

사위   저흰 하루 세 끼 먹는데요.

모두 웃음으로 애드리브.

사위 등이 아버질 부축해서 방으로 간다.

S#17 안방(밤)

모두 들어온다.

아버지는 사위를 잡고 놓지 않는다.

아버지   이놈 자식, 너 잘 만났다! 오늘 술버릇 좀 가르쳐줘야겠다!

사위   아유, 저흰 지금까지 마셨는데요.

아버지   시끄러, 받아! 헤헤….

술 따른다. 쏟기도 한다.

사위   아이구, 그만 됐어요.

아버지   장 서방, 너 이놈! 우리 딸 데려다가….

486

사위	뭐가요?
아버지	건뜻하면 친정으로 쪼르르 내려오고, 고게 무슨 짓이야?
맏딸	언제는 잘 왔다고 푹 쉬고 가라고 그러시고선?
아버지	그랬나? 헤헤…. 장 서방 내 딸 잘 부탁하네. 술 따라, 인마! (잔 받으며) 내가 오늘 무지하게 기분 나쁜 녀석을 만났는데 말야, 너희들 그런 사기꾼 되지 말아!
사위	사기당하셨어요?
아버지	돈 벌었으니 고향을 생각해? 나쁜 놈, 밀어주면 당선돼? 국민을 속여서 지 뱃속 좋으려는 놈이 당선돼?
어머니	야밤에 누구 듣겠수! 웬 술을 그리 자시구선….
아버지	술? 나 그놈 자식 술 안 먹었어! 붙잡는 걸 뿌리쳤다구! 건넛마을 양 주사 만나서 마셨다구, 무슨 소리야? 난 밸이 틀리는 술은 못 마셔, 왜 이래?
어머니	궂은 술 안 잡수는 거 천하가 알아요. 장 서방도 왔는데 웬 주정을 그리 하실까?
아버지	지금부터 여기 계신 여러분한테 국민 시험을 치겠다. 진실한 정치가는 어떤 사람인가? 각자 답을 준비해! 에…, 먼저 당신 말해봐!
어머니	그야 진실하게 정치하는 사람일 테죠?
아버지	헤헤헤, 맞았어!
사위	완벽한 대답이신데요, 허허….
아버지	다음, 첫째 말해봐!
첫째	네, 이 나라 국민과 나라를 위해서 자신을 희생할 수 있는 애국심을 가진 자라고 생각합니다. 그리고 인격적으로 결함이 없는 사람이어야 합니다.

아버지가 눈을 감고 고개를 끄덕이며 듣는다.

아버지	좋았어! 다음 장 서방 말해봐!
사위	네, 무엇보다 성실과 능력을 겸비해야 합니다. 국민을 위하겠다는 성실성이 있다 하더라도 그에 필요한 지식과 능력이 없으면 소용없습니다. 남 앞에 나서기 좋아하고 똑똑한 체하고 공명심만 높고 출세 기회만 찾는, 소위 정치성 있다는 사람은….

눈을 감고 듣던 아버지. 갑자기 코를 드르렁 고는 소리에 사위가 말을 중단한다.

어처구니없어하는 식구들 표정.

걸레처럼 구겨져 벽으로 스르르 기대어 자버리는 아버지.

S#18

닭 우는 소리. 닭이 홰를 친다.

아침 해가 솟아오르고 있다. 아침 해에 반사되는 눈 덮인 들판.

S#19 안방(아침)

아버지가 자리끼 물을 마신다.

어머니가 들어온다.

어머니	기억나세요, 어젯밤 일…?
아버지	…!
어머니	무슨 일 있으셨어요, 밖에서?
아버지	…….
어머니	잠꼬대하시던데…. 웬 욕 소리를 그렇게 하세요? 늙어가면서….
아버지	욕 소리?
어머니	예…, "미친놈!" 소리를 줄잡아 열 번을 하십데다.
아버지	음….
어머니	짐작하세요? 응, 누구예요?

아버지	미친 녀석!
어머니	예?
아버지	정치를 아무나 하는 거야?
어머니	누가요?
아버지	돈만 있으면 정치가 될 수 있다는 생각… 이것부터 고쳐야 해…. 나 어제 그 정 사장인가 뭔가 하는 친구가 고향을 위해서 뭔가 하고 싶다는 건 알 만한데… 그게 아니지…. 그게 아니라는 걸 정통으로 얘기할까 하다가 내가 초면이라서 꾹 참았지.
어머니	제발… 말조심하세요… 예? 이제 선거다 뭐다 있을 모양인데 당신은 그저 입 꼭 다물고 계세요. 입바른 소리 하다가 궂은일 당하지 마시구요!
사위	(밖에서) 장인 어른, 기침하셨어요?
아버지	응?
어머니	들어오게.

사위가 들어온다.

아버지	아니, 자네 언제 왔나?
어머니	이렇다네……. 자네 장인은 술 마시면 기억력이 없어, 호호…!
사위	어제 늦게 왔다가 오늘 출근해야겠고 해서….
아버지	…… 그럼, 나하고 한잔두 안 하구 그냥 가기야?
어머니	에그…, 어젯밤엔 같이 드시구선?
아버지	그랬나?
사위	어제 늦게 왔다가 오늘 출근해야겠고 해서…
아버지	….
사위	장인 어른, 과음 마십시오.
아버지	내가 언제 과음해?

사위	예?
어머니	끝까지 시침 떼시는 거 봐!
사위	허허, 그럼… 이만….

사위가 인사를 하고 일어선다.

S#20

아버지가 둘째와 함께 병든 소를 손봐주고 있다.

소가 왕성한 식욕을 보이고 있다.

아버지가 흐뭇한 표정으로 지켜본다.

아버지	이제 살았구나, 흐흐…!
둘째	사람의 경우도 마찬가지죠?
아버지	뭐가?
둘째	저마다 사정은 있는데도 말을 못 허는 경우는 아마 소처럼 병 날 거예요!

아버지가 둘째를 돌아본다.

일용이가 들어선다.

일용	김 회장님, 손님 오셨는데요.
아버지	손님?
일용	예!
아버지	알았어! 그럼 배합사료는 내일부터 0.2프로씩 늘려. 건초를 두 주일 후부터 주게 하고….
일용	예….

아버지가 나간다.

S#21

면장과 정학문이 서 있다.

아버지가 나온다.

아버지	웬일이십니까?
면장	바쁘신가 보죠?
정학문	저번에는 실례가 많았습니다.
아버지	그런데 어떻게?
면장	정 사장이 조용히 의논드릴 일이 있다구 해서….
아버지	그래요? 들어가시죠!

아버지가 두 사람을 안내한다.

S#22 안방

방바닥에 두툼한 봉투가 놓여 있다.

긴장한 아버지의 표정.

아버지	이게 뭐죠?
정학문	저의 성의입니다. 받아주십시오! 그렇다고 이건 결코….

아버지가 봉투를 든다.

아버지	얼마입니까?
정학문	(당황하며) 예?
아버지	천만 원쯤 됩니까?

면장과 정 사장이 당황한다.

아버지   (웃으며) 넣어두세요! 이러는 거 아닙니다!
정학문   그렇지만….
아버지   정 사장의 뜻 이제 다 알았으니, 이 얘기는 이것으로 끝냅시다.

아버지가 봉투를 밀어붙인다.

면장   김 회장!
아버지   (엄하게) 면장 어른, 이러실 줄 몰랐습니다!
면장   예?
아버지   이건 모두 면장의 작전이죠?
면장   그게 아니라….
아버지   이 선거구에서는 나만 잘 구워삶으면 표밭을 확보할 수 있으니
         부딪쳐보면 된다고 하셨겠죠? 돈으로 말입니다.
면장   원, 별 말씀을…. 난 다만 지역사회 발전을 위해서는….
아버지   면장이란 공직입니다. 이를테면 공무원이나 다름없어요! 공무
         원이 어떻게 한 개인의 선거운동에 앞장섭니까?

면장이 멋쩍게 웃는다.

아버지   과거 해방 후 30년 동안 그렇게 해왔죠. 정부 지시로는 공무원
         을 절대 중립이라고 주장하면서 실지로는 공무원들이 선거운
         동에 직접 간접으로 개입해왔어요. 나는 다 지켜보고 왔어요.
         우리 농민들도 다 거기에 복종해왔고요. 그러나 그건 지난날의
         일이에요! 지금 이 시점에서는 허용될 수 없단 말이에요! 난 정
         사장이 그 나이에 정계에 투신해야겠다는 야망은 높게 평가합

니다.

정학문   감사합니다…! 그러시다면 이번에 저를 위해서….

아버지   협력해드릴 수 없습니다.

정학문   이유가 뭡니까?

아버지   아직 정치를 하기에는 어리다 이겁니다.

정학문   어려요? 제 나이가 지금….

아버지   마흔 살로 기억하고 있어요!

정학문   그게 어리단 말입니까?

아버지   나이가 어린 게 아니라 생각이 어리단 말입니다.

정학문   예?

S#23 안방 앞

술상을 들고 서 있는 어머니의 초조한 모습.

아버지   (소리) 나는 이 나이가 되도록 흙에 관한 일만 생각하고 일해왔으니까 정치 따위는 알 까닭이 없죠. 그 대신 농사나 목축 일이라면 죄다 술술 꿸 수 있어요. 그건 내 직업이자 생활이자 인생이니까요.

S#24 안방

아버지   그런데 요즘 신문에 오르내리는 입후보자들이 젊고 신선해서 좋긴 한데, 과연 저 사람들 중 정치를 자신의 직업과 인생과, 그리고 생활철학으로서 깨우치고 있는 사람이 몇이나 될까 생각할 때 나는 생각이 달라요

정학문   서로 다릅니다. 시대가 그만큼 다르고 사고방식이 그만큼 달라졌으니까.

아버지	나는 그 반대예요.
정학문	예?
아버지	정치하려는 사람의 생각은 몇천 년 전이나 지금이나 달라질 수 없어요. 백성을 다스리는 마음이 왜 달라집니까? (차츰 강조하며) 민심은 천심이라 했어요! 그게 다릅니까? 정치는 군림하는 것이 아니라 봉사하는 것이라는 말… 그거 새로운 거 아니에요. 이미 있었던 정치도의예요. 그걸 잊어버렸다가 이제 와서야 뒤늦게 다시 찾은 것뿐이에요.
면장	예, 며칠 전 그 레이건 대통령이 그렇게 얘기했다는 거 신문에서 읽었죠, 헤헤….
아버지	미국 대통령이 이제 갑자기 생각해낸 말이 아니에요. 그건… 우리나라도 마찬가지죠.
정학문	(불쾌하게) 그래서요? 그래서 어떻다는 말씀입니까?
아버지	예?
정학문	난 김 회장님이 협력해주겠는가, 못 해주겠는가, 그것만 알면 됩니다. 그 사실을 우리 당에 가서 보고하면 되니까요.
아버지	흠…, 자못 공갈 쪼군요. 그래, 못 하겠다면 보복하겠다 이건가요? 그건 제가 먼저 사직 당국에 가서 고발하겠소!
정학문	뭐라고요?
아버지	나는 입후보자가 돈으로 표밭을 매수해서는 안 된다는 법을 만들어놓은 거 다 알아요. 지난날 누더기를 벗어버리고 밝고 당당한 선거를 하자는 정부의 방침을 모르세요? 과거 30여 년간 통했던 그 썩은 선거 풍조는 과감하게 도려내자고 들어왔지, 이따위 돈다발로 순진한 농민을 우롱해도 좋다는 말은 못 들었어요!

아버지가 돈이 든 봉투를 집어 힘껏 방바닥에 내리친다.

그 순간 빳빳한 만 원 지폐가 방바닥에 확산된다.

어머니가 놀라서 술상을 들고 부엌으로 되돌아간다.

S#25 부엌

와들와들 떠는 어머니.

일용네가 콩나물을 한 줌 집어 입에 넣다 말고 쳐다본다.

일용네	왜 그러세요?
어머니	큰일이야, 큰일! 그 말조심 입조심 하라고…, 영락없이….
일용네	누가 잡아간대요?

밖에서 거친 소리가 나며 방문을 열고 나오는 소리.

어머니와 일용네가 문틈으로 내다본다.

방문을 열고 정학문이 나온다. 면장이 따라 나온다.

면장	정 사장! 정 사장!
정학문	그런 모욕적인 말을 듣고도 가만히 있을 나는 아니에요!
아버지	흠…, 모욕을 당한 건 나예요!
정학문	뭐요?
면장	글쎄, 이렇게 쌍방이 감정적으로 나오시면 되나요, 예? 매사는 순리에 맞도록 타협적으로….
정학문	난… 고향을 위해 출마하자는 거지, 내 사리사욕을 위해서가 아니에요!
아버지	그런데 왜 돈을 써요? 그런 생각이 있었다면 진작부터 고향의 사정을 살피고 무엇이 고향 발전을 위한 길인가를 연구했어야 옳았어요. 봄에 씨앗 뿌리면 가을에 추수하는 것 이상으로 정치는 10년, 20년을 두고 연구 검토가 있어야 했어요. 그런데 당

	신은 20년 동안 고향이라고는 돌아보지도 않았다가 그동안에 번 돈을 한꺼번에 뿌려서 국회의원이 되고 싶다는 심정뿐이에요…! 그렇게 해서 설사 당선된다 해도 당신은 그 뿌린 돈을 회수하는 데 힘쓰려 하지, 지역사회 발전은 이미 머리에서 사라지고 말 거예요!
정학문	나도 사나이예요! 애걸 구걸은 안 해요! 면장님, 갑시다!
면장	정 사장…, 정 사장…!
정학문	이런 비협조적인 사람은 앞으로 발도 못 붙이게 할 테니까…!
아버지	그런 묵은 수법으로 선거 작전을 펴려는 사람은 내가 먼저 고발하겠소! 잘해보시오!

정 사장과 면장이 급히 나간다.
개가 요란스럽게 짖으며 따라간다.
둘째와 일용이가 들어온다.

둘째	누구예요? 면장 어른과 함께 온 사람…!
일용	어디서 많이 본 얼굴인데요….
아버지	망령이다!
일용	망령요?
아버지	진작 죽었던 사람의 망령이 요즘 우리 주변에 하나둘 되살아나는군! 큰일이다! 얘기를 안 하고 있으면 모든 게 잘되고 있는 줄만 아니….

아버지가 뜰로 내려와 돈사 쪽으로 나간다.
어머니가 부엌에서 조심스럽게 나와 한숨을 쉰다.

| 어머니 | 너희 아버진 언제고 저 입 때문에…, 입 때문에…. |

까치가 운다.

S#26
아버지, 눈 덮인 산길을 혼자서 깊은 생각에 잠기며 걸어간다.
흰 눈밭에 발자국이 도장 찍히듯 뚜렷이 나타난다.

내레이션   세상이 어지러울 때는 차라리 돌이 되어버리거나 조개처럼 말을 안 하는 게 상수라고 생각했던 시대가 있었다. 그러나 지금은 그게 아니다. 그리고 내 자식을 위해서는 말을 해야 한다. 그리고 그러한 말을 받아들이는 세상이 되어야 한다. 우리나라 사람이 의사표시가 솔직하지 못한 건 미덕이 아니다. 그러나 지금은 새 역사 새 시대가 열리는 새해다. 그 첫 번째 발언의 기회이다. 말없이 순종을 가장하는 위선을 벗어나서 내 나라 내 이웃을 위한 적극적인 새 인간으로 태어나야 한다. 정당한 말을 할 줄 아는 깨우친 국민이 되어야 한다. 이것이 우리가 새로 탄생한 내 나라에 새 옷을 입혀주는 길이다.

(F.O.)

〈전원일기〉 제1~49화 방영 기록

회차	방영 날짜	작가/연출	제목	비고
1	1980. 10. 21.	차범석/이연헌	박수 칠 때 떠나라	흑백으로 방영.*
2	1980. 10. 28.	차범석/이연헌	주례	영상 필름이 남아 있음.
3	1980. 11. 4.	차범석/이연헌	작은 게 아름답다	
4	1980. 11. 11.	차범석/이연헌	가을 나그네	
5	1980. 11. 18.	차범석/이연헌	자존심으로	
6	1980. 11. 25.	차범석/이연헌	지하 농사꾼	이전 회차들의 러닝 타임 45분에서 60분으로 조정. 편성표에는 「어둠 속의 나그네」로 기록.
7	1980. 12. 2.	차범석/이연헌	혼담	
8	1980. 12. 9.	차범석/이연헌	첫눈	
9	1980. 12. 16.	차범석/이연헌	흙 소리	러닝 타임 50분으로 조정.
10	1981. 1. 6.	차범석/이연헌	천생연분	1981년 1월 1일 본격 컬러 방송 시작. 〈전원일기〉 컬러 방영.
11	1981. 1. 13.	차범석/이연헌	양딸	
12	1981. 1. 20.	차범석/이연헌	분가	
13	1981. 1. 27.	차범석/이연헌	개꿈	연습용 대본 제목: 「가족회의」
14	1981. 2. 3.	차범석/이연헌	말 못 하는 소	연습용 대본 제목: 「말하는 동물」
15	1981. 2. 10.	차범석/이연헌	맷돌	
16	1981. 2. 17.	차범석/이연헌	메주	
17	1981. 2. 24.	차범석/이연헌	들불	
18	1981. 3. 3.	차범석/이연헌	회갑 잔치	
19	1981.3.10.	차범석/이연헌	출발	
20	1981.3.17.	차범석/이연헌	내 아들아	

* 현재 남아 있는 〈전원일기〉 제2화 영상 자료를 보면 흑백과 컬러가 혼용되어 있다. 아마도 본격적인 컬러 방송을 앞두고 스튜디오 신은 컬러로, 야외 신은 흑백으로 촬영한 것 같다.

21	1981.3.24.	차범석/이연헌	돼지꿈	
22	1981.3.31.	차범석/이연헌	콩밥	
23	1981. 4. 7.	차범석/이연헌	꽃바람	
24	1981. 4. 14.	차범석/이연헌	굴비	
25	1981. 4. 21.	차범석/이연헌	한 줌의 흙	
26	1981. 4. 28.	차범석/이연헌	딸자식	
27	1981. 5. 5.	차범석/이연헌	효도 잔치	영상 필름이 남아 있음. 제8회 방송의 날(1981. 9. 3.) 한국방송대상 우수작품상 수상. 연기자 최불암, TV연기상 수상.
28	1981. 5. 12.	차범석/이연헌	늙기도 서러워라*	목포문학관에 대본이 보관되어 있지 않음.
29	1981. 5. 19.	차범석/이연헌	철새**	
30	1981. 5. 26.	차범석/이연헌	풋사과	
31	1981. 6. 2.	차범석/이연헌	농심	
32	1981. 6. 9.	차범석/이연헌	새벽길	
33	1981. 6. 16.	차범석/김한영	버려진 아이	연출자 교체.
34	1981. 6. 23.	김정수/김한영	떠도는 사람들	김정수가 작가로 처음 참여.
35	1981. 6. 30.	차범석/김한영	보리야 보리야	
36	1981. 7. 7.	차범석/김한영	원두막 우화	
37	1981. 7. 14.	김정수/김한영	촌여자	
38	1981. 7. 28.	차범석/김한영	혼담	

* 1981년 5월 12일 자 『경향신문』의 편성표에 "부모 없는 손자 하나만 믿고 살던 성삼이 할머니는 그 손자마저 장성하여 서울로 떠나버리자 외롭고 비참한 심정을 가눌 길 없는데 성삼이……"라고 기록되어 있음.

** 〈철새〉와 〈풋사과〉는 동일 작품으로, 〈철새〉는 연습용 대본이고 〈풋사과〉는 방송용 대본으로 추정됨. 당시 일간지의 방송편성표에 〈철새〉와 풋사과가 각기 5월 19일과 5월 26에 방송된 것으로 기록되어 있지만 두 대본을 대조 확인한 결과 동일한 대본임을 확인함.

39	1981. 8. 4.	차범석/김한영	고향유정*	목포문학관에 대본이 보관되어 있지 않음.
40	1981. 8. 11.	차범석/김한영	흙냄새	목포문학관에 있는 「흙냄새」 대본 표지에는 제39화로 되어 있음.
41	1981. 8. 18.	차범석/김한영	몇 묶음의 수수께끼	
42	1981. 9. 1.	차범석/김한영	엄마, 우리 엄마	연습용 대본 제목: 「어머니」
43	1981. 9. 8.	노경식/김한영	가위 소리	
44	1981. 9. 15.	차범석/김한영	잃어버린 세월	연습용 대본 제목: 「성묘길」
45	1981. 9. 22.	차범석/김한영	권주가	
46	1981. 9. 29.	차범석/김한영	처녀 농군	
47	1981. 10. 6.	차범석/김한영	형제	
48	1981. 10. 13.	김정수/김한영	못된 송아지	목포문학관에 대본이 보관되어 있지 않음.
49	1981. 10. 20.	차범석/김한영	시인의 눈물	

---

* 1981년 8월 4일 자 『조선일보』의 편성표에 "농한기를 맞은 마을에서는 노래자랑을 하느라고 들뜨게 된다. 그러던 중 집에서 도망 나간 순종이가 방송국의 쇼 프로그램에 나온다는 이야기가 나돌아 마을 사람들은 순종이를 보겠다며 기대가 크다. 그러나 순종이는 TV에 모습이 보이지 않고 엉뚱하게 노래자랑에 나와 〈고향무정〉을 울먹이며 부르는데……"라고 기록되어 있음.